동궁
왕후

동궁왕후 1권

지은이_방은선 | 초판 1쇄 인쇄_2014년 2월 21일 | 초판 4쇄 발행_2016년 12월 19일 | 발행처_도서출판 청어람 | 발행인_서경석 | 편집책임_조윤희 | 경기도 부천시 원미구 부일로 483번길 40 서경B/D 3F (우) 14640 | 등록_1999년 5월 31일(제1081-1-89호) | 문의전화_032)656-4452 | 팩스_032)656-4453 | http://www.chungeoram.com | 전자우편_chungeorambook@daum.net | 어람번호_8-0032 | 파본은 구입하신 서점에서 교환하여 드립니다. 저자와 협의하여 인지를 붙이지 않습니다. 책값은 뒤에 있습니다.

ISBN 978-89-251-3717-9 04810
ISBN 978-89-251-3716-2 (SET)

방은선 장편 소설

上

완숙한 여인들은 후실에서 한숨을 내쉬며 애달아하는 그런 사내가

그러나 신재에는 거리낌 없이 그리 불리는 사내가 하나 있었다.

이 두 가지 말에 공통점이 있다면 사내 눔에게 갖다 붙이는 말은 아니라는 점일 것이다.

갖고 싶은 꽃. 눈부시게 아름다운 여인을 청할 때.

가질 수 없는 꽃. 제아무리 애타게 원한다 하더라도 바라볼 수밖에 없는 아름다운 여인을 이룰

동궁 왕후

청람

목차

序

갖고 싶은 꽃, 눈부시게 아름다운 여인을 칭할 때. 가질 수 없는 꽃, 제아무리 애타게 원한다 하더라도 바라볼 수밖에 없는 아름다운 여인을 이를 때.

흔히들 쓰는 말이었다.

이 두 가지 말에 공통점이 있다면 사내놈에게 갖다 붙이는 말은 아니라는 점일 것이다. 그러나 신계에는 거리낌 없이 그리 불리는 사내가 하나 있었다. 처녀들은 이부자리 속에서 두꺼운 이불을 뒤집어쓰고, 완숙한 여인들은 후실에서 한숨을 내쉬며 애달아하는 그런 사내가.

사향 중 동쪽의 바다를 지배하고 있는 동해용왕.

부드럽고 얄궂은 미소로 여인들을 홀리는 동향의 아름다운 군주. 그러나 그를 제대로 아는 자들은 그를 일컬어 이렇게 부르길 주저하지 않았다.

계명(啓明)의 요검(妖劍), 청윤.

이 이야기는 그에게서부터 시작된다. 아름다움을 베일처럼 덮어쓰고 있는 잔혹하고 간교한 동쪽의 왕에게서부터.

현야(玄夜) 천상백옥경(天上白玉京:천궁), 동궁왕(東穹王)의 임시 처소 안.

밤을 채운 열락이 거친 숨을 뱉으며 헐떡인다. 화려한 금제 등롱, 비단, 금사를 넣은 휘장, 녹주석으로 장식된 벽과 가구. 사려한 처소 안은 뜨겁고 진득한 숨으로 가득했다.

"하아, 전하……."

연매는 자신에게 찾아온 행운을 믿을 수가 없었다. 깎아놓은 듯 미려한 동궁왕의 손이 자신의 몸을 타고 올라오자, 그녀는 그만 딱 비명이라도 지르고픈 심정이었다.

"아흐으."

연매는 낮게 교성을 흘리며 동궁왕의 등 뒤에서 매달려 오는 계집을 슬그머니 노려보았다. 그의 관심이 자신에게만 쏟아지니 애가 타는 모양이다. 뒤에서 안달복달하는 꼴이라니.

그러다가 그녀는 기절할 듯한 표정으로 눈가를 파르르 떨었다.

"아흑!"

동궁왕의 긴 손가락이 안쪽 깊숙한 곳을 질척하게 문질러 왔다. 연매는 신음하며 숨을 헐떡였다.

"꽤나 좋은 소리를 내는군요."

동궁왕은 피식 웃음을 흘렸다. 놀리는 듯한 말투였다. 그는 악기의 음처럼 이리저리로 튀는 여인들을 내려다보며 느긋이 즐기는 듯했다. 그러나 그 나른한 목소리에 홀려 여인들은 긍지를 잃고 정신없이 취해갔다.

"아아, 전하."

그의 아래에서 몸을 뒤틀며 연매는 다시 애타게 그를 불렀다. 북향 화련의 고명딸로서 오래도록 공들여 꾸며오던 순결하고 단아한 얼굴 같은 건 완전히 잊어버렸다. 하지만 그녀는 아무래도 상관없다는 생각을 했다.

동궁왕만 잡을 수 있다면, 다른 건 아무래도 상관이 없다.

자존심이 상할 만큼 오랜 세월이었다. 어떻게든 그의 관심을 끌기 위해 노력해 온 세월은, 정말이지 여인으로서 자존심을 상하게 만큼 길고 긴 것이었다. 비록 이렇게 다른 계집들과 그를 공유해야 한다 하더라도 이쯤이야 얼마든지 감수할 수 있었다. 그는 그리 오래도록 애를 태우게 한 사내였다.

"아아."

연매는 동궁왕의 옷깃이 흐트러지는 것을 보며 숨을 삼켰다.

상의가 바깥으로 떨어지며 그의 나신이 드러났다. 목선, 미끈한 쇄골, 늘씬한 몸과 서늘해 보이는 유백색 살갗. 흐트러지는 옷깃이 그녀의 아랫배를 죄게 만들었다. 머릿속으로 수백 번도 더 상상해 왔던 순간이었다. 마침내 그가 자신 앞에서 옷을 벗고 있다는 사실을 연매는 차마 믿을 수가 없었다.

그는 미치도록 아름다웠다.

수많은 생명을 베어내며 전장을 지나온 군신(軍神)의 몸, 그럼에도 상처 하나 없는 이 미끈하고 관능적인 몸은 그가 얼마나 강한 사내인지 대신 일러주고 있었다. 또 이 오만하고 수려한 얼굴은 어떠한가. 내려다보는 시선, 뜻 없이 지나가는 눈길. 그의 존재감은 이렇게 흐트러져 있는 순간에도 베일 듯 날카로웠다.

"아아……."

연매는 다시금 밀려드는 절정에 몸을 파르르 떨며 몽롱한 눈으로 그를 올려다보았다.

동궁의 왕이라는 사실을 차치한다 하더라도, 그는 계집의 마음을 이리도 가눌 길 없이 뒤흔들어 놓는 사내였다. 그러니 그의 품을 나눠 가진다 하여 불평할 것은 못 된다. 물론 연매도 머릿속으로는 알고 있었다.

"전하아, 소녀도."

하지만 그러니 더더욱 나눌 수가 없는 것이다.

그를, 다른 계집들과.

연매는 동궁왕의 팔에 제 젖가슴을 눌러대는 천궁항아를 노려보며 이를 갈았다. 연매는 그의 시선을 다시 끌기 위해 몸을 뒤틀었다.

'역린…….'

그를 갖고 싶었다, 혼자 독차지하고 싶었다.

미끈한 동궁왕의 쇄골 중심에 닿은 그녀의 눈동자 위로 날카로운 빛이 스쳐 지나간다.

역린(逆鱗).

용의 목덜미 아래 거꾸로 돋아난 단 한 개의 비늘. 쇄골의 중심, 그의 유백색 살갗 아래 감춰진 그의 치명적인 명자리.

그것을 손에 넣을 수만 있다면 그 역시 손에 넣을 수가 있다.

숨이 홀리도록 아름다운 이 사내와 더불어 그의 지위까지도 함께 가질 수가 있는 것이다. 고작해야 북방 호가(豪家) 중 하나의 고명딸이 아닌 동궁의 패권을 나눠 가진 황후가 될 수도 있다는 뜻이다.

이제 연매의 눈에 그것 외엔 다른 아무것도 보이지 않게 되어버렸다.

그녀는 손을 뻗어 그의 유려한 몸을 타고 올라가기 시작했다. 목이 바짝바짝 마르며 단지 그것만으로도 다리 사이가 축축이 젖어들었다.

연매는 홀린 듯 그의 미끈한 쇄골을 향해 조금씩 손을 뻗쳤다. 하지만 그녀는 잊지 말았어야 했다.

동궁왕이 덮어쓰고 있는 아름다움은 그 속에 숨은 무언가를 가리기 위해서라는 것을, 그 교활하고 흉포한 본성을 덮은 유용한 껍데기에 불과하단 것을 잊지 말았어야만 했다.

청윤은 조금씩 쇄골의 중심으로 다가오는 연매의 손을 쳐내며 슬쩍 몸을 일으켜 세웠다.

"……"

그의 시선이 말없이 그녀를 내려다보았다.

당황한 연매는 순간적으로 실수했다는 생각을 하며 움츠러들었다. 등골이 오싹했다. 그의 눈빛은 메말라 있었다. 지금껏 함께 열락을 나누던 사내의 눈이라고 생각할 수 없었다. 무슨 생각을 하는 건지, 도무지 읽어낼 수 없는 그 건조한 눈빛에 머릿속은 점점 아찔해져 갔다.

"소, 소녀가 실수를……!"

그녀는 곧바로 납작 엎드렸다.

실수를 했다. 그를 상대하려면 한시도 잊어선 안 되는 것을 망각했다. 동궁왕은 그저 기려하기만 한 사내가 아니란 사실을. 그가 서 있는 높은 단상 밑에는 지금까지 그가 밟고 올라온 자들의 죽음이 켜켜이 쌓여 있다는 사실도.

"갑자기 재미가 없어지는군요."

그가 낮은 목소리로 천천히 끌듯이 말을 뱉어냈다. 연매는 자신에게서 떨어져 가는 동궁왕을 다급하게 붙잡았다.

"제, 제발!"

연매는 마른침을 꿀꺽 삼키며 용기를 끌어모으려 안간힘을 다했다.

"소, 소녀가 실수하였습니다. 전하, 그러니 제발요."

그를 이대로 놓칠 수는 없었다. 어떻게 얻은 기회인데 절대 이대로 놓칠 수는 없었다. 하지만 무정한 그는 애타는 마음을 조금도 알아주질 않는다.

"실수라는 건 알고 있습니다."

그가 웃으며 말했다.

"그러니 살려서 보내 드리지요."

동궁왕은 내보였던 몸을 돌리며 옷깃을 끌어 올렸다. 기회는

끝났다는 듯 그렇게 옷을 걸치고 서늘한 눈으로 그녀를 흘겨보았다. 음산하게 흐르는 살기에 다른 여인들은 벌써 몸을 사리고 뒤로 내빼 엎드린 뒤였다. 그러나 연매는 그를 향한 진득진득한 마음을 그렇게 쉽게 끊어낼 수가 없었다.

"제발, 한 번만. 한 번만 용서하세요."

몸은 뜨겁게 달아올라 있었고 마음은 그보다 더했다. 연매는 손을 모아 청했다. 젖어 있는 다리 사이에서 뜨거운 것이 끈적하게 흘렀다. 달아오른 몸 때문에 머릿속은 더욱더 사리 판단을 하기 힘들 만큼 흐려져 있었다. 그를 향한 충동적인 욕망에 연매는 안달하며 매달렸다.

그를 갖고 싶어, 갖고 싶어. 무슨 수를 써서라도 그의 역린이 되고 싶어. 내가 되어야만 해. 그렇게 혼탁한 눈으로 앞에 있는 그에게 매달렸다.

수만의 신족 중에서도 가장 강력한 군주 혈통, 그중에서도 손에 꼽히는 청룡 일족의 수장. 사향 중 하나인 거대한 동향의 왕. 부와 명예와 권세, 그리고 그의 미려한 육신까지도 모두 다 가지고 싶었다. 너무나도, 이렇게 간절하게. 미칠 듯 치밀어 오르는 욕심에 연매는 머리를 뒤흔들며 비명이라도 지르고픈 심정이었다.

"됐으니 물러가세요. 이미 흥이 깨졌습니다."

그의 무심한 눈동자에, 살갗을 긁으며 흐르는 날카로운 살기에 연매는 아랫입술을 꼭 물었다. 눈물이라도 쏟을 것처럼 아래턱이 덜덜 떨렸다.

"진심도 없이 내 곁을 차지하려는 여인들 때문에 나는 사실 좀 염증이 나 있답니다. 그러니 이만 돌아가세요. 내가 그대들의 귀여운 신음 소리 대신 비명 소리를 듣고자 한다면 곤란한 일이 아니겠습니까. 수습하는 것도 물론 성가실 테고."

동궁왕은 한탄이라도 하듯 한숨을 내쉬었다.

'진심?'

연매는 그 말에 퍼뜩 정신을 차렸다.

'그래 어쩌면……!'

그녀는 재빨리 눈을 굴려 탁자 위에 있는 정교한 금제 새장을 힐끗 보았다. 한 식경쯤 전 이 방에 처음 들어왔을 때, 저것이 무엇이냐 묻는 천궁항아의 질문에 동궁왕은 무시무시한 독충이니 가까이 가지도 말라고 말하며 미소 지었었다. 겁에 질려 뒷걸음질치던 천궁항아들과는 달리 연매는 그것이 무엇인지 정확히 알고 있었다.

그녀는 성급하게 뛰어올라 널브러져 있던 옷을 몸에 휘감고 탁자 위로 눈꽃처럼 떨어져 내렸다. 그녀의 손은 벌써 새장 위에 닿아 있었다. 동궁왕이 조금은 놀란 듯한 표정으로 자신을 바라보고 있었다. 다른 계집 따윈 신경 쓰지 않고 오직 그녀 자신만을.

연매는 승리감에 도취되어 그를 보며 요염하게 웃음 지었다.

"전하, 소녀는 이것이 무엇인지 알고 있사옵니다. 전하의 피와 신력으로 뽑아낸, 전하의 독충. 이것을 삼켜 그 독이 온몸에 퍼지면 그게 누구라 하더라도 전하의 꼭두각시 인형이 되고 말지요. 주인의 명령을 따르지 아니하면 발작해 죽고 마는 그런 곽독(郭禿) 인형. 청윤!"

연매는 대담하게도 동궁왕의 휘(諱)를 입에 올려 부르며 턱을 치켜들었다.

"저는 이것을 삼키겠사옵니다. 그러니 당신을 향한 저의 진심을 알아주시어요."

"그만두세요."

그가 조용한 목소리로 말했고, 위협을 느낀 천궁항아들은 재빨리 옷을 챙겨 입고 방 안에서 도망쳐 버렸다.

이제 침소 안에는 그와 그녀 단둘뿐이었다.

연매는 그것이 너무나도 마음에 들었다. 그는 그녀의 것이었고, 사실은 어느 누구와도 그를 공유하고 싶지 않았다. 이것을 삼키고 그의 역린이 될 수만 있다면 결코 손해 보는 거래가 아니었다. 손해라니? 이건 일생일대의 기회나 다름없었다.

그녀는 망설임 없이 새장을 열어 꿈틀거리는 청색 독충을 움켜쥐었다. 그의 색(色), 마치 그를 움켜쥔 듯한 희열감이 차올랐다.

'이제 저의 진심을 알아주시어요. 저는 꼭 당신을 가져야겠습니다.'

천천히 독충이 목구멍을 넘어간다.

혀뿌리와 식도를 타고 가슴께를 지나 뱃속 깊은 곳까지 꾸역꾸역 넘어간다.

그리고 이내, 그것은 순수한 자의로 움직이기 시작했다. 뱃속 깊은 곳에서부터 온몸의 혈관 곳곳과 뼈 마디마디 사이로 빈틈없이 우글거리며 퍼져 나간다. 연매는 그 토악질이 날 듯 괴기한 충격에 몸을 벌벌 떨다가 숨을 헐떡이며 고개를 치켜들었다. 분명 그는 여전히 놀란 얼굴로 자신을 바라보고 있을 것이었다.

"아……!"

연매는 핏기가 가신 얼굴로 지독스럽게 아름다운 동궁왕을 마주 보았다. 그는 물끄러미 그녀를 바라보고 있었다. 마치 즐거운 것을 구경이라도 하는 듯했다. 그의 입가에 웃음이 지어져 있다. 봄꽃처럼 다정한 웃음이었다.

연매는 그의 살기에서도 느끼지 못했던 한기를 느꼈다. 등줄기가 싸늘해졌다. 그녀는 손으로 입을 틀어막았다. 무언가 잘못된 것 같았다. 무언가 잘못되었다. 독은 이미 목구멍을 넘어가 온몸으로 퍼진 뒤다. 몸이 선득한 공포로 덜덜 떨려왔다.

'내가…… 지금 무슨 짓을……?'

귀신에라도 홀린 것 같았다. 독충을 삼킨다 해서 그의 역린이 된다는 보장은 어디에도 없었다. 그가 이런 것에 감동할 만큼 그리 무른 사내이던가?

"아아!"

비명 같은 그녀의 신음 소리에, 동궁왕은 즐거운 듯 검은 눈을 반짝이더니 낮게 웃음을 터뜨리기 시작했다. 연매의 얼굴은 죽은 듯 창백하게 변해갔다. 그의 웃음소리가 칼날처럼 날카롭게 폐부를 찌르는 듯했다.

"번거로운 일 하나를 덜었군요. 감사 인사는 미리 전하도록 하지요. 조금은 애를 먹일 줄 알았더니, 너무 쉬워 되려 재미가 떨어졌습니다."

동궁왕은 무료한 표정으로 고개를 돌렸다.

"너무 원망은 마세요. 날 상대로 이 정도야 특별할 것도 없는 피해이질 않습니까. 곧 날 도울 일이 생길 겁니다. 일이 끝나면 한 번 더 뵙도록 하지요. 그때 내가 그대를 알아보지 못한다 해도 너무 서운해하진 말아요. 순진한 화련의 따님, 내가 본래 쓸데없는 건 잘 기억해 두질 못하거든."

고개를 돌린 그의 시선에는 이미 울음을 터뜨리는 계집의 모습 따윈 들어 있지도 않았다.

※　※　※

신요는 처소 바깥으로 나오는 주인을 확인하고 냉큼 달려갔다.

새벽으로 가까워지는 깊은 시각이었다. 주위는 아직 어두웠고 새벽이 주는 적막감이 더해져 밤은 우물처럼 깊었다. 한마디로 주인께서 계집들을 내보낼 시각은 아직 아니라는 뜻이었다.

신요는 걱정스러운 마음에 가까이 다가가다 평소보다 더 상냥해 보이는 주인을 보곤 우뚝 걸음을 멈춰 세웠다.

"어쩐지 심기가 불편해 보이십니다."

어둠에 휩싸여 있는 주인은 마치 꿈처럼 달콤해 보였다. 미끈하고 감각적으로 움직이는 신체, 은근히 흘러나오는 오만함. 그러나 매혹을 깎아 만든 듯한 저 육체가 때론 어디까지 잔인하게 움직이는지 알고 있는 신요는 가끔 여신들이 자신을 주체 못하고 그에게 홀려 달려드는 것을 볼 때면 무섭기까지 했다.

그녀들은 위험한 줄을 알면서도 주군의 품으로 뛰어들곤 했다. 마치 불속으로 뛰어드는 부나비처럼. 자신만은 불속에서 타오르지 않을 것이라는 맹랑한 착각을 품은 채.

"그래?"

청윤은 신요를 힐끔 보더니 이내 부드러운 미소를 지어 보였다. 신요는 한기가 드는 듯 한차례 몸을 부르르 떨었다.

'심기가 불편하시면 차라리 짜증을 내시라구요! 그렇게 무섭게 웃지 마시고 말이죠, 어휴.'

신요는 쳐다보는 사람마다 본의 아니게 몇 초간 넋을 잃게 만드는 주인의 얼굴에서 얼른 시선을 떼어냈다. 잘 놀다 와서 대체 왜 저러시는지 모르겠다.

"무슨 안 좋은 일이라도……."

"글쎄."

청윤은 장난스럽게 어깨를 으쓱이더니 불쑥 질문을 던졌다.

"빙련의 공자는 아직인가?"

"지시하신 대로 일을 처리했습니다. 내일 진시(辰時:오전 일곱 시에서 아홉 시)쯤엔 천궁에 도착할 예정입니다. 때를 맞춰 백호족 일부가 그들의 본거지에 기습 공격을 감행할 예정이고요. 빙련과 화련은 어쩔 수 없이 빠른 시일 내에 혼약에 합의하게 되겠지요. 그나저나 전 용왕님의 의중을 모르겠습니다. 굳이 화련족 계집을 안으실 필요까지는 없지 않으셨잖습니까? 이 정도의 일은……."

"내 잠자리 일까지 알고 싶은 거야?"

주인은 그의 말을 잘라먹으며 피식 웃었다.

"절대 아닙니다."

신요는 이를 갈며 대답했다. 하나 더하기 하나는 둘이라는 식의 확실한 불변성을 선호하는 그에게 주인의 이런 어디로 튈지 모르는 화술은 울화중의 주된 원인이었다. 결국 신요가 참지 못하고 반쯤 터졌다.

"제가 알고 싶은 건 용왕님의 문란하기 짝이 없는 잠자리 일이 아니라!"

신요는 마음을 진정시키려는 듯 숨을 씩씩 들이마셨다. 그의 주인은 여전히 속을 알 수 없는 빙글거리는 얼굴로 그를 내려다보고 있을 뿐이었다. 신요는 가까스로 화를 내리눌렀다. 주인을 상대로 화를 내봐야 해를 입는 건 언제나 이쪽이었다. 주인은 팔딱거리는 그의 반응이 재미있는지 작게 웃음을 터뜨리셨다. 이것 봐, 단지 놀리면서 즐기실 뿐이라니까.

"두 사람이 혼인을 해 화빙련의 연합이 맺어지면, 그 수뇌부에 간세를 보내도록 해라."

또 지나가는 말투로 난해하기 짝이 없는 주문을 하신다.

"하지만 그 일은……."

일전에도 거론되었던 문제였지만, 화련과 빙련 모두 혈족 중심의 결속력이 강한 일족이었다. 잡일을 하는 하인들조차 외부인을 들이길 꺼려할 만큼 배타적이기도 했다. 그렇기 때문에 일전에도 탁상공론만 거듭하다 보류된 일이었다.

"고맙게도 화련의 귀한 아가씨가 우릴 도와준다 하는구나."

"그녀가 왜?"

신요는 의심스러운 듯 주인을 살펴보았다. 주인의 밤 기술이

야…… 뭐, 유명했지만. 아무리 그래도 그렇지, 하룻밤에 혈족을 팔아먹을 정도로,

'기술이 느셨나?'

반사적으로 문득 든 생각에 신요는 얼굴을 붉히며 헛기침을 해댔다. 주인은 그런 그를 이상하다는 듯 보다가 작게 한숨을 내쉬었다.

"그리 말렸는데도 내 꼭독이 되겠다고 하는구나. 막을 새도 없이 스스로 독충을 삼켜 버렸다. 살아가는 데 마땅한 도리가 있거늘, 목숨을 건 그 성의를 무시해서야 되겠느냐. 덕분에 일이 수월해졌으니 나로서는 감사할 일이지."

주인의 입꼬리가 길게 말아 올라간다.

"……그렇군요."

신요는 속으로 혀를 차댔다.

'홀렸군, 홀렸어. 쯧쯧.'

우리 주인은 혹 용의 탈을 쓴 여우가 아닐까? 대책 없이 이성을 홀리는 주제에 양심도 없다. 그녀의 존재는 사용처가 다하는 날 잊힐 것이 분명했다. 우리 주인님은 뒤돌아서서 희생양들을 되새기며 추모하는 버릇이 없었으니까. 그런 양심 따위가 있을 리가 없지. 한순간의 실수로 평생 독충의 독을 껴안고 살아갈 그녀가 한심스러울 뿐이었다. 분명히 '난 달라' 따위의 간사한 믿음을 품었던 걸 테다. 뭐, 요샌 백치미가 유행이긴 하다.

"일이 끝나면 동궁으로 돌아갈 채비를 해두도록 해라. 나는 잠깐 자리를 비우겠다."

주인은 그를 지나쳐 가며 말했다. 신요는 저만치 가버리는 주군의 뒷모습이 사라질 때까지 지켜보고 서 있다가 작게 한숨을 내쉬었다.

그는 주인의 가장 오래된 권속 중 하나였다. 때문에 오랜 세월 동안 주인의 짐이 점점 더 무거워지는 것을 곁에서 지켜봐야만 했다. 세력이 커질수록, 지켜야 하는 것들이 많아질수록 짐은 점점 더 무거워졌다. 그와 더불어 주인의 성정은 날로 차고 냉정하게 변해가셨다. 원래부터도 그리 살가운 성격은 아니었지만.

신요는 주인이 사라진 길에서 눈을 떼고 주변을 둘러보았다.

흐드러지게 핀 기화요초의 향이 녹아들어 공기는 어지러울 정도로 달콤했다. 그것들이 내는 빛과 어둠이 뒤섞여 주위는 밤하늘을 끌어다 엎어놓은 듯 화려하기 짝이 없었다.

사향의 주인, 천제가 다스리는 이 화려한 천상백옥경 안은 꽃냄새와 술 냄새와 신들의 웃음소리로 가득했다. 그러나 그 이면에는 판세를 읽으려는 눈치 싸움이 치열하게 벌어지고 있었다. 표면적으론 남해용왕의 혼례를 축하하기 위해 모인 연찬 자리였지만, 실상은 전쟁의 시작을 알리는 서막이나 다름없었기 때문이다.

동궁왕은 한참을 걸어갔다.

싸늘한 어둠이 몸을 휘감고, 구름과 뒤섞여 흐르는 안개가 옷깃을 적시도록 내버려 둔 채. 감정은 주변의 고요를 따라 깊이 가라앉는다. 이제 곧 닥칠 전운의 기운이 피부를 짜릿짜릿하게 긁고 올라왔다.

전쟁은 끝이 없는 듯했다.

피의 고리는 강물처럼 이어져 결국엔 모든 것을 죽음으로 내몰고 나서야 멈춰지는 것일까. 그는 작게 웃음을 지었다. 생각은 생각으로 끝나 버리고, 이미 말라비틀어진 감정은 더 이상 동요하지 않는다. 나쁘지 않다. 그는 이 상태가 더없이 마음에 들었다.

길은 인적이 드물고 볼품이 없었다. 천계에서 가장 낮은 땅이었다. 인간들이 살고 있는 인계(人界)가 보이는 유일한 장소이기도 했다.

동궁왕은 낭떠러지 앞에 도착하고 나서야 걸음을 멈춰 세웠다. 그리고 그 끝에 위태롭게 서서 아래를 내려다보았다.

검고 긴 그의 옷자락이 옅은 바람을 타고 일렁였다. 죽은 자의 공막 같은 유백색 피부, 목덜미를 덮는 검은색 머리카락. 그는 마치 세상을 오만하게 내려다보는 하나의 눈동자처럼 보였다.

눈은 날카롭게 세상을 꿰뚫어 보지만 소리 내어 본 것을 말하진 않는다. 어쩌면 가장 교활하고 간사한 건 입이 아니라 눈일는지도 모른다.

'흑색 일족은 멍청한 선택을 했다. 나로서는 고마운 일이지만.'

그의 입가가 비틀어 올라가며 색정적인 미소를 만들어냈다. 손짓 하나 몸짓 하나가 보는 이의 시선을 삼키는 유사처럼 흐른다.

'역린을 가지고 동맹을 맺는 것은 어리석은 짓이다, 남쪽의 왕이여. 생명을 담보로는 아무것도 할 수 없지.'

그의 손끝이 자신의 목선을 따라 천천히 아래로 내려갔다. 음영진 쇄골을 따라 내려오던 손길은 푹 파인 쇄골의 중심 부분에서 멈췄다. 화련의 여식, 연매가 만지려다 제지당한 부분이었다. 그의 손길이 닿자 거꾸로 돋아난 비늘 하나가 유백색 피부 밑에서 선명하게 모습을 드러냈다. 비늘은 마치 심장처럼 박동하고 있었다.

두근, 두근, 두근…….

용의 역린(逆鱗), 거꾸로 돋아난 단 하나의 비늘.

그것은 용의 적합한 반려를 찾아내는 최적의 생체 메커니즘이었다. 역린을 꺼내 몸 바깥에 풀어놓으면 그것은 알아서 본체에 가장 적합한 짝을 찾아 들어가게 되어 있었다. 그렇게 해서 용의 가장 강력한 혈통을 보호하는 것이다.

그러나 현재 역린을 그런 식으로 쓰는 자는 거의 없다고 봐야 했다. 혈통의 강약은 눈에 뜨이지 않는 경미한 것이었지만, 동맹의 파급 효과는 빠르고 강력했기 때문이다.

용의 역린은 동맹의 가장 확실한 증표로 여겨졌다. 그것을 파괴당한 용은 미쳐 날뛰다 결국 죽기 때문이었다. 그러니 자신의 목숨을 내맡기는 꼴이다. 상대 쪽에선 이보다 확실한 담보물도 드물었다.

용들은 이것이 선택의 문제라고 생각했다. 혈통과 동맹 사이의. 그러나 그들이 거래의 담보물로 내주는 것은 혈통뿐만이 아니었다. 그들은 당연하게도 제 목숨까지도 상대방에게 던져 주고 있는 것이었다. 역린의 목숨도 물론 용과 연결되어 있긴 하지만, 토사구팽이란 말이 괜히 나온 말은 아니었고 모든 필요에는 한계가 있는 법이었다.

동궁왕은 망설임 없이 쇄골의 중심을 눌렀다. 그러자 역린이

기다렸다는 듯이 빠져나왔다. 그의 역린은 이미 한 해 전에 반려를 찾을 모든 준비를 마친 상태였다. 역린은 한 해 동안이나 참고 기다려 왔다. 그 역시 전쟁이 시작되려는 찰나에 언제 떨어질지 모르는 역린을 계속 끌어안고 있을 수는 없었다. 그래서 그는 지금 역린을 풀어버릴 생각이었다.

바로 여기 아래, 인계(人界)에.

그의 입술이 길게 말아 올라갔다. 사실은 그가 아닌 다른 이였다면 상상도 못할 짓이었다, 인간을 역린으로 삼는다는 것은. 그러나 그는 어느 때보다도 자신의 결정을 확신하고 있었다.

"신족 여인은 안 돼, 인간으로 찾아라. 인간 여인이라면 그게 누구라도 상관없다."

청윤은 고저가 없는 무심한 어투로 역린에 말을 속삭여 넣었다. 그리곤 그는 망설임 없이 낭떠러지 밑으로 역린을 떨어뜨렸다.

역린은 청색빛 가루를 흩뜨리며 민들레 홀씨처럼 바람을 타고 아래로 흘러갔다. 청윤은 몹시도 건조한 눈빛으로 그것을 지켜보았다.

이대로 저것을 완전히 이 몸에서 떼어낼 수만 있다면. 귀찮기만 한 저 역린을, 이 몸에서.

청윤은 미소를 지었다. 운이 좋다면 그 비슷하게 일을 끌어갈 수 있었다. 그리고 그는 언제나 운이 좋았다.

[여오, 화련과 빙련은 연합을 맺을 것이다. 이제 곧 백호족과 화빙련 일족의 전쟁이 시작된다. 백호족에 심어놓은 간세들이 거짓 정보를 흘려 그들의 격발을 유도할 것이기 때문이다. 화련

과 빙련의 연합은 북궁을 치기 위한 포석이라고. 여오, 북궁을 칠 준비를 해라. 그들이 서로 부딪혀 힘이 빠지면, 나머지를 정리하고 그대로 밀고 올라간다. 북해호궁(北垓虎宮)의 호(虎) 자는 여우 호(狐) 자로 바뀌게 될 것이다.]

신요가 기다리는 거처로 향하며, 청윤은 북향에 있는 여오에게 말을 실어 보냈다.

말은 바람이 닿는 곳이라면 어디까지든 날아, 들어야 할 자의 귀에 들어야 할 말을 속삭일 것이었다.

이번 남궁왕이 역린을 내어주면서까지 동맹을 맺은 일족은 남방 적색 연골어강(軟骨魚綱) 일족이었다. 그들은 남향과 동향에 이르기까지 군주 혈통을 제외하면 적수가 없을 만큼 호전적인 일족이었다. 방어력은 형편없지만, 그것을 상회하는 전투력으로 치고 빠지는 솜씨가 일품이었다. 무엇보다도 육식종이라는 게 문제였다. 그들의 동맹이 안정화되면 동향의 경계가 편치 못할 것이 분명했다. 그들의 먹이는 동향의 주민이 될 테니까.

북향과 남향, 양쪽에 적을 두고 싸울 수는 없었다. 은근히 남궁왕의 비위를 맞추려드는 서궁도 도움이 안 되긴 매한가지였다. 그러니 별다른 방법이 없었다.

청윤은 비협조적인 현 북왕 백호를 밀어내고 여오족을 그 자리에 앉힐 생각이었다. 고맙게도 여오족은 아주 오래전부터 북향의 패권을 노려왔다. 설령 그가 북향을 차지하지 못한다 하더라도 딱히 상관은 없었다. 그저 북궁왕의 발목을 잡아주기만 해도 괜찮았다. 물론 여오족의 의견은 전혀 다를 테지만.

그는 작게 웃음 지었다.

외줄타기를 하는 기분이었다. 죽음 위를 걷는……. 하긴, 그렇지 않은 적이 있었나. 외줄 밑에는 그를 죽이려는 죽음과 그가 죽인 죽음이 아우성치며 뒤섞여 있었다.

청윤은 고개를 기울여, 밤하늘의 이울어진 달을 바라보았다.

달이 붉었다, 마치 피처럼.

그래, 이제 시작이다. 청윤은 싸늘한 눈으로 한동안 밤하늘을 올려다보다 몸을 돌렸다. 인계로 떨어뜨린 역린은 더 이상 그의 관심거리가 아니었다.

✹　✻　✺

무심한 본체의 생각이야 어떻든, 떨어진 동궁왕의 역린은 바람을 타고 아주 멀리까지 날아갔다.

하루를 날고, 이틀을 날고…… 자그마치 이천여 일을 날아가는 동안 신계에는 큰 전쟁이 두 번이나 일어났다.

첫 번째 전쟁으로 북향을 다스리는 왕이 뒤바뀌고, 두 번째 전쟁으로 사향(四向) 네 방위의 판세가 뒤바뀌게 되었다.

역린은 그와 상관없이 무던히 날았다.

붉은 실은 아주 미약하게 느껴졌다. 어쩔 수 없는 일이었다. 동궁왕의 짝은 이제 막 태어나려는 참이었다.

1장

돌아갈 수 없는 바다

그로부터 이십일 년 뒤, 인계의 한국.

동쪽 해안에 인접해 있는 조그마한 소도시.

해안가를 따라 줄줄이 늘어서 있는 예쁜 펜션들 사이에 기왓
장을 얹은 오래된 한옥집이 하나 있었다. 조그마한 나무 문패에
는 '서다혜'라는 이름이 음각으로 새겨져 있다. 이야기는 그녀
로부터 이어진다.

"할멈, 부적이 효과가 없어."

다혜는 괜스레 미안한지 제 할미의 눈치를 보며 말했다. 공천
덕은 그녀가 내민 부적을 보며 혀를 찼다. 부적은 검게 그을려
있었다.

"어이구, 잘났소! 부적으로 고구마라도 구워 먹은 게요?"

다혜는 공천덕이 휘두르는 4천 원짜리 향 부채를 막으려 손으로 머리를 가렸다.

"이 꼴이 뭐요, 이 꼴이? 고작 작일(어제)에 만들어준 호신부(護身符)가 한 날 동안 뭘 했기에 이 꼴이 됐단 말이오? 내가 그놈의 그림 때려치우라 했소, 안 했소? 입이 있으면 말을 좀 해보시오!"

다혜는 할머니의 건강을 걱정할 필요가 없어 다행이라고 생각하며 기습적으로 날아오는 토기 단지를 냉큼 피했다.

단지는 어찌나 두꺼운지 아무리 던져도 절대 깨지는 법이 없었다. 점괘 볼 때 쓰는 쌀알이 담긴 단지였는데, 점괘보다는 공중을 날아다니는 일이 더 많았다. 부적이 나날이 효과가 떨어지는 것은 그녀의 탓이 아니라 할멈의 탓임이 분명했다.

"내가 아주 아씨 키우느라 허리가 휘오!"

이번에는 이가 빠진 좌식 책상에 머리가 아픈 듯 턱 기대며 한숨을 내쉬었다. 다혜도 같이 한숨을 쉬며 널브러진 쌀알을 단지 속에 쓸어 담았다.

"그렇지 않아도 며칠 동안 그림에서 손을 놨어. 그런데도 이 모양이네……."

그림을 그리면 증세가 더 심각해지는 경향이 있었기 때문에 한동안은 별수가 없었다. 하지만 그것도 이젠 한계였다. 전시회가 코앞이었기 때문이다.

이런 주제에 그림을 전공한 것부터가 실수였는지도 모른다. 하지만 이미 판 우물을 메울 수는 없는 거고, 그렇게 휘둘리다 보면 인생은 죽도 밥도 못 된 채 고여 있다 썩는 것으로 끝장날 게 분명했다. 그것만은 제발 사양이었다.

다혜는 책상 위에 단지를 곱게 내려놓으며 망설이다가 다시 입을 열었다.

"할멈, 그냥 호신부를 그만 써볼까 해. 어떻게든 되겠지 싶어."

다혜의 쇠심줄 같은 고집을 아는 공천덕은 아차 싶어졌다. 괜히 성급하게 화를 낸 모양이었다. 이 정도는 항시 웃으며 넘기던 아씨라 별생각 없이 어깃장을 부린 것이었는데.

"강짜 부리지 마오. 호신부를 지녀도 이 모양인데, 그마저도 안 한다 하면 어찌 되겠소?"

다혜는 손가락으로 가만히 단지의 주둥이 부분을 매만지며 할 말을 정리했다. 단지가 드디어 금이 가기 시작한 것 같았다. 손끝에 약간 거치적거리는 부분이 만져졌다. 하긴, 이만하면 오래 버틴 것이지.

"할멈도 언니도 오빠들도, 나 때문에 고생 많은 거 알아. 그냥 내가 좀 그래서 그래요."

다혜는 작게 한숨을 내쉬며 늙은 할미의 손을 꼭 움켜잡았다. 공천덕은 공연히 기분이 이상해져 코를 찡긋거리며 헛기침을 해댔다.

"또 무어가……."

"할멈, 있잖아. 억지로 애를 쓰고 싶지는 않아. 한 번만 그냥 그렇게 해볼게요. 봐도 못 본 척. 사실 나도 이제 익숙해질 때도 됐잖아. 할멈 말대로 내가 신기가 있는 것도 아니고 그냥 기가 허해서 헛것이나 보는 정도인데, 매번 태워먹는 호신부 들고 다니고 싶지가 않아요. 지난번에는 그게 갑자기 불이 붙어서 머리카락까지 홀랑 다 태워먹었잖아. 기억나지?"

공천덕은 혀를 차댔다. 어찌 그걸 잊을 수 있을까. 아씨 머리카락 태워먹은 죄로 한동안 앞바다가 뒤숭숭해져서 골치가 다 아팠는데.

"너무 걱정하지는 말아요. 나도 그동안 당해온 노하우가 있잖아. 잘 이겨낼 수 있어요."

그녀는 할멈의 손을 토닥이며 방긋 웃었다.

"앗, 나 늦었다. 오늘부터 전시회 준비해야 하는, 읍!"

다혜는 벌떡 일어나며 중얼거리다 급히 입을 틀어막았다. 그녀는 도끼눈을 뜨고 쳐다보는 할멈을 찔끔 바라보았다. 아니나 다를까, 할멈이 무시무시하게 화를 뿜어내기 시작했다.

"전시회! 그게 뭐요? 또 그림을! 아까 손을 놨다 하지 않았소!"

다혜는 문쪽으로 냅다 도망치며 소리 질렀다.

"그러게 늦었다 했잖아? 며칠이나 손을 놓아서 착착 밀렸다니까?"

"당장 이리 안 오시오!"

다혜는 쩌렁쩌렁 소리를 지르는 할멈을 피해 얼른 문밖으로 도망쳤다. 문밖에 서서 잠깐 동안 맘을 졸이며 안의 기색을 살펴보니 쫓아올 낌새는 없어 보였다.

'후아.'

호랑이 같은 할머니, 어째 점점 기운이 좋아지시는 것 같아.

다혜는 두 손으로 입을 가리고 키득대며 웃었다.

"잘하는 짓이다, 서다혜."

다혜는 빈정거리며 말을 걸어오는 소하에게로 고개를 돌렸다. 그녀는 거실 소파에 기대 누워 이리저리 채널을 돌리고 있었다. 지겨운 뉴스 채널을 돌려대다가 결국 짜증이 났는지 티테이블 위에 리모컨을 던져 버렸다.

"할멈 목소리에 집구석이 떠내려가게 생겼어. 너 하나 때문에 하루도 조용할 날이 없구나. 너한테 양심이란 게 있다면 제발 좀 집구석에 얌전히 처박혀 있어주지그래. 아니면 최소한 호신부인지 뭔지 하는 부적이라도 이마에 붙이고 다니던가. 그래야 정신 병이 안 도지지 않겠어? 아니면, 맨몸으로 나갔다가 또 오만 것이 보인다며 징징 짜고 들어오는 게 오늘 네 계획이야?"

아무래도 언니는 할멈 방에서 그녀가 나오기만을 기다리고 있었던 모양이다. 뒤에는 호랑이고 앞에는 여우라, 일진 한 번 야생적이다. 무슨 사파리야?

"응."

"으응?"

소하는 다혜의 대답에 열이 오르는지 소파에서 몸을 일으키며 무섭게 쏘아보았다.

"울면 혈액순환에 좋대서. 그런 의미에서, 우리 같이 울까?"

"이게 갈수록!"

소하는 다혜의 넉살에 버럭 소리를 질렀다.

괴롭히는 것도 상대편에서 받아줘야 가능한 것인데, 저건 머리가 커질수록 뭉실뭉실해져서 뭐라고 해도 웃고 넘겨 버리기 일쑤였다. 소하는 이번에야 말로 버릇을 고쳐 주려 단단히 마음을 먹었다.

"너!"

"어? 뭐야. 사람이 또 죽었어?"

다혜는 뇌관이 타들어가기 시작하는 소하를 곁에 두고 TV에 시선을 빼앗겨 버렸다. TV에선 소하가 보다 질려 버린 뉴스가 계속 이어지고 있었다.

뉴스에선 식인 상어가 해안선을 타고 이동하며 인명 피해를 내고 있다는 내용이 여러 차례 반복해서 흘러나오고 있었다.

"이번에도 백상어라네."

바캉스철이면 어쩔 수 없이 일어나는 사고이긴 했지만, 올해는 유독 심해서 다들 비상이었다. 바닷물 온도가 올라가서 그렇다곤 하는데, 가장 큰 문제는 그 식인 상어를 아직까지도 포획하지 못했다는 데에 있었다. 피해자는 계속 늘어만 가는데 잡지는 못하고 있는 것이다.

"야!"

심각한 표정으로 뉴스를 보고 있던 다혜는 소하의 고함에 화들짝 놀라 돌아보았다.

"왜, 죽은 사람 중에 아는 애라도 있어? 인간종은 숫자가 좀 줄어들 필요가 있어. 너흰 너무 많아! 열등동물 주제에 머릿수만 많아가지고!"

"……뭐?"

다혜가 이상한 말을 하는 언니를 바라보며 눈을 동그랗게 떴다. 소하는 뭔가 아차 싶은 얼굴로 그녀의 시선을 피했다. 뭔가 묘한 기분이 들어 더 캐물으려는데 뒤에서 다정한 목소리가 들려왔다.

"우리 막내, 할멈한테서 용케 무사히 빠져나왔네?"

다혜는 고개를 돌려 작은오빠를 바라보았다. 주요는 선명한 녹빛 머리카락을 끈으로 틀어 올려 묶으며 그녀들 쪽으로 걸어오고 있었다.

"빠져나왔으면 얼른 도망쳐야지, 왜 여기서 이러고 미적거리고 있어."

주요의 시선이 잠시 날카롭게 소하와 부딪치곤 다시 다혜를 향하며 누그러들었다. 방금 전까지만 해도 막 폭발하려는 화약처럼 연기를 뿜어대던 소하는 언제 그랬냐는 듯 입을 꾹 다물고 굉장한 집중력으로 오늘의 날씨를 시청하고 있었다.

다혜는 언니와 작은오빠를 번갈아가며 보다가 이해를 못하겠다는 듯 눈을 가늘게 떴다. 뭔지는 모르겠지만, 뭔가 좀 이상했다.

"나가자. 태워다 줄게."

주요가 먼저 선수를 치듯 말을 끊고 나왔다.

"어딜?"

"작업실 갈 거 아니야?"

"그렇지."

다혜는 고개를 끄덕끄덕 흔들어댔다. 주요는 정신 못 차리는 다혜의 머리를 툭 두들기고는 웃으며 잔소리를 해댔다.

"그럼 빨리 준비해. 그러고 있다가 왜, 내일 가려고?"

다혜의 등짝을 밀어 제 방으로 돌려보낸 주요는 쥐죽은 듯 조용히 있는 소하 쪽으로 고개를 돌렸다. 시선을 눈치챘는지 소하가 크게 헛기침을 했다.

"실수! 인정할게."

"입 조심 좀 하시죠. 아니면 이제 그만 공주마마 댁으로 돌아가 주시던가요."

소하는 빈정거리며 지나가는 주요를 사납게 노려보았다. 주요는 못 본 척하고는 차 키를 집어 들고 거실을 빠져나가 버렸다. 잘못한 게 있는 소하는 뭐라 따지지도 못하고 신경질적으로 TV 전원을 꺼버렸다.

"흐음."

다혜는 거울을 보며 옷매무새를 정리했다. 사용감은 있지만 아직 깨끗한 거울 속에 티셔츠와 청바지 차림의 모습이 비쳤다. 날도 더워 죽겠는데 반바지라도 입으면 좀 좋아. 하지만 작은오빠 등쌀에 뭐 어림도 없는 일이었다.

"크로키북, 필통, 핸드폰……. 아, 지갑."

필요한 물건을 챙겨 대충 가방에 쑤셔 넣었다. 책상에 걸터앉아 양말을 신고 가방을 둘러멘 다음 또 대충 머리를 하나로 땋아 묶었다. 마지막으로 거울을 확인한 뒤 격자 대나무에 창호지를 바른 매우 고풍스런 미닫이문을 드르륵 밀고 방을 나섰다. 이젠 흘러간 옛 드라마에서나 소품으로 나올 법한 아주 고풍스런 문이었다.

다혜는 음산한 전운이 감도는 거실을 피해 마당으로 빠져나왔다. 마루 밑으로 굴러 들어간 운동화를 꺼내 낑낑거리며 꿰어 신고는 울퉁불퉁한 돌계단을 한걸음에 걸어 내렸다.

뭐, 어쨌든 오랜 친구인 민혁의 말대로 그녀의 집이 정상이 아닌 건 맞는 듯했다. 하도 어릴 때부터 이렇게 지내와서 진짜 어릴 땐 이게 정상인 줄 알았었는데, 머리가 크고 보니 이건 표준 규격에서 벗어나도 아주 한참을 벗어나 있었다.

일단은 존댓말과 반말이 뒤엉켜 있고 적과 아군이 분명했다.

거실에서 전운을 뿌려대고 있는 소하 언니의 경우엔 열에 아홉 정도는 적군이었다. 진짜 드물게 한편이 되는 경우가 있었는데, 보통은 작은오빠가 영화를 고를 때나 요리를 하겠다며 부엌을 서성일 때 정도였다. 그때는 거의 대동단결을 하는 편이었다.

할머니의 경우는 말이 문제였다. 일전에 한 번 할머니한테 작정하고 존댓말을 했다가 아주 눈물 쏙 빠질 정도로 호되게 혼이 난 적이 있었다. 몇 번 더 그러다가 할멈이 아예 정색을 하는 바람에 높임말은 포기했다.

말로 따지자면 소하 언니의 경우는 더욱 요상했다. 그녀가 언니에게 존댓말을 쓰면 작은오빠가 반말하는 사람한테 왜 존댓말을 하느냐고 난리였는데, 흥미로운 것은 그러면서 정작 자기는 반말하는 소하 언니에게 꼬박꼬박 존댓말을 쓰고 있다는 점이었다.

"흐아암."

다혜는 경첩이 끼익거리는 두꺼운 나무 대문을 발로 밀고 나가며 길게 기지개를 켰다.

요새 아주아주 보기 드문 이 단층짜리 한옥집인 일명 '다혜네'는 해안가에 줄지어 늘어서 있는 예쁘고 아기자기한 펜션들 사이에서 단연 독보적이었다. 얼마나 독보적으로 눈에 뜨이는지 배달 음식점 기준으로 쓰일 지경이었다. '네, 다혜네서 왼쪽으로 네 번째 펜션이요? 자장면 곱빼기 두 그릇, 예, 알겠습니다'. 뭐 이런 식이었다.

'벌써 8월이네.'

그녀는 지척에 늘어선 긴 해안가를 쳐다보았다.

파도 냄새가 해풍에 실려 진하게 밀려들었다. 날이 좋았다. 바닷가에는 피서객들로 한창을 이루고 있었다. 침체되어 있던 거리에 활기가 도는 것은 반가운 일이었다.

그렇다고 해서 다혜네에 큰 변화가 일어나는 것은 아니었다. 할멈이 커플 점이다 뭐다 해서 피서객들을 상대로 영업을 하긴 했지만, 치매 방지 취미 생활에 불과할 뿐이었다. 간혹 소문을 듣고 찾아왔다는 이상한 사람들도 있기야 했다. 하지만 이상한 사람들이야 어디에나 있는 법이었고, 실례로 바로 눈앞에도 있었다.

"저기, 작은오빠?"

다혜는 먼저 집 밖에 나와 있던 주요의 팔을 가만히 흔들었다.

"왜?"

"큰오빠 저기서 뭐 해?"

다혜는 위를 올려다보며 물었다. 전봇대 위에 서 있는 장신 2m의 다 큰 남자가 큰오빠가 아니기를 빌었다.

"글쎄……. 오빠가 올라가서 물어보고 올게. 넌 일단 들어가, 들어가."

주요는 헛소리를 중얼거리며 다혜를 자신의 차 안으로 밀어넣었다. 다혜는 얼떨떨한 상태에서 보조석 안으로 떠밀려 들어갔다. 다혜를 안전한 곳에 넣어둔 주요는 몰래 차 자체를 임시적으로 봉인시켜 버렸다.

'으이구, 저 빌어먹을 백호 놈.'

그는 전봇대 위의 곰처럼 거대한 사내를 노려보며 이를 갈았다. 아니, 저기서 대체 뭘 하고 있는 걸까. 다혜가 보면 어쩌려고!

'벌써 봤지만, 제길!'

주요는 머리를 쥐어뜯었다. 평범한 인간 생활을 가장하려고 하루하루 진땀을 빼고 있는데 말이다. 초를 쳐도 유분수지.

"멍청아! 당장 내려와!"

주요는 퍼렇게 눈을 빛내며 전봇대 위를 향해 버럭 소리를 질렀다. 차 안에는 아무 소리도 들리지 않을 거라는 걸 알고는 마음 놓고 소리를 지르고 있는 것이었다.

"대체 뭐 하는 거야!"

주요는 이를 아득아득 갈아댔다. 지하는 성을 내는 주요를 보곤 곰처럼 굵은 목소리로 투덜거렸다.

"그런 말은 네 주인한테나 해라."

예전 같았으면 그런 말이 나오자마자 싸움이 벌어졌을 테지만, 지난 오 년간 많은 일이 있은 터라 주요는 도무지 싸움을 걸 수가 없었다. 싸움은커녕 그는 기어들어가는 목소리로 물었다.

"……또 왜?"

주요는 제발 그것만은 아니길 빌었다.

"군사를 또 보내왔다."

그러나 자비 없는 꽹이새끼가 또 직구로 혹 찔러 들어왔다.

"단층인 우리 집 아래위로 실상은 고층 아파트를 방불케 하는 임시 거처가 쌓여 있다는 걸 알면 다혜는 기절하고 말 거다. 전쟁을 일으킬 것도 아닌데, 인계에 군단 단위의 병력을 집결시키다니. 정신 나간 네 주인더러 군사는 그만 보내고 다혜나 데려가라고 해라!"

말이 끝나기가 무섭게 주요의 앞으로 눈에 익은 자가 한 개 대(隊)를 이끌고 부복했다.

주요는 뜨끔 놀라 자동차의 봉인 상태를 확인했다.

다행히 다혜는 늘 그렇듯 혼자서도 아주 잘 놀고 있었다. 그녀는 또 크로키북을 꺼내 그림을 그리고 있었다. 대체 어디다 숨겨 가지고 다니는 건지……. 저러면서 할멈한테 잘도 뻥을 쳤지. 아니, 거짓말할 주제는 못 되고, 가지고만 다니고 그리진 않았다는 소리일 것이다. 저게 거짓말은 못 하는 주제에 은근히 빼먹고 말하는 건 잘한다니까.

"상장군님, 오랜만에 뵙습니다."

"대정(隊正)."

주요는 고개를 돌려 동방 재색 문요어 일족인 적서 대정을 쳐다보았다.

인계로 내려오고 실로 이십일 년 만이었다. 적서는 군병이었을 때와 별로 달라진 것이 없어 보였다. 몇 년 전 그가 대정으로 섭급(拾級)되어 신병 훈련소 중 하나를 맡았다는 소문은 들었는데, 이번에 인계로 내려오게 된 모양이었다.

"비씨(妃氏:왕비로 간택된 아가씨)를 보호하라는 명을 받고 왔습니다. 네…… 먼저 온 분들과 마찬가지로 말입니다. 각 일족에서 새로 차출된 신병(新兵)들입니다."

동방 재색 문요어 일족인 적서 대정은 한숨을 감추지 못하고 끌고 온 부대를 상장군에게 소개시켰다.

그의 뒤에는 푸른빛 갑주를 입은 스물다섯의 신병들이 마갑을 씌운 비설마를 옆에 두고 도열해 있었다.

집 앞 도로가 미어질 듯 꽉꽉 들어찼다.

보기만 해도 답답해 죽을 것 같은 대열 속으로 인간들과 도로의 자동차가 무심히 지나쳐 다녔다. 물컹 포개졌다 떨어지는 모습이 어찌 보면 괴기스럽기도 했지만, 인간들의 눈에는 지금 그들이 보이지도 감각되지도 않을 터였다. 무당이나 박수처럼 일부 영감이 있는 인간들을 제외하곤. 이를테면 지금 집 안에 있는 공천덕 같은 인간들 말이다.

신병들은 보이기를 염원하지 않았고, 인간들 역시 감각되지 않는 이계의 것에 아랑곳하지 않았다. 주요도 인간들처럼 간절히 신병들과 서로 아랑곳하고 싶지가 않았다.

"참, 그리고 이건 전하께오서 내려주신 하사품(下賜品)입니다."

적서는 군병 하나를 시켜 섬운(纖雲) 위에 실어온 의사(衣筒:옷상자), 보갑(寶匣), 약상(藥箱) 등을 내리게 했다. 주요는 그 귀한 물건들을 거들떠도 안 보고 중얼거리듯 말했다.

"됐고, 그냥 돌아가면 안 될까? 남궁과 다시 전쟁이라도 터지지 않는 이상 무슨 일이 있어도 안전할 텐데……. 게다가 우리 영(領)에는 대정이 벌써 마흔다섯이나 된다고. 정규 인원에서 백 명도 넘게 초과야."

주요는 서릿발 같은 눈빛으로 그들을 노려보고 있는 지하의 눈치에 죽상이 됐다. 저깟 다 망한 백호 놈 눈치 볼 게 뭐 있나 싶었지만, 본의 아니게 취사병으로 부려먹고 있는 중이라 저게 화를 내면 저녁은 셀프였다.

주요로서는 될 수 있으면 그런 상황만큼은 되도록 피하고 싶었다. 그가 만든 음식은 사흘 굶은 개도 안 먹는다는 건 지난번에 지하의 눈 밖에 난 견족 병사가 이미 확인을 해주었다. 게다가 저 꽹이새끼는 뒤끝도 엄청나게 길고. 그러나 상사의 고충엔 조금도 관심이 없는 못돼먹은 부하 직원은 딱 잘라 거절해 버렸다.

"저도 제 사정이라는 게 있어서 말입니다."

이런 잔인한 놈, 넌 사정만 있고 인정은 없냐! 주요는 덮어놓고 화를 내고 싶었지만 상장군 체면에 그럴 수도 없었다. 주요는 대신 땅이 꺼져라 한숨을 내쉬었다.

"잘 데도 없어. 자네도 봐서 알겠지만, 아래위로 임시 거처를 더 쌓을 수도 없어. 더 쌓으면 위에서부터 무너지거나 아래쪽이 으끄러질걸?"

"노숙이라도 하지 말입니다."

주요는 자포자기한 채 중얼거렸다.

"……니 마음대로 하세요."

자하의 눈에서 불똥이 튀었지만 뭐, 어쩔 수가 없다. 백호 형님, 너도 니가 알아서 하세요.

"어, 흠! 나는 이만 우리 비씨께서 기다리고 계셔서. 그리고 있지? 우리 비씨께선 평범한 인간 생활을 영위하시기 위해 무척이나 애를 쓰고 계시거든. 신계의 것이 안 보이게 눈을 가리는 맹인부까지 쓸 정도니까, 무슨 뜻인지 알지? 눈에 안 띄게 조심해."

다혜는 그게 허한 기를 보하는 호신부인 줄로만 알고 있었지만 실상은 맹인부였다. 군인들 속에서 숨 막힐 정도로 둘러싸여 살고 있는데 호신부 따위가 필요할 리가 없었다. 이것도 다 주인 때문이다!

주요는 해묵은 적개심이 불타오르는 것을 꾹꾹 눌러 참으며 그만 해산하라는 듯 적서에게 손을 휘적휘적 내저어 보였다. 사실 제아무리 맹인부를 쓰고 있다곤 해도 이 정도 되는 신병들이 대놓고 눈 앞에서 알짱거려서 좋을 것도 없었다.

"숨으라고……. 아, 네 알겠습니다. 야, 숨어, 숨어."

적서는 뒤에서 대기하고 있는 스물다섯 명의 대원들에게 손짓을 해가며 몸을 숨기라는 말을 전했다.

'어이구, 우리 역린 곱기도 하시다.'

적서는 감히 똑바로도 못 보고 몰래 힐끔대며 비씨의 용태를 살폈다. 신력을 억누르는 온갖 것을 몸에 휘두르고 있는데도 불구하고 역린은 눈이 부셨다.

'어?'

적서가 얼굴을 붉히고 힐끔대고 있을 때였다. 역린이 몸에 두르고 있던 신력봉쇄물 중 하나가 영력을 이기지 못하고 터지는 사고가 발생하고 말았다.

"아아."

"전하의 빛입니다."

"실로 아름답습니다. 과연 역린이십니다……."

적서는 물론이거니와 역린을 처음 뵈는 신병들은 그 터져 나오는 빛에 홀려갔다. 내버려 두면 침이라도 흘릴 태세다. 주요는 해롱거리는 신병들을 보며 한숨을 푹 내쉬고는 차체의 봉인을 풀고 재빨리 운전석에 올라탔다.

"또 터졌냐? 하여튼 칠칠맞지 못하기는."

"응? 뭐가?"

다혜는 크로키북에서 고개도 들지 않고 되묻다가 주요가 내미는 브로치에 큰 눈을 껌벅거렸다.

"실밥."

"무슨?"

다혜는 작은오빠가 가리키는 쪽으로 시선을 돌리며 말문을 딱 닫아버렸다. 블라우스 가슴 부분의 작은 장식용 자수 실이 몇 가닥 터져 있었다. 가만히 그것을 내려다보던 다혜는 몹시도 의심스럽다는 눈으로 주요를 올려다보았다.

"왜?"

주요는 빨리 받기나 하라는 듯 브로치를 들이밀며 인상을 찌푸렸다.

이 바다가 비록 동향과 맞닿아 있긴 했지만, 신병들은 대부분 인계에 내려와 본 적이 없었다. 게다가 신족들은 거의 본능적으로 자신의 영역 바깥으로 벗어나는 걸 달가워하지 않았다. 그런 그들에게 향수병은 꽤나 심각한 문제였고, 주인의 기운은 없던 향수병까지 불러일으킬 정도로 맹렬한 영향력을 발휘했다.

한마디로 실밥은 중요한 문제였다.

"아니, 그냥."

다혜는 순순히 브로치를 받아 들며 중얼거렸다.

"오빠가 어떤 길을 선택한다 해도 나는 다 받아들일 수 있다구. 설령 여성향을 지향한다고 해도 나는 오빠를 지지해 줄 수 있어. 187㎝의 여자는 그 나름대로 멋있을 거야, 그럼. 킬힐을 신으면 키가 2m야, 와우! 큰오빠랑 눈높이가 같아지겠는걸! 더 이상 신장 열세로 고민하지 않아도 돼, 언니."

주요는 자신의 손을 꼬옥 움켜쥐는 다혜의 머리통을 콱 쥐어박았다.

"이게! 계집애가 못하는 소리가 없어! 네가 안 챙기니까 허구한 날 내가 챙기는 거 아냐! 항상 말했지? 몸가짐을 단정히 해야 한다고. 너는 어떻게 제 옷 실밥 터진 것도 몰라?"

"으으."

또 잔소리! 아는 게 더 이상하지. 그 실밥 몇 가닥 풀어진 걸 대체 어떻게 아느냐고. 다혜는 머리를 문지르며 속으로 투덜거렸다.

"잘 좀 챙겨. 어딜 가나 흐트러지지 말고, 오빠 없는 데서도 잘 챙기란 뜻이야."

주요는 비씨의 조기 교육을 위해 항상 하던 잔소리를 다시 읊었다. 어쨌거나 이제 이런 일쯤은 이골이 나서 주요는 더 이상 간을 졸이지도 않았다.

"그냥 솔직히 말해, 취미 생활이지? 혹시 몰래 뜨개질 같은 것도 하는 거 아니야?"

다혜는 헤실헤실 웃으며 놀려댔다.

"당연하지, 십자뜨기도 할 줄 안다."

주요는 꽤나 거만한 포즈로 턱을 치켜들었고, 다혜는 깔깔대고 웃음을 터뜨렸다. 동생의 웃음소리에 주요는 기분 좋게 미소 지었지만, 밖에 있던 지하는 안도의 한숨을 내쉬었다.

'위험할 뻔했어.'

그나마 주요가 능숙하게 또 다른 신력봉쇄물로 막아 다행이었다. 다혜가 몸에 지니고 다니는 봉쇄물의 양과 종류는 상상을 초월했다. 머리끈, 시계, 시계바늘, 옷, 신발, 실밥 하나하나, 가방, 휴대폰, 휴대폰 고리…… 갖고 있는 모든 게 대부분 신력봉쇄물이라고 보면 맞았다.

예전에는 이렇게까지 해야 하나 싶었지만 요새 같아선 그중 하나만 터져도 큰 탈이 일어났다. 신력이 인계에서는 더 이상 수습되지 않을 지경이어서 하나만 터져도 그 즉시 신안(神眼)이 열려 버리기 때문이었다.

맹인부가 제일 효과가 좋았는데, 효과가 좋은 만큼 지속 시간이 짧아 툭하면 불타오른다는 것이 문제였다. 지난번에 머리카락이 타올랐을 땐 진짜……. 그대로 분신이라도 하는 줄 알았다.

'끄응.'

지하는 골치가 아픈 표정으로 미간을 꾹꾹 눌러댔다.

어쨌거나 식구들 모두 다혜에게 정체를 숨기고 있었고, 다혜의 정체 또한 말해주지 않았다. 다혜가 동궁으로 돌아갈 날을 기약할 수 없었기 때문이다. 이렇게 자꾸 군사를 보내오는 것을 보면 아예 부르지 않고 인계에 처박아놓겠다는 심산으로도 보였다.

화가 나다 못해 이젠 적개심이 치밀기 시작했다. 인간 나이 스물하나면 어엿한 성인인데, 이날 이때까지 남자친구 한 번 못 사귀어보고, 아니, 그게 문제가 아니라 이대로 남은 수천 년의 수명을 인계에 처박혀 생과부 노릇을 하게 생겼으니.

'게다가 그것뿐만이 아니지.'

생과부 정도라면 차라리 다행일 것이다. 지하는 이를 득득 갈며 전봇대 위에서 뛰어내렸다.

적서를 비롯한 군병들은 느린 포물선을 그리며 아래로 떨어져 내리는 덩치 큰 사내를 약간 긴장한 채 주시하고 있었다.

'저자가 북방 백색 호족의 마지막 직계로군.'

적서는 반사적으로 허리에 찬 검을 확인했다.

한 줌 남아 있는 일족의 생명을 담보로 주인께 부려지고 있는 자였다. 가히 자신들을 곱게 볼 이유가 없는 자이기도 했다.

"밥, 잘하는 사람."

북방 백색 호족의 마지막 직계는 서론도 없이 대뜸 물었다. 군주 혈통 직계라 그런지 풍겨 나오는 기운이 엄청났다. 힘을 모조리 개방하면 제대로 서 있지도 못할 게 분명했다.

"밥! 잘하는 사람!"

지하가 호통을 쳤고, 대원 중 두어 명이 얼떨결에 슬그머니 손을 들었다. 적서는 아차 싶었지만 말릴 새도 없이 지하가 손을 든 두 명을 끌어냈고, 그 대신 적서의 손에 무언가를 빼곡히 적은 종이쪽지를 넘겨주었다. 씩 웃으면서.

'이, 이건!'

종이쪽지를 쥔 적서의 손이 부들부들 떨렸다. 쪽지에는 야산에 흩어져 있는 섭취 가능한 식물군의 분포도가 기술되어 있었다.

"사흘 굶어 남의 집 담 안 넘을 놈 없다지만, 그래도 대정 체면에 곯은 배 움켜쥐고 민가를 습격하진 않으리라 믿는다."

"……."

그 한마디를 남겨놓고 북방 백색 호족의 마지막 직계는 차출한 두 명의 취사병을 이끌고 집 안으로 들어가 버렸다. 취사병으로 보직을 강제로 변경당한 두 병사는 전하의 하사품을 이고 지고 쫄래쫄래 백호의 뒤를 따라가 버렸다.

'뒤도 안 돌아보고…… 나쁜 새끼들.'

적서는 이를 으드득 갈았다. 아니, 아무리 노숙이라도 하겠다고 했다지만 진짜 안에 들이지도 않다니? 뭐, 이런 피도 눈물도 없는 비정한 신족들이 다 있나. 그리고 뭐? 사흘 굶어 남의 집 담 안 넘을 놈 없다고? 뭐야, 무슨 뜻이야! 굶을 게 확실하니 마음의 준비나 해두라는 거냐!

＊　＊　＊

다혜는 차창에 고개를 기댄 채 물끄러미 바깥을 바라보았다.

차는 해안도로를 따라 시원하게 달려 나갔다. 햇살을 머금은
물비늘이 빠른 속도로 차를 따라왔다.

할멈은 기가 허해 그러니 큰 걱정은 하지 말라 했고, 작은오빠
역시 금세 좋아질 것이라 확언을 했으며, 큰오빠는 남자친구를
사귀어보라고 권유를 했다. 언니는 그저 그녀를 정신이상자로
취급할 뿐이었지만, 다혜는 식구들 모두의 의견이 각자 나름대
로 일리가 있다고 생각했다.

기가 허해 그러는 것이니 언젠가는 좋아질 테고, 남자친구라
도 사귀어 현실에 더 큰 관심을 기울이면…… 꿈속을 헤매는 이
정신병에서도 헤어 나올 수 있을지 몰랐다.

'꿈…….'

다혜는 크로키북을 쥔 손에 꾹 힘을 주었다.

그녀의 눈은 내내 동녘의 바다를 좇고 있었다. 알 수 없는 곳
에 대한 그리움은 날이 갈수록 나아지진 않고 더욱 심해져만 갔
다. 그럴 때마다 가슴이 뛰면서 숨이 답답해져 왔다. 볼 수는 있
지만 절대 닿을 수 없는 먼 수평선, 자신이 잡고 싶어 하는 건 바
로 그런 신기루일 것이다. 다혜는 크게 숨을 들이마시며 바다에
서 눈을 떼어냈다.

"오빠."

"어, 왜?"

주요는 여상스러운 척 대꾸했지만, 사실은 한참을 말도 없이 동쪽만 쳐다보고 있는 다혜 때문에 약간 신경이 곤두선 상태였다.

　"나 치료를 한번 받아볼까 해."

　다혜는 담담히 말했다. 당황한 건 주요 쪽이었다.

　"치료? 왜? 저기, 아. 환상…… 뭐, 그런 것 때문에?"

　모른 척 어수룩하게 말하는 것도 보통 연기력이 필요한 일이 아니었다.

　"그냥 여러 가지 때문에."

　주요는 다혜가 또 뭔가를 숨긴다는 걸 알았지만 캐묻기가 쉽지 않았다.

　"그래서 말인데, 할멈 몰래 얼마 동안만 나 병원에 좀 데려다 주라."

　"무슨 병원?"

　"신경정신과."

　"야!"

　다혜는 주요가 소리를 지르는 통에 얼른 귀를 막았다. 그녀는 귀를 막은 채 다시 고개를 돌려 창밖을 바라보았다.

　사실은 다 끊어내고 싶었다. 있지도 않은 사람을 그리워하는 헛된 열병 따위 다 끊어내고 정말이지 사람답게 살고 싶었다. 이렇게 가슴 졸이며 에이며 기다리는 것도 오늘이 마지막이었으면 했다. 수면제를 먹고 잠이 들면 꿈을 꾸지 않을지도 몰라. 그런 것에 기대는 실낱같은 의지가 한탄스러웠지만 의지만으론 도저히 꿈의 시작을 막을 수가 없었다. 도무지 혼자 힘으론 안 된다면, 어떻게 해도 그 마음을 치워낼 수 없다면, 품고 살아가는 법이라도 배워야 했다.

"다혜야."

주요는 작업실 뒤 주차장에다 차를 밀어 넣고 인상을 박박 쓰며 말을 골랐다. 차창 밖에서 다혜와 작업실을 같이 쓰는 인간 놈팡이 하나가 다혜를 발견하고 손을 흔들고 지랄을 했다. 다혜가 작게 웃으며 마주 손을 흔들어주는 걸 보자 주요는 아주 복장이 뒤집어졌다.

이게 다 주인님 때문이다! 또다시 해묵은 적개심이 맹렬하게 타올랐다.

저 인간 놈팡이가 보통 평범한 인간 여동생을 둔 평범한 인간 오빠였다면, 동생의 남자친구로 삼고 싶어 할 만한 놈이었기 때문에 더 복장이 뒤집어졌다. 끈질기기는 또 얼마나 엿가락처럼 끈질긴지. 유치원 때 들러붙은 게 대학 2학년이 된 지금까지 떨어지질 않고 있었다. 서울로 대학 진학을 한 놈이 대체 왜 방학만 되면 꼬박꼬박 내려오고 지랄을 하는지 알다가도 모르겠고 알고 싶지도 않았다.

"치료 끝나면 민혁이네 학교로 편입 시험 볼 거야."

주요는 하얗게 질린 얼굴로 연신 폭탄선언을 하는 다혜를 쳐다보았다. 다혜는 단단하게 결심한 얼굴로 말을 이었다.

"생각 많이 해봤어. 나도 이제 나이가 있으니까 미래를 생각해야 하잖아. 편입해서 교직 이수를 받거나, 그게 안 되면 교육 대학원에 진학할 거야. 아이들 가르치면서 살고 싶어."

"그, 그래."

주요는 머리를 쥐어뜯고 싶은 심정이었다. 미래의 동궁왕후가 장래를 걱정하고 있다니! 망신도 이런 망신이 없다.

"그, 그런데, 흠! 왜 하필이면 민혁이네 학교야? 지금 너 다니는 데도 교직 이수 가능하잖아. 성적도 좋고."

당황했더니 말도 떠듬떠듬 나온다.

"걔네 학교가 시스템이 잘돼 있대."

"말 돌리지 말고."

다혜는 머뭇거리더니, 한숨을 쉬듯 대답을 했다.

"여기서 조금…… 떠나 있고 싶어."

다혜는 상처받은 주요의 표정을 보고는 얼른 말을 덧붙였다.

"아주는 말고! 그냥 잠깐 동안만, 몇 년 만이라도. 그럼 괜찮을 것 같아."

주요는 조심스럽게 물었다.

"너 나 몰래 실연이라도 당했니?"

이 청천벽력 같은 질문에 제발 노라고 대답해 주길 빌었다.

"아, 나 너무 늦었다. 그만 가볼게!"

다혜는 대답을 회피하며 냅다 도망치려고 했다. 주요는 어림 없다는 듯 다혜의 뒷덜미를 잡고는 보다 대답하기 쉬운 질문을 해주었다.

"이따가 언제 데리러 와?"

"에이, 오빠는. 내가 무슨 애긴가. 이따가 민혁이가 저녁 먹고 태워다 준다고 했어."

다혜는 마지막 폭탄선언을 하고는 솜씨 좋게 주요의 손아귀에서 빠져나갔다.

다혜는 작업실을 향해 바쁘게 걸어가며, 뒤를 돌아보고 싶은 것을 꾹 참아냈다. 자신의 일이라면 유난히도 유별나게 구는 작은오빠에게 충격을 주었다는 사실은 빤히 알고 있었다. 하지만 그녀도 그 말을 하기까지 몇 번이고 고민을 했다.

나이 스물하나를 먹도록 이 지역에서 벗어난 적이 없었다. 어쩌다가 소풍이나 수학여행이 조금 먼 지역으로 잡히면 폭우가 쏟아져 취소되기 일쑤였다. 친구들이랑 당일치기 여행이라도 갈라 치면 그 지역에 태풍주의보가 내려졌다. 이상하다, 희한하다, 무슨 이런 당황스러운 팔자가 다 있나, 나는 죽어도 여기다 뼈를 묻어야겠구나 싶었다. 하지만 그 사실이 원망스럽거나 답답했던 적은 한 번도 없었다.

그저 이곳이 좋았다. 태어난 곳, 자라난 곳, 무엇보다 서늘함을 품고 몰려오는 해풍이 좋았다. 그랬다, 오 년 전까지만 해도.

다혜는 생각을 떨쳐 버리려는 듯 고개를 내젓고는 작업실로 이어진 가파른 계단을 끙끙거리며 올라갔다.

그리 크지 않은, 보증금 3천에 월 45만 원짜리 오피스텔이었다. 방 하나에 부엌, 화장실, 커다란 거실 하나가 전부였는데, 그녀와 이민혁 그리고 같은 과 친구 송윤지 이렇게 셋이 함께 작업실로 사용하고 있었다.

보증금 중 2천만 원을 큰오빠가 내주어서 감사하게도 하나뿐인 방을 그녀가 차지할 수 있었다. 작업보단 민혁에게 더 관심이 있는 윤지도 그 사실에 전혀 불평하지 않았다. 다혜를 방에다 밀어놓고 민혁과 단둘이 있을 수 있었으니까. 그게 방학 중뿐이라고 하더라도.

"일찍 왔네?"

다혜는 커피를 타며 싱긋 웃는 민혁에게 손을 흔들었다.

"윤지는?"

"오늘 못 온대."

무슨 일 있냐고 물어야 했지만, 다혜는 대신 작게 안도의 한숨을 쉬었다. 요새 윤지 등살에 괴로울 정도였기 때문이다. 노려보며 미운 말로 톡톡 쏘아붙이는 건 아무것도 아니었다. 요즘 들어선 그녀가 화장실 간다고 거실로 나오기만 해도 민혁이 때문이 아닌가 하고 트집을 잡고 있었다. 평소보다 조금 공들여 머리를 묶거나 허구한 날 입는 티셔츠 대신 블라우스만 입어도 벌써 눈초리가 달라졌다.

딱 시집을 사는 기분이었는데, 아니라고 말을 해도 제대로 들어주질 않고 있었다. 그래서 다혜는 요즘 또다시 눈치 보기 만렙을 찍어가고 있었다.

"전에도 말했지만, 걔 좀 내보내자."

민혁이 투덜대며 커피 속에 각설탕을 세 개나 집어넣었다. 스트레스를 많이 받고 있다는 뜻이었다. 다혜는 타이르듯 말했다.

"넌 방학 중에만 있는 거잖아. 학기 중에는 윤지하고 나하고 둘뿐이라고. 그 애마저 없으면 나 혼자 이 작업실을 어떻게 꾸려

나가. 사실 걔도……."

윤지도 민혁이만 없으면 작업에만 몰두하는 성실한 친구였다. 다혜는 방을, 윤지는 거실을 사용하는 아주 조용하고 평화로운 작업 환경이었다. 그러다 방학이 되면 윤지가 고맙게도 서울에서 내려오는 민혁에게 자신의 작업 공간을 나누어주는 것이었다. 그것도 기꺼이.

문제는 그저 이 시골 동네에 민혁이만 한 인물이 없다는 것이었다. 호박 밭 속에 나 홀로 핀 꽃이니 누군들 갖고 싶지 않으랴. 하지만 이 사실을 민혁에게 말해줄 수는 없었다. 문제는 윤지가 아니라 바로 본인이라는 사실을. 소꿉친구가 뭔지.

"걔도 뭐?"

민혁이 눈치 빠른 척하며 쏘아 물었다. 다혜는 땅이 꺼져라 한숨을 쉬었다. 유치원 때부터 벌써 십오 년 지기 친구로 그동안 이런 일을 당한 게 한두 번이 아니었다. 이제 와 새삼스러울 것도 없었지만, 다혜는 정말이지 민혁이 서울로 올라갈 때 드디어 이 모든 고통에서 해방된 줄로만 알았다. 이놈이 방학 때마다 내려올 줄은 몰랐었지.

"내가 학기 중에도 작업실비 준다니까. 그럼 걔 없이 너랑 나랑 둘이만 있을 수 있잖아."

민혁은 말끝에 벌겋게 얼굴을 붉혔다. 출근한 남편을 기다리는 아내처럼, 다혜가 이 작업실에서 혼자 자신을 기다려 준다면 어떨지. 상상만 해도 흐뭇해졌다.

"우리 오빠들도 둘이 있기를 원하지, 너 빼고 나랑 윤지랑 단

둘이."

"이씨!"

민혁은 성질을 부렸고, 덕분에 민혁이 들고 있던 커피가 이리저리로 튀었다. 다혜는 인상을 쓰고 투덜거렸다.

"넌 쓰지도 않는 작업실비는 왜 내겠다는 거야. 내가 그 돈을 왜 받아? 네가 무슨 갑부 집 아들이냐? 엉뚱한 소리 그만하고 윤지 좀 봐줘."

"봐주라니, 뭘?"

"뭐냐니? 윤지는 진심이잖아."

누군가를 짝사랑하는 게 얼마나 힘든 일인지, 받아보기만 한 저 녀석은 절대 모를 것이다. 그리고 그녀도 오 년 전까진 그걸 몰랐었다. 그것이 얼마나 아프고 힘들고 또 하루에도 몇 번씩이나 숨 막히도록 애끓게 만드는지. 그래서 다혜는 윤지를 미워할 수가 없었다.

"뭐, 어쨌든. 그래서 이따 저녁 먹을 때는 온대?"

"못 온대. 휴가라고 친척들이 한 무더기는 내려왔나 봐."

민혁은 퉁명스럽게 대꾸했다. 하지만 다혜는 저 녀석이 좀 흐뭇해한다는 사실을 분명히 알고 있었다. 물론 본인은 부득불 아니라고 우길 테지만, 누군가가 자신을 짝사랑하고 있다는 걸 좀 뿌듯해하는 경향이 있었다. 아무리 소꿉친구라지만 진짜 재수 없는 구석이 있다니까.

"정신없겠다. 휴가지에 사는 게 꼭 좋은 것만은 아니라니까. 그럼, 이따 봐."

다혜는 커피를 잔에 따라 방으로 가지고 들어가며 말했다.

"뭐야, 벌써 시작이야?"

민혁은 좀 더 얘기를 나누고 싶었지만, 서다혜는 가차 없이 자신의 작업실 안으로 쏙 들어가 버렸다. 이런 냉정한 여자 같으니! 민혁은 서다혜 외 출입금지 표시가 붙은 방문을 노려보았다.

"우씨, 방에다 금돼지라도 감춰놨냐? 왜 만날 잠그고 그래?"

다혜는 불만스럽게 투덜대는 민혁의 목소리에 혀를 날름거렸다. 금돼지면 차라리 낫지. 그 좋은 걸 감추기는 뭐 하러 감춰. 다혜는 잠근 문을 다시 한 번 확인하고는 잠시 망설이다가 작업 중이던 화폭으로 터벅터벅 걸어갔다.

비스듬히 서 있는 이젤 위에 그녀의 꿈이, 그녀의 악몽이 미완성의 모습으로 그녀를 바라보고 있었다. 다혜는 다시 한 번 저 그림을 접어야 한다고 생각했다.

"하지만 전시회까지는 아직 시간이 많아."

그렇게 또 스스로를 속이며 중얼거렸다. 그녀는 커피를 홀짝이며 슬그머니 눈길을 돌리더니 주위를 좀 서성거렸다. 정말 바보 같은 짓이다. 자기가 그리고 있는 그림을 제대로 쳐다보지도 못한다니? 말 된다, 진짜. 이래서야 제대로 그릴 수도 없을 거야. 다혜는 다시 한 번 제 그림을 힐긋 훔쳐보았다. 얼굴이 순식간에 발갛게 달아올랐다. 역시 청바지가 문제인 거다. 너무 더워서 그런 거야.

"하아, 제대로라니. 그건 애초에 포기했잖아?"

그는 정적이었고, 순간이었고, 찰나였다.

명멸하는 빛처럼, 잡으려는 순간 눈앞에서 사라져 버리는 빛처럼……

그렇게 흔적도 남기지 않고 실체 역시 어디에도 없다. 마치 신기루에 홀린 사막 여행자처럼 두 손을 내밀고 그를 쫓는다. 이대로 가다간 영영 현실로 돌아오지 못할 게 분명했다.

"난 치료를 받을 거야. 그러니까."

다혜는 그려지지 않은 화폭 속의 눈동자를 응시했다. 커피잔을 두 손으로 꾹 움켜잡았다. 결국 다 마시지도 못하고 내려놓는다.

"이제 그만 나를 놔줘요."

하지만 마음은 다른 말을 하고 있었다.

"청윤……."

정반대의 말……. 나를 데려가 줘요, 이제 그만 데려가 줘요.

"제발……."

제발! 이제 제발 그만해. 다혜는 이젤에서 화폭을 걷어내 버렸다. 제발 이제 그만두자. 이대로 미칠 수는 없었다. 굳건하게 버티자, 서다혜!

2장

뒤죽박죽 탑과 동쪽의 왕

"주군을 만나뵈야 해."

주요는 차 핸들에 머리를 쿵 박으며 중얼거렸다. 설령 근무지 이탈로 맞아 죽더라도 이젠 정말 주인을 만나뵈야 했다. 하지만 만난다고 무슨 뾰족한 수가 생길까? 괜히 주인을 상대로 대적해 봐야 자신은 물론이고 다혜의 처지까지 더 안 좋아지는 수가 있었다. 차라리 다혜의 행복을 위해 그 빌어먹을 인간 놈을 몰래 밀어주는 편이 나을지도 몰랐다. 제기랄! 지하 놈, 좋다고 축제라도 벌이게 생겼군.

'하아아.'

머리가 복잡했다. 다혜는 벌써 오 년 전, 나이 열여섯에 동궁으로 돌아갔어야 했다. 신력이 나타나기 시작한 게 그때부터였기 때문이다. 예상보다 빠르다고 좋아했던 게 엊그제 같은데. 주인은 역린을 부르지 않았고, 대신 그녀를 지킬 군사를 보내왔다. 손대기도 무서운 고가의 패물과 함께.

다혜는 발신인 불명의 선물들을 거북스러워했다. 그것들은 창고에 차곡차곡 쌓여갔고 공천덕의 요청에 의해 다혜가 필요한 물건들을 건네주면 그것으로 신력봉쇄물을 만드는 것 외에는 아무 곳에도 쓸 일이 없었다.

왕의 선물이라 다혜의 허락 없인 건들 수도 없었고, 아예 안 보여주고 숨길 수도 없었다. 자리만 차지하고 번거롭고 거추장스럽고, 아주 짐 덩어리가 따로 없었다.

'대체 어쩌자는 것일까.'

최악의 시나리오가 머릿속으로 착착 펼쳐졌다. 인계에 처박아놓고 생과부를 만드는 것보다 더 안 좋은 시나리오였다.

주요는 다혜가 했던 폭탄선언들을 되새김질하며 차를 빼 다시 집으로 달려갔다.

"다혜는?"

대문을 열어젖히자, 정원을 손질하고 있던 거대한 곰이 툭 던져 묻는다.

"데이트."

주요는 이를 갈며 대답했다. 그 대답에 지하의 표정이 놀랍다는 듯 벌어지다가 점점 밝은 웃음으로 번져 나갔다.

"좋냐?"

시비 걸듯 묻는 주요의 말에 지하는 씩 웃으며 간단하게 대답했다.

"듣던 중 반가운 소리."

입에서 욕이 터져 나올 것 같았다. 주요는 애써 자신을 억누르며 낮게 웅얼거렸다.

"남의 일이라고……."

"남의 일?"

지하는 연신 이를 갈아대는 주요를 직시했다.

"그럼 넌 다혜가 저렇게 평생 혼자 외롭게 살았으면 좋겠다는 거냐? 인간이든 신족이든 마음을 나누고 곁을 지켜줄 사람이 필요하다. 이미 네 주인의 속셈은 만천하에 드러났질 않았나. 다혜는 귀한 동궁의 왕후가 아니라 네 주인의 희생 제물에 불과해. 역린 보관함, 살아 있는 인형. 그러니 부르지도 않고 찾아오지도 않고 군사로 하여금 지키게만 하는 것이다. 저따위 선물은 눈 가리고 아웅 하는 식의 속임수에 불과하단 걸 네놈도 알고 있지 않나."

지하는 적서의 부대가 가지고 온 짐 덩어리를 가리키며 말했다.

"……닥쳐."

주요는 분노를 이기지 못하고 힘을 흘려 버렸다. 그에게서 흘러나온 힘이 사방을 할퀴며 풀려 나갔다.

"아니라고 반박해 봐. 그럼 내가 사과라도 해드리지. 어째서 네 주인은 귀한 안겪을 인계에 처박아놓고 부르질 않는 것이냐?"

지하는 사납게 이를 드러내며 소름 끼치는 목울음 소리를 냈다.

"그걸 내가 어떻게 알아!"

성질 급한 주요가 또 먼저 폭발했고 그 여파로 집 전체가 울리며 진동했다. 물론 돌아오는 것은 구박뿐이었다.

"야, 이 멍청한 놈아!"

주요는 분기탱천한 공천덕의 주름 자글자글한 얼굴을 보고 헉 소릴 삼켰다. 언제부터 있었담?

"하, 할멈! 그게!"

"시끄러! 이 밥버러지 같은 놈이 등골을 빼먹어도 유분수지! 집 무너지면 네놈 뼛골을 갈아 거름으로 줄 테다, 이놈아! 이놈이 어디 영에서 뺨 맞고 집에 와서 계집을 치누?"

주요는 참지 못하고 또 맞받아치며 소리를 질러댔다.

"할멈! 그럼 할멈은 다혜가 이대로 인계에서 인간 놈팡이랑 살았음 좋겠수? 그깟 인간 놈이랑 엮여봐야 고생밖에 더해? 동궁에 돌아가면……."

"동궁에 돌아가면 뭐, 이놈아!"

공천덕은 주요의 말허리를 잘라먹으며 버럭 소릴 질렀다. 지하는 귀가 따가워 어디론가 사라지고 싶어졌다. 저 둘은 서로 소리를 지르지 않고는 애초부터 대화가 안 되는 모양이었다.

"동궁에 돌아가 봐야 뒷방에 처박혀 냉대나 받고 살지! 네 주인이 어디 누군가를 귀히 여기고 살갑게 품어주는 인사더냐? 이년 저년 돌려가며 끼고 놀 줄이나 알지. 차라리 잘되었다! 역린 좀 품었으면 어때? 정식으로 혼례를 올린 것도 아니고. 예서 좋은 배필 만나 지아비 사랑받고 살면 계집으로서 그보다 더한 행복이 어디 있겠누?"

주요는 할멈의 막말에도 불구하고 성질을 죽이고 차분하게 반박했다.

"할멈, 아무리 다혜가 인간이래도 역린을 품어 이미 반신(半神)이 됐수. 내 주인의 추정 수명이 얼마나 되는지 알긴 아오? 자그마치 구천 년이오, 구천 년. 그거 다 채우기 전까진 다혜도 못 죽는단 말이오. 괜히 인간을 마음에 담았다가……."

"그럼 신을 담으면 되겠네."

주요는 공천덕 옆에서 천천히 걸어 나오는 소하를 보며 입을 댓 발 내밀었다.

"줄줄이 다 나와라, 다 나와. 이놈의 집구석은 어느 하나 입 다물고 있는 법이 없어요."

소하는 불만스럽게 중얼대는 주요를 보고 눈썹을 찡긋거렸다.

"인간이 안 되면 신을 담으면 되겠지. 데릴사위 하나 들여, 할멈."

소하는 입을 가리고 웃으며 눈을 반짝였다. 오래전부터 동궁왕을 노리고 있는 그녀의 속셈이야 뻔했지만, 나쁜 방법은 아닌지라 지하가 소하의 말을 거들고 나섰다.

"좋은 생각인데. 마침 일족 중에 혼기가 꽉 찬 놈이 하나 있거든."

"넌 좀 닥쳐!"

주요는 지하에게 소리를 내지르곤 씩씩거리며 천제의 딸을 노려보았다.

누가 뭐라 해도 동궁왕후의 자리는 다혜의 것이었다. 감히 천제의 딸이 그 자리에 눈독을 들인다는 것은 말도 안 되는 일이다. 역린을 품은 다혜 말고 대체 누가 왕후의 자리에 앉는단 말인가. 어찌 그 귀한 아이더러 다른 사내를 맞으라고 야단들인지. 저들이 뭐라고? 공천덕도 백호도 천제의 딸도 다 외부인이었다.

다혜는 그들의 여주인이었다. 오직 그녀만이 그들의 왕후가 될 자격이 있었다. 다른 누구도 결코 받아들일 수 없다.

❋　❋　❋

"여기 맛있지?"

다혜는 민혁의 질문에 미소를 지으며 고개를 끄덕였다. 원래부터 조미료 듬뿍 들어간 외식을 선호하는 그녀였지만, 정색을 하는 큰오빠 때문에 어지간해선 바깥 음식을 구경하기가 쉽지 않았다. 지금까지도 꼬박꼬박 도시락을 챙기는 사람이 큰오빠였다. 덩치와 성격에 어울리지도 않게 이상하게 그런 걸 좋아라 했다.

"더 먹고 싶은 거 있으면 얼마든지 시켜. 내가 다 사줄게."

그녀는 호기롭게 말하는 민혁을 보며 눈을 동그랗게 떴다.

"진짜? 그럼 나 다 시킨다? 나 아까부터 저기 저 스테이크가 먹고 싶었어."

"어, 어? 스테이크?"

다혜는 당황한 민혁의 모습에 웃음을 터뜨렸다.

"무섭지? 너 조심해, 내가 너보다 더 먹어."

다혜의 너스레에 민혁도 웃음을 터뜨렸다. 훈훈한 데이트의 현장이었다. 다혜는 그렇게 생각하지 않는다 해도 최소한 민혁에게 이건 데이트였다. 비록 원래는 윤지까지 셋이서 작업실 멤버가 다시 뭉친 기념으로 잡은 저녁 식사 약속이긴 했지만, 집안 사정이든 뭐든 윤지가 빠져 버렸고 그래서 둘이 되었고 그러니까 이건 바로 데이트라고 민혁은 속편하게 제멋대로 결정을 내버렸다.

그는 이후의 스케줄까지 다 계획해 둔 바였다.

우선 근사하게 저녁 식사를 끝내고, 길거리 데이트를 하다가 작은 선물 하나를 사서 그 자리에서 불시에 고백해 버리는 것이다. 그다음엔 바로 첫 키스까지 일사천리로 진행해 버리는 거지.

'쯧쯧.'

다혜는 혀를 차며 몽롱하게 망상에 빠져 있는 민혁을 구경했다. 쟤가 저 모양인 걸 왜 아무도 모르는 건지 모르겠다. 가끔 저렇게 딴생각에 빠져 혼자 히죽댄다는 걸 여자애들이 알았다면 반 수 이상은 떨어져 나갔을 텐데 말이다. 그럼 나도 좀 편해졌을 테고.

민혁이 고백할 꿍꿍이를 품고 있다는 걸 전혀 모르는 다혜는 바닥까지 싹싹 비워 배부르게 식사를 하고 가벼운 마음으로 레스토랑을 나섰다.

어느새 바깥에는 벌써 해가 지고 있었다.

하늘은 먼 귀퉁이부터 붉게 어그러지고 뜨겁게 달궈져 있던 공기는 한 뼘씩 식어 내렸다. 불어오는 저녁 바람이 슬그머니 찬 기운을 품고 있었다. 다혜는 걸음을 멈춘 채 불어오는 바람의 결을 느끼며 가만히 서 있었다.

"뭐 해?"

그녀는 뒤에서 불쑥 묻는 민혁을 돌아보며 작게 웃음 지었다.

"그냥, 바람이 시원해서."

민혁은 그녀의 웃음이 어딘지 모르게 좀 서글퍼 보여 걱정스러워졌다.

"식구들 걱정할까 봐 그래? 전화라도 한 통 해볼래?"

다혜의 유별난 식구들을 알고 있는 민혁이 조심스럽게 물었다. 다혜는 고개를 저었다.

"우리 집 전화 안 돼."

"아직도?"

"응."

다혜는 얼굴을 붉히며 작게 헛기침을 했다.

"오빠들 휴대폰은?"

"집에만 들어가면 안 터져."

민혁은 경이롭다는 듯 중얼거렸다.

"너네 집은 진짜 여러 가지 의미로 엄청난 것 같아. 마치 마의 삼각지대 같다고나 할까……."

그러다 민혁은 작게 얼굴을 붉히며 다혜의 손을 대뜸 붙잡았다.

"가자!"

"어딜?"

다혜는 민혁에게 잡힌 손이 부담스럽게만 느껴졌다. 이놈이 갑자기 손은 왜 잡는 거야?

"밥 먹었으니까 이제 소화시켜야지. 좀 걷자."

"어? 하지만 늦었는데."

다혜는 망설이며 떨어지는 저녁 해를 힐끗 쳐다보았다. 상관 없잖아. 다혜는 울적한 얼굴로 바다에서 눈을 돌려 버렸다. 그리곤 민혁이 이끄는 대로 번잡한 거리 속으로 향해갔다. 공연히 가슴이 뛰고 불안해졌지만, 상관없었다. 사실은 좀 이럴 때도 되었다.

"알았으니까, 이것 좀 놓고 걸어."

"엇, 저거 봐, 저거 봐!"

민혁은 다혜의 말을 싹 무시한 채 휘황찬란한 거리를 가리켰다. 민혁은 아직도 어렸을 적 그대로였다. 다혜는 작게 한숨을 내쉬었다. 진짜 누가 볼까 무섭다. 여긴 좁은 동네였다. 윤지를 아는 누군가가 이렇게 손을 잡고 다니는 그 둘을 보기라도 한다면, 어휴. 얼마나 더 들들 볶일지.

"놔! 이놈아!"

다혜가 꽥 소리를 질렀고 민혁이 깜짝 놀란 시늉을 하며 손을 놓았다. 다혜는 코웃음을 치고는 거리 속으로 들어갔다. 민혁이 생글생글 웃으며 뒤를 따라붙었다.

"너 말투가 꼭 할멈 같아."

"우리 할멈한테 옮아서 그래. 소개시켜 줄까?"

보자마자 한 대 얻어맞을 게 분명했다. 할멈의 향 부채는 상대를 가리는 법이 없으니까.

"그만둘래."

민혁이 너스레를 떨며 손사래를 쳤고, 다혜는 그런 민혁을 보며 깔깔대고 웃었다. 저녁 시간이 되니 거리는 점점 더 활기를 띠기 시작했다. 일 년 중 가장 물이 좋은 성수기를 맞은 상인들의 눈에도 생기가 돌았다.

관광객들은 본연의 임무에 충실하며 들떠 있었고, 때문에 거리는 거대한 축제장처럼 변해 있었다. 곳곳에 늘어서 있는 노점 가판대의 불빛이 휘황찬란했다.

거의 반년 만에 돌아온 민혁은 반쯤 관광객처럼 굴며 이곳저곳을 헤집고 다녔고, 덕분에 다혜도 덩달아서 관광객이 된 듯한 기분이었다.

"이것 봐, 예쁘다. 너한테 잘 어울릴 거야."

민혁은 액세서리 가판대에서 불빛에 예쁘게 반짝이는 귀고리 한 쌍을 골라내고선 왠지 얼굴을 붉혔다.

다혜는 물론 집 창고에 그보다 수백 배는 비싼 귀고리가 궤짝으로 한가득 있다는 말은 절대 하지 않았다. 그녀의 것이라곤 하지만, 사실 누가 보낸 건지도 모르는 그런 고가의 물건들이 진짜 자신의 것이라는 생각은 들지 않았다. 그런 것보단 이렇게 함께 웃으며 고른 작은 귀고리 하나가 훨씬 더 소중할 것이었다.

'만약에 그 사람과 함께라면……'

다혜는 작게 고개를 저으며 그 생각을 물리쳤다. 그 사람은 현실에 있지도 않은걸. 그냥 내 환상에 불과해. 갑자기 바보같이 울음이 터질 것 같아 다혜는 더 밝게 웃음 지었다.

"그래, 너무 예쁘다."

다혜의 말에 민혁이 좋아하며 입을 열어 밝게 대답했다.

"그…… 렇…… 지…… 내…… 가…… 사…… 줄…… 게……."

아주 천천히.

다혜는 인상을 찌푸리며 그를 바라보았다. 갑자기 왜 저러는 거지. 뭔가 기분이 이상해졌다. 이윽고 공기가 진동하며 묘한 울림과 소리가 들려오기 시작했다.

그녀는 놀라 주변을 돌아보았다.

거리를 꽉 채우며 한껏 시끄럽게 떠들던 상인과 관광객들의 목소리가 하나도 들려오지 않았다. 마치 진공 상태처럼, 아니, 깊은 물속에 떠밀려 빠진 것처럼.

사방에 묘한 울림과 진동만이 가득했다. 불어오는 바람이 맥동하고 있었다.

두근…… 두근…….

그 바람이 몸을 쓸고 지나갔다.

유리 깨지는 소리를 내며 시계에 금이 가기 시작한다. 그러나 그 사실을 그녀는 조금도 눈치챌 수 없었다. 시계뿐만 아니라, 휴대폰 액정, 가방에 달려 있던 장식용 이니셜 큐빅, 운동화의 매듭 끈……. 모든 것이 조금씩 깨지고 끊어지며 금이 가고 있었다.

그녀를 둘러싸고 있던 현실들이 모래성처럼 무너지며 사그라졌다.

무너진 현실과 바람이 뒤섞이고 공기에선 진한 바다 냄새가 났다. 다혜는 고개를 내려 발목에서 찰랑대며 부서지는 파도를 가만히 바라보았다.

'이건……'

그래, 두 번째.

다혜는 울음이 터지려는 눈을 꼭 감았다.

드디어 제대로 미치고야 만 모양이었다. 서글프고 아팠지만, 가슴은 두근거리며 뛰고 있었다. 그녀는 다시 눈을 떠 앞을 바라보았다. 해가 잔 빛을 뿌리며 뉘엿뉘엿 넘어가고 있었다. 황혼, 하루 중 가장 속 깊은 색을 내며 바다는 밤을 맞이할 준비를 하고 있었다.

그리고…… 그 먼 바다에, 죽을 때까지 달려도 결코 닿을 수 없을 그 수평선에 위에,

그가 서 있었다.

조금은 긴 검은 머리카락, 바람에 부드럽게 흐르는 검은 옷자락, 그 사이로 드러난 달빛 같은 유백색 피부, 똑바로 바라보는 차가운 눈동자. 그녀 앞에 선 아름답고 잔혹한 존재.

"청윤."

다혜는 그의 이름을 불러보았다.

언제나처럼 다정하게 미소 짓고 있는 그의 이름을.

다혜는 힘겨운 듯 결국 다시 두 눈을 꼭 감아버리고 말았다.

어차피 잠시 후면 흩어져 사라져 버릴 꿈이었다. 그래, 언제나처럼 황혼은 순식간에 어두운 바다 너머로 사라지고 말 테지. 눈과 마음을 흘려 어둠 속으로 가져가 버리는 그 짧고 잔혹한 시간. 그를 밀어내야 했다. 그러지 못하면 사그라지는 적하(赤霞)에 먹혀 두 번 다시는 눈을 뜨지 못할 테니.

그래, 하지만…….

잠시 동안만이라도 그와 함께할 수 있다면. 단 몇 시간 동안만이라도 그럴 수만 있다면. 그가 함께 있다는 그 느낌, 그가 존재한다는 그 느낌, 그걸 느낄 수만 있다면 남은 생을 모조리 그에게 주어도 아깝지가 않았다. 그러나 주어진 시간은 단 몇 초, 두어 번 눈을 깜빡이는 사이에 그는 사라져 버릴 것이었다.

그것으론 아무것도 알 수가 없었다. 그것으론 턱없이 부족했다. 더 이상은 견딜 수가 없어…….

"이젠 싫어."

다혜는 중얼거리며 눈을 떴다. 반듯한 보도블록이 눈에 들어왔다. 떠들썩한 상인들의 목소리와 지나다니는 관광객들의 들뜬 말소리가 귓가로 들려왔다. 가판대의 반짝이는 전구가 휘황하게 눈을 찌른다.

그럼 그렇지. 작게 웃음을 터뜨리며 다혜는 두 눈을 깜빡거렸다. 자꾸만 물기가 배어 나와 코가 아파졌다.

"어? 뭐가? 이 귀고리 싫어? 그럼 이건?"

다혜의 싫다는 말에 민혁이 금세 또 다른 걸 들이밀었다.

"아, 아니야. 예뻐. 그런데 미안. 나 이만 가봐야 할 것 같아.

아무래도 너무 늦은 것……."

다혜는 시계를 들여다보다 미간을 찌푸렸다. 시계 유리에 금
이 가 있었다.

'이게 언제 깨졌지?'

살펴보니 운동화 끈도 좀 찢겨져 있었고, 오늘 낮에 작은오빠
가 떠안긴 해바라기 브로치도 살짝 깨져 있었다. 다혜는 휴대폰
액정에 금이 간 것을 보곤 우거지상이 됐다. 이게 뭐가 어떻게
된 일인지 모르겠다.

"아, 저기, 아무래도 너무 늦은 것 같아서."

그녀는 일단 생각을 밀어두고 민혁에게 하던 말을 덧붙였다.

"오늘은 이만 들어가 볼게."

"뭐? 왜? 자, 잠깐만!"

어쩐지 당황한 민혁이 허둥대며 말을 더듬었다. 몇 개나 되는
귀고리를 들고 어쩔 줄 몰라 했다. 언제 골랐는지 그새 참 여러
개도 골라냈다. 반지에, 자신이 찰 가죽팔찌에, 자기 모자까지 골
라냈다. 참 손도 빠르지. 다혜는 멍하니 저 가죽팔찌는 작은오빠
한테도 잘 어울리겠단 생각을 하며 말했다.

"내일 작업실에서 보자."

"왜에! 내가 태워다 준다고 했잖아!"

갑작스런 민혁의 난리에 다혜는 식은땀을 삐질 흘렸다. 그 차
를 타고 가겠다고 난 동의한 적이 없는데, 쟨 대체 언제쯤에야 남
의 말을 귀담아들을까.

"그거 안 탄다고 했잖아! 그냥 난 내 발로 알아서 갈게."

"아우, 진짜, 서다혜."

민혁은 실망한 얼굴로 포기한 듯 한숨을 푹 내쉬었다. 서다혜가 저런 식으로 나오면 물리기 힘들다는 건 이미 경험으로 알고 있었다. 아무래도 이번 고백은 또 다음으로 미뤄야 할 모양이었다. 매번 이렇다니까.

"내일은 몇 시에 나올 거야?"

"봐서, 한 열두 시쯤. 내일 저녁은 내가 살 테니까 기념 식사 꼭 하자고, 윤지랑 같이."

꽉 눌러 강조하는 말에 민혁은 속으로 작게 투덜거렸다. 윤지는 무슨.

"나 말고 윤지한테."

다혜는 억지로 귀고리를 쥐어주려는 민혁을 쓱 밀어냈다.

"으이구, 걔 얘긴 그만. 응?"

다혜는 결국 자신의 손에 쥐어진 귀고리를 가만히 내려다보았다. 어째 얘가 좀 이상하게 구는 것 같은데. 하지만 지금은 머리가 복잡해서 뭘 더 깊게 생각할 수가 없었다.

"너 내일은 집에 늦는다고 미리 말하고 나와라."

다혜는 민혁이 투덜거리는 소리에 눈을 껌뻑거리더니, 집으로 가는 버스가 오는 것을 보곤 깜짝 놀라 냅다 뛰었다.

"버스 왔다! 나 간다, 귀고리는 윤지한테 전해줄게! 그럼 안녕!"

"이익! 야!"

다혜는 얼굴이 빨개져 소리를 지르는 민혁에게 마지막으로 손을 흔들고는 막 들어오는 마을버스에 올라탔다. 혼자 남게 되자 미소가 시든 꽃처럼 사그라진다. 다혜는 푸욱 한숨을 내쉬었다.

'윤지 얘기를 하지 말라니.'

하여튼 이민혁, 윤지한테 확실히 거절의 말을 하지 않는 건 자기면서. 하여튼 한결같아요. 어떻게 초등학교 때랑 변하는 게 없냐. 다음주에 너희 둘 영화 보러 가기로 한 거 다 안다, 이놈아. 윤지가 얼마나 좋아했는데, 하여튼 너도 진짜 나쁜 놈이야.

다혜는 혀를 차며 민혁이 준 큐빅 귀고리를 바라보았다.

'귀고리는 예쁘네.'

하여간 저 녀석 학교로 편입하는 것도 다시 생각해 봐야겠다. 저놈이 어장관리하는 취미를 아직도 버리지 못했다면, 그 학교로 가봐야 이래저래 괴로울 게 뻔했다. 어휴, 피곤해.

다혜는 자리를 찾아 두리번거렸지만 이 늦은 시각에 웬일로 버스 안엔 승객이 엄청나게 많았다. 자리는 이미 꽉 찼을 뿐만 아니라 군인들이 단체로 휴가를 나왔는지 웬 장정들이 한가득이었다.

민간인 처자를 본 군인들은 또 사정없이 그녀를 훔쳐보고 있었다. 다혜는 그들의 불타는 시선에 목이 다 간질거리는 기분이었다. 그녀는 조금씩 출입문 쪽으로 다가갔다. 마치 홍해를 가르는 모세가 된 것만 같았다. 그녀가 한 발자국씩 움직일 때마다 군인들은 두 발자국씩 움직이며 갈라져 갔다. 다혜는 얼굴이 빨갛게 달아오른 채 버스의 손잡이를 단단히 붙잡았다. 오늘따라 집이 엄청나게 멀게 느껴진다.

"누나, 왜 안 앉고 서 있어요?"

다혜는 눈을 또랑또랑하게 뜨고 묻는 예닐곱 살 정도의 꼬마를 보며 눈을 끔벅거렸다.

"응?"

"빈자리가 이렇게 많은데 왜 서서 가요?"

아이의 말에 다혜는 다시 천천히 시루 안 콩나물처럼 **빽빽**하게 승객이 들어차 있는 버스 안을 돌아보았다. 하지만 빈자리는 어딜 봐도 보이지 않았다.

"누나도 엉덩이 아파요?"

내 엉덩이는 지극히 건강한데, 다혜는 뭔 소린가 싶어 얼굴을 찌푸렸다.

"우리 엄마도 그랬거든요. 누나도 치질이에요? 엄마는 치질 땜에 아파서 첨엔 자리에도 못 앉고 그랬…… 켁."

"……."

치질이라니, 어떻게 그런 무서운 병을. 다혜는 아이의 입을 틀어막은 채 어색하게 웃음 짓고 있는 아이 엄마와 눈이 마주치고는 저도 따라 어색하게 웃음 지었다. 한발 늦으셨네요, 어머님. 다혜는 애써 고개를 돌렸지만 얼굴이 슬그머니 달아올랐다. 웃음을 참느라고 옆구리가 다 결렸다.

'……헉!'

그러다 그녀는 군인 중 한 명이 아이의 머리를 쥐어박으려는 듯 주먹을 치켜드는 것을 보고는 흠칫 놀라 몸을 움츠렸다. 왜, 왜 저러는 거지?

"야, 이 미친놈아! 뭐 하는 짓이야?"

"저 어린놈이 역린께 말을 함부로 하지 말입니다!"

그는 상관으로 보이는 사람에게 목덜미가 붙잡혔지만, 대신 주위에 있던 다른 군인들이 사나운 눈초리로 아이를 노려보고 있었다. 옆에서 보는 그녀까지 주뼛해질 정도로 무서운 눈초리였지만 아이나 아이 엄마나 태연한 얼굴이었다. 마치 눈에 보이지 않는 것처럼.

그러고 보니 그들만 이상한 게 아니었다. 자리에 앉아 있는 승객들도 어딘가 좀 기묘해 보였다. 몇몇은 아이와 아이의 엄마처럼 이 작은 소동이 들리지도 않는다는 듯 무심한 얼굴로 차창 밖을 보거나 했지만, 또 몇몇은 꼭 겁이라도 먹은 것처럼 몸을 움츠리고 등받이 쪽으로 돌아 앉아 있었다. 어쩌 저건 더 오싹했다. 무슨 꼭 귀신처럼…….

'아이고, 모르겠다. 얼른 내리기나 하자.'

다혜는 이상스런 마음을 덮어두고는 내릴 준비를 하며 문 쪽으로 슬금슬금 다가갔다. 그러자 모세의 기적은 다시 한 번 일어났다. 그녀가 움직이니 버스 안의 군인들이 또 동시 다발적으로 좌우로 쫙 갈라진 것이었다. 다혜는 입을 꼭 다물고 눈부신 속도로 버스에서 내려섰다.

"에엑!"

다혜는 자신의 뒤를 따라 우르르 내린 군인들을 보며 기겁을 했다.

'왜, 왜 따라 내리는 거지?'

덜컥 겁이 났다. 그녀는 잰걸음으로 그들 곁에서 도망치기 시작했다. 그러자 군인들은 또 소 떼마냥 우르르 쫓아오는 것이 아닌가. 이제 다혜의 얼굴은 하얗게 질려갔다. 그러다 군인 중 하나가 나머지를 제지하며 말하는 소리가 들려왔다.

"기다려, 아무래도 이상하다. 우리가 보이시는 것 같아. 봉쇄물이 또 터진 모양이다."

무슨 암호인가? 봉쇄물이 뭐지? 에라 모르겠다. 어쨌든 다행히도 군인들이 그녀를 따라오는 것을 멈추고 방향을 틀었다. 다혜는 가슴을 쓸어내리며 성급한 자신을 탓했다. 어디 이 동네 펜션으로 단체 여행이라도 온 모양인데 괜히 혼자 놀라 도망치듯 했으니 뒤에서 수군거려도 할 말이 없었다. 그래도 갑자기 우르르 따라 내리니 덜컥 무서웠단 말이지.

어쨌거나 이상했다. 다혜는 걸으며 주위를 둘러보았다.

'뭐야, 무슨 일이야?'

그들뿐만이 아니었다. 오늘따라 동네에 웬 군인들이 엄청나게 돌아다니고 있었다.

군인과 민간인 사이에는 엄청나게 큰 차이가 있었는데, 그중 하나가 바로 걸음걸이라고 예전에 작은오빠가 말했던 적이 있었다. 군인들은 걷는 태가 일반인과는 조금 다르다고. 특히 모아두면 더욱 그렇다고.

다혜는 엄청난 수의 장정들이 묘하게 규격화된 걸음걸이로 동네를 돌아다니는 모습에 기가 질렸다. 그냥 단순한 여행이 아니라 군부대 하나가 이주를 해온 게 아닐까 싶을 정도였다.

그녀는 다시 걸음을 빨리했다. 시위는 벌써 어둑어둑해지고 있었다. 일찍 못 다니냐고 할멈한테 등짝 얻어맞을 것도 걱정이었지만, 일단은 이게 다 무슨 일인지 알아보는 게 더 급했다.

다혜는 급히 걷다가 둥그렇게 모여앉아 한숨을 폭폭 내쉬고 있는 할아버지 할머니들을 보고 뚝 걸음을 멈춰 세웠다. 큰 근심거리를 지고 있는 듯 보여 동네 어디에 불이라도 난 건가 하는 걱정이 들 정도였다. 다혜는 낯빛이 굳어 있는 한 할머니에게 다가가 말을 걸었다.

"저기, 할머니. 혹시 동네에 무슨 일이라도 생겼나요?"

"에끼! 이 할미를 놀려? 몰라서 묻는 게야?"

다혜는 갑작스런 할머니의 호통에도 붙임성 좋게 배시시 웃었다. 그녀의 할머니인 공천덕과 붙어 살아온 세월이 몇 년인데, 이 정도 내공이야 당연한 거였다.

"그러지 말고 가르쳐 주세요. 한 동네 사는데, 무슨 일 있으면 저희도 알아야죠. 예?"

다혜는 넉살 좋게 졸라댔다. 군인들이 돌아다니는 거나, 이렇게 동네 어르신들이 모여 앉아 한숨을 쉬는 거나 너무 이상했다. 혹시 진짜 군부대가 이주를 온다거나, 여기서 무슨 군사작전이라도 벌어지고 있는 거면 세상 돌아가는 데 전혀 관심 없는 식구들을 대신해 자신이라도 알아둬야 했다.

"아, 집 무너질까 봐 안 그래!"

"네?"

다혜는 뜬금없는 말에 큰 눈을 끔뻑였다. 진짜 이 동네를 허물고 군부대를 세우려는 걸까? 하지만 정말 금시초문인데.

"저기 봐, 저거저거."

그녀는 어르신들의 손짓에 고개를 돌려 그들이 가리키는 곳을 바라보았다. 그것을 본 다혜의 얼굴에서 싸악 핏기가 가셨다.

'저, 저게 뭐지? 언제부터 저런 게…… 우리 동네에?'

노인 하나가 혀를 차며 불평을 터뜨리기 시작했다. 하지만 누가 들을세라 목소리가 작고 소심했다.

"저게 뭐시여, 저게. 저거 무너지면 누가 책임을 질겨? 이게 횡포가 아니고 뭐여. 아, 옆 동네 그 가방 끈 긴 학사 놈이 비죽대며 놀려대는디."

"뭐라 케쌌는데?"

다혜와 할머니의 대화는 이제 점점 더 어르신들의 수다로 변해가고 있었다.

"뭐라 카더라. 피, 피사? 파사? 먼 탑이라 케쌌던데."

'아.'

피사의 사탑, 다혜는 그 거대한 건물을 보면서 딱 어울리는 말이라고 생각했다. 갸우뚱 기울어진 것이, 뒤죽박죽 사탑이나, 이제 곧 쓰러져요 사탑이나, 오늘만 버티자 사탑이라고 이름 붙여도 어울릴 것 같았다.

"저거이 위에만 저런 줄 알어? 땅 아래도 아주 가관도 아니여. 내 아주 토맥 끊어질까 불안불안혀서."

"저 바로 옆집 사는 김 영감 알지? 결국 드러누웠다는구먼."

"왜 아니것어? 나 같아도 몸져눕겠네."

다혜는 어르신들의 대화 소리를 흘려들으며 몸을 일으켰다.

"처자도 저 근처로는 얼씬도 하지 말어. 괜히 백정 같은 동궁 병사들 손에 걸렸다간 뭇매를 당할 겨. 거다가 이군 중 하나라잖여? 궁성 친위군이 대체 여긴 뭣 하러 온 건지."

"네? 아, 네, 할머니. 그럼 안녕히 계세요."

뭔 소린가 싶었지만, 다혜는 노인의 훈계에 싹싹하게 대답하고는 몸을 돌려 다시 걷기 시작했다. 한 노인이 그녀를 유심히 바라보다 눈살을 찌푸리며 고개를 갸웃거렸다.

"저 처자 말이여."

"뭐가?"

한참 열변을 토하던 노인이 이제 지쳤는지 심드렁하게 대꾸했다.

"어디서 많이 본 것 같은디. 저 청색 기운이 말여."

가만히 생각하던 노인이 벼락을 맞은 듯 얼굴이 하얗게 질려 갔다.

"왜 그려?"

"그, 그, 그!"

"말 똑바로 못혀!"

"저, 저거이 역린 아니여!"

버럭 소리를 내지른 노인이 급하게 제 입을 틀어막았다. 다른 노인들도 설마 하며 다혜를 살펴보다가 안색이 창백하게 질려 갔다.

"히이익!"

"그, 그럼 저, 저분이 도, 동궁와, 왕후⋯⋯."

그들은 제 목이 제대로 붙어 있는지 확인하며 재빨리 자신들의 집으로 도망쳤다. 특히 맨 처음에 역린에게 호통을 쳤던 늙은 여인은 가슴이 철렁하여 죽을상이었다. 그들은 사람이 아니라 이 마을에 오랫동안 붙어살고 있던 토박령들이었다. 신족도 아니고 동궁의 주민도 아닌 혼령에 불과했지만, 동궁의 영향권 아래 살기 때문에 그들은 천제보다도 동궁왕을 더 두려워했다.

뒤에서 무슨 일이 벌어지고 있는지 전혀 알지 못한 다혜는 무던히 걸었다. 그런데 집으로 가까이 다가갈수록 기분이 이상하니 점점 더 불안해지기 시작했다. 집에 가까워질수록 피사의 사탑도 같이 가까워지고 있었기 때문이다. 게다가 탑 1층이 자꾸만 이상하게 눈에 익었다. 아니라고, 아니라고 부정해 보았지만⋯⋯. 대문 앞에 선 다혜는 금방이라도 기절할 것 같은 얼굴로 문패를 노려보았다.

문패에는 떡하니 '서다혜'라고 자신의 이름이 쓰여 있었고, 그 아래는 할멈이 붙여놓은 '각종 커플 점 환영, 불륜 전문'이라는 경망스러운 문구가 쓰인 종이 한 장도 달랑달랑 붙어 있었다.

다혜의 시선이 천천히 건물의 외벽을 따라 꼭대기까지 올라갔다.

'엄마, 작은오빠야⋯⋯.'

마지막 층을 보려니 고개가 아주 뒤로 넘어갈 지경이었다.

'나 정말 미쳤나 봐⋯⋯.'

다혜는 집 안과 밖과 지붕 위와 나무 위에 그리고 사방팔방에

즐비하게 늘어져 그녀를 바라보고 있는 낯선 남자들을 보며 숨을 헐떡였다.

꼭 까마귀 떼 같은 그들의 시선이 그녀를 직시한 채 고정되어 있었다.

비명을 터뜨려야 할지, 기절을 해야 할지 도통 알 수가 없었다. 그래서 그냥 두 가지를 다 하기로 했다. 여기서 눈 뜨고 더 버티느니, 차라리 이따가 일어나서 소하 언니한테 미친년 소리를 듣는 게 낫겠다.

"꺄아아아아아악!"

역린을 지키고 있던 동궁의 병사들은 집 대문 앞에서 역린이 갑자기 시원하게 비명을 지르며 기절해 버리자 공황상태에 빠져 버렸다.

* * *

'으음.'

다혜는 갈증을 느끼며 몸을 움찔거렸다. 쓰러지면서 머리를 부딪쳤는지 약간 어지러웠다. 그녀는 어지럼증을 가라앉히려 심호흡을 하다가 작게 미간을 찌푸렸다. 눈보다 귀가 먼저 깨였는지, 식구들 목소리가 들려오고 있었다. 그런데 어쩐지 다들 화가 나 있는 듯했다. 내가 또 갑자기 미친 짓을 해서 그런 거겠지.

"신력봉쇄물이 다 깨져 있군."

큰오빠의 목소리였다.

"하나도 남김없이 모조리 다. 이게 어떻게 된 일인지 설명을 해보실까?"

방이 작게 진동하는 것 같았다. 다혜는 살그머니 실눈을 뜨고 식구들을 바라보았다. 식구들 사이에 낯선 사내 몇몇이 끼어 있었다. 그녀의 눈이 약하게 흔들렸다. 다혜는 그들을 한눈에 알아볼 수 있었다. 아까 같은 버스에 탔던 바로 그 군인들이었기 때문이다.

'저, 저 사람들이 왜……?'

게다가 큰오빠가 마치 아랫사람을 다루듯 그들을 압박하고 있었다. 생전 처음 보는 무섭게 화가 난 모습으로.

"그, 그게…… 저희도 영문을 모르겠단 말입니다. 비씨 곁에서 한시도 떨어진 적이 없었습니다. 하늘에 맹세코 아무 일도 없었단 말입니다. 그 인간 놈하고 밥 먹고 웃고 손잡고 시장 다닌 것 외에는……."

"뭘 잡아?"

이번엔 작은오빠였다. 다들 너무 흥분해 있어서 그녀가 깨어난 걸 눈치조차 못 채고 있었다.

"시끄러워, 넌 입 다물고 저리 좀 가 있어."

지하가 주요의 면상을 손바닥으로 밀어내며 말했다. 그리곤 다시 동궁왕의 군사들을 사나운 눈으로 노려보았다.

"그래, 아무 일도 없었는데 저 많은 신력봉쇄물이 한꺼번에 다 터져 버렸다, 그 얘기지?"

"그게…… 예."

그의 대답에 지하가 부글부글 끓어오르더니 결국 터져 버렸다.

"지금 그걸 말이라고 하나!"

다혜는 침대가 덜컹덜컹 거리고 심하게 흔들리기 시작하자 시트를 꽉 움켜쥐었다. 이, 이게 뭐지? 지, 지진인가?

"집 무너져!"

이번엔 소하였다. 언니도 있었나 보다.

"있잖아. 혹시 전하께서 다녀가신 것은 아닐까?"

주요가 조심스럽게 말을 꺼냈다. 무슨 말인지 이해는 되지 않았지만. 어쨌든 그 말은 소하에게 단칼에 잘려 버렸다.

"쓸데없는 희망은 이제 그만 버리시지? 어쩌면 더 이상 저런 신력봉쇄물로는 다혜의 신력을 막아둘 수가 없게 된 건지도 몰라. 뭐, 별로 믿고 싶진 않지만. 어쨌든 이렇게 된 이상 이제 그만 밝히는 게 어때? 쟤도 알 건 알아야지 남은 팔천구백칠십구 년을 살아갈 것 아냐? 백 년에 한 번씩 인간 남편을 갈아 치우면서 살든지, 신족 놈 골라다가 데릴사위를 시키든지."

"말을 가려서 하시죠, 공주마마."

주요의 말에 소하가 눈을 사납게 떴다.

"일개 장군 주제에, 어디서 감히."

주요는 싸늘한 눈으로 사납게 얼굴을 일그러트리는 천제의 딸을 내려다보았다. 아무리 철이 없다지만, 갈수록 가관도 아니었다.

"송구합니다만, 여긴 천궁이 아닙니다, 공주마마. 여긴 인계이고 명백히 동궁의 영향권 내에 있는 지역입니다. 전 천제의 장수가 아니고, 당신들 천제폐하나 공주마마께선 내 주인이 아니지요. 그러니 감히 이 땅에서 나와 내 주인들을 모욕하지 마십시오. 당신이 아무리 안달을 한다 한들, 우리가 인정하는 유일한 왕후는 주인의 역린 되시는 분뿐일 테니까!"

"네놈이!"

분위기가 험악해지자 지하가 중재에 나섰다.

"그만들 해. 이러다 다혜가 다 듣겠다. 그냥 조금 더 두고 보도록 하자고. 신력을 감당 못해서 봉쇄물들이 터진 건지, 아니면 진짜…… 뭐, 두고 보면 알게 되겠지. 일단 봉쇄물은 다시 채워놨으니까 오늘은 이만 넘어가."

지하는 낯선 군인들을 보며 다시 사납게 말했다.

"그리고 너희 밥버러지들은 잠깐 나 좀 보지."

그는 하얗게 질린 군병 둘을 질질 끌고 방 바깥으로 나가 버렸다. 주요도 동궁의 병사가 백호 족부 손에 맞아 죽는 사태를 방지하기 위해 얼른 뒤를 따라 나가 버렸다. 그들이 모조리 다 빠져나가길 기다렸던 소하가 천천히 다혜가 누워 있는 침대 쪽으로 다가왔다.

다혜는 그 기척에 눈을 감고 깨어나지 않은 체했다. 하지만 손끝이 미약하게 떨려왔다.

"서다혜."

그녀가 침대에 두 손을 기대며 목소리를 낮춰 말했다. 그녀는 아직 다혜가 일어났다는 사실을 알아채진 못하고 있었다. 스스로의 들끓는 감정에 시야가 막혀 있었기 때문이다.

"난 네가 정말로 싫어. 아무것도 하지 않고 그의 곁을 차지하고 있는 네가. 사실은 너무 싫어서 이대로 죽어버렸으면 좋겠어. 겨우 인간 주제에. 저들이 진짜 널 좋아하는 것 같아? 착각하지 마. 저들은 그저 네가 역린이기 때문에 그러는 것뿐이니까!"

소하는 침대 시트를 움켜쥐었다. 면 시트가 힘을 이기지 못하고 그슬린 자국을 내며 깊게 베였다. 소하는 날카롭게 비웃는 얼굴로 다혜를 쏘아보고는 몸을 일으켜 밖으로 나가 버렸다.

주위가 아무도 없이 조용해졌다. 다혜는 천천히 두 손을 들어 얼굴을 가렸다. 무슨 말을 들은 건지 잘 이해할 수가 없었다. 그러나 말속에 담긴 들끓는 미움은 이해가 필요한 것이 아니었다.

눈시울이 뜨거워졌다. 또 바보같이 눈물이 터진 모양이었다. 사이가 안 좋다는 건 알고 있었지만 이렇게까지 미워하고 있는 줄은.

'하……'

다혜는 크게 숨을 내쉬며 자리에서 벌떡 몸을 일으켰다. 코끝에 타는 냄새가 맡아졌다. 다혜는 고개를 돌려 그것을 바라보았다. 소하가 움켜쥐었던 자리에 마치 불에 달군 칼로 베인 듯한 자국이 남아 있었다. 다혜는 손을 뻗어 그것을 만져 보았다.

'웃!'

불씨가 남아 있는 화톳불을 만진 것 같았다. 다혜는 불에 덴 손가락을 움켜쥐었다. 대체 뭐지? 이게 다 뭐야? 뭐가 어떻게 돌아가고 있는 건데! 언니는 단지 시트를 움켜쥐었을 뿐이야. 그런데……. 다혜는 그 이해 못할 자국을 노려보며 입술을 꽉 깨물었다.

'봉쇄물.'

오빠들이 했던 말이 떠올랐다.

다시 다 채워놨다고. 다혜는 손목에 채워져 있는 시계를 내려다보았다. 시계는 유리가 멀쩡한 새 걸로 바뀌어져 있었다. 그녀는 조금 망설이다가, 심호흡을 하며 시계를 풀어버렸다. 귀에 채워진 조그마한 귀고리도 빼버렸다. 낮에 주요 오빠가 했던 행동을 떠올리며, 옷에 달린 단추도 다 뜯어내 버렸다. 시작하자 점점 더 손길이 거칠고 다급해져 갔다. 무언가에 쫓기듯 다혜는 그것들을 다 뜯어내 버렸다.

'이럴 수가!'

하나하나 뜯을 때마다 보이지 않던 것들이 하나씩 보이기 시작했다.

"말도 안 돼, 어떻게!"

방 안에 있는 거의 대부분의 물건에 할멈이 쥐어주던 호신부와 같은 문양의 그림들이 새겨져 있었다. 그것들에서 희미한 잔빛이 흘러나오고 있었다.

다혜는 다급하게 옷장을 열어 아무런 무늬도 단추도 달리지 않은 옷을 찾기 시작했다. 하지만 문양이 새겨져 있지 않는 옷이 거의 없다시피 했다. 한참을 뒤져 보았지만, 바지와 치마는 아무것도 달리지 않은 걸 찾을 수가 없었다. 그녀는 입을 꽉 다물고 허벅지 중간까지 내려오는 낡은 흰색 속치마에 그걸 다 가릴 만큼 긴 박스 티를 포개 입었다. 말도 안 되는 무모한 용기가 그녀를 밀어붙였다. 다혜는 그 옷차림 그대로 문을 열고 나갔다.

군사들 서너 명이 다리가 훤히 드러나는 그녀의 차림새를 못 본 척하며 서 있었다. 다혜 역시 그들을 못 본 체하며 걸어 나갔다. 군사들은 당연히 그녀가 자신들을 못 보는 줄 알고 제지할 생각도 하지 않았다. 그러다가 다혜가 이 층으로 향하는 계단으로 거침없이 걸어 나가자 하얗게 질려 버렸다.

"자, 잠깐만! 기다……!"

"갑자기 왜 저러시지? 저길 왜 올라가시는 거야?"

뒤에서 병사들이 허둥거리는 사이에 다혜는 달리다시피 하며 위층으로 올라갔다.

'여긴 분명히 다락이어야 해.'

아니었다.

퀴퀴한 다락이 있고, 기왓장을 얹은 지붕이 있어야 할 자리에 말도 안 되는 커다란 공간이 나타났다. 그리고 계단은 계속 이어져 있었다.

방 안에 늘어져 있던 군사들이 갑자기 나타난 역린의 등장에 눈을 동그랗게 뜬 채 얼어붙었다. 다혜는 입술을 꾹 깨물더니 더 지체하지 않고 위층으로 올라가 버렸다. 뒤쪽에서는 또 난리가 났다.

"야! 이게 어떻게 된 거야? 어떻게 여길 올라오신 건데!"

"자, 잠깐 기다리십시오! 거긴 올라가면 안 돼…… 는데. 벌써 올라가셨네."

충격에 휩싸여 오락가락하는 사이 다혜는 삼 층, 사 층 멈추지 않고 계속해서 올라갔다. 숨이 턱까지 차올랐지만 개의치 않았다. 숨이 찰수록 속에 있던 무언가가 점점 더 터져 나가는 기분이었다.

모두들 그녀를 속였다.

어떻게 집 위에 켜켜이 쌓여 있는 이 거대한 구조물을 못 볼 수가 있었단 말인가. 그럼 다락은 어디로 사라져 버린 거지? 분명히 어제까지만 해도 다락을 썼었는데. 다혜는 이를 꽉 깨물고 그다음 층을 향해 올라갔다.

모든 층들은 크기가 제각각이었지만, 한 가지 통일성이 있었다. 그것들을 어디로 어떻게 봐도 군 내무반이라고밖에 볼 수 없는 구조적 한계를 가지고 있었다. 드디어 몇 층까지 올라왔는지 까먹었다. 다혜는 층수를 세는 걸 포기했다.

위로 올라올수록 차이가 두드러지기 시작했다. 방의 크기는 점점 작아졌고, 그에 비례해서 침대 수가 적어지고 물건들이 고급스러워졌다. 마침내 사성장군 집무실을 방불케 할 정도로 정교한 가구들로 채워진 호화스러운 방에 도착했을 때, 계단이 끝이 났다. 방에는 침대가 하나뿐이었다.

몸이 온통 땀으로 젖어 있었고 옆구리가 끊어질 듯 아파왔다. 다혜는 거칠게 숨을 몰아쉬며 방 안으로 걸어 들어갔다.

바닥에 깔려 있는 모피의 정체가 어떤 동물인지 짐작도 할 수가 없었다. 어떤 동물의 털색이 이렇게 눈꽃처럼 하얄까. 그 위로 흐르는 선명한 빛 무리. 발로 밟아도 자국조차 남지 않는다.
다혜는 모피에서 올라오는 찬 기운을 분명하게 느꼈다. 마치 거
대한 얼음 위에 올라선 듯 서늘함이 몰려들었다. 한참 동안 그
위에서 숨을 고른 그녀는 굽은 허리를 일으켰다. 방에서 익숙한
냄새가 났다.

집무실 책상 위에 눈에 익은 브로치 몇 개가 보였다. 책상으로
다가가 희미한 문양이 빛나는 그 브로치를 만져 보았다. 그녀의
것이었다. 다혜는 혹시나 싶어 책상 서랍을 열었다가 한정판 말
보로 레드를 보곤 다시 닫아버렸다.

확실했다. 여긴 작은오빠의 방이었다. 새로 런칭된 말보로 레
드 한정판을 세 보루나 샀다고 자랑을 했던 게 며칠 전이었다.
그새 한 보루 반이나 피웠나 보다.

'며칠 새 한 보루 반이나 피우다니, 간이 재떨이도 아니
고⋯⋯.'

다혜는 동쪽의 바다를 향해 활짝 열린 창가 앞에 가 섰다.

아래가 까마득했다.

남은 담배를 몽땅 던져 버릴까 싶었다. 다혜는 작게 숨을 들이
마셨다. 해가 진 바다는 검은 우물 같아 아무것도 보이지 않았
고, 드문드문 이어진 가로등만이 이 방의 높이를 짐작할 수 있게
해줄 뿐이었다.

별로 아무렇지도 않았다. 머릿속이 하얘서 별다른 기분이 들
지가 않았다. 현실인지 제대로 인지도 되지 않는 이 모든 게 차
분히 정리되어 마음을 짓이기기 전까진 아직 조금은 시간이 남

은 모양이다.

"다혜야!"

이 방의 주인이 자신의 이름을 부르고 있었다. 그새 쫓아 올라왔나 봐. 다혜는 입술을 꾹 깨물었다. 어떤 얼굴로 작은오빠를 봐야 할지 혼란스러웠다. 그녀는 한참 뒤에야 고개를 돌려 그를 바라볼 수 있었다. 울지 않기 위해 안간힘을 쓴 채로.

"다, 다혜야……."

주요는 충격받은 얼굴로 자신을 보는 다혜의 눈을 마주했다.

저절로 숨이 막힐 것 같았다.

선연한 청빛, 타오르는 차가운 불. 다혜의 동공이 동향을 지배하고 있는 주인의 색을 되비치고 있었다.

주요는 안절부절못했다. 그래, 다 알아버린 모양이었다. 하지만 아무리 신력봉쇄물이 다 터졌다고 해도 그렇지, 발현을 일으킬 정도의 신력을 이렇게 순식간에 회복하다니. 잠시 당황했던 주요는 생각을 정리했는지 굳은 얼굴로 다혜를 바라보았다.

이제 더 이상 숨길 수도 감출 수도 없게 되었다. 이제 별다른 선택의 여지가 없었다. 주요는 무릎을 꿇고 부복했다.

"신 응양군(鷹揚軍) 상장군(上將軍) 주요가 역린을 뵈옵니다."

주요는 마음을 단단히 다잡았다. 걷잡을 수 없이 흔들리는 다혜의 눈빛에 가슴이 아파왔지만, 어차피 언젠가 한 번은 겪어야 할 일이었다.

"오빠, 갑자기 무슨……."

다혜가 충격을 이기지 못하고 결국 울음을 터뜨렸다. 주요는 달려가 안아주고 싶은 걸 간신히 참아냈다.

'울지 마십시오. 신이 무슨 일이 있다 해도 곁을 지킬 것입니다. 설령 내 주인이 끝끝내 당신을 외면한다고 해도, 나만은 평생 곁을 지켜줄 것입니다.'

주요는 엉엉 울고 있는 다혜를 마냥 사랑스럽고 안타까운 눈으로 쓸어보았다.

'우리 막내야……'

마냥 착하기만 한 이 작고 여린 아이의 곁을 무슨 일이 있다고 해도 지킬 것이다. 주인의 권속을 내던져야 한다고 할지라도.

"오빠 미워!"

라는 충격적인 선언을 한 다혜는 그 길로 제 방에 틀어박혀 버렸다. 지하는 내심 고소해하며 그때 다혜의 옆에 없었던 걸 다행이라고 생각했다. 벼락은 한 놈이 맞으면 그만이다. 그게 자신이 아니라 주요 놈인 게 다행이라고 생각했다. 주요는 온밤을 하얗게 지새운 얼굴로 멍하니 허공을 바라보며 앉아 있었다. 다 타버린 얼굴이었다.

"쯧쯧."

이렇게 고소할데가. 또 분명히 성질 급하게 다혜 앞에 무릎이라도 꿇은 거겠지. 쯧쯧, 저런 바보 같은 놈. 동군은 대체 왜 장군 뽑을 때 무력만 보는 거야? 지능 검사도 해야지. 에라, 이 모자란 놈아.

지하는 혀를 쯧쯧 차며 다혜의 방으로 걸음을 옮겼다. 밥버러지 같은 동향의 군사들이 뒤로 따라붙으며 수군덕거렸지만 개의치 않았다. 그러나 문을 두드리려던 그는 방 안에서 들려오는 울음소리에 멈춰 서야만 했다.

'……'

다혜는 밖에 들리기라도 할까 그렇게 숨을 죽이고 울고 있었다. 지하는 손을 떨어뜨렸다.

'대체, 어디까지 알게 된 걸까.'

설마 자신의 정체뿐만 아니라……. 아니, 아니야. 지하는 고개를 저었다. 그걸 다혜에게 알려줄 수 있는 사람은 동궁왕 본인뿐이었다. 그리고 그는 절대로 다혜를 찾아오지 않을 것이다. 한참을 그렇게 서 있던 지하는 다혜의 지친 숨이 골라졌다는 것을 깨닫고 문에서 몸을 떼어냈다. 잠이 든 모양이었다. 안으로 들어가고 싶었지만 겨우 든 잠을 방해하고 싶지는 않았다.

'이겨내라, 꼬맹아.'

다혜는 더 이상 어린아이가 아니었다. 때론 혼자서 감정을 추스를 시간도 필요할 것이었다.

지하는 우울한 얼굴로 왔던 길을 되돌아갔다. 그러나 만약 잠든 다혜의 곁에 다른 누군가가 있다는 사실을 알았다면 이렇게 쉬이 물러서진 않았을 것이다.

강하고 아름다우며 그만큼 위험한 역린의 주인이, 결코 찾아올 것이라 예상치 못했던 동궁의 왕이.

❋   ❋   ❋

청윤의 시선이 사라지는 지하를 따라 위험스럽게 반짝이다가 다시 차게 가라앉았다.

깎아놓은 듯 미려한 손이 다혜의 볼을 따라 곡선을 그렸다. 찾아오지 않을 생각이었다. 이대로 영영 자신의 삶을 살아가도록 내버려 둘 생각이었다. 그러나 자신에게 무언가 부작용 같은 것이 생긴 모양이다.

어제 애꿎은 인간 하나를 죽일 뻔하고 나서야 그 묘한 광기에 대해 자각하게 되었다. 어쩌면 역린과 너무 오랫동안 떨어져 있어 작은 탈이 생긴 것인지도 모르겠다.

확실한 건 아무것도 없었다. 자신이 역린과 떨어져 지낸다는 발상을 해낸 첫 존재였기 때문이다. 어쨌든 이 점에 대해선 조금 더 두고 봐야 할 것 같았다.

'오래 자는군.'

그러나 뭐가 어찌 되었든, 이 여자는 이대로 인간으로서 살아가야만 했다.

그게 그를 위해서도 그녀를 위해서도 가장 좋은 방법이었다. 그녀를 인간으로 둔 채 광기를 달랠 방법이 있을 것이다. 정기적으로 접촉을 해야 한다면, 귀찮긴 하지만 어쩔 수 없겠지.

청윤은 충동적으로 다혜의 머리카락을 쥐었다 떨어뜨렸다. 차갑고 부드러운 머리카락이 손가락 사이로 흩어져 내렸다. 이 감촉이 마음에 든다는 사실은 부정할 수가 없었다.

발현이 시작되었다.

역린은 이미 많은 것을 알아버렸고, 이제 숨길 수만은 없게 되었다. 신력봉쇄물은 더 이상 효과가 없다. 그녀는 자신의 한계점을 모르고 이곳을 벗어난다는 엉뚱한 계획까지 세우고 있었다. 그녀에게 자신의 한계점을 알려줘야 했다.

청윤은 몸을 일으키며 작게 숨을 내뱉었다. 다혜의 달콤하고 순백한 향이 머리를 어지럽혔다. 될 수 있으면 이런 불필요한 감정은 느끼고 싶지 않았다. 그는 다혜에게서 떨어져 나오며 천천히 조그마한 방을 둘러보았다.

너무 작아 오래 있으면 산소가 부족해질 것 같은 방이었다.

낡은 침대, 백색 커튼, 조그마한 옷장과 서랍장, 그 위에 늘어서 있는 몇 개의 화장품, 빗. 고아함이라곤 전혀 찾아볼 수 없는 물건들이다. 역린이 가난하게 살도록 내버려 두진 않았던 것 같은데, 그동안 보내준 재물들을 땅속에 파묻기라도 한 모양이지.

청윤은 낡은 책상의 흠집 난 유리를 손가락으로 쓸었다. 책상 옆에 붙어 있는 책꽂이에는 생각보다 꽤 많은 양의 책이 꽂혀 있었다. 훑어보니 대부분이 미술 관련 전문 서적이었고, 보육에 관한 책도 몇 권 끼어 있었다.

'아이라도 키우고 싶은 건가.'

청윤은 두꺼운 책들 사이에 끼어 있던 조그마한 앨범을 빼냈다. 싸구려 종이 표지 위에 '우리의 추억을 기억하며, 민혁이가'라는 유치하고 감상적인 문구가 적혀 있었다.

청윤은 긴 손톱으로 그것을 한 장 한 장 넘겨보았다. 그럴수록 그의 표정은 점점 더 싸늘해져 갔다.

'이민혁이라. 아까 그 인간의 이름인가.'

청윤은 등 뒤에서 바스락대며 깨어나는 소리를 듣고는 고개를 돌려 그녀를 바라보았다. 이런 식으로 마주하는 것은 이번이 처음이었다. 청윤은 자신이 약간 긴장하고 있다는 것을 깨닫곤 인상을 찌푸렸다.

"으, 머리야."

다혜는 환하게 켜진 전등을 노려보다가, 땀에 젖은 이마를 손으로 짚으며 숨을 몰아쉬었다. 가끔 악몽에 시달리곤 했지만 오늘은 단연코 그중 최고였다. 더 이상 가족이 아니라며 이 집에서 쫓겨나는 꿈을 꾸었던 것이다. 불안감이 꿈으로 나타난 모양이다.

"하아."

그녀는 한숨을 내쉬며 버릇처럼 시계가 걸린 쪽으로 시선을 돌렸다. 시간은 새벽 세 시를 조금 넘어가고 있었다. 악몽에서 깨어난 건 좋지만 시간이 너무 어중간했다. 다혜는 시계에 붙어서 희미하게 빛을 내고 있는 문양을 보곤 다시 깊게 한숨을 내쉬었다.

꿈에서 깨어나 다시 꿈속으로 들어온 기분이었다. 도리어 더 덜컥 무서웠다. 현실은 눈을 뜨는 걸로 쉽게 깨어날 수 없으니까. 다혜는 벌떡 몸을 일으키며 눈 주위를 꾹꾹 눌러댔다. 너무 울었나 보다. 눈이 붓고 따가워 죽을 것 같았다.

그녀는 베개 맡에 떨어져 있던 고무줄을 찾아 입에 물고 흐트러진 머리카락을 틀어 올렸다. 그러다 문득 방 한가운데 등을 돌린 채 서 있는 사람의 그림자를 보았다. 다혜는 눈을 껌뻑이며 고개를 들어 그림자를 따라갔다.

'또 시작.'

그였다.

다혜는 심장이 미친 듯이 뛰어오르며 맥이 빠르게 뛰는 것을 느끼며 두 눈을 꽉 감아버렸다. 그리곤 고무줄을 입에 꽉 문 채로 하나부터 셋까지 세기 시작했다.

"하나, 둘, 셋. 좋아."

다혜는 저도 모르게 웅얼거리곤 눈을 반짝 떴다. 당연히 갔을 것이다. 이제 안 보이겠지, 원래부터 없는 사람이니까. 그녀는 밀어닥치는 상실감을 무시하려 애썼다. 하지만 그는 그 자리에 서서 그녀를 돌아보며 입술 곡선을 말아 올린 채 웃고 있었다.

"어, 어?"

그가 보고 있던 작은 앨범을 탁 소리 나게 덮으며 책상 위로 던져 버렸다. 그 소리가 꽤 요란하게 들려, 다혜는 몸을 움찔거렸다.

"알려줄 때가 된 것 같아 찾아왔습니다. 놀라셨습니까?"

다혜는 놀라 입을 벌리다가 물고 있던 고무줄을 툭 하고 떨어뜨렸다.

"지금, 어떻게……."

지금 그가 자신에게 말을 하고 있었다. 사라지지도, 없어지지도 않고. 다혜는 그의 목소리를 들었던 짧은 한순간을 아직도 기억하고 있었다. 오 년 전, 첫 꿈을 꾸었을 때. 그는 그녀에게 자신의 이름을 말해주었었다.

청윤……

그리고 그 뒤로 그는 두 번 다신 말을 걸어오지 않았다. 다혜
는 눈조차 깜빡일 수 없었다. 그사이에 그가 사라져 버릴 것만
같아서.

3장

열여섯, 열병(熱病)

"휘이!"

공천덕은 버드나무 가지를 휘둘러 대문 앞에 앉은 잡귀를 휘이 쫓아냈다. 정신이 오락가락하는 것인지 하필 앉아도 동군 코앞에 앉아 있다니. 쫓으려 하니 이놈의 잡귀가 곡소릴 내고 꺼이꺼이 울면서 이리저리 피해만 다닌다.

"꺼지래도!"

공천덕이 버드나무 가지를 탁탁 내려쳤다.

지나가는 동네 사람들이 아무것도 없는 구석에 대고 나무를 치며 소리를 치는 할멈을 좀 이상하게 쳐다보았지만, 저 할멈 이상한 거야 이미 동네선 유명한 일이었다. 그리고 공천덕 역시 이젠 그런 거 일일이 신경 쓰던 열아홉 꽃처녀가 아니었고. 해서 이젠 서로 그냥 또 그러려니 했다.

"하, 할머니……."

공천덕은 대문을 붙들고 안절부절못하는 어린 손녀딸을 돌아
보았다. 노란 유치원 가방에 노란 원피스가 꼭 병아리 같다. 오
매불망 쫓아다니는 맹수 같은 어미닭이 둘이나 붙어 있는 병아
리였지만.

"왜 그러고 섰소?"

심드렁히 묻는 할멈의 말에 다혜는 울상이 되었다.

"저 아저씨 울잖아. 때리지 마세요."

"쯧."

공천덕은 버드나무 가지를 들고 잠깐 멈칫하다가 쯧 한 번 혀
를 차곤 소맷단을 뒤졌다.

"여기 이러고 있다가 아씨 큰오래비나 작은오래비가 나오면
곤죽이 될 게요. 나한테 좀 얻어맞고 쫓겨나는 게 백번 낫지."

할멈은 소맷단에서 맹인부를 꺼내 다혜의 가방에 터억 엮고는
애들이 놀린다고 울상이 된 아이의 엉덩이를 토닥토닥 두들겼
다.

"도시락 통은 챙기셨소?"

"응, 작은오빠가."

공천덕은 상장군이 챙겼으면 또 젓가락이 짝짝이겠군, 하고
생각했다.

"그럼 밥은 다 먹었소?"

아이는 슬그머니 볼을 붉히며 딴청을 피웠다.

"쯧쯧."

"많이 먹었어. 다섯 숟가락이나 먹었어."

혀 차는 소리에 아이는 고사리 같은 손가락을 펴 보이며 나름 열심히 제 주장을 했다.

"잘났소."

공천덕은 심드렁히 대꾸하다가 은근히 울면서 약을 올리고 있던 잡귀 놈이 질겁하는 것을 보곤 고개를 내저었다. 할멈은 밖으로 나오는 아이의 큰오라비를 보며 말했다.

"오늘은 그냥 좀 유치원 차 태워 보내시오. 뭐 하러 매번 안아다 나르는 것이오?"

다혜를 데려다 주기 위해 밖으로 나온 지하는 공천덕의 말을 흘려들으며 대문 한쪽 구석을 내려다보았다.

잡귀는 은근히 흘러나오는 백호의 사나운 기세에 구석에 숨어 발발거리고 떨었다. 도망칠 생각도 못하고 머리만 처박고 숨기는 것이다.

지하는 그런 것을 잠깐 흘려 보고는 이내 다혜에게로 시선을 돌렸다. 하지만 공천덕은 저 북향의 가장 유명한 군주 혈통 중 하나인 백호의 수장이 다혜를 유치원에 데려다 준 뒤 동네 잡귀들을 모조리 잡아 곤죽을 내놓을 것이라고 확신했다.

'정신 나간 잡귀 같으니, 가랄 때 얼른 갈 것이지.'

일부러 저러는 것인지 아님 진짜 진심인 것인지. 백호 족부나 동군 상장군이나 아씨께 참 유별나게도 굴었다. 상장군은 이해나 가지. 백호 족부는 정말 모를 속이었다.

"접어서 운동화 밑에 넣고 가면 아무도 모를 거다."

지하는 공천덕이 대충 가방끈에 쑤셔 넣은 맹인부를 접어 순식간에 하트를 만들어냈다. 아이의 얼굴이 순식간에 환해진다. 꼬맹이는 단순한 것이다.

"오늘은 유치원까지 데려다 주마."

공천덕은 작은 운동화 밑창에 노란 괴황지(槐黃紙:부적을 쓰는 종이) 하트, 그것만으로도 이미 충분히 웃겼다. 어쨌든 괴황지 하트를 세심하게 작은 운동화 밑창에 밀어 넣은 백호 족부가 아이를 한 손에 안아 올리며 하는 말소리에 코웃음을 쳤다.

'오늘은 좋아하시네, 오늘도가 맞지 않겠소?'

매일 이유가 조금씩 다르긴 했지만, 오늘은 잡귀가 저 유별난 아버지의 헛걱정에 불을 지핀 듯했다.

"으헤헤."

아이는 육 천 반이나 되는 높이에 정신줄 놓고 좋아했다.

지하는 키가 매우매우 컸고, 아이는 높은 곳에 기어오르길 좋아했다. 청룡 일족의 영향 탓인가 하는 생각도 좀 들었다. 그들 일족은 본래가 높은 곳에 터 잡기를 즐겨했기 때문이다. 이러니 저러니 해도 역린은 역린이었으니까.

✳   ✳   ✳

다혜는 큰오빠의 팔 위에서 정신없이 좋아하다가 점점 유치원 건물이 보이기 시작하자 눈에 띄게 시무룩해졌다. 지하는 불쑥 묻고 싶은 것을 꾹 참았다. 이미 며칠 전 선생에게 아이가 친구

사귀는 것을 좀 어려워한다는 말을 들은 뒤였다. 하지만 그는 아이들 간의 일은 아이들끼리 해결해야 한다고 생각했다.

한 팔에 가뿐하게 아이를 업고 버스로 한 정거장은 될 듯한 거리를 아무렇지도 않게 걸어온 지하는 오늘도 또? 라며 어색하게 웃는 유치원 선생 앞에 다혜를 내려놓았다.

"이따 데리러 오겠습니다."

지하는 다혜의 스승에겐 드물게 제법 공손한 어투로 말했다.

"저기, 유치원 버스로 데리러 가도 되는데……."

정중하게 목례를 하고 돌아서는 그를 보며 선생은 어색하게 웃고 말했다. 190㎝는 훌쩍 넘을 듯한 다혜의 큰오빠는 어지간한 엄마는 따라오지도 못할 만큼 세심했다. 지난번 유치원 소풍을 갔을 때 싸가지고 온 다혜의 4단 도시락이 화룡점정이었다.

어디 번화가에 나가서도 보기 힘든 엄청난 키에 무슨 모델처럼 생긴 새카만 곱슬머리의 남자는 완벽한 애아버지였다.

아이한테 어찌나 지극정성인지 유치원 교사들조차 혀를 내두를 지경이었다. 일단은 차로 달려도 15분은 걸리는 거리를 하루도 안 거르고 애를 안고 왔다.

'하아…….'

뒷태 한번 예술이다. 그녀는 멍하니 감탄을 하다가 휘이휘이 정신을 차렸다. 다혜가 선생님을 따라 말똥말똥 제 큰오빠 가는 것을 쳐다보고 있었다. 선생은 웃음을 터뜨리고는 아이의 손을 붙잡았다.

"자, 다혜야, 들어가자."

다혜는 타박타박 선생님의 손을 잡고 교실로 들어왔다.

교실 안에는 일찌감치 온 아이들이 이미 삼삼오오 모여 놀고 있다. 선생님은 같이 가서 놀라며 다혜의 엉덩이를 밀었지만, 어쩐 일인지 다혜는 걱정스러운 얼굴로 친구들에게 가지 못하고 머뭇거렸다.

"다혜야!"

아이를 발견한 꼬마 하나가 반갑게 쫓아왔지만, 다혜는 그저 움찔 굳고 말았다.

"너도 같이 소꿉놀이 하고 놀자! 내가 아빠고 쟤가 엄만데, 너도 엄마 하면 돼."

민혁을 따라 같이 놀던 아이들까지 쫓아왔다. 반기는 민혁과는 달리 다른 아이들은 대번 싫다는 얼굴이었다.

"쟤가 어떻게 엄마를 해!"

그중 예지가 화를 냈다.

예지는 유치원에서 제일 예쁜 아이였다.

"왜? 같이 엄마 하면 되잖아."

민혁은 눈을 껌벅이며 영문을 몰라 했다. 다혜는 귀를 꽉 막고 싶었다.

"안 돼. 쟤 엄마 아빠 없어. 엄마도 없는데 어떻게 엄마가 어떤지 알아."

이번엔 수빈이가 대꾸했다.

"야, 넌 저리 가."

"맞아. 엄마 아빠도 없는 게."

다혜는 손을 꽉 움켜쥐고 말했다.

"나 엄마 아빠 있어."

하지만 아이들은 그치지 않는다.

"너 없잖아. 우리 엄마가 그랬어, 너 고아잖아!"

"나 고아 아냐! 엄마 아빠 있어! 우리 작은오빠가 엄마고 큰오빠가 아빠야!"

하지만 말하는 아이의 눈에는 눈물이 맺힌다. 다혜도 어렴풋이는 알고 있었다. TV 만화에 나오는 엄마 아빠는 그런 모습이 아니었기 때문이다.

"야, 이 멍청아, 어떻게 오빠가 엄마 아빠가 돼? 아니거든?"

"맞아!"

다혜는 글썽글썽한 눈물을 꽉 참으며 소리를 질러댔다. 교구를 가지러 잠깐 자리를 비웠던 선생이 싸우는 소리에 놀라 달려왔다.

"어어, 누가 싸우니. 사이좋게 지내야지."

"선생님! 쟤가 오빠들이 엄마 아빠래요!"

뜨끔한 여자아이는 마치 이르기라도 하듯 다혜를 손가락으로 가리키며 소리 질렀다. 선생님은 손가락질하며 뭘 잘못한지도 모르는 어린아이를 난감한 얼굴로 바라보았다. 무턱대고 야단을 치기엔 요즘 학부모들이 만만치 않았다.

"선생님, 오빠들이 엄마 아빠 맞죠?"

다혜는 선생님의 옷자락을 잡고 흔들며 물었다. 간절한 물음에 그녀는 순간 당황해서 얼른 대답을 하지 못했다.

"어, 그게……."

기어코 글썽글썽하던 눈물이 툭 터지며 다혜는 와아앙, 울음을 터뜨렸다.

"아니라고! 오빠는 그냥 오빠라고, 이 멍청아!"

"예지야!"

그녀는 반사적으로 큰 소리를 내고 말았다. 그러자 이번엔 예지까지 울음보가 터졌지만 달래줄 겨를이 없었다.

"다혜야!"

아이가 순간적으로 교실을 뛰쳐나가 버린 것이다. 그녀는 황급히 쫓아나갔다. 하지만 아이는 순식간에 사라져 버렸다. 어디에도 아이의 모습이 보이질 않았다. 선생의 얼굴이 새파랗게 질렸다.

다혜는 순간적으로 맹인부의 영향을 넘어섰다. 저도 모르는 사이 인간 아닌 것의 땅의 밟고 냅다 뛴 다혜는 바닷가 제방 밑에 숨어버렸다.

"으, 흐아아앙……!"

말똥말똥 눈물을 떨어뜨리던 다혜는 팔에 얼굴을 묻고는 크게 울음을 터뜨리고 말았다.

말로 설명할 수 없는 서러움이 아이를 꽉 억눌렀다. 작은오빠는 진짜 엄마가 아니고, 큰오빠는 진짜 아빠가 아니다. 설명할 수 없는 무서움이 아이를 겁에 질리게 했다.

"흐어어엉…… 히끅……."

덜덜 떨며 딸꾹질까지 해대다가 다혜는 문득 누군가의 손길을 느꼈다.

머리에 닿은 누군가의 크고 다정한 손.

다혜는 고개를 들어 올렸다.

"……히끅?"

옆에 누군가가 앉아 있었다. 아주아주 예쁜 사람이었다. 키가 작은오빠보다 더 크고, 장난감 상점에 진열되어 있는 인형보다 더, 훨씬 더 예쁜 사람이었다. 그는 조용히 앉아 있었다. 웃어주지는 않았지만 다정하게 머리를 쓰다듬어 주었다.

그 온기가 열 마디 말보다도 아이를 안심하게 했다.

"아……."

멍하니 있던 다혜는 순간적으로 아뜨뜨 하고 발을 털었다.

발가락이 불에 데기라도 한 듯 뜨거웠다. 아이는 얼른 신발을 벗어버렸다. 벗어놓고 보니 아까 전 할멈이 주었던 종잇조각이 안쪽에서 불티로 사그라지고 있었다. 아이는 신발을 거꾸로 쥐고 탁탁 털었다.

"어어?"

그리곤 고개를 들어 얼른 다시 옆을 보았더니, 거짓말처럼 아무도 없었다.

다혜는 불에 그슬린 신발을 품에 안고는 고개를 빼고 주위를 둘러보았다. 하지만 정말 주변엔 아무도 없었다. 혹시나 싶어 바위틈도 찾아보고 제방 너머도 기웃거렸지만 보이는 건 작은 바위게뿐이었다.

다혜는 한쪽엔 신발, 한쪽엔 양말, 짝짝이로 신고 말똥말똥해진 눈으로 타박타박 제방 위를 걸었다. 저도 모르게 유치원이 아니라 집으로 타박타박 걷고 있는데 멀리서 큰오빠가 길을 막고 서 있다.

"큰오빠야……."

"꼬맹아."

다급한 선생님의 연락을 받고 아이를 찾아다니던 지하는 바짝바짝 타들어갔던 마음을 숨기고, 한쪽 신발은 벗어서 품에 안고 눈은 벌겋게 부풀어 올라 있는 다혜를 가만히 내려다보았다.

다혜는 후다닥 지하의 품으로 달려들었다.

"울었니?"

순간적으로 아이의 흔적이 끊어졌었다. 그도, 역린을 보호하고 있던 동군도 순간적으로 아이의 족적을 놓쳤던 것이다. 말도 안 되는 일이었다. 그런데 그런 말도 안 되는 일이 순간적으로 벌어졌었다. 덕분에 동군은 지금 비상이 걸려 있었다.

아이는 그의 물음에 그냥 품에서 고개만 저어댔다.

지하는 더는 아무 말도 묻지 않았다.

아이들이 괴롭혔단 말은 이미 선생님을 통해 들었다. 혼자서 얼마나 무서웠을지 다시 떠올리게 하고 싶지도 않았다. 묻어둘 것은 묻어두는 게 좋을 것이다. 지하는 아이를 더 달래주지도 않았다. 그게 아이에게도 좋았다. 아이 앞에 놓여 있는 삶은 아마도 쉽지만은 않을 것이기에 지하는 아이가 강해지길 바랐다.

다혜의 친부모가 살아 있다면 좋았을 것이었다.

그랬다면 이런 일은 겪지 않았겠지. 하지만 아이의 인간 친부모는 다혜가 아주 어릴 적에 교통사고로 죽고 말았다. 다혜를 낳고 막 겉싸개에 소중히 아이를 안고 집으로 돌아오던 때였다. 사고는 순식간에 벌어졌고, 동군은 우선적으로 역린을 보호했다. 인간의 몸은 척추가 부러지는 사고를 감당하지 못하고 금세 숨이 끊어졌다.

"집에 갈래."

아이의 얼굴이 어쩐지 발갛게 달아올라 있었다.

다혜는 발갛게 달아오른 얼굴로 머리를 부빗거렸다. 다혜는 집에 돌아가 얼른 오빠들에게 자랑하고 싶었다. 반짝반짝 빛나는 바다를 등지고 있던 세상에서 가장 반짝반짝한 사람을 보았다고.

❄　❄　❄

'흐음.'

다혜는 교복 치마를 잘 여미고 제방에 앉아 연습장에 뭔가를 열심히 끄적거렸다.

"야! 서다혜!"

그러다 친구들이 부르는 소리에 깜짝 놀라 연습장을 숨겼다.

"어? 어어."

사실 그녀의 친구들이라기보단 민혁의 친구들이었다. 여자아이들은 다혜를 곱게 보는 애들이 별로 없었기 때문에, 다혜는 단

짝인 민혁과 그의 남자친구들과 가끔씩 놀곤 했다. 논다고 해봐
야 별것도 없지만, 그게 여자아이들 눈엔 더욱 꼴 보기 싫어진 것
같았다.

다혜는 폴짝 제방에서 뛰어내려 아이들에게로 갔다.

"혼자 뭐 하고 있어."

민혁의 타박에 다혜는 히죽 웃고 말았다. 발밑에 모래가 자박
자박 밟힌다.

"그냥."

그녀는 얼버무리며 타박타박 모래사장을 따라 걸었다.

탁 트인 푸른 바다 너머에서 잔잔한 미풍이 불어왔다. 다혜는
머리에 깍지를 끼어 얹곤 실컷 바다 냄새를 만끽하며 걸었다. 등
뒤에선 오늘 밤에 무얼 하고 놀지에 대해 진지하게 얘기 중이던
아이들이 뭔가 조용히 지들끼리 수군거리고 있었다. 민혁은 좀
불퉁한 얼굴이었다.

"나 진짜 한다?"

"빨리 해, 새끼야."

다혜는 슬쩍 그들을 보다가 고개를 돌렸다.

"아, 알았어. 간다고."

민혁의 친구 중 하나가 떠밀리듯이 다혜에게로 다가갔다. 아
직은 앳된 열여섯 소년의 얼굴이 빨갛게 상기되어 있었다.

"저, 저기…… 있잖아, 다혜야, 흐흭!"

큰마음을 먹고 고백을 하려던 소년은 얼굴이 희게 질리고 말
았다. 파도가 갑자기 누가 끌어당긴 것처럼 사람 키만큼 솟아오

르더니 그를 덮치고 있었다.

"으아악!"

순식간에 물벼락을 맞은 소년은 괴성에 가까운 비명을 질렀다.

"으아아아."

다혜도 방울방울 튀어 오르는 파도의 여파를 느끼며 몸을 움츠렸다. 파도는 그녀의 발밑을 적시며 쓸려 내려갔다. 눈을 가늘게 뜨고 상황을 살피다가 그만 얼어붙고 말았다.

파도가 남자아이들 전체를 잡아먹을 듯 일어서고 있었다.

'아……?'

그녀는 손등으로 눈을 꽉 누르고 문질러 보았다. 방금 누군가를 본 것만 같았다. 심술궂게 일어선 파도 사이로 다른 누군가를.

다음날 수업시간.

다혜는 듣는 둥 마는 둥 하며 어제 일을 고민했다. 어제 분명히 누군가를 본 것만 같았다. 착각이라고 밀어놓기에는 어쩐지 가슴이 답답했다. 하지만 현실이라고 말하기에도 말도 안 되게 이상한 일이었다. 그랬다. 그래서 더 답답한 마음이 드는 것 같았다.

선생님의 눈을 피해 연필로 교과서에 동그라미를 그리던 다혜는 작게 한숨을 내쉬었다. 고민해 봐야 아무것도 없는데.

'……하아.'

다혜는 눈을 껌벅거렸다.

'졸려.'

동그라미를 그리는 것도 멈추고 연필을 까딱까딱 거리다가 교과서 위로 톡 떨어뜨렸다. 수학 선생님의 목소리는 마치 주문 같았다. 넌 자고 있다, 자고 있다…….

점심 먹은 지 30분도 채 지나지 않은 5교시라 그런가. 이상하게 오늘따라 더 기분이 나른하고 자꾸만 눈이 감겼다. 다혜는 교실 창을 흘러 지나가는 커다란 구름 덩어리를 멍하니 바라보았다.

그리고 보니 오늘따라 구름이 많다.

땅에 닿을 듯 낮게 내려온 하얀 구름은 바람결에 서로 느리게 뒤채이며 일렁거렸다.

눈을 느리게 깜빡이던 다혜는 멍하니 생각했다.

어느새 잠이 든 모양이라고.

'……'

다혜는 물에 젖어드는 발목과 실내화를 내려다보았다. 발목을 적시며 차게 일렁이는 빛 맑은 물결. 짙푸른 바다가 발밑으로 밀려들었다. 딱딱한 책걸상 밑으로 유리알갱이처럼 맑은 그 바다에서 묘하게 그리운 냄새가 났다.

다혜는 발밑을 조금 휘저어보았다. 물결이 파문을 일으키며 번졌다. 젖은 다리가 진짜 그런 것처럼 시원했다.

바람이 몸을 휘감고 흘러갔다.

마치 무언가에 쓸리듯 또 무언가에 휘말리 듯…….

교실 안으로 밀려든 바다, 그리고 새하얀 돛처럼 부푼 구름은 수면에 닿은 채 뒤채이며 어딘가로 느리게 흐르고 있었다.

'예쁜 꿈이네…….'

현실은 뭉개지며 한참이나 뒤로 외따로 떨어졌다. 다혜는 오후 수업에 무료해 보이는 아이들과 그런 아이들의 주의를 끌려고 칠판에 무언가를 쓰며 애쓰는 선생님을 바라보았다.

　예쁜 꿈이라고, 그렇게 생각했었다.

　그를 보기 전까지는.

　다혜의 눈이 커다랗게 떠졌다. 나른함이 순식간에 지워지며, 모든 게 무서울 정도로 생생하게 느껴졌다. 다혜는 저도 모르게 자리에서 벌떡 일어섰다. 바다 물결이 참방, 부딪히는 소리가 정말 귓가로 들려왔다.

　그는 텅 빈 허공 위에, 검고 긴 옷자락 아래로 드러난 발을 바다에 담근 채, 마치 원래부터 거기에 있었던 사람처럼 태연하게 앉아 있었다.

　"……누구, 누구세요……?"

　미색 목덜미 위로 검은 머리카락이 흩뜨려진다. 사람을 내려다보는 듯한 서늘한 눈매 속에 검은 눈동자는 무슨 생각을 하는지 전혀 짐작도 할 수 없는 무채색이었다.

　사람이라고 생각할 수 없을 만큼 아름다운 남자였다.

　"당신은……."

　그에게서 불어오는 바람이 뺨에 닿았다.

　그의 손이 닿은 것처럼 가슴이 쿵 내려앉았다. 심장이 쿵쿵 뛰기 시작했다.

　"청윤입니다."

　그가 조용히 말했다.

"아."

다혜는 손으로 입을 틀어막았다. 심장이 미친 듯이 쿵쾅쿵쾅 뛰고 있었다. 이 모든 꿈같은 곳에 서서, 알지 못하는 그리움에 뒤범벅된 채. 그만 주저앉을 것만 같았다. 달려가 손을 뻗어보고 싶었다. 달려가 옷자락을 한 번만 잡아보고 싶었다.

한 번만, 딱 한 번만.

걸음을 내디뎠는데, 드르륵 하고 책상이 밀리는 소리가 들렸다.

"으앗!"

앞으로 고꾸라질 것 같아 반사적으로 짚은 손에 단단한 나무 책상과 아무렇게나 펼쳐 놓은 교과서가 만져졌다. 다혜는 낯선 이질감에 몸을 덜덜 떨었다.

"서다혜!"

그러다 멍하니 고개를 돌려 날카롭게 호통을 치는 수학 선생님을 쳐다보았다.

환상을 깨부수듯 단단하게 지탱하고 있는 교실 바닥. 째깍째깍, 교실 벽에 걸린 시계 초침이 가는 소리. 수군대며 자신을 쳐다보는 아이들의 시선이 느껴졌다.

"너, 지금 수업시간에 일어서서 뭐 하는 거니?"

화가 난 날카로운 선생님의 목소리에 다혜는 퍼뜩 정신을 차렸다.

수업시간에 갑자기 혼자 벌떡 일어나 몽유병에라도 걸린 사람처럼 헛걸음질 하는 그녀를 아이들이 이상한 눈으로 쳐다보고 있었다. 다혜는 더듬거리며 뒷걸음질쳤다. 마치 여섯 살 때로 돌아가 버린 것만 같았다.

"다혜야, 서다혜!"

다혜는 도망치듯 교실에서 달려 나왔다.

믿을 수가 없었다. 한동안은 정말 이런 일이 없었다. 여섯 살 이후론 할멈이 부적도 엄청 많이 만들어줬었고.

아니, 아니다.

다혜는 뱃속을 죄이며 쿵쾅대는 심장을 꽉 눌렀다. 주변으로 온갖 사념들과 이상한 것들이 스쳐 지나갔지만 신경도 쓰이질 않았다. 귓가엔 온통 짧았던 그 목소리만 맴돌았다. 귀를 틀어막고 싶었다. 무서웠다. 주저앉아 울고 싶었다. 아니, 어디론가 숨고만 싶었다.

"하아, 하아."

쿵쾅, 쿵쾅.

제방까지 한걸음에 뛰어온 다혜는 거대한 우물처럼 고요한 바다를 마주 보았다.

숨이 목까지 차올라서 헐떡거렸다. 그 바다가 그녀를 잡아당길 듯이 끌고 있었다. 하지만 한 발자국도 더는 가까이 갈 수 없었다. 그것은 강하게 그녀를 끌어당기는 동시에 배제시키고 있었다.

다혜는 겁에 질려 주춤주춤 뒤로 물러섰다.

집에 돌아온 그녀를 맞이한 것은 주요였다.

"너, 왜, 왜 울어?"

주요는 하염없이 뚝뚝 눈물을 떨어뜨리는 그녀의 모습에 완전히 당황했다. 다혜는 머뭇거리다가 그냥 둘러댔다.

"이상한, 괴물들이……."

돌아올 곳은 집밖에 없었다.

오는 길 내내 수많은 기괴한 괴물과 귀신을 본 것이 떠올라 그렇게 둘러댔다. 머릿속은 얼어붙은 듯 그의 모습에서 멈춰 있었지만, 어떻게도 말할 수가 없었다. 머릿속은 온통 그의 모습과 자신을 배제시키며 밀어내던 고요한 바다 수평선뿐이었지만, 어떻게도 솔직하게 말할 수가 없었다.

머리가 뜨거웠다.

눈앞이 어질어질했다.

"이런……."

조금 휘청이는 아이의 머리를 짚던 주요는, 그러나 이내 기쁨에 찬 목소리로 탄성을 질렀다.

"맙소사! 신력이 열렸어!"

주요는 아이의 상태를 확인하고는 뛸 듯이 기뻐했다.

본체인 주인님과 접촉도 하지 않았는데, 성인도 되기 전에 신력이 열린 것이었다. 못해도 열여덟은 넘어야 한다고 생각했는데 벌써 열리다니!

그는 신열(神熱)이 오르는 다혜를 방에 데려다 놓고는 급히 동궁으로 연락을 보냈다. 항아들이 올 것을 안절부절 기다리며 기쁨을 감추지 못했다. 하지만 그것도 잠시였다.

그날 집에 온 것은 비씨의 용태를 확인하고 동궁으로 뫼셔갈 항아들이 아니었다. 그날 온 것은 인계에 역린을 두고 그녀를 지킬 한 부대의 신병(神兵)들이었다.

집 안에서 대체 무슨 일이 벌어지고 있는지 알 길이 없는 다혜는 반나절을 꼬박 앓다가 겨우 몸을 추스르고 일어났다.

할멈이 쒀준 죽을 몇 수저 뜨고는 식은땀으로 축축해진 머리를 어거지로 감았다.

반나절 깜빡 앓은 새 열이 많이 올랐는지 온몸이 다 식은땀이었다. 간신히 대충 몸을 씻고는 다시 방으로 돌아갔다.

선생님께는 미리 연락을 해두었으니 걱정하지 말라며 작은오빠가 말했지만, 다혜는 그 말도 제대로 귀담아듣지 못했다. 열은 내리고 있는데 가슴은 여전히 병이 난 것처럼 쿵쿵 뛰고 있었다. 젖은 머리에 수건을 얹고 멍하니 방문에 기댔다.

"하아."

머릿속이 멍했다.

오늘, 그게 다 뭐였을까.

"무슨 꿈을……."

다혜는 정신을 차리자고 생각하며 혼자 중얼거리다가 그만 말끝을 흐리고 말았다. 낯선 그림자가 시선 속으로 어른거렸다.

"아……."

그대로 몸이 굳었다. 그녀는 천천히 고개를 들어 올렸다. 방 한가운데, 그가 물끄러미 그녀를 내려다보고 있었다. 다혜는 반사적으로 멎었던 숨을 몰아쉬었다. 그러나 다시 입을 열어 말을 하려고 했을 땐 이미 주위엔 아무도 없었다.

방 안엔 그녀 혼자뿐이었다.

혼자…… 뿐이었다.

머리가 이상해진 모양이다.

다혜는 방바닥에 털썩 주저앉고 말았다. 문득 예감이 들었다. 이 꿈에서 영원히 깨어날 수 없을 것 같다는 그런 슬픈 예감이 들어버렸다.

4장

처우(處遇)

"많이 혼란스러울 거란 사실은 알고 있습니다."

청윤은 건조하게 말을 이었다. 사실 그것에 대해선 그다지 할 말이 없었다. 지금까지 그의 실체에 대해 확신할 수 없도록 교란시켜 온 장본인이 바로 그였기 때문이다. 처음부터 그를 모르도록 감추었다면 일이 쉬웠을 것이다, 하지만.

청윤은 다혜에게서 시선을 떼며 피식 웃음을 터뜨렸다. 광증은 이미 그때부터 시작되었던 것인지도 몰랐다. 의지와는 다르게 마음이 충동적으로 움직이던 그때부터.

"청윤?"

다혜는 조그맣게 그의 이름을 불렀다.

자신의 작은 방 안에 다시 그가 서 있었다. 그가 거기 서서 그녀를 내려다보고 있었다.

"청윤, 지금, 거기……."

청윤은 마음이 비틀어지는 것을 느꼈다. 자신의 이름을 부르는 그 목소리가 듣기 좋아서, 그래서 마음을 가로막아 놓은 벽은 한층 더 견고해져 간다.

"지금 여기 있는 건가요? 진짜 여기 있는 거예요?"

아니야, 아직까지 잠에서 깨지 않아 계속 꿈을 꾸고 있는 걸 거야. 무너뜨리고 부수는 꿈이 또 찾아와 애써 일으켜 놓은 마음을 허물어뜨리려는 거야.

"물론, 난 여기 있습니다."

그는 다혜 가까이로 다가가 충동적으로 그녀의 작고 하얀 뺨을 만졌다.

"그대 눈으로 보고 있질 않습니까."

다혜는 너무 놀라 숨을 몰아 삼켰다.

청윤은 그녀에게서 손을 떼어냈다. 하지만 손끝에 그녀의 감촉이 남아버렸다. 보드랍고 따뜻한. 갑자기 자신을 잡아끄는 그녀의 모든 것에 짜증이 치밀기 시작했다. 청윤은 스스로에게 그녀가 쓸모없는 부분이라는 사실을 자각시켰다.

"언젠가 한 번은 만날 필요가 있었습니다."

그는 스스로에게 경고하듯 말했다. 역린은 치명적인 부분이다. 그래서 이렇게 신경이 끌리는 것일 테지만, 저건 잘라내 숨겨야 할 부분이었다. 그는 차가운 목소리로 말을 이었다.

"함부로 들쑤시고 다니는 것은 그만두세요."

"네?"

다혜는 멍한 얼굴로 되물었다. 이상해, 이상하다. 자신을 내려다보는 그의 눈빛이 싸늘했다. 그의 이런 모습은 상상해 본 적이 한 번도 없었는데.

"그대는 인간입니다."

그가 조용히 그러나 단정적으로 말했다.

"그러니 그대가 해야 할 일은 내 세계의 숨겨진 것을 파헤치는 것이 아니라 인간으로서 그대의 삶을 살아가는 것이겠지요. 이쪽 세계에 더 이상 관심을 두지 말아요, 아무것도. 나 또한 지금까지처럼 그대의 삶에 영향을 끼치지 않도록 조심할 테니까."

다혜는 그의 차가운 말에 가슴이 석둑 베어 나가는 것만 같았다. 그는 눈을 마주 보고 말하며 가차 없이 그녀를 밀어내고 있는 것이었다. 마치 오래전 아름다웠지만 무섭도록 적막했던 그 바다를 다시 마주 대하고 있는 것만 같았다.

"그대가 지켜야 할 건 한 가지뿐입니다. 동해의 영역 밖으로 나가선 안 된다는 것. 불합리하다 느껴지겠지만 어쩔 수 없는 일이에요. 그 외엔 그대의 삶에 제약을 가하는 일은 없을 것입니다. 난 그걸 알려주러 왔습니다. 궁금해하지도 말고, 관심을 두지도 마세요. 지금까지처럼 이쪽 세계에 대해 신경을 끊고 그대의 삶을 살아가면 되는 일입니다."

"만약 벗어나면요?"

다혜는 힘들게 묻고는 아랫입술을 꾹 깨물었다. 정말 이상했다. 이게 점점 더 환상이 아닌 것만 같아.

"죽게 될 겁니다."

그는 간단히 대답했다.

다혜는 마치 별것 아닌 듯 퍽이나 간단히 대답하는 그의 말에 우두커니 자리에 앉아 눈만 껌벅였다.

'죽는…… 다고?'

혹시, 설마 벗어나면 죽인다는 뜻인 걸까? 다혜는 밤을 조각낸 것처럼 아름다운 그의 검은 눈동자를 마주 보았다. 그는 실체한다기보다 환상이라고 믿는 쪽이 더 쉬울 만큼 아름다웠다. 만약 온몸을 짓누르는 이 압도적으로 무겁고 날카로운 존재감만 없었더라면 이 상황을 조금도 의심하지 않았을 터였다. 조금의 의심도 없이 꿈이라고 믿었을 것이다. 또 정신 나간 머리가 지독한 환상을 만들어내는 것이라고.

"나, 꿈이 아니라는 생각이 들기 시작했어요."

"꿈이라고 믿는 쪽이 낫다면, 그렇게 하도록 하세요."

다혜는 숨을 삼켰다. 좋아, 이건 꿈이 아닌가 봐. 믿기 힘들지만.

"벗어나면 안 되는 이유도 설명해 주지 않을 거예요?"

그녀는 놀랄 만큼 차분하게 물었다. 청윤은 여자를 가만히 내려다보다가 순순히 대답을 해주었다.

"나에겐 적이 많고, 나에게 연결되어 있는 어떤 부분 때문에 내 적들은 기를 쓰고 그대를 죽이려 할 것입니다. 거기까진 그대가 신경 쓸 필요가 없는 일이에요. 신경 쓴다 해도 달라질 게 없는 일이기도 하고. 하니 그대는 이 사실 한 가지만 기억하면 됩니다. 이곳을 벗어나선 안 되고 만약 벗어난다면 그 즉시 죽임을 당하게 되리라는 것."

또한 그녀를 제대로 감시하지 못한 그녀의 식구들 역시 몰살 당하게 될 것이었다, 바로 그의 손에. 그러나 괜한 겁을 줄 필요는 없다 생각한 청윤은 그 말은 하지 않았다. 그렇지 않아도 여자의 얼굴은 하얗게 질려 있었다.

청윤은 그녀가 안쓰럽기도 하고 또 한심하기도 했다. 인간이 아니라 하더라도 이 여인은 결코 동궁왕후가 될 수 없었다. 이렇게 심약해서야 인간으로서나 제대로 살아갈지 모르겠다.

"내가 죽으면 곤란한 건가요, 당신이?"

그는 뜻밖의 반응을 보이는 다혜를 가만히 내려다보았다.

"난……. 알겠어요."

묻고 싶은 말이 너무나 많았다. 하지만 다혜는 다시 입을 꾹 다물었다.

"상당히 쉽게 받아들이는군요. 나로서는 고마운 일이지만."

그는 쉽다고 말했다. 다혜는 가만히 서늘한 그의 눈을 응시했다.

"내가 당신 말을 제대로 다 알아들은 것 같지는 않아요."

그녀는 짧게 한마디를 덧붙였다.

"한 가지 알 수 있는 건, 내게 선택의 여지는 없는 게 분명해 보인다는 것뿐이죠."

그가 아무런 대답도 하지 않는 걸 보니 그렇다는 뜻인 것 같았다. 그의 눈빛이 어찌나 차디찬지 계속 보고 있다간 얼어붙을 것 같았다.

"좋아요, 이게 진짜 꿈은 아닌가 보네요. 확인해 보기 위해서 영덕군 바깥으로 나가진 않을게요. 어차피 또 호우주의보가 내릴 테니까."

다혜는 눈을 가늘게 뜨고 시험 삼아 던진 말에 그가 어떤 반응을 보일지 지켜보았다. 그는 오만한 얼굴로 위압적으로 그녀를 내려다보고 있을 뿐이었다. 하지만 다혜는 싸늘하게 얼어붙어 있던 그의 눈빛이 묘하게 반짝이는 걸 보고 직감했다. 여태껏 겪어왔던 그 모든 일들이 몽땅 다 그의 짓이라고.

"정체가 뭐예요?"

"알 것 없습니다."

다혜는 가만히 그를 올려다보았다.

"아까 비슷한 말을 들었던 것 같네요."

"다행히 기억력은 좋군요. 내가 한 말을 잊으면 곤란하니 그나마 다행입니다."

다혜는 이제 그가 가려 한다는 걸 깨달았다. 보내줘야 한다는 걸 알면서도 다급해져 그만 그의 옷소매를 붙잡고 말았다. 자기가 붙잡아놓고도 정말 붙잡아져서 얼마나 놀랐는지 모른다. 다혜는 얼른 잡았던 소맷자락을 놔버렸다. 아직도 손끝에 그 감각이 남아 있었다. 심장이 너무 두근거려 숨은 제대로 쉬고 있는 건지 의심스러울 지경이었다.

"저기…… 청윤?"

그는 그녀의 말을 기다려 주었다. 다혜는 용기를 냈다. 그의 이름을 부르는 것조차 쉽지는 않았지만.

"만약에요. 제가 이유도 묻지 않고, 말에 토 달지도 않고 그대로 한다면……."

다혜의 눈동자에 얼핏 아픔이 비쳤다. 하지만 그것은 너무 순식간이어서 알아챌 수 없는 것이었다. 다혜는 그것을 꾹 누른 채 말했다.

"나중에 다시 만날 수 있을까요? 살다가 오랜 시간이 지난 뒤에라도. 어딘가 이 하늘 아래 당신이 있다는 걸 내게 알려주러 와주지 않을래요?"

무리한 부탁이었다. 그는 거절할 게 분명했다. 그가 천천히 입을 열었고 다혜는 잔뜩 긴장한 채 그의 말을 기다렸다.

"그대는 인간이지만 그 수명은 인간과 다릅니다. 내가 죽기 전까지 그대는 죽을 수 없어요. 인간 수명의 거의 수십 배는 될 테지요. 그러니 그대가 원하는 것은 수백 년 후가 될지, 수천 년 후가 될지 모르는 것입니다. 그래도 좋습니까?"

청윤은 그녀가 그 부탁을 철회해 주길 바랐다. 그건 앞으로…….

"네."

다혜는 놀란 표정을 수습하며 작게 고개를 끄덕였다.

청윤은 차가운 얼굴로 입을 다물었다. 그건 앞으로 한 번이나 더 만나잔 뜻이었기 때문이다. 그는 그렇게까지 할 생각은 없었다. 하지만 물론 그게 더 낫긴 할 것이다. 아무것도 아닌 것처럼, 서로의 존재를 아예 모르는 것처럼 덮어버릴 수만 있다면야 그보다 나은 대안도 별로 없었다. 처음부터 그럴 의도이기도 했고.

그런데 왜 그에게 더없이 유리한 요구가 신경에 거슬리는지 모르겠다. 원한다면 해드리지, 자신의 역린을 품어주고 있는 인간인데. 게다가 어차피 그가 먼저 바라마지 않는 부탁이었다. 청윤은 나직하게 내뱉었다.

"그걸로 그대가 만족한다면, 그리고 그대가 문제를 일으키지 않는다면."

다혜는 믿을 수 없다는 듯 허락하는 청윤을 올려다보았다. 물론 뒤에 한마디 덧붙이긴 했지만, 그래도 너무 기뻐서 가슴이 쿵쾅쿵쾅 거렸다.

아직 뭐가 뭔진 모르겠다.

어제부터 온갖 충격으로 연달아 두들겨 맞은 머릿속은 그로기 상태에라도 빠진 듯 뭐 하나 제대로 인지하지 못하고 있는 듯했다. 하지만 그건 그의 허락이 주는 기쁨에 뒷전으로 밀려나 버렸다.

"고마워요."

다혜는 두 팔으로 눈을 가렸다. 그가 사라져 가는 걸 보고 싶지는 않았기 때문이다.

"참, 그리고 선물들도 당신이 보내신 거죠? 이제 그만 보내요. 더 쌓아놓을 곳도 없거든요."

다혜는 두 눈을 가린 채 웅얼거렸다. 이제, 이제 그가 갈 거다. 제발 울지는 말자.

"그렇게 하지요."

그의 대답이 귓가에 들려오는 듯하다가 이내 바람결에 흩어져 버렸다. 다혜는 눈을 감고도 모든 것이 텅 비어버렸다는 걸 알 수 있었다. 그가 가버렸다. 다혜는 코를 훌쩍이며 뜨거워지는 눈가를 꾹 눌렀다. 그는 실제했다, 믿을 수 없었지만 생생하게. 분명 좋은 일인데, 그토록 바라던 일인데…… 왜 난 더 아픈 거지?

※　※　※

"주군."

주요는 돌아가는 길목에 서 있다가 주인을 배알했다. 그는 역린이 발현했기 때문에 주인이 찾아오리라는 걸 예상하고 기다리고 있었다. 온 촉각을 다 기울여 기다리고 있지 않았다면 다녀가시는 줄도 몰랐을 것이다. 주인이 그를 돌아보았다. 여전히 끔찍스러울 만큼 서늘하고 위압적인 존재였다.

"오래 기다리게 해서 미안하군요, 상장군."

"기다리고 있다는 것을 알고 계셨습니까?"

주요는 부드럽게 미소 짓고 있는 주인을 올려다보며 두려움을 느꼈다. 주인의 감각이 어디까지 미치는지 짐작조차 할 수 없었다.

"역린이 도통 일어나야 말이지요."

주인은 불평하듯 투덜거렸다. 주요는 작게 한숨을 내쉬었다.

"주군, 다혜는…… 저 아이는 이제 어찌 되는 것입니까?"

"무엇이 말이냐?"

부드러운 태도를 지워낸 주군은 무심하게 되물었다.

"역린은 대대로 용의 안곁이 되어왔습니다. 그건 전통이라기보다 이치 같은 것이었습니다. 하여 신도 천궁의 공주가 뭐라 하든 그리 믿고 기다려 왔습니다. 한데 이곳 말고도 동궁의 해역 곳곳에 대대적인 군사의 이동이 있었단 말을 들었습니다. 그들이 이미 반영구적인 기지 쌓기에 들어갔다는 말도 들었습니다. 이 모든 것이 역린을 인계에 두고 적의 눈을 가려 숨기기 위함입니까?"

"그렇다면 어찌하겠느냐?"

주요는 주인의 눈에 위험한 빛이 번뜩이는 것을 보고 숨을 조렸다. 주요는 눈을 내리깔았다. 아니길 빌었던 것이 현실이 되어 나타나고 있었다.

"다혜가 수천 년을 혼자서 살아가진 못할 것입니다. 곧 다른 사내를 마음에 품게 될 것이고 그의 곁에서 살아가게 될 것입니다. 공천덕과 백호 족부는 데릴사위를 받겠다고 야단입니다. 그리해도 되겠습니까?"

"상관없다."

주인은 차갑게 잘라 말했다. 주요는 입술을 꽉 깨물었다. 용과 역린의 생명은 하나로 이어져 있었다. 어찌 보면 무섭지만 어찌 보면 지독히 간단한 관계였다. 둘 중 하나가 죽으면 나머지 하나도 죽는다.

"살아만 있다면, 무슨 짓을 해도 상관없다는 말씀이십니까?"

주요는 목이 잘릴 것을 무릅쓰고 속에 있던 말을 꺼내 버렸다.

"자꾸 똑같은 걸 되묻는구나. 듣고 싶어 하니 정확히 일러주겠다. 역린은 지금까지와 변함없이 살아갈 것이다. 이 동궁의 영역 안에서, 인간으로서. 너는 지금까지처럼 오라비로서 그녀를 지키고 행복하게 해주면 되는 일이다. 수명을 채워 살아 있도록."

동쪽의 왕은 조용히 말했다. 그러나 감히 더 이상 이견 따위를 덧붙일 수 없을 만큼 위압적이었다.

"역린은 동궁으로 되돌아오지 않는다."

그가 서늘한 시선으로 자신의 권속을 내려다보았다. 그 서늘한 살기에 노련한 전사인 주요조차도 무릎이 꺾일 지경이었다.

"왕후의 자리에는 그에 걸맞은 신족 여인이 앉게 될 것이다. 그러니 역린 또한 본분만 다한다면 원하는 사내 곁에서 행복해질 권리가 있겠지. 더 묻고 싶은 말이 있느냐."

용의 순막이 열리며 차가운 불이 들끓었다. 주요는 창자가 끊어지는 듯한 고통을 느끼며 급히 몸을 숙였다.

"없습…… 니다."

겨우 대답할 수 있었다. 왕이 검은 순막을 닫자 그 차가운 화기가 사그라졌다. 주인의 눈동자는 검은색으로 되돌아왔고, 주요는 겨우 고통에서 놓여났다.

"그대의 노고에는 감사하고 있습니다, 상장군."

주인은 마치 화를 낸 적이 없었던 것처럼 다시 부드럽게 말했다.

"그러니 지금까지처럼 본분에 충심을 다해주세요. 그에 합당한 대가를 받게 될 것입니다. 또다시 분수에 넘치는 말로 나를 화나게 만들지는 마세요. 나는 충실한 수하를 잃고 싶지 않습니다."

주요는 등줄기에서 흐르는 식은땀을 느끼며 깊이 머리를 숙였다.

"명심하겠습니다."

주요는 주인이 떠나 버린 빈자리를 보며 깊게 한숨을 내쉬었다. 갑자기 한기가 밀어닥쳤다.

✳   ✳   ✳

다혜는 새벽녘까지 잠을 설치다가 동이 터 오르기 시작하자 결국 자리를 털고 일어났다. 창밖엔 뿌연 물안개 너머로 희미하게 날이 밝아오고 있었다. 오늘은 굉장히 바쁠 것이다. 어제 민혁이에게 약속한 저녁 식사를 가뿐히 보내려면 일찌감치 작업실에 가서 일을 좀 해치워 놔야 했다.

그녀는 가만히 책상에 기대섰다.

머릿속은 여전히 정리가 되지 않은 채 뒤죽박죽이었다. 혼자 조용히 생각해 볼 시간이 필요했지만, 어중간하게 새벽 세 시에 깨어나 저절로 생긴 몇 시간 동안 그냥 조용히 그의 그림만 잔뜩 그렸을 뿐이었다.

'……골병이야.'

다혜는 머리를 쥐어뜯었다. 짝사랑도 이 정도면 그냥 골병이지 싶다.

"하아."

다혜는 책상 위에 한가득 쌓인 스케치를 가만히 내려다보며 한숨을 내쉬었다. 손을 뻗어 백지 위에 되살아난 자신의 기억을 더듬거려 보았다. 묻어나는 것은 검은 연필 자국뿐이었다.

'에이, 또.'

다혜는 물기가 배어 나오는 눈가를 소매로 꾹 눌러 문질렀다. 그리곤 어지럽게 흩어져 있는 종이를 차곡차곡 정리하기 시작했다. 다혜는 저가 새벽 내내 그려놓은 그림을 똑바로 들여다보지 않으려 애쓰며, 종이를 파일 안에 끼워놓았다.

"전시회 그림을 이렇게 열심히 그렸으면 벌써 다 끝냈지."

가늘게 떨리는 손을 꽉 움켜쥐며 다혜는 괜스레 중얼거렸다. 정리한 파일을 책장 한구석에 밀어 넣고는 숨을 몰아쉬었다.

신계, 뒤죽박죽 탑, 환상, 길고 긴 수명…….

언니와 오빠들이 정체.

뱃속이 뒤집히듯 두려움이 밀려왔다.

'흐읍.'

다혜는 깊게 숨을 들이마시고는, 한 번에 어지럽게 널려 있는 연필이며 지우개를 싹 서랍 속으로 쓸어 넣었다. 흐트러진 책 무더기는 한쪽 구석에 밀어 넣고 지우개 가루는 한데 모아 쓰레기통에 털었다.

"엥?"

그러다가 쓸데없는 것을 발견했다.

머릿속 생각을 밀어내듯 전투적으로 청소에 임하던 다혜는 민혁이 선물로 만들어준 앨범을 발견하고는 김이 팍 식고 말았다. 이게 왜 여기에 떨어져 있는지 모르겠다.

민혁이 대학교 입학 기념으로 만들어준 앨범이었는데, 같이 진학하는 마당에 혼자 선물 받는 게 조금 쑥스러웠지만 안 받을 수가 없었다. 그 녀석이 혼자 서울로 올라가서 미안하다며 무슨 입대라도 하는 사람처럼 오만 분위기는 다 잡았기 때문이다.

"우아, 이건 일곱 살 때 사진이네?"

앨범 안에는 유치원 시절부터 고등학교 시절까지 함께 찍은 사진들로 가득 차 있었다. 이러고 보니 그 녀석과의 인연도 꽤나 끈질기다. 서글픈 것은 다른 친구들하고 찍은 사진은 별로 없다는 것이었다.

대부분은 이 녀석의 확실치 못한 태도 때문이었다. 반자동으로 어장관리를 하는 녀석의 못돼먹은 습관 때문에 그나마 어쩌다 생긴 여자친구도 금세 다 떨어져 나가기 일쑤였다.

사실은 그게 완전히 악몽이었다. 어찌나 학교 여자아이들에게 시샘을 당했는지, 나중엔 왕따 생활에 아예 익숙해져 버릴 정도였다.

그런데도 외로워할 새가 없었던 건 민혁이 어미 새처럼 그녀를 챙겼기 때문이다. 물론 그건 그저 악순환의 반복일 뿐이었다. 민혁이 그녀를 챙기고, 학교 여자아이들은 그녀를 질투하고, 민혁은 외톨이가 된 다혜를 더욱 챙기고, 여자아이들은 더욱 시샘하고.

다혜는 웃음을 터뜨리며 앨범을 다시 책장 안에 밀어 넣었다.

지금이나 이렇게 웃지, 그땐 정말 심각했었다. 민혁에겐 미안했지만, 그가 서울로 올라가는 게 내심 반갑기까지 했었다. 사실 지금도 윤지를 생각하면 완전히 편해진 것도 아니었다. 녀석이 태도를 좀 확실하게 하면 좋을 텐데.

윤지는 대학에 올라가 정말 오랜만에 사귄 친구였다. 그녀와 사이가 또 틀어지는 건 다혜에게도 괴롭기 짝이 없는 일이었다. 민혁이에게 한번 확실하게 못을 박고 말할 때가 되긴 했다.

'그런데 이게 왜 여기 떨어져 있었지?'

혹시 어제 그가 책상에서 펼쳐 보던 게……. 다혜는 저 혼자 고개를 내저었다. 그럴 리가 있나. 그가 뭐 하러 이런 쓸데없는 걸 펼쳐 볼까.

'자의식 과잉!'

그런 오글거리는 병에도 걸려 있었을 줄이야.

한 번 더 머리를 쥐어뜯고는 옷장을 인정사정없이 뒤졌다. 문양이 없는 옷을 찾는 건 포기하는 게 편할 듯싶었다. 다혜는 옷장에서 트레이닝복을 꺼내 갈아입었다. 이것도 역시 문양이 새겨져 있어 한순간 눈앞이 흐릿해졌지만 이젠 그것도 겨우 잠깐뿐이었다.

옷을 갈아입고는 장롱 서랍 맨 아래쪽에 고이 간직해 두었던 새 운동화도 꺼냈다. 매장에서 보고 너무 예뻐서 샀다가 한 번 신지도 않고 아껴두던 거였다. 설마 하고 살펴보니 여기에도 벌써 문양이 새겨져 있었다.

"도대체가……."

이젠 화도 나지 않는다. 다혜는 길게 한숨을 내쉬고는 창문을 열어젖혔다. 아직은 식구들 중 누구와도 마주치고 싶지가 않았다, 아직은. 다혜는 신발을 신고는 굳은 얼굴로 창문을 넘었다.

한바탕 달리고 오면 괜찮을 거다.

다혜는 농 짙은 안개 속으로 가뿐하게 뛰어내렸다.

찬 안개 속으로 들어가니 정신이 맑아지는 것 같았다. 그리고 이상할 정도로 몸이 가볍게 느껴졌다. 달리고 있는데도 발에서 소리가 나지 않았고, 등 뒤를 밀어 올리는 바람에 걸음나비가 몇 배는 길어진 것 같은 착각도 들었다. 다혜는 있는 힘껏 달리며 깊은 해방감을 느꼈다. 몸이 날아갈 것 같다.

"하아, 하아. 하아아. 이야, 나 엄청 잘 뛰네."

그럼 때려치우고 배달해도 되겠다. 오토바이도 필요 없겠어. 내가 이 동네의 우사인 볼트다!

"후우우."

다혜는 심호흡을 하며 굽었던 허리를 폈다.

주위는 고요했다. 들리는 건 규칙적으로 오가는 파도 소리뿐. 그러나 머릿속은 정리되지 않은 말들로 정신없이 시끄러웠다. 신계, 뒤죽박죽 탑, 환상, 언니 오빠들의 정체, 길고 긴 수명……

그녀는 바닷가 앞에 우두커니 서서 쇳물 같은 아침 해를 마주 보았다. 그를 대하고 있을 때와 비슷한 느낌이 몰려들었다. 눈을 찌르는 압도적인 존재감, 구름을 물들여 그것을 현혹시키는 아름다움.

그가 이 세상 어딘가에 있다면, 아마도 저곳일 것만 같았다.

이쪽 세계, 그리고 저쪽 세계.

두려움에 또 덜덜 떨리기 시작한 몸을 가볍게 제자리에서 뛰며 풀었다. 넘을 수 없는 간극을 앞에 두고 그녀는 현실감을 잃지 않으려고 애썼다.

어렵지만도 않았다.

그가 있다는 것을 믿고 싶은 마음이, 그가 이 세상 어딘가에 존
재한다는 것에 안도하는 마음이, 다른 무엇보다도 컸기 때문이
었다. 사실은 겁에 질려 주저앉아 울고 싶었지만 그 마음이 그녀
를 붙들어주고 있었다.

"약속, 꼭 지켜야 돼요."

꼭 구렁이 담 넘어가듯 그냥 지나가는 말이었다고 피식 웃고
넘어가 버릴 것만 같아, 그는.

"약속 안 지키면 욕할 거야, 진짜라구요."

할멈이 얼마나 욕을 잘하는지, 맨투맨으로 교육받은 욕이 얼
마나 다양한지. 나중에 알게 되면 그도 놀랄 게 분명했다. 그러
니 언젠간 나 만나러 와준다던 그 약속, 꼭 지켜야 해요. 들었죠?
듣고 있죠? 참, 어제 미처 못한 말이 있어요.

"고맙다는 말이오."

마음이 놓이거든요. 당신, 이 세상에 없는 환상이라고만 믿었
던 어제보다는 그래도 오늘이 좀 숨쉬기가 편해요. 사실은 조금
슬프긴 하지만, 그래도 괜찮아요. 당신이 이 하늘 아래에서 괜찮
을 거니까. 그러니까 나도 괜찮아요. 다혜는 하늘을 보며 해맑게
웃었다.

"좋아! 준비 완료!"

적진…… 아니, 홈그라운드를 향해 출발!

다혜는 작은 주먹을 꼭 움켜쥐고 깊은 청색 바다에서 등을 돌

렸다. 이제 시작이다, 잘 버텨내야 해. 수백 년 후가 될지, 수천 년 후가 될지 아무것도 모르지만 언젠가 그를 다시 만날 때까지. 다혜는 다시 크게 숨을 들이마셨다.

수천 년의 수명이 어떤 건지 지금 당장은 감도 잡을 수가 없었다. 다혜는 두근대는 심장의 박동을 느끼며, 이 심장이 수천 년 동안 뛸 거라고 생각하니 갑자기 머릿속이 아득해졌다. 삶에 대한 개념이 송두리째 뒤바뀌는 기분이었다. 수천 년 동안 그림을 그리면…… 어쩌면 나 피카소보다 더 유명한 화가가 될지도. 크흐흐.

"어라? 그런데 나 언제 이렇게 멀리까지 나온 거지?"

잠깐 뛰었다고 생각했는데. 생각보다 훨씬 더 멀리 나와 있었다. 집 앞마당인 줄 알았더니, 우리 집은 보이지도 않네? 진짜 한 이천 년쯤 그림 그리다 지겨워지면 달리기로 전향해야겠다. 전도가 아주 유망해. 다혜는 집으로 되돌아가며 작게 키득거렸다.

'그래, 나쁘지만은 않을 거야.'

웃음기 가신 얼굴로 다혜는 큰 눈을 천천히 감았다 떴다.

분명히 좋은 일도 있을 거였다. 난 오래오래 살 거니까, 그중에는 분명히 행복한 날들도 있을 거야. 조금 더 긴 하루를 사는 것뿐이라고 그렇게 무겁지 않게 가볍게 생각하자. 오랫동안 들고 가야 하니까. 지치지 않게 가볍게. 내가 그를 위해 감당할 수 있게.

진실이 무엇인지 다 알지 않아도 좋아. 그런 건 아무래도 좋아. 뭔지는 모르지만…… 내 안에 있는 무언가가 그와 연결되어 있고, 내가 그를 위해 할 수 있는 게 여기 있으니까. 두루뭉술하고 애매모호해도 구름은 하늘 위에 있잖아.

"생각해 보면 정말 불공평하다니까."

다혜는 바지주머니에 두 손을 비겨 넣고 투덜거렸다.

"그대는 인간입니다. 그러니 그대가 해야 할 일은 내 세계의 숨겨진 것을 파헤치는 것이 아니라 인간으로서 그대의 삶을 살아가는 것이겠지요. 이쪽 세계에 더 이상 관심을 두지 말아요, 아무것도. 칫, 어디다 적어놓고 외워왔나 봐."

다혜는 그가 어제 자신에게 했던 말을 흉내 내며 발에 걸린 작은 돌멩이를 툭 걷어찼다. 겨우 그의 목소리를 떠올리는 것만으로도 얼굴이 빨개지고 가슴이 콩닥거린다. 어휴, 정말 불공평하다니까.

"나쁜 남자가 인기 있는 건 어떻게 알아가지고. 인간 세상 모니터하는 거 아니야, 이거? 나도 진짜 바보라니까. 하아아."

어디 바보 월드컵 같은 거 안 하나? 그럼 내가 일등할 텐데. 그녀는 이런저런 쓸데없는 소릴 중얼거리며 손으로 부채질을 해댔다.

"으아, 벌써부터 덥다."

다혜는 괜히 더 투덜거렸다. 괜히 진짜 마음이 이상했다. 집이 보이기 시작하니까 얼른 들어가고 싶기도 하고, 뒤로 돌아 다시 도망치고 싶기도 하고. 준비 완료됐었는데 더위 때문에 벌써 방전됐는가 보다. 다혜는 집 대문 앞에서 작게 한숨을 내쉰 다음, 어제저녁 그녀를 기절시켰던 까마귀 떼가 또 있나 한 번 확인한 다음, 천천히 대문을 열었다.

"안녕, 큰오빠."

문을 밀어젖히니 언제나처럼 큰오빠가 화단에 물을 주고 있는 게 눈에 들어왔다. 아아, 저 전업주부. 일어나 계실 줄 알았지.

"너 언제……."

다혜는 더 이상 가족이 아니라며 쫓겨났던 지난밤 악몽이 떠올라 반사적으로 몸이 움찔했지만, 아랫배에 단단히 힘을 주고 한 걸음 앞으로 걸어 들어갔다. 접수된 정보와 정황으로 미루어 봤을 때, 이 집 안에 인간족은 그녀 하나뿐인 게 분명했다.

"오빠는 정체가 뭐야?"

아차, 직구다. 이 세계에 더 이상 관심을 두지 말아요, 라는 협박성 경고를 이미 들었는데 실수했다. 다혜는 지하의 눈을 피하며 제 주먹으로 제 입을 꾹 틀어막았다. 직구는 큰오빠 주특기였는데, 언제 옮아왔담.

"들을 준비는 하고 묻는 거냐?"

정원가위를 손가락에 걸고, 지하는 천천히 다혜의 상태를 살폈다.

"……아닐걸요?"

잔뜩 움츠러들어 망설이는 목소리.

"쯧쯧."

지하는 혀를 찼다.

"한 바퀴 돌아봐라."

다혜는 영문을 모른 채 지하가 시키는 대로 제자리에서 한 바퀴 빙그르르 돌았다. 지하는 작게 고개를 끄덕이더니 툭 던져 물었다.

"기분은?"

"공복."

다혜의 대답에 지하는 다시금 고개를 끄덕거렸다.

"몸도 마음도 멀쩡하다 이거지."

알 수가 없다. 그는 이 녀석 상태에 대해 딱 판단을 내릴 수가 없었다. 괜찮은 것 같기도 한데 그럴 리가 없었다. 어제 난생처음으로 동궁왕을 대면했을 테니까. 지하는 약간 체증을 느끼며 미간을 찌푸렸다.

"안 멀쩡해. 배고프다니까?"

"그래서 묻고 싶은 건?"

지하는 다혜의 투덜거림을 싹 무시한 채 다시 물었다.

"정체가 뭐야?"

치, 어쩔 수 없이 또 직구네. 다혜는 다시 바지주머니에 손을 찔러 넣었다. 어쩔 수 없잖아? 이건 그의 세계에 관한 것이라기보단 내 세계에 관한 것이니까, 안 물어볼 수가 없었다. 무작정 덮어놓기엔 앞에 놓여 있는 시간이 너무 무서웠다.

다른 건 몰라도 최소한 오빠들에 대해선 알아야 했다. 다혜에겐 오빠들이 엄마 대신이었고 아빠 대신이었다. 다혜를 먹이고 입히고 업어가며 키운 건 할멈이 아니라 큰오빠와 작은오빠였고, 그건 비록 오빠들이 진짜 엄마 아빠가 아니란 사실을 알게 되었다 하더라도 달라지는 건 없었다.

"그렇게 묻는 걸 보니 어느 정도 이 상황을 받아들이긴 한 것 같구나."

"바다에 빠지면 헤엄을 치는 수밖에 없잖아."

지하는 퉁명스러운 막내의 대꾸에 부드럽게 웃음을 지었다. 하여튼 내가 딸 하나는 잘 키워냈다니까, 저 씩씩한 것 같으니. 지하는 또 한순간에 웃음기를 싹 지워 버리고 내던지듯 툭 뱉어 냈다.

"인간과 다른 것. 동시에 너와 닮은 것이다."

지하의 대답에 다혜는 황당하다는 표정을 했다.

"뭐야, 그게? 무슨 설명이 그래?"

"일단 안으로 들어가자. 네가 원하는 대답이 어디까지인지, 일 단 그것부터 들어봐야겠다."

다혜는 엄한 지하의 말투에 작게 한숨을 내쉬었다. 하아, 오랜 만에 큰오빠가 아빠로 돌아가려는 모양이었다. 큰오빠가 맡은 아빠 역할은 엄청나게 가부장적인데. 이 대담이 순조롭게 끝나 지는 않을 모양이군. 게다가……. 다혜는 힐긋 큰오빠의 안색을 살폈다. 이거다 하고 딱 짚을 수는 없었지만 오빠의 얼굴에서 뭔 가 불안한 기색이 읽혔다. 겁낼 사람은 난데 큰오빠는 대체 뭘 무서워하고 있는 걸까.

다혜는 성큼성큼 집 안으로 들어가는 큰오빠의 보폭을 따라가 려 반쯤은 뛰다시피 했다. 으이구, 집 안에서도 뛰어야 하는 거 야? 신장의 차이는 다리 길이의 차이도 된다는 걸 제발 잊지 말 아줘, 제발. 따라가려면 숨이 찬다구! 큰오빠를 NBA에 보냈어야 하는데. 신장 길이 2m면 농구선수로는 최적 아니야? 허억, 천천히 좀 걷자.

"빨리 좀 와라."

이씨…… 내 키는 왜 160㎝도 안 되는 거야? 어렸을 때 우유를 더 먹었어야 했는데.

"후우, 아직도 저러고 있군."

거실에 도착해서 지하는 소파 위에 널브러져 있는 주요를 보며 한숨을 내쉬었다. 다혜는 지하의 옆구리를 비집고 고개만 비죽 내밀었다.

"으익!"

다혜는 소름 끼치는 걸 목격한 얼굴로 비명을 질렀다.

"왜 또 저러고 있어?"

"넌 뭐 찔리는 것도 없냐?"

지하는 자신의 허리를 꽉 부여잡고 있는 막내를 보며 또 혀를 찼다. 찔리는 게 있는 다혜는 조용히 눈을 내리깔았다. '오빠 미워' 때문에 저러나? 에이…… 실수했다. 다혜는 소파 위에 널브러져 무시무시한 공포영화를 보며 미친 듯이 깔깔대고 웃고 있는 작은오빠를 보지 않으려 시선을 피했다. 아, 싫다. 사다코의 어디가 웃기는 건데?

"머리 풀어헤친 거 봐라, 거지야?"

주요는 기어 나오는 사다코를 손가락질하며 배를 잡고 웃었다. 버르장머리 없는 손가락 같으니, 저분을 놀라게 하면 안 돼! 라고 하고 싶었지만 작은오빠는 귀신 나오는 공포영화면 뭘 보든 저런 반응이었다. 그래서 작은오빠와 공포영화를 보러 극장에 가는 건 오래도록 잊지 못할 경험이 되기 일쑤였다. 옆에 앉은 사람들한테 중저음으로 욕을 얻어먹는 건 흔한 경험이 아니었으니까.

"그만 끄고 따라와라, 할 얘기가 있으니까. 아무래도 상관없으면 계속 그러고 있던지."

시비 거는 듯한 지하의 말에 주요는 사납게 눈을 흘겼다가 숨어 있는 다혜를 보곤 또 풀이 죽어버렸다. 하지만 흐트러진 녹색 머리카락을 수습하며 주요는 순순히 자리에서 일어났다.

다혜는 계속 작은오빠의 눈치를 살폈고, 주요는 계속 방바닥만 살폈다. 하지만 그러면서도 주요는 섬세하게 보폭을 맞춰주고 있었다. 다혜는 그것을 알아채고 따뜻하게 웃음 지었다. 그녀는 손을 뻗어 주요의 손을 꼭 마주 잡았다. 주요가 고개를 돌려 그런 다혜를 바라보았다. 눈이 마주친 다혜는 헤실거리며 마주 잡은 손에 꼬옥 힘을 주었다.

"뭐가 됐든 오빠는 오빠일 거야, 그렇지?"

"……말이라고 하냐."

주요는 힘없이 피식 웃으며 손을 끌어 다혜의 머리를 품에 꼭 안아주었다. 다혜는 엄마 냄새를 맡으며 헤실헤실 웃었다. 지하는 깨가 쏟아지는 둘을 힐끔 돌아보며 고개를 내저었지만 눈동자만은 따뜻하게 반짝였다.

"들어갑니다."

지하는 공천덕의 방문을 툭툭 두들긴 뒤 미닫이문을 열었다.

지하와 주요의 굳은 표정을 본 공천덕은 긴장한 얼굴로 자리에서 일어섰다.

"나으리."

지하는 공천덕의 존대에 작게 고개를 저었다. 주요 또한 다혜가 놀란 것을 눈치채곤 지하를 거들었다.

"그냥 하던 대로 해, 할멈. 이제 와서 나으리는 무슨. 앉자고. 아무리 뒤죽박죽 쌓아놨다곤 하지만 설마 집 기둥이 무너지기야 하겠어?"

다혜는 살짝 불안한 얼굴로 집 천장을 올려다보았다. 할멈은 한숨을 내쉬며 자리에 앉았지만, 언제나처럼 상석에 앉지는 않았다. 오빠들도 자리를 잡고 앉았고 다혜도 별생각 없이 작은오빠 옆에 주저앉으려 했다.

"아니, 네 자린 저기."

주요가 다혜의 엉덩이를 툭 밀었고, 덕분에 그녀는 앞으로 고꾸라질 뻔했다.

"엥?"

다혜는 주요가 가리킨 자리를 보고 인상을 찌푸렸다. 늘 할멈이 앉아 있던 가운데 상석 자리를 보며 작은오빠가 가서 앉으라고 재촉을 하고 있는 거였다.

"왜, 왜에?"

"거 토 달지 말고 가서 앉기나 하시오."

결국 할멈이 그렇게 구박을 하고 나서야 다혜가 주뼛주뼛 그 자리로 다가갔다. 세 쌍의 눈이 소리 없이 매섭게 앉으라고 재촉을 해대고 있었다. 다혜는 무겁게 한숨을 내쉬곤 잔뜩 토라진 얼굴로 자리에 앉아 고개를 홱 돌려 버렸다. 할멈은 그 꼴을 보며 혀를 쯧쯧 차고는 백호 족부에게로 눈을 돌렸다.

"이게 뭔 난리요, 그래? 가닥은 잡혔소?"

지하는 공천덕에게 고개를 끄덕이곤 큰 손으로 다혜의 머리를 툭툭 두들기며 말했다.

"골 내지 말고 오빠들 하는 얘기 좀 들어봐."

다혜는 조그마한 소리로 투덜거렸다.

"불편해."

"알아."

지하는 다혜의 머리를 한 번 더 쓱쓱 문지르고는 말을 이었다.

"그래도 좀 참아. 네가 이 뒤죽박죽 탑의 공주님이니까 어쩔 수 없어."

다혜는 불안한 얼굴로 큰오빠의 회백색 눈동자를 올려다보았다.

"어제 누가 널 찾아왔었지?"

다혜는 작게 고개를 끄덕거렸다.

"그가 누군지 네게 얘기해 주었니?"

지하는 물론이고 주요조차 다혜와 동궁왕이 나눈 대화의 내용에 대해선 알지 못했다. 그들은 그저 주요가 그의 주인과 나눈 대화에 대해서만 알고 있을 뿐이었다. 동궁왕과 다혜 사이에 오갔던 말들은 방문 바깥으로 한마디도 새어 나오지 않았다.

다혜는 지하의 두 번째 물음엔 작게 고개를 저었다.

"그랬구나."

그것조차도 알려주지 않았어, 지하는 고개를 돌려 애꿎은 주요를 노려보았다. 주요는 고개만 푹 떨어뜨릴 뿐이었다.

"그가 네게 뭐라고 말했니? 말할 수 있는 것만 해보렴."

다혜는 큰오빠의 말이 이상하다고 생각하며 고개를 갸웃거렸다.

"자신의 세계에 대해 알려고 하지 말라고 그랬어, 인간이니까 인간으로 살아가라고. 지금까지처럼 쭉. 그냥 동해 바깥으로 벗어나지만 않으면 별다른 제약은 없을 거라고도 그랬어. 그리고 말썽부리지 않으면 언젠가 한…… 한…… 응?"

다혜는 말이 탁 걸려 나오지 않자 기겁한 얼굴로 제 목을 꾹 눌렀다. 왜 이러지? 말이 안 나온다.

"놀랄 것 없다. 그 말은 묶여 있는 모양이구나."

뭔 소리지?

"아아, 마이크 테스트. 아아, 작은오빠, 내 말 들려?"

주요는 뚱한 얼굴로 고개를 끄덕여 주었다. 다혜는 다행이라는 얼굴로 한숨을 내쉬었다.

"깜짝 놀랐네. 갑자기 벙어리가 된 줄 알았어."

"그냥 말이 묶여 있을 뿐이야. 중요한 말이니?"

다혜는 지하의 물음을 곰곰이 생각해 보았다. 중요한 말이었다, 나에게는. 하지만 개인적인 약속에 불과하다는 걸 알고 있기 때문에 다혜는 다시 고개를 저었다.

"그게 다였니?"

"음. 이게 다였어."

지하는 미간을 찌푸리며 잠시 침묵했다.

"후우, 대단하시구나. 그래, 상장군. 넌 이게 말이나 된다고 생각하냐?"

그는 대뜸 주요를 보며 구박했다.

"인간이니까 인간으로 살아가라고? 이 좁은 인간의 땅 안에서 인간으로 말이지? 서다혜, 너 이거 보이니?"

다혜는 지하의 손바닥 위에 올려져 있는 금빛 투명한 나비를 보고 고개를 마구 끄덕였다. 너무너무 예뻤다. 경계도 없고 형체도 없는 나비는 마치 조각난 유리처럼, 또 조각난 햇살처럼 눈부시게 고왔다.

"나 줘!"

"후우."

마냥 예쁘다고 좋아하는 다혜를 보던 지하는 다시 한숨을 내쉬며 나비를 부숴 햇살로 흩뜨렸다. 그의 눈동자가 분노로 일렁였다. 다혜는 부서지는 나비를 보며 화들짝 놀랐다.

"이것 좀 보라지. 구분을 못해. 신계와 인계의 것을 저 눈으로 구분해 내지 못한다구."

령접은 신계의 가장 작은 요소 중 하나였다. 벌써 이것까지 선명하게 볼 정도면…….

"눈이 점점 더 밝아질 거야. 이런 상태로 인간의 삶을 어떻게 살아가? 인간이니까 인간으로 살아가라고? 인간이 뭐 하러 인간으로 살아가, 그냥 하고 싶은 대로 살면 그만이지! 하지만 다혜는 아니야. 이제 저 애가 인간으로 살아가려면 계속 긴장해야 해, 고민해야 한다고. 인간처럼 살아가려고 갖은 애를 다 써야 한단 말이다!"

다혜는 잔뜩 화가 난 큰오빠의 옷소매를 꼭 쥐었다. 지하는 놀란 다혜의 눈망울에 호흡을 가다듬었다. 하지만 잔뜩 풀이 죽은 주요의 말에 잠시 가라앉았던 지하의 화는 다시 끓어오르기 시작했다.

"우리가…… 가르칠 수 있을 거야."

"그래, 그렇겠지. 뭐가 어떻게 돼도 네놈들한텐 제 주인이 가장 중요한 거야. 뭘 어떻게 바꿔볼 생각 따윈 조금도 않는 거냐?"

짐승의 목울음 소리가 지하의 몸에서 흘러나왔고, 주요는 이를 악다물었다.

"다를 게 있어? 형님, 너도 일족을 버릴 순 없을 거잖아."

서로를 노려보는 눈길이 매서웠다. 하지만 서로를 힐난하면서 가장 상처받는 것은 자신들이었다. 서로의 입장을 가장 잘 이해하고 있기 때문이었다.

"나도 어떻게 할 수 있으면 하겠어. 하지만 형님 너도 알다시피 동향에서 주군의 뜻을 거스를 수 있는 자는 없어. 주군께서 정하시면 그걸로 끝이란 말이야. 그나마 투덜댈 수 있는 것도 상상(上相) 하나뿐이지. 괜히 심기를 어지럽혔다간 쥐도 새도 모르게 죽는 걸로 끝나지 않아. 죽는 것보다 더 안 좋은 꼴을 당할 수도 있단 말이야. 그건 형님 너도 잘 알고 있을 것 아냐! 내 주인이 어떤지는, 형님 너나 나나 너무 잘 알고 있다구. 그러니까 서로 잘 알고 있는 말은 제발, 제발 꺼내지 마."

교활하고 잔혹한데다 치가 떨리도록 냉정하다. 자비와 동정심, 일말의 여지 따위조차 기대할 수 없다. 동향의 주인은 아름다운 독 같은 존재였다.

"반대하지 않을게. 데려와, 아무나. 일족 중에 있다는 그 혼기 꽉 찬 놈. 데려와 보라고. 나도…… 찾아볼 테니까."

"그렇게 반대하더니?"

주요는 다시 풀 죽은 얼굴로 한숨을 푹 내쉬었다.

"어제 살짝, 주인께 말 꺼내봤다가 그대로 죽을 뻔했어. 씨알도 안 먹히더라. 제길."

"그래도 말은 꺼내봤나 보네."

약간 화가 가신 목소리로 지하가 말했다.

"그러면 뭐 해. 소용도 없는데. 주인께서 역린도 원하는 상대 곁에서 행복해질 권리가 있다고 내게 대놓고 말을…… 읍!"

주요는 생각 없이 말을 늘어놓는 제 입을 놀라 확 틀어막았다. 지하는 또 인상을 팍 찌푸렸고 할멈은 혀를 쯧쯧 찼으며 다혜는 멍하니 주요를 바라보았다.

"저기, 그 역린이라는 게, 나야?"

"어?"

주요는 안쓰러운 눈으로 막내를 보며 입을 막았던 손을 떨어뜨렸다. 정말 아무것도 알려주지 않았구나, 새삼 그런 생각이 들었다. 그것 때문에 모진 운명을 떠안게 된 이 아이에게 정말 알려준 것이 하나도 없구나. 마음이 쓰리게 아파왔다. 앞으로도 계속 그럴 것이기 때문에.

"나구나."

다혜는 곤란해하는 주요의 표정을 보고는 애써 밝게 웃었다.

"에이, 그건 뭐 아무래도 됐어. 난 그냥 앞으로 지금까지처럼 쭉 살면 되는 거지? 내가 알고 싶은 건 그건데."

더 들여다보기 무섭다, 사실은. 더 깊숙이 보면 안 될 것 같았다. 그래서 어제 그가 내게 아무것도 알려 하지 말라고 했을 때, 그때 사실은 다행이라는 생각도 조금 들었었다. 속까지 다 봐버리면 지금 가지고 있는 행복마저도 모조리 무너지게 될 것 같아서.

"그래, 그러면 돼."

"오빠들은…… 어디 가지 않을 거지?"

주요는 그 물음에 가슴이 먹먹해져서 말없이 고개만 주억거렸다.

"에이, 그럼 됐어. 작은오빠는 왜 또 울려고 그래. 덩치는 산만해 가지고."

다혜는 자리에서 일어나 주요의 곁으로 다가갔다. 그리고 웃는 얼굴로 그의 녹색 머리를 슥슥 문질러 주었다.

"그럼 그냥 그렇게 할게. 복잡하게 생각할 거 뭐 있어? 어떻게 하면 지금까지처럼 쭉 살 수 있는지는 앞으로 열심히 연구하면 되잖아. 긴장하고 고민하고 애써볼게. 난 괜찮아. 엄마 아빠 부부싸움만 안 하면 애는 별 탈 없이 잘 자랄 거야. 그러니까 앞으로 부부싸움은 나 안 보는 데서 해. 알았지? 나 나간다."

다혜는 주요의 볼에 입을 쪽 맞추고는 그대로 방에서 내빼 버
렸다. 미닫이문이 쿵 닫히는 소리를 들으며 주요는 손바닥으로
눈을 꾹 눌렀다.

"······가볍게도 정리하고 나가네, 저 바보가."

지하가 무겁게 한숨을 내쉬며 말했다.

"이 좁은 땅덩어리 안에서 수천 년을 인간으로 살아간다는 게
뭔지, 그게 어떤 건지 아직은 잘 느껴지지 않아서 그럴 테지."

"그래, 그렇겠지. 그러니까······."

주요가 손을 떨어뜨리며 날카로운 눈으로 지하를 노려보았다.
하지만 그 눈에 자포자기한 마음과 슬픔이 어려 있었다.

"모를 때 방법을 찾아야 해. 저 아이가 계속 웃으면서 살아갈
수 있는 방법. 찾아야 한다구, 그 마음붙이라는 거."

지하는 골똘히 생각하다가 물었다.

"인간은 어때?"

결국 이렇게 되는 건가 싶어 주요는 윗배가 다 아파왔다.

"생각, 해보자."

그는 자리를 털고 다혜를 쫓아 몸을 일으키며 나지막이 대꾸
했다.

5장

전조（前兆）

'그러고 보니 소하 언니가 안 보이네.'

마루에 앉아 발을 흔들며 다혜는 마당 요기조기를 살펴보았다. 이런 데 빠질 언니가 아닌데, 어디 아픈 걸까? 하지만 어제 차갑던 언니의 목소리를 떠올리니 마음이 또 시무룩하게 가라앉았다.

"슬슬 작업실에나 가봐야겠다."

하늘이 눈부시도록 파랗다. 햇빛을 받은 구름은 맑게 빛났고 바람은 여름의 풀 냄새를 몰고 다녔다. 하늘은 먼 수평선까지 끝없이 이어져 있었다. 오랫동안 봐도 질리지 않을 거 하나 찾았다. 다혜는 여름 냄새를 맡으며 헤실헤실 웃었다. 더 찾아봐야지, 앞으로 계속.

"다혜야."

"나 마루에!"

다혜는 자신을 찾는 주요의 목소리에 할머니 방 쪽을 보며 소리쳤다.

"뭐 해, 햇빛 뜨거운 곳에 앉아서. 살 타."

주요는 마루 쪽으로 다가오며 얼굴을 찌푸렸다. 다혜는 으, 하고 이를 내보이며 고개를 내저었다. 또 잔소리.

"그래서 오늘은 뭐 할 거야?"

다혜의 옆에 앉으며 주요는 햇볕에 따뜻해진 다혜의 머리를 쓱 문질렀다. 다혜는 작업실에 간다고 말하려다가 주요의 표정이 아직 가라앉아 있는 걸 보고 말을 바꿨다. 친구들은 저녁 약속 시각에나 맞춰서 나가 만나고 작업은 하루쯤 제끼지, 뭐.

"오빠 심심하구나, 내가 놀아줄까?"

다혜는 작은오빠의 무릎을 베고 누우며 큰 눈을 반짝거렸다. 주요는 어리광부리는 막내를 내려다보며 뚱하니 말했다.

"놀아줘를 잘못 말한 거 아니냐? 놀아줄까는 뭐야."

"어허. 다 큰 딸이 놀아준다면 그냥 마음속 깊이 감사하게 생각하고 고맙습니다, 이렇게 해야지."

주요가 눈을 데굴데굴 굴리며 고개를 흔들흔들 저었다.

"네에, 고오맙습니다. 그래, 어떻게 놀아주시려고?"

"으음. 고민 좀 해보고."

다혜는 짐짓 생각하는 척하며 주요의 빈틈을 노렸다.

"간지럽히기?"

"어?"

"간지럽히기!"

다혜는 주요의 옆구리를 파고들며 마구 간질이기 시작했다.

"야!"

주요는 웃음을 터뜨리며 다혜를 밀어냈다. 다혜는 밀리면서도 집요하게 파고들었다.

"하지 마, 하지 마!"

주요는 다혜의 공격을 막아내다가 역공을 펼치기 시작했다. 다혜는 웃음을 터뜨리며 목 뒤를 간질이는 주요의 손을 피해 도망쳤다.

"아, 하지 마! 하지 마!"

"요놈! 어딜 도망……."

다혜는 냅다 도망을 치려다가 무언가 파직 하고 갈라지는 소리에 그대로 굳어버렸다.

"뭐, 뭐지?"

다혜의 시선이 쩍 하고 갈라진 기둥을 따라 천천히 위로 올라간다. 기둥부터 마루 위 처마까지 쇠로 만든 무언가로 할퀸 듯 쩍 벌어져 있었다. 그녀는 나무 먼지를 내뿜으며 쩍 가라진 마루 기둥을 쳐다보며 사색이 되었다. 금세라도 다 무너져 내릴 것처럼 후들후들 거리는 폼이 예사롭지가 않았다.

"내, 내가…… 내가 이럴 줄 알았어. 그렇게 아무렇게나 막 쌓아놓으니까 기어이 기, 기둥이 갈라지는 거잖아. 무, 무너지는 거 아니야?"

"무너지기는."

주요는 바들바들 떠는 다혜의 머리를 툭 밀고는 갈라진 흔적을 유심히 살폈다.

"아, 그래. 오빠 방은 제일 위층이다 이거지? 밑에서 밥 먹다가 집 무너지면 깔리는 건 다 마찬가지거든."

"하여튼 겁은 많아서."

주요는 한 번 더 다혜의 머리를 밀치고는 허리에 턱 손을 댔다. 신계와 인계의 물질은 서로 밀도가 달라서 결코 서로 섞이지 않았다. 신계의 물질은 대부분이 염(念)과 원(願)으로 이루어져 있어 더없이 무겁지만 동시에 더없이 가벼운 것이었다.

신계의 것들이 서로 맞물려 무너지면 모를까 인계의 물질로 이루어져 있는 이 한옥집이 신계에서 가져온 임시 거처 때문에 무너질 염려는 없었다, 전혀. 한마디로 지금 기둥이 갈라진 것은 다혜가 생각하는 그런 것 때문이 아니라는 뜻이었다.

'대체 왜 갈라진 거지?'

주요가 심각한 표정을 하며 고민하고 있는데, 다혜의 핸드폰이 진동을 하며 울려댔다. 다혜는 주머니를 뒤적거려 핸드폰을 꺼내 들었다.

"어? 민혁이네 엄마다."

다혜는 통화버튼을 눌러 전화를 받았다.

"안녕하세요."

갑자기 어쩐 일이시지?

"네? 네. 어제 민혁이하고 같이 있긴 했는데…… 해 지기 전에 헤어졌어요. 네. 시내에서 잠깐 밥 먹고 시장 구경 좀 하다가……. 네."

다혜는 잔뜩 긴장해 귓불을 만지작거렸다. 어머님 목소리가
좋질 않았다. 게다가 약간 취조하는 분위기라, 이 동네서 제일
귀한 집 독자인 이민혁 군께 무슨 일이라도 생긴 건 아닐지 걱정
이 될 정도였다.

"무슨 일인데?"

다혜는 끼어들며 핸드폰을 뺏으려 드는 주요의 손을 막으며
쉿 소릴 냈다.

"네? 병원이오?"

주요는 딱 굳어서 눈을 껌벅거리는 막내를 걱정스럽게 내려다
보았다. 이 집엔 치맛바람 유명한 민혁이네 엄마를 가소롭게 여
기는 팔불출 오라비가 둘이나 있었다. 주요는 날카롭게 들리는
민혁 엄마의 목소리를 훔쳐 들으며 안절부절못했다.

"왜, 왜 그러는데?"

통화가 끝나기가 무섭게 주요가 닦달을 해왔다. 다혜는 미간을
찌푸린 채 핸드폰을 꼭 붙잡고 있다가, 주요를 올려다보며 말했
다.

"오빠, 나 지금 나가봐야겠다. 민혁이가 병원에 입원해 있
대."

"데려다 줄게."

재깍 붙어 나오는 작은오빠를 말리며 다혜가 고개를 저었다.

"집 기둥이나 고쳐. 나 오래 살아야 한다며."

주요는 앓는 소리를 내며 물러설 수밖에 없었다.

$$\ast \quad \ast \quad \ast$$

병원에 도착한 다혜는 입원실을 찾아 올라갔다.

'대체 얼마나 다쳤길래…….'

다혜는 병실 호수를 따라 걷다가 502호실 앞에서 멈춰 섰다. 입원실 문에는 민혁의 이름 하나만이 덩그러니 써져 있었다. 문이 살짝 열려 있어 다혜는 노크도 하지 않고 안으로 삐죽 고개를 들이밀었다.

"민혁아."

"억! 으, 다혜야!"

그는 무릎까지 걷어 올렸던 환자복을 황급히 내리며 먹던 과자 봉지를 재빨리 치웠다. 하지만 서두르는 것에 비해 속도는 한참이나 느렸는데 어쩔 수 없는 일이었다. 한쪽 팔과 다리에 깁스를 하고 있었기 때문이다. 다혜는 예상보다 훨씬 많이 다친 걸 보고 얼굴이 약간 굳었다.

"엄청 다쳤네. 너 대체 무슨 일이야?"

민혁의 얼굴이 하얗게 질리더니 생각하고 싶지 않은 듯 침울한 표정으로 고개를 저었다. 다혜는 가까이 다가가 민혁을 천천히 살폈다. 팔과 다리뿐만 아니라 목에 검푸른 멍까지 들어 있었다.

"목에 이거, 손자국 아니야?"

그녀의 말에 민혁은 얼른 옷깃으로 멍자국을 감췄다. 다혜는 허리에 손을 얹고 엄한 표정으로 그를 내려다보았다.

"얼른 털어놔. 너네 어머니 전화 받고 얼마나 놀랐는 줄 알아?"

"별거 아니야. 그냥……."

민혁은 고개를 푹 숙이고 한숨을 내쉬다 머리를 벅벅 긁었다.

"사실은 나도 잘 모르겠단 말이야. 어제 너랑 헤어지고 집에 돌아가는데……."

사람일 거라는 생각은 들지 않았다. 순식간에 팔과 다리를 부러뜨리고 숨통을 움켜쥐던 그것이 사람일 리는 없었다. 민혁은 작게 몸서리를 쳤다. 너무 순식간에 벌어진 일이라 공포를 느낄 새도 없었다. 민혁이 제대로 기억하는 건 팔다리가 부러진 고통뿐이었고, 그것만으로도 감당하기가 쉽지 않았다. 그러니 그 주제에 대해서는 별로 생각하고 싶지가 않았다.

"모르겠어. 너무 순식간에 벌어진 일이었고, 그냥 그래. 별로 생각하고 싶지가 않아."

민혁의 밀어내는 말에 다혜는 한숨을 내쉬며 침대 위에 풀썩 앉았다.

"어머니께서 많이 걱정하셔."

"……알아. 그래도 나도 진짜 모르겠는걸."

민혁은 무사한 오른쪽 손으로 머리를 쓸어 넘겼다.

"괜찮은 거야?"

조심스러운 다혜의 물음에 민혁은 겨우 웃음을 지어 보였다.

"응. 하도 깨끗하게 부러져서 그나마 다행이었어. 뼈 맞출 땐 정말 죽는 줄 알았지만. 어떻게 부서질 때보다 더 아프더라."

"으이그, 농담이 나오냐."

민혁은 멋쩍게 웃으며 뒷목을 긁적였다.

"그러게. 농담이 나오네. 너 보니까 농담이 나온다, 내가."

"바보야."

다혜는 민혁의 머리를 툭 밀고는 혀를 차며 고개를 저어댔다.

"하여튼 이민혁 군, 부상 중에도 부귀영화를 누리시는구나. 1인실이 뭐냐, 1인실이. 돈 아깝게."

다혜는 일부러 분위기를 가볍게 이으려 괜한 소리로 민혁을 놀려댔다.

"하여튼 서다혜 양, 뭘 모르신다니까. 너 이 계절에 우리 동네 병원에서 다인실 구하기가 얼마나 힘든 줄 아냐? 그나마 내가 돈이 많았으니 망정이지 아니었으면 입원도 못할 뻔했어. 이 병원에서 남은 입원실은 이 방하고 조기 옆에 이인실밖에 없단다. 뭘 알지도 못하고 사람을 구박하신다니까, 서다혜 양은."

"어이구, 안 놀렸으면 큰일 날 뻔했네. 잔소리하고 싶어서 어떻게 참았냐?"

"이를 악물고 참았지."

민혁의 너스레에 다혜가 웃음을 터뜨렸다.

"참, 나 안 그래도 할 얘기 있었는데. 나 너네 학교로 편입 못…… 읍!"

민혁은 급하게 다혜의 입을 틀어막아 버렸다.

"이거, 이거, 또 아픈 나한테 무슨 폭탄을 터뜨리려고. 하여튼 너는 진짜……. 야! 영화하고 드라마에 예고편이 왜 있는 줄 아

냐? 마음의 준비 좀 하게 해줘라! 왜 툭하면 직구야. 너 좀 그러지
마라."

다혜는 고개를 흔들며 민혁의 손을 떼어냈다.

"으이 씨! 숨 막혀! 이게 나도 같이 입원시키려고……. 하여튼
안 돼, 못해. 그렇게 됐다구."

"그런 게 어디 있어! 나 조금 있음 군대도 가야 하는데, 그전에
좀 같이 있자니까?"

민혁이 졸라대며 다혜의 팔을 잡아당겼다.

"여자친구나 사귀어, 이놈아."

"지금 사귀고 있잖아!"

다혜는 떼쓰는 어린양의 머리를 툭툭 두들겨 주었다.

"난 너 싫어. 바람둥이 문어발은 싫어. 완전 싫어. 그나마 친구
니까 옆에 있어주는 줄 알아라. 그런데 윤지랑 영화 보러 가기로
한 거, 못 가서 어쩌냐?"

"그거야 나중에 보러 가면 돼…… 어?"

다혜는 유도심문에 홀라당 넘어간 민혁을 보며 고개를 저어댔
다.

"쯧쯧, 하여튼 너도 참 화상이야."

"이 씨……."

인상을 콱 찌푸리며 다혜를 노려보던 민혁이 갑자기 다혜를
끌어당겨 안아버렸다. 놀란 다혜가 멍하니 있는 사이 민혁은 다
혜를 안은 팔에 힘을 주었다.

"너, 진짜 너무 그러지 마. 나 철 없고 생각 없는 거 아는데, 너

하나만큼은 아니야. 내가 얼마나 네 생각 많이 하는 줄 알기나 하냐? 진짜 아무 생각 안 하는 건 너잖아. 넌 다른 거 생각하느라 내 생각할 틈이 없잖아. 안 그래? 난 네 생각만 하느라 다른 거 생각할 틈이 없는데."

민혁은 버둥대는 다혜를 꽉 안고 놔주지 않았다.

"네가 그냥 좀 알려주면 되잖아. 난 아마 계속 네 생각만 할 테니까, 네가 나랑 안 놀아주면 난 또 생각 없이 네가 싫어할 짓을 할 테니까. 다른 생각만 잘하는 서다혜가 나한테 좀 알려주면 된단 말이야. 넌 나 말고 다른 사람 생각은 진짜 잘하잖아. 그러니까 싫다고만 하지 말고 뭘 어떻게 하라고 말을 해줘. 윤지랑 영화 보지 마, 다른 여자 쳐다보지 마, 다 정리해. 이렇게 말을 해달라구."

다혜는 민혁의 이마를 탁 소리 나게 힘껏 내려쳤다.

"악!"

"너나 나한테 물어봐라, 내 생각 계속해도 되는지. 너는 그냥 타고났어. 그게 너의 정체성이라니까? 이 바람둥이야. 내가 널 유치원 때부터 봤는데 이제 와서 네가 새사람으로 보이겠니? 적당히 해라. 날 네 최후의 보험으로 생각하지 말라구."

다혜는 민혁의 볼을 꾹 잡아당겨 흔들어댔다.

"아퍼! 무슨 최후의 보험이야! 너 완전 억측이다?"

민혁이 아픈 볼을 문지르며 연신 투덜거렸다.

"하아, 나의 이 애끓는 순정이 이런 식으로 매도되다니. 나 완전 슬프다. 때리지만 않았지 너 이거 폭력이나 다름없어. 이렇게 짓밟아도 되는 거야?"

민혁은 코웃음을 치며 자리를 털고 일어서는 다혜를 다시 붙잡아 잡아당겼다.

"남자를 화나게 하다니. 어리석다, 서다혜. 우리 체급이 같았던 시기는 중학교 2학년 봄방학이 마지막이었다구."

민혁의 입술이 다혜의 입술 가까이로 다가왔고, 다혜는 질색한 얼굴로 그를 밀어냈다.

"너 그만 안 해?! 우리 오빠들 알면 넌 퇴원도 못하고 바로 영안실행이다! 하지 마, 하지 마!"

"그냥 하고 죽을래."

민혁이 더 가까이 다가왔고, 다혜는 질끈 눈을 감았다. 한쪽 팔도 부러진 게 그래도 남자라고 밀어낼 수가 없었다. 징그러워. 으, 징그러워!

"징그럽다구, 이 미친놈아! 너 진짜 하면 두 번 다시는 안 볼 거……."

다혜는 말을 끝까지 마칠 수가 없었다. 무언가가 날카롭게 갈라지는 소리에 다혜는 다급히 고개를 돌렸다. 민혁 또한 얼어붙은 채 금이 가기 시작하는 유리창을 바라보았다. 칼에 베인 듯한 유리창의 균열은 이내 전체로 거미줄처럼 번져 나갔다. 그리고 얼마 못 가 와장창 소리를 내며 안팎으로 깨져 내리기 시작했다. 그게 시작이었다.

날카로운 쇳소리가 까드득 벽을 긁는다. 벽이 날카롭게 긁히며 기기긱, 기기긱, 길게 흉터가 벌어졌다.

기기기긱…….

소름 끼칠 정도로 느릿하게 벽과 천장을 긁어내던 소리는 다혜와 민혁이 앉아 있는 병원 침대의 쇠 프레임 한쪽을 날카롭게 베어내고서야 멈추었다.

"뭐, 뭐…….''

민혁이 덜덜 떨었다. 목소리조차 제대로 나오지 않는 듯했다. 괴기하고 소름 끼쳤다. 마치 짐승의 손톱자국처럼 벌어진 흉터에서 돌가루가 투두둑 떨어져 내렸다.

다혜는 민혁에게서 빠져나오며 숨을 가쁘게 들이마셨다. 똑같다. 아까 집에서 갈라졌던 기둥하고 똑같은 흉터였다. 강철 같은 손톱을 가진 바람이 긁어놓고 간 것처럼 똑같은 모양새였다.

난리가 난 병원 사람들과 민혁의 엄마를 뒤로하고 다혜는 한참 만에야 간신히 병원 밖으로 빠져나올 수 있었다.

그녀는 제방을 따라 천천히 걸었다. 병원 앞에 바로 버스정거장이 있었지만 그냥 지나쳐 버렸다. 오늘 일어나는 이 이상한 일들을 곰곰이 생각하며 등에 멘 가방 끈을 꼭 쥐고 타박타박 걸어갔다.

이것도 내 문젠가? 다혜는 심각하게 얼굴을 구기며 한숨을 내쉬었다. '그쪽' 세계에 관심을 두지 말라곤 했지만 이런 식이면 정말 쉽지가 않겠다. 혹시 그쪽 세계엔 이런 미증유의 괴물도 있는 것일까?

'으, 소름.'

다혜는 팔뚝에 오소소 돋은 소름을 슥슥 문지르며 힐긋 뒤를 돌아보았다.

아무것도 보이는 건 없었다. 지나다니는 사람들, 해안도로 위를 천천히 달리는 차들. 평범한 주위 곳곳으로 아지랑이만 조금 일렁일 뿐이었다.

오늘은 나오기 전 일부러 더 봉쇄물들을 챙겼었다. 맹인부도 가방에 두 개나 넣어가지고 왔고, 혹시나 또 불타오를까 봐 무서워서 몸에 지니지는 못했지만 가방에 쑤셔 넣었다. 눈을 가리고 있는 그 수많은 가림막 바깥으로 딱히 보이진 않았지만 확연히 느낄 순 있었다.

동군의 병사들이 수없이 자신의 주위를 따르고 있다는 것.

'후우.'

어쩐지 좀 섬뜩한 기분이다. 다혜는 하늘을 쳐다보며 눈을 굴렸다.

"모르겠다, 뭐. 햇빛은 좋네."

그녀는 꼭 어린 시절 그랬던 것처럼 제방 위로 폴짝 뛰어올라 손을 쭉 뻗고는 성큼성큼 걸었다. 순간 동군 병사로 느껴지는 아지랑이 몇 개가 이쪽으로 다가오는 모습에 소름이 끼쳤지만, 모른 체하고 뜨거운 태양에 손을 뻗친 채 아무렇지도 않은 척 익숙하게 중심을 잡았다.

제방 가까이까지 닿은 물살이 뜨거운 8월의 태양빛 아래 바짝 마른 자갈돌들을 적시며 오갔다. 투명한 바다 아래로 작은 치어

들이 느긋하게 오갔다.

'오랜만에 큰오빠 졸라서 낚시나 다녀올까?'

다혜는 헤죽 웃으며 걸음을 좀 빨리했다.

스치듯 눈을 뗀 바다 그림자 속으로 핏물이 응어리진 듯한 붉은 눈동자가 어른거리다 사라진 것을 아무도 눈치채지 못했다.

❉　❉　❉

그날 밤, 다혜는 새벽 서너 시경 물때를 맞춰 큰오빠와 낚시를 나가기 위해 일찌감치 잠이 들었다. 작은오빠가 병원에서 있었던 일을 듣고도 별말을 안 하는 걸 보니 생각했던 것처럼 심각한 일은 아닌 것 같았다. 아는 게 없으니 사실 별로 더 고민할 것도 없었다.

그녀는 금세 잠이 들었다.

하루 종일 이런저런 생각에 머리가 무거웠던 탓이다. 해서 자신에게 조용히 드리워진 그림자를 전혀 알지 못한 채 깊이 잠들었다.

"……."

청윤은 벽에 기대선 채 조용히 그녀를 내려다보았다.

바보 같은 짓이었다. 왜 이러는 걸까, 왜 이렇게까지 거슬려. 그는 날카로운 눈으로 잠이 든 역린을 노려보았다.

'말하자면, 모든 게 다.'

마음에 들지 않는다.

담백하게 자신의 처지를 받아들여 되묻지도 매달리지도 않는
역린도, 그 곁에 들러붙은 하루살이 같은 것들도 전부 다.

'죽이는 게 나았을 거야.'

청윤은 삐딱하게 생각했다.

그 인간. 어제 그 인간 아이를 살려두지만 않았다면 오늘 이렇
게 신경 쓰일 일이 없었을 것이다. 살려두고 싶은 마음이 전혀
없었는데, 아무리 생각해도 괜한 짜증이었다. 아무런 힘도 없는
아이를 눌러 죽여 손을 더럽힐 이유가 하등 없었다. 그런데도 명
줄을 눌러 버리고 싶다니. 웃기지도 않는 일이었다.

죽여야 할 이유가 딱 한 가지만이라도 있었다면 좋았을 것이다.

청윤은 스스로를 조롱하듯 픽 웃고는 색색 잠들어 있는 역린
을 노려보았다.

설마 내 권속들이 미치지 않고서야 역린을 인간 사내에게 던
져 주지는 않을 거다. 게다가 이 애, 아직 어리잖아. 스물한 살이
면 애나 다름없는데. 물론 인간의 생체 시계는 우리완 좀 다르게
돌아가겠지만. 인간 나이 스물하나면 아기를 가질 수 있나? 없
나? 청윤은 몸을 기울여 잠든 다혜의 가까이로 다가갔다. 내가
왜 이런 걸 고민해야 하지?

"상관없어. 인간이든 신족이든 아무한테나 빨리 품어지란 말
이야. 그래야 내가 널 무시하기가 편해지지 않겠어?"

짜증이 나, 정말이지 거슬려. 그저 역린을 담고 있는 인간에
불과한데 말이야. 자꾸 이렇게 신경에 거슬리면 인계가 아니라
동궁의 가장 깊은 밑바닥에 처박아 버릴 테다. 죽지도 살지도 못

하는 그런 곳에서 아무도 만나지 못한 채 살아가게 만들까. 아아, 이 눈에 나 하나만 담긴다면 그것은 그것 나름대로 즐거울지도.

"하아."

대체 내가 왜 이러는 거지? 청윤은 깨어나려는지 눈가를 파르르 떠는 다혜를 보고 몸을 일으켰다. 역린이라는 게 성가신 줄은 알았지만, 이 정도라니.

"신경 쓰게 만들지 말아요. 내가 신경을 쓰면 그대도 꽤나 곤란해질걸? 그대의 삶을 내가 보다 괴롭게 만들어줄 수도 있어. 그건 그대도 싫을 것 아니야."

청윤은 막 깨어나려는 다혜의 목을 한 손으로 움켜쥐고 작고 부드러운 입술을 깨물듯 탐했다. 혀끝이 다물린 입술을 벌리고 작은 혀에 닿는다. 숨을 쉬고 싶어 바르작대며 헐떡이는 것을 내리눌렀다.

일부러 나를 보게 만들었었다. 그 부분에 대해서는 변명의 여지도 없었다. 왜 그랬는지 설명할 수도 없었고.

처음엔 그저 어울리지도 않는 어설픈 동정심이었다.

헐떡일 때마다 작은 가슴이 내리누른 그의 가슴에 눌리듯 닿아온다. 바르작대는 작은 몸이 마음에 든다. 성질이 비틀릴 만큼. 숨을 쉬지 못해 여린 눈가에 눈물이 맺혔다. 아직 남자를 전혀 모르는 것이다.

조그만 혀를 질척이도록 감아 휘저었다. 입가에 흐르는 타액을 손끝으로 문지르며 조그만 입을 좀 더 벌려 열게 했다. 정욕이 이는지는 확신할 수 없었다. 확신할 수 있는 건 심기가 비틀린다는 것뿐이었다.

그는 여자의 입술을 탐했고, 그 탐욕스러운 입맞춤 끝에 어둠 속으로 흐트러졌다.

다혜는 완전히 잠에서 깨어나며 눈을 번쩍 떴다.

"어……?"

다혜는 떨리는 손으로 입술을 더듬었다.

"어?"

부푼 호흡에 가슴이 오르락내리락했다.

내가 왜 일어났지? 다혜는 아직도 알 수 없는 감촉이 남아 있는 제 입술을 손바닥으로 꽉 눌렀다. 우와, 나 진짜 이상하다. 귀 쪽으로 눈물이 또르르 떨어져 내렸다.

"또 꿈꿨나 봐……."

그녀는 가늘게 떨며 중얼거렸다. 더듬더듬 자리에서 몸을 일으키는데, 몸이 멈추지 않고 계속 가늘게 떨렸다. 눈물은 자꾸 뚝뚝 떨어졌다.

"무슨…… 말도 안 돼, 이런 꿈을 다 꾸고."

다혜는 몸에 힘을 주고 벌떡 침대에서 빠져나와 버렸다.

"더, 더 못 자겠다."

혼자 더듬대고 중얼거리며 괜히 아무렇지 않은 척 머리끈을 찾는다, 옷을 찾는다 부산을 떨었다. 그러니 눈치 없는 눈물은 이번엔 또 코 쪽으로 또르르 떨어진다. 다혜는 손으로 콧등을 문질렀다.

"에이, 진짜."

현재진행 중인 짝사랑은 정말 무시무시한 거구나. 이런 꿈도 꾸고. 우아, 진짜 싫다. 싫다, 진짜…….

"골병이라고."

꾹 누른 손등을 비집고 눈물이 뚝뚝 떨어져 내렸다.

"아."

다혜는 차오르는 눈물을 참으려 애썼다. 목에 걸려서 나오지 못하는 울음이 몸으로 터지는 것처럼 움츠린 다혜의 작은 어깨가 떨렸다. 아니, 대체 왜 이런 꿈을 꾼 거야? 영문을 모르겠다. 잘 버틸 수 있다고 생각했는데 진짜 미쳐 가는 걸까.

"후우."

다혜는 크게 숨을 들이마시고 아랫배에 단단히 힘을 주었다. 그리고 서둘러 파자마를 벗어 던져 버리고 트레이닝복을 꿰입었다. 또 이 짓인가 싶었지만, 다른 방법도 없었다.

드르륵 창문을 활짝 열었다.

"……."

그런데 창문을 넘어간 것 때문에 시스템이 좀 바뀐 건지 동군 군사들이 담 위에 드글드글 했다. 그래, 월담이 좋은 건 아니지. 좋은 문 놔두고.

그녀는 몸을 돌려 벌컥 방문을 열고 나갔다.

"너 어디 가?"

방문 바깥으로 나가니, 거실에 있던 작은오빠가 눈살을 찌푸리며 물어왔다. 하지만 지금 차분히 붙잡고 설명할 정신머리가 없었다. 사실은 그냥 눈앞에 아무것도 보이지가 않았다.

"좀 뛰려고."

"뭐? 이 밤중에?"

주요가 신발을 꿰차는 다혜를 쫓아 나왔다.

"혼자 있어야 될 것 같아. 음, 난 지금 혼자 있어야 돼."

다혜는 한시도 멈추지 않고 걸어 나갔다. 주요는 심상치 않아 보이는 다혜의 모습에 멈춰 설 수밖에 없었다.

"아, 안 가면 안 돼? 밖은 어둡단 말이야!"

주요는 어떻게든 다혜를 잡아놓으려 애썼다.

"응, 열심히 뛸게."

그리고 또 웃고 나가 버리는 다혜를 주요는 더는 붙잡을 수가 없었다. 주요가 무겁게 한숨을 내쉬었다.

"뭘 열심히 뛰어. 저 바보 같은 게 갑자기 왜 저러지? 설마 또 무슨 일이 있었던 건 아니겠지?"

주요는 수상쩍은 듯 골몰히 생각하다가 몇몇 군사들에게 주위를 살피라고 지시했다.

❊ ❊ ❊

다혜는 달리고 또 달렸다. 숨이 턱까지 차오를 때까지. 길가에 점점이 이어져 있던 가로등마저 등 뒤로 멀어지고 눈앞엔 텅 빈 어둠만이 가득해질 때까지. 제 말대로 열심히 달렸다. 고등학교 체육시간을 졸업하고 이렇게 열심히 달려본 건 처음인 것 같았다.

"후아, 후."

땀으로 목덜미가 젖어들었다.

방파제까지 뛰어올라간 그녀는 잠시 숨을 골랐다.

갑자기 목 놓아 울고 싶어졌다. 작은오빠가 진짜 엄마가 아니고, 큰오빠가 진짜 아빠가 아니라는 걸 알았던 여섯 살 이후로 목 놓아 울어본 적은 없었다. 그 어떤 무슨 일이라고 할지라도 그보다 더 충격적일 순 없었기 때문일 것이다. 너무 어린 나이에 인생의 쓴맛을 맛봐 버린 것이지.

"후우."

아니, 그러고 보면 한 번이 더 있었다.

그의 목소리를 처음 들었던 날. 세상 어디를 가도 만날 수 없는 사람을 마음에 담았다는 사실을 깨달았던 날. 그때도 그렇게 엉엉 울었었다. 그때가 열여섯이었으니까 벌써 오 년이나 지났다.

그러고 보니 그를 만날 땐 항상 울었던 것 같다.

우는 건 참 힘이 든다. 눈도 아프고 목도 아프고, 너무 울면 배까지 고프다. 슬퍼하는 건 그렇게 힘들다. 그러니까 슬퍼하지 말고 받아들여야 했다. 울지 말고 이해해야 했다. 그래야만 덜 아프다는 걸 이미 오래전에 깨달았다. 이제부터 오래도록 살아야 한다니까.

"야, 이 나쁜 놈아, 나타나지 마!"

다혜는 버럭 소리를 질렀다.

듣고 있지? 저 속에서 당신은 내 말을 듣고 있을 것만 같아. 그녀는 깜깜한 바다 위로 우글거리는 어둠을 노려보았다.

"나타나지 마요, 진짜. 그러지 말라구!"

물론 다 내 잘못이긴 하다. 다혜도 알고 있었다.

마음대로 이상한 꿈을 꾼 내 잘못이다. 하지만 그녀는 어딘가에라도 빌고 싶었다. 제발 묻어두고 살게, 누가 나 좀 도와달라고.

"이게 내 삶이야……."

그녀는 어두운 바다를 보며 혼자 중얼거렸다.

이게 바로 내 삶이었다. 난 계속 이렇게 살아야 해. 여기에서, 이곳에서. 계속 그냥 이렇게 살아가야만 한다. 그러니 묻어두어야 했다. 가슴 깊숙한 곳에다 마치 아무렇지도 않은 것처럼.

"……괜찮아, 괜찮아. 후우."

손으로 눈가를 탁탁 두드린 다음 숨을 크게 내쉬었다.

바다는 그녀의 말을 다 집어삼키기라도 한 듯 고요했다. 혼자 중얼거리다가 조금 흠칫 놀라고 말았다.

'뭐지?'

잘못 본 것인가 하고 눈을 가늘게 떴다.

어두운 바다 수면 위로 별다른 것은 보이지 않았다. 조용히 떠 있는 달그림자와 노란 가로등 불빛이 전부였다.

'착각…… 이었나?'

다혜는 선득한 듯 팔을 쓰다듬었다. 반팔 티셔츠를 입은 팔뚝에 오소소 소름이 돋아나 있었다. 방금 얼핏, 순간적으로 비늘로 뒤덮인 긴 등지느러미 같은 것을 본 줄 알았다. 어두운 수면 아래로 조용히 지나가는 것을.

잔뜩 긴장해 등을 곧추세운 채 수면 아래를 노려보았다. 어두컴컴한 수면이 파도를 쫓아 조용히 위아래로 오르내린다. 그 순간 누군가가 등을 툭 건들었다.

"으허어억―!"

다혜는 주저앉을 듯 놀라며 뒤를 돌아보았다.

"대체."

놀라긴 자기가 더 놀랐다는 듯 지하가 인상을 찌푸렸다.

"뭐 하고 서 있는 거냐."

"아, 오빠. 귀신인 줄 알았잖아."

아직도 심장이 쿵덕쿵덕 뛰었다. 다혜는 진정하라는 듯 가슴을 툭툭 두들기며 투덜거렸다. 지하는 혀를 쯧, 찼다.

"귀신은 무슨, 너야말로 처녀 귀신인 줄 알았다. 오밤중에 여자애가 머리 풀고 방파제 위에 혼자 서 있으니 영락없지."

듣고 보니 참 그렇다. 상상하며 다혜는 핼쑥한 두 뺨을 문질렀다.

"큰오빠, 있지, 나 미친 것 같아?"

"한밤중에 소릴 질러대고 있는 게 제정신이냐, 그럼."

"아."

설득력 있다. 다혜는 푸하하, 하고 배를 잡고 웃음을 터뜨렸다. 큰오빠는 정말 애써서 그녀를 달래려 하고 있었다. 무뚝뚝한 위로에 코가 다 시큰해졌다.

"배 끌고 왔다. 그만 낚시나 하러 가자."

"응."

그녀는 한결 밝아진 얼굴로 지하의 뒤를 쫄랑쫄랑 따라붙었다.

큰오빠가 끌고 나온 배는 38피트짜리 요트였다. 아파트 한 채 가격과 맞먹는 고가의 크루즈 요트다. 다혜는 후미에 앉아 멍하니 있었다. 물론 큰오빠는 한사코 빌린 거라고 주장하고는 있었다. 그런데 왜 뱃머리에 대문짝만 하게 그의 이름이 쓰여 있는 것일까. 미스테리한 일이었다.

"선주 이름이 큰오빠랑 똑같은가 봐?"

"그, 그랬지. 참."

와, 발연기. 다혜는 감탄을 하며 요트 난간에 발을 늘어뜨렸다. 깊숙이 먼바다로 나오니 밤하늘은 더욱 선명해진다. 별들은 무리 지어 어딘가로 끊임없이 가고 있는 듯했다. 그 너머에 그의 세계가 있는 걸까.

지하는 낚싯대를 정비했다.

"이렇게 배를 타고 달려서는 저쪽 바다로 넘어갈 수 없다."

"응."

지하는 마치 다혜의 마음을 읽은 듯이 무뚝뚝하게 말했다. 다혜는 고개를 끄덕이곤 다시 밤하늘을 올려다보았다.

곧 귓가로 차르륵 하고 낚싯대 풀리는 소리가 들려왔다.

다혜는 큰오빠를 돌아보았다. 키가 2m는 되는 지하는 살짝 구불진 머릿카락을 밤바람에 흩뜨리며 신중히 낚시질을 하고 있었다. 그는 마치 노련한 전사처럼 보였다. 상대하고 있는 게 적이 아니라 물고기라는 게 함정이다.

"나 그냥 답답해서 나오자고 한 거야."

더없이 진지해 보이는 지하에게 그녀가 말했다.

"안다."

그는 여전히 진지하게 낚시질에 임하며 대답했다.

"하지만 넌 아직 반은 인간의 몸이니 잘 먹어야 한다."

더없이 진지한 큰오라비의 모습에 다혜도 웃으며 낚시질에 동참했다. 어렸을 땐 자주 이러고 큰오빠와 낚시를 하러 나왔었다. 하지만 그때는 24피트짜리 데이 세일러 요트였다.

"……."

다혜는 문득 지하를 올려다보았다.

"오빠 배가 몇 개야?"

지하는 갑자기 열성적으로 릴을 감기 시작했다.

다혜는 낚싯줄이 팽팽 당겨지는 것을 보곤 반사적으로 흥분했다. 수면 위로 하얀 비늘이 뒤집어진다.

"삼치다!"

지하는 흥분하는 다혜의 아이 같은 모습에 픽 웃었다.

늘 어른스러운 아이였지만 불쑥불쑥 흥분하면 이렇게 아이 같은 모습이 튀어나오오곤 했다. 지하는 그런 밝은 모습에 안심이 되었다.

"60cm는 되겠는데?"

성질 급한 삼치가 뱃전을 파닥파닥 치며 뛰었다. 다혜는 날 카로운 삼치의 이빨을 조심하며 물고기를 아이스박스에 넣었다.

"……어?"

그러다 문득 무슨 소린가를 들었다. 그녀가 갑자기 등을 곧추세우며 고개를 돌리자, 지하는 눈살을 찌푸리며 그녀를 바라보았다.

"오빠, 방금 무슨 소리 못 들었어?"

"소리?"

"응, 방금 무슨 말소리 같은 게 들렸는데."

지하는 청각을 열었다. 이상한 잡음 같은 것이 잡혔지만, 다혜의 말대로 말소리라고 여길 만한 것은 아니었다. 지하의 귀에는 그저 정말 이상한 잡음으로만 들릴 뿐이었다. 그는 심각한 얼굴로 낚싯대를 수습했다.

"돌아가야겠다."

"어?"

그는 어리둥절해하는 다혜를 두고 급히 배의 키를 돌렸다.

배를 돌리는 동시에 주요에게 소리말을 감아 보냈다. 끌어모은 소리말은 정확히 주요의 귀에 말을 풀어놓았다.

주요는 즉시 동쪽 바다 전역에 걸쳐 군사를 풀었다.

선창에서 40km쯤 떨어진 곳에서 얼마 안 가 숨어들어 온 연골어강족이 색출되었다. 지하는 배를 선창에 대기 무섭게 보고를 전해 들었다.

그가 심각하게 동군 대정이 보내오는 소리말을 듣고 있을 때,
다혜는 또 다른 소리를 듣고 있었다.

[마마, 마마…….]

절박한 소리에 다혜는 저도 모르게 그쪽으로 몸을 돌렸다.

6장

역린과 새하얀 석영 [石英]

방파제 뒤쪽으로 나 있는 길은 좁고 가팔랐다. 다혜는 파도가 무언가에 치대며 뒤집어지는 소리에 움찔 놀랐다. 등줄기로 소름이 끼친다. 몰려오는 두려움을 애써 누르며 그녀는 주의 깊게 어두운 바다를 살펴보았다. 마치 헛소리를 들은 것이라 비웃기라도 하듯 바다는 잔잔했다.

　"으음!"

　다혜는 뒤로 몸을 홱 돌렸다.

　무언가가 또 수면에 부딪히는 소리가 들려왔다. 하지만 방파제 아래에는 아무것도 없었다. 그저 오가는 파도가 방파제의 돌무더기 위에 순순히 부딪혔다 물러날 뿐이었다.

　바보 같은 짓이다.

　오빠들이 알면 걱정할 것이다. 이상하면 차라리 큰오빠와 같이 오기라도 할 것을, 뭐가 급하다고 혼자 내려와 버린 걸까. 다혜는 뒷걸음질치며 돌아가야겠다고 생각했다.

[……마마!]

그녀는 고개를 치켜들었다.

"거기, 거기 누구 있어요……?"

그녀는 또 한 걸음 앞으로 내딛고 말았다. 소리를 점점 더 커지고 분명해지고 절박해져 갔다. 엄마를 애타게 찾는 아이의 목소리였다.

"거기, 누구 있니?"

스산하게 밀려오는 공포를 이겨내며 조심스럽게 사구 쪽으로 좀 더 나아갔다. 하지만 아무것도 없었다. 이젠 미쳐서 환청까지 들리나 싶어졌다. 그러다 다혜는 무언가를 보았다.

사구 바깥, 잠긴 수면의 어둠 속에서 자신을 응시하는 한 쌍의 눈을.

그 시커먼 어둠 속에서 한 쌍의 눈이 껌벅였고, 이윽고 또 다른 한 쌍이, 그리고 또 다른 한 쌍이 점멸하는 불처럼 그녀를 노리고 있었다. 명백한 악의를 띠고.

무릎이 꺾이고 몸이 얼어붙었다.

그것들이 움직이기 시작했다. 어둠 속에서 드러난 희멀건 비늘이 월광에 부딪혀 창백한 빛을 내뿜는다. 산 것의 움직임이 이렇게까지 소름 끼치게 느껴진다는 것을 처음 알았다.

뒤로 물러서 보았지만 그것들과의 거리는 멀어지긴커녕 빠른 속도로 가까워지고 있었다.

그것들이 다가오고 있는 것이었다. 다가와 뭍으로 기어 나오고 있었다. 괴어의 거대하고 기괴한 실체가 점점 확연히 드러나기 시작했다.

팔이 달린 여자의 상체, 백상아리의 비늘처럼 창백한 피부, 그것을 휘감고 일렁이는 붉은 머리카락. 그리고 갈빗대를 따라 죽죽 벌어져 있는 아가미의 붉은 속살. 다리 지느러미엔 썩은 짐승의 살 같은 녹색빛이 어른거린다.

'저건……!'

다혜는 비명이 터지려는 입을 틀어막았다. 낚싯배를 타기 전, 방파제에 혼자 있을 때 잘못 봤다고 생각했던 것이 착각이 아니었던 것이다.

그것이 두 팔로 땅을 짚고 여자의 상체를 들어 올렸다.

핏물이 응혈진 것 같은 붉은 동공이 단 한 순간도 깜박이지 않고 그녀를 노리고 있었다. 그 뒤로 몇 마리가 더 몸을 낮추고 뭍으로 기어올랐다.

"……인간."

그것들의 말이 머릿속에서 주파수를 맞추듯 치직거리며 들려온다. 안 듣느니만 못한 그 말에 다혜는 간담이 서늘해졌다. 그것들이 흘리는 사의한 소리가 피부를 칼처럼 긁고 올라오는 것 같았다.

"피 냄새……. 고기…… 인간 고기 오랜만……."

툭툭 끊어지는 말속으로 기쁨에 찬 웃음소리가 넘실거렸다. 다혜는 그것들이 육식종임을 그 즉시 깨달았다. 공포가 마침내 몸을 움직였고 도망치기 위해 걸음을 뒤로 뗀 순간, 기이한 선득함을 느꼈다.

"아……."

눈에 보인 것은 없었다, 아무것도. 괴물이 움직이는 것도, 그것이 덤벼오는 것도. 아무것도 보지 못했다. 그런데 어째서?

다혜는 선득한 뺨을 더듬었다.

손에 붉은 피가 엉기듯 묻어난다. 움직이는 것도 제대로 보지 못했는데, 갈라진 살갗에서 이미 피가 흐르고 있었다. 왜, 난 왜 여기에 와버린 걸까. 다혜는 덜덜 떨며 고개를 들어 길고 날카로운 손톱 끝에 묻은 옅은 핏물을 게걸스레 핥는 괴물을 올려다보았다.

그것은 그저 눈앞에 있었다.

끔찍한 크기였다. 큰오빠보다도 더 커. 다혜는 반사적으로 뒷걸음질쳤다. 알 것 같아, 살펴보니 알 것도 같았다. 그것들은 먹이를 쫓아 움직이고 있었다.

단 하나만 제외하고.

[마마…….]

다혜는 또다시 아이의 목소리를 들었다.

귓가로 파고드는 듯한 괴어의 음성과는 달랐다. 머릿속에서 직접 울리는 듯한 목소리였다.

사방이 순식간에 다 가로막혀 버렸다.

피할 수 있는 곳이라곤 오직 하나, 그녀에게 관심이 없는 괴물뿐이다. 그것은 다른 괴물들과는 달리 방파제 아래에서 그저 웅크리고만 있었다.

그녀는 사방을 주시하며 그쪽을 향해 뒷걸음질을 쳤다. 다리가 덜덜 떨렸다. 가면 안 된다고 이성이 아우성치지만, 선택의 여지가 없었다.

다른 모든 개체들이 그녀를 보며 군침을 흘리고 있는데, 오직 그 괴물만이 그녀에게 아무런 관심도 보이지 않은 채 꼼짝하지 않고 있었다. 그것은 그저 방파제 아래쪽에 웅크린 채 손에 쥔 무언가를 응시하고 있었다.

[마마, 마마……!]

그것이 움켜쥐고 있는 것을 부술 듯 손아귀에 힘을 주었다. 몸부림이라도 치듯 목소리가 더욱 커진다. 그러자 그 소리를 듣기라도 한 듯 괴물이 소스라치는 소리를 내며 든 것을 떨어뜨렸다. 다른 괴물들도 쉭쉭 몸을 낮추며 그쪽을 향해 쉿소리를 냈다.

그건 순백색의 새하얀 석영이었다.

다혜는 자신의 숨결이 점점 더 거칠어짐을 느꼈다. 그녀는 괴물들이 주춤한 틈을 타 석영 쪽으로 달렸다. 등허리를 무언가가 날카롭게 베고 지나갔다. 다혜는 이를 악물었다.

달려가 손으로 그것을 움켜쥐었다.

괴물들이 비명을 내질렀다.

"하아, 하아……."

희멀건 손이 다리를 붙잡아 끌어당겼다. 괴어의 날카로운 손톱이 갈고리처럼 그녀의 허벅지 살을 꿰어 끌어당겼다. 고통이 느껴지지도 않았다. 어떻게든 끌려가지 않으려 앞으로 바르작대며 기어갈 뿐이었다. 그러나 귓가에 몸이 끌리며 드르륵 돌이 밀리는 소리가 들려왔다.

"오빠아아……!"

다혜는 비명을 지르며 아무렇게나 손을 휘둘렀다.

제발, 제발 나 좀 찾아내! 다혜는 고통스럽게 울며 벗어나려 몸부림을 쳤다. 버둥거리는 팔을 잡아 뜯으려는 기세로 괴물이 거세게 당겨댔다. 그대로 살이 찢기고 뼈가 끊어질 것만 같았다. 그것들에게서 나는 지독한 살 썩은 냄새가 이대로 죽을지도 모른다는 생각을 더욱 확고하게 만들고 있었다.

[마마……!]

손안에 쥔 작은 석영에서 울음소리가 터져 나왔다.

다혜는 움켜쥔 손안에서 박동하는 작은 온기를 느낄 수 있었다. 그것은 요동하며 울고 있었다.

괴물들은 적극적으로 덤벼들진 못했다. 갈고리 같은 손톱으로 꿰어 당기는 정도였다. 그것만으로도 충분하긴 했지만, 단박에 달려들어 숨을 노리진 못하고 있었다. 석영을 쥔 팔 쪽으론 아예 입질도 하지 않았다.

낚싯바늘에 꿰인 미끼가 된 기분이었다.

괴물들은 교활하게 낚싯바늘을 피해 미끼만 건드리는 물고기떼처럼 굴고 있었다. 웅웅, 울며 박동하고 있는 석영에 닿을까 쉭쉭대며 몸을 사리기까지 했다. 다혜는 석영을 휘둘러보았다. 괴어들이 쉿소릴 내며 물러섰지만 눈앞의 고기를 포기할 정도는 아니었다.

다혜는 감기려는 눈꺼풀을 이겨내려고 안간힘을 썼다. 눈가에 맺힌 핏방울 때문에 드문드문 시야가 붉었다.

[……마마…….]

목소리도 멀게만 느껴졌다.

다혜는 입을 열 수만 있다면 괜찮다고 말해주고 싶었다. 정말, 뭔지도 모르는 것인데…….

난생처음으로 타인에 대한 맹렬한 적의가 치밀었다. 그녀는 일정 거리 바깥에서 서성이며 쉭쉭대는 괴물들의 움직임을 눈으로 좇았다. 그 눈동자에 청색 물이 뚝뚝 떨어질 듯 배이기 시작했지만, 그녀 자신은 아무것도 알아챌 수 없었다.

그것을 알아챈 것은 그녀가 아닌 다른 자들이었다.

"네, 네놈들이!"

땅을 울리는 소리가 들렸다.

다혜는 군장을 한 사내들이 자신의 주위를 에워싸는 것을 희미한 눈으로 보았다. 그녀는 그들의 등을 바라보며 거친 숨을 들이쉬었다. 숨쉬는 것 하나만으로도 남아 있는 모든 체력이 남김없이 소진되는 듯했다. 자꾸만 눈이 감겼다.

"역린을 모셔라. 이것들을 처리하고 가겠다."

희미하게 말소리가 들려왔다. 얼핏 괴물들의 비명 소리도 들은 듯했다.

"다혜야!"

그리고 큰오빠의 목소리가 들려왔다. 그제야 마음을 놓은 다혜는 고꾸라지듯 정신을 잃었다.

동군의 전력이 비었다.

처음 연골어강족이 발견된 곳은 선창에서 남쪽으로 40㎞ 아래 떨어진 곳이었다. 두 번째 무리는 20㎞쯤 안쪽에서 발견이 되었고 세 번째는 거기서 다시 12㎞ 바깥쪽이었는데, 고작해야 수가 둘밖에 되질 않았다.

연골어강족이 동해 전역에 퍼져 있었다.

주요는 군사를 최소 단위로 쪼개 수색을 했고, 그것들이 전부 많게는 열댓 마리에서 적게는 한둘까지 퍼져 쥐죽은 듯이 돌아다니고 있다는 사실을 알게 되었다. 그것들은 마치 동쪽 해역 전체를 뒤지며 무언가를 찾고 있는 듯 보였다.

주요는 최악의 상황을 예감했다.

그리고 나쁜 예감은 어김없이 들어맞았다.

핏물을 뒤집어쓴 지하는 이를 갈며 정신을 차리지 못하고 있는 다혜를 응시했다.

믿을 수가 없었다. 왜 이 아이가 말도 없이 방파제 너머로 혼자 사라져 버린 것인지, 뭐에 홀리지 않고서야 말도 안 되는 일이었다. 그리 분별없고 충동적인 아이가 아니기 때문이었다.

선창에서 그가 기척을 느꼈을 땐 다혜는 이미 사라지고 난 뒤였다. 앞을 막아서는 계집들을 베어냈지만, 오늘 발견된 연골어강 계집의 무리 중 가장 규모가 큰 것이 바로 선창 사구에 있던 것들이었다.

혼자서도 문제는 없었다. 문제는 소리였다.

지하는 다혜를 찾아낼 수가 없었다. 이상한 잡음이 점점 커지며 찾는 것을 계속 방해했다. 그 잡음이 다른 연골어강 계집들이 아이에게 몰려드는 것도 방해한 듯싶었지만, 고마울 리가 없었다. 다혜가 살아난 것은 천운이었다.

사람 일이란 정말 웃기는 것이다.

다혜를 구해낸 것은 일전에 그에게서 쫓겨난 적서 부대였다. 지하는 침통한 눈으로 다혜를 내려다보다가 뒤늦게 처리를 맡고 돌아온 적서에게로 고개를 돌렸다. 그가 묻기 전에 주요가 먼저 선수를 쳤다.

"처리는?"

"아씨를 뫼시는 사이에 한 놈 놓쳤습니다."

적서는 감히 고개도 들지 못했고, 주요는 이를 갈다가 한숨을 내쉬었다.

"그게 어디 대정 탓이겠나. 어째서 그것들이 인계까지 올라올 동안 아무도 눈치채지 못한 거지?"

주요는 다혜를 가리키는 말이 비씨에서 아씨로 바뀌었다는 것을 알아챘지만, 그것에 대해선 아무런 말도 할 수가 없었다.

"그것들이 탐색하기 어려울 정도로 소규모로 나뉘어 이동한데다가, 아주 조심했던 것 같습니다. 알아보았지만 신족 중에선 피해를 입은 자가 아무도 없습니다. 꽤 많은 무리가 숨어들었는데도 동향의 신민 중 누구도 다친 자가 없었습니다."

"하."

주요는 기가 찼다.

상식적으로 이해할 수 없는 일이었다. 그것들은 워낙 격렬하게 움직이는데다가 육신 자체의 효율이 떨어져 늘상 높은 단위의 열량을 필요로 했다. 우스갯소리로 자면서도 입에 고기를 빨고 자야 한다는 것들이 바로 연골어강 일족이었다. 아니면 자고 일어나서 살이 한 근은 빠져 있다고. 그런 비효율적인 몸이니 굶는 일은 상상도 할 수 없다.

"……인간 쪽을 알아봐. 저것들이 굶지는 않았을 거야. 굶어선 사흘도 못 가 움직이지도 못할 만큼 기력이 떨어지는 것들이니까. 인간 쪽 피해자를 알아보면 대충 이동 경로를 파악할 수 있겠지."

"알겠습니다."

주요는 책상을 내려쳤다.

"젠장!"

다혜는 아직도 눈을 뜨지 못하고 있었다. 그는 한시라도 아이에게서 눈을 뗀 자신에게 욕을 퍼부었다.

냄새나는 연골어강 계집들이 이 먼 동향의 바다에까지 기어들어 올 이유가 없었다. 이 바다는 그 계집들이 나다니기엔 기온이 찼다. 그렇잖아도 형편없이 효율이 떨어지는 몸인데, 체온까지 유지가 안 되면 평소보다 배는 더 먹어야 했을 것이다. 그런데도 그것들이 이곳까지 기어들어 왔단 말이다.

짐작되는 이유는 한 가지뿐이었다.

"젠장."

지하는 욕설을 삼키는 주요를 보며 말했다.

"상비약으로 응급처치를 하는 것도 한계가 있다. 치료를 받아야 해."

말하다 말고 그는 일그러진 주요의 얼굴을 보며 헛웃음을 터뜨렸다. 그리곤 이내 그 웃음이 다 거짓이었다는 것처럼 이를 드러냈다.

"너희 주인도 굉장히 독특하군, 그래. 제 군사들을 과도하게 맹신하는 거냐 아니면 아무래도 상관없다는 거냐. 역린을 이렇게 되도록 방치해 두다니. 네놈들 주인은 용이 아니라, 혹 용을 닮은 뱀인 것은 아니더냐?"

지하는 덤벼들 듯 살기를 뿜는 적서와 몇몇 군병들을 보며 백색 안광을 흘렸다. 말하자면 폭발하기 직전이니 누구라도 좀 덤벼주었으면 싶은 것이었다. 하지만 지하의 성격을 익히 알고 있는 주요는 구십구 퍼센트는 진담인 그의 함정에 걸려들지 않았다.

"속상한 건 알겠는데, 좀 참아. 일단 치료가 먼저잖아."

화풀이 상대를 낚는 데 실패한 지하는 다시 침통하게 중얼거렸다.

"일단은 병원으로 데려가야겠군."

"여기도 시의(侍醫:임금과 왕족의 진료를 맡아보던 의사)가 있지 않습니까?"

동군 대정 중 하나가 역린을 미덥지 못한 인계의 병원으로 모시고 싶지 않다는 듯 불만스럽게 말했다. 하지만 그의 말에 되돌아오는 건 지하의 싸늘한 눈초리뿐이었다. 주요는 둘 사이의 긴 긴장감을 잘라내며 말했다.

"대정, 다혜는 기본적으로 인간이야."

아직까지 다혜는 신계가 아니라 인계에 속해 있었다. 그 증거로 염원하지 않으면 인간의 눈에 보이지도 않는 자신들에 비해 다혜는 별다른 제약 없이 인계의 생활을 누리고 있었다, 최소한 아직까지는.

신력봉쇄물을 두르고 산 세월이 얼만데, 모든 봉쇄물을 해제하고 그만큼의 세월을 다시 살아내기 전까진 다혜는 그저 수명이 긴 인계의 인간에 불과할 뿐이었다. 당장은 시의도, 궤짝으로 한가득 있는 귀한 약재들도 아무런 소용이 없었다. 고약한 노릇이다.

"신계의 약은 영성이 너무 짙어 인간의 몸에 무슨 부작용을 일으킬지 알 수가 없네. 게다가 시의가 인간을 치료하는 공부를 하면 얼마나 했겠나. 여러모로 인계의 병원으로 가는 게 가장 안전하지."

아니, 가장 안전한 건 주인께서 내려오시는 거였다.

주인께서 아이와 닿아주시기만 한다면, 치료는 물론이거니와 신력이 제대로 깨어날 때까지 십수 년을 기다릴 필요도 없었다.

그러나 주인을 상대로 장담할 수 있는 건 없다.

주요는 의식을 잃은 다혜를 조심스럽게 안아 들었다. 금방이라도 부서질 것처럼 가벼운 무게에 가슴이 찢어질 것 같았다. 여린 살에선 아직도 피가 배어 나오고 있었다. 주요는 저도 모르게 신음을 흘리며 욕설을 중얼거렸다.

"내 잘못이야. 좀 더 철저히 아이를 보호했어야 했는데……."

"언젠가는 날 사단이었어."

주요는 회백색 안광을 흘리는 지하를 돌아보았다.

"적을 교란시키는 데 실패했다면, 동궁은 절대적으로 인계에서 역린을 지켜낼 수 없다. 역린을 집에 가두고 군사로 에워싼다면 모를까. 호위 몇을 두르든 반쯤은 무방비 상태로 인계를 돌아다니는 애를 대체 무슨 수로 지켜낸단 말이냐?"

그래, 하지만. 지하는 주요를 사납게 노려보았다.

"만약 다혜를 물건처럼 집구석에 처박아 버린다면 주요 네놈부터 가만두지 않을 거다. 그러니 방법을 찾아내라. 이대로 두면 다혜는 얼마 버티지 못해. 그럼 그날로 동궁도 끝장이지."

주요는 작게 한숨을 내쉬었다. 곧 죽어도 잘난 척은. 하여튼 재수 없는 군주 혈통.

"알고 있어."

그리고 우리가 아는 건 당연히 주인께서도 알고 계시겠지.

"아무리 주인이라도 그리 성급하게 역린을 집 안에 가둬두진 못해. 역린의 죽음은 외부에서만 오는 게 아니니까."

만약 그런 처지에 빠진다면 다혜는 주인을 미워할 수밖에 없을 것이었다. 역린과 본체가 서로를 증오하는 채로 그 긴 수명을 버틸 수는 없었다.

"역린은 스스로 죽음을 불러일으킬 수도 있어."

주요는 이를 악물었다. 찬바람이 불어온다. 변화가 생길 것이다. 그것이 부디 다혜에게, 그리고 내 나라에 좋은 방향이 되기를 바랄 뿐이었다.

"그래, 어쩌면 동궁으로 돌아갈 수도 있겠지."

작게 중얼거리는 주요의 눈에 희망의 빛이 반짝거렸다. 하지만 그런 주요와는 달리 지하는 확신할 수가 없었다. 그것이 과연 다혜에게 좋은 방향이 될 것인지.

저들은 제 주인의 적이 되어본 적이 없기 때문에 모르는 것이었다. 교활한 계명의 요검이 원하는 것을 얻어내기 위해 어디까지 잔인해질 수 있는지. 가둬둘 수 없다고? 천만에. 지하는 이를 악물었다. 그자라면 충분히 그러고도 남을 작자였다. 그자라면 다혜가 제 스스로를 가두게 할 수도 있을 것이다.

❈   ❈   ❈

"이, 이게 어떻게 된……."

지하는 말을 더듬어대는 덜떨어진 인간 놈에게 조용히 하라는 듯 눈살을 찌푸려 주었다. 그 방법은 즉각 효과를 발휘해 민혁은 당장 입을 다물었다.

찢어진 허벅지를 소독하고 어긋난 어깨뼈를 맞춘 다음 당연한 수순으로 의사는 다혜를 입원시켜 버렸다. 병원에 남은 입원실은 딱 하나뿐이었는데, 503호…… 2인실이었다.

민혁이 쓰던 502호 1인실은 오늘 낮 원인 불명의 사건으로 인해 창문과 벽 일부가 손상돼 한동안은 제 구실을 할 수가 없는 상태였다. 때문에 민혁 역시 2인실로 옮긴 상태였다. 한마디로 민혁과 다혜가 한 병실을 쓰게 되었다는 뜻이다. 하아, 이렇게 재수 없을데가! 주요는 이를 박박 갈아댔다.

"정말 죄송합니다. 남은 병실이 있으면 좋았을 텐데……."

간호사는 마치 모델들 사이에 둘러싸인 듯한 기분을 만끽하며 약간 목소리를 떨었다. 늘씬하니 훤칠한 체격들은 물론이거니와 풍기는 분위기가 정말이지 묘했다. 기백이라고 해야 할까, 다가갈 수 없어 움츠러들게 만들었지만 그만큼 매력적이기도 했다.

"지금 병실이 여유가 없어서……. 자리 비워지는 대로 바로 옮겨 드릴게요."

간호사는 얼굴을 붉히며, 의식을 잃은 다혜 대신 주요에게 말했다. 주요는 간호사를 한 번 보고 민혁을 한 번 보고는 다시 이를 아득 갈았다.

민혁은 다혜가 걱정되어 고개를 빠끔 내밀고 있다가 주요의 눈초리에 자라처럼 움츠러들었다. 하지만 스스로도 이런 자신이 싫은지 도전적으로 주요의 눈을 노려보았다. 주요는 저 건방진 인간 자식 때문에 화가 머리끝까지 차올랐다.

"얼마나 입원해 있어야 합니까?"

주요의 물음에 답한 건 목소리를 떨어대는 간호사가 아니었다.

"그런 말씀 하실 때가 아닙니다. 보호자 되시죠?"

주요는 흰 가운을 입고 들어온 멀쑥한 의사를 보고 약간 비켜섰다. 의사는 덩치가 곰처럼 산만 한 지하나 그에 버금가게 큰 주요에게서 풍기는 위압적인 기운에 혀를 내둘렀지만 해야 말을 못하거나 하지는 않았다. 오히려 대놓고 비난조로 말을 해댔다.

"집에 사냥개 키우십니까?"

"개, 말입니까?"

주요는 조심스럽게 되물었다. 하지만 그런 건 키우고 싶어도 키울 수가 없었다. 인간보다 감각이 예민한 동물들은 신족이 근처에만 가도 오줌을 지리기 일쑤였다. 그들의 집에는 군단 단위의 신족이 있었고, 무엇보다 저 백호 새끼가 있었다. 저런 게 있는 이상 같은 신족도 성한 꼴로 버티고 살기가 힘들었다. 그런 마당에 개는 무슨.

"아니요, 그런 건."

"동물한테 물린 게 아니고선 저 상처를 설명할 수가 없는데요. 이빨 자국이라고 보기에도 사실 좀 무리가 있지만……. 이건 뭔가가 살점을 짓이기며 파고들어 찢겨진 상처입니다. 대체 어쩌다가 이렇게 다친 겁니까?"

주요는 대답할 말을 못 찾아 뻘뻘 헤맸다. 인간 의사에게 남방 적색 연골어강 일족에게 습격을 당했다고 말할 수는 없는 일이 아닌가.

"그건, 저, 그게…… 바다에 들어갔다가……."

상체는 계집이고 갈빗대엔 아가미가 달린데다 잘 빠진 다리 대신 잘 빠진 지느러미를 가지고, 고기라면 환장하는 신족에 대해 말을 꺼낼 순 없었다. 하지만 조금이라도 치료에 도움이 될 수 있게 정황을 설명하려 애썼다.

"바다요? 지금 이 일대에 조스 경보 떨어진 거 모르십니까?"

의사는 답답하다는 듯 한숨을 내쉬었다.

"뉴스고 라디오고 난린데, 모르셨나 봅니다. 이 오밤중에 바다라니. 아마 이번 습격을 받고 살아난 첫 피해자가 될 겁니다, 서다혜 양이."

의사의 힐난을 듣던 주요는 작게 이를 갈았다. 역시 그것들이 인간을 먹고 있었던 것이다. 전혀 관심을 두지 않아 몰랐었다. 인간 세상이 어떻게 돌아가든 그들과는 전혀 상관이 없었기 때문에 사실 코앞에 뉴스 같은 걸 틀어놨다 해도 몰랐을 것이다.

"무슨 말이 그렇게 많은 거냐. 그만 주절거리고 얼른 치료부…… 읍!"

주요는 지하의 입을 급하게 틀어막았다. 잘 봐줘도 20대 중후반 이상으로는 봐주기 힘든 얼굴로 의사에게 반말지거리를 해댔다간 오해받기 딱 좋았다. 조직 사회에서 일하는 건실한 청년, 뭐 그런 걸로. 다행히 의사는 관광 지역 종합병원에서 지내는 동안 이 꼴 저 꼴 별별 꼴을 다 봐왔다는 듯 상관치 않고 제 할 말만 이어갔다.

"염증이 생길 수도 있어 꿰매진 않았습니다. 상처를 소독하고 이삼 일 지켜본 뒤에 염증이 없으면 그때 봉합수술 진행하도록 하죠. 지켜보시다가 혹시 열이 오른다거나 하면 호출하시고요."

"예, 알겠습니다."

주요는 고개를 끄덕거리며 곰살맞게 대답했다.

지하는 의사와 간호사가 병실 밖으로 빠져나가는 걸 보며 주요의 손을 쳐냈다. 주요는 성가신 얼굴로 지하를 노려봤다.

"의사한테 반말이나 해대는 보호자가 어디 있냐? 다혜를 막 아무렇게나 치료해도 된단 소리야?"

"고작 의원 주제에. 그런 식으로 하면 뼈를 갈아버릴 테다."

주요는 손사래를 치며 지하의 허튼소리를 잘라냈다. 인계는 의사, 판사, 검사가 최고라니까 저 노새 같은 백호는 말귀를 알아먹질 못했다. 한 대 잘못 맞으면 그대로 숨이 끊어질 의원과 관리들이 왜 최고냐는 식이었다. 문관인 주요의 동생이 들었다면 아마 할 수 있는 모든 방법을 다 동원에서 지하의 삶을 피곤하게 만들어주었을 것이다. 문관들은 무관들이 상상도 할 수 없는 온갖 피 말리는 방법을 쓸 수 있다는 걸 당해보지 않고선 모르는 것이다.

"어쨌거나 형님, 너 좀 진정해."

민혁이 토끼 귀를 해갖고 그들의 대화를 엿듣고 있었다. 마음에 안 드는 게 마음에 안 드는 짓만 한다.

"할멈 걱정이 이만저만이 아닐 텐데, 그냥 집에나 가봐."

"왜 내가?"

지하는 눈을 치켜뜨며 역정을 냈다.

"입원 수속도 해야 하는데, 그럼 내가 갈까?"

지하는 부득부득 이를 갈더니 더 대꾸하지 않고 몸을 돌렸다. 그러나 나가기 전에 민혁을 다시 한 번 노려봐 주는 건 잊지 않았다.

"그럼 결국 저놈이랑 다혜가 한방을 쓴단 소리군?"

다혜의 마음 곁이 되어줄 수 있으면 인간도 상관없다고는 했지만 막상 보니까 또 기분이 별로. 지하는 눈살을 찌푸렸다. 그러다 민혁의 떡 부근에서 얼핏 검은 무언가를 보곤 가까이로 다가갔다.

민혁이 놀라 뒤로 물러섰지만, 지하가 먼저 그의 목덜미를 움켜쥐었다. 옷깃이 벌어지자 검게 멍이 든 손자국이 선명했다.

"지, 지금 이게 뭐 하는 겁니까?"

더듬대며 항의하는 민혁에게 지하가 사납게 을러댔다.

"네놈, 누구를 만난 게냐."

이놈의 몸에 진득하게 들러붙어 있는 살의는 낯익은 것이었다. 날카롭고 요사스러운, 차갑게 타오르는 청색 불의 냄새. 이건 동궁왕의 살의였다. 이미 겪어본 적이 있기 때문에 지하는 그것을 단박에 알아챘다.

"만나다뇨? 누, 누굴요?"

민혁은 기어들어가는 목소리로 항의를 해댔다.

지하는 눈을 가늘게 뜨고 그를 노려보았다. 혹시 착각을 한 건가. 하긴 살의를 가진 동궁왕과 마주쳤다면 이놈이 이렇게 두 눈 뜨고 살아 있을 리가 없지. 진짜라면 지금쯤 병풍 뒤에 자리 잡고 누워 있을 터였다. 지하는 금세 흥미를 잃고 민혁을 놔줘 버렸다.

민혁은 목덜미를 부비며 거칠게 숨을 몰아쉬었다. 다혜의 오빠들이 이상하다는 건 알았지만 그래도 이건 진짜 정도가 심했다.

"왜 그래?"

주요가 지하에게 물었고 지하는 별일 아니라는 듯 어깨를 으쓱거렸다.

"내가 뭔가를 착각한 모양이다. 어쨌든 다녀오지."

"다시 올 것까진 없어."

주요는 나가는 지하의 뒤통수에 대고 투덜댔다. 지하가 눈을 부라렸지만 주요는 못 본 척했다. 대신 그는 아직도 미열에 시달리는 다혜를 내려다보며 무겁게 한숨을 내쉬었다.

'일단 보고를 해야겠지.'

급한 응급처치는 끝냈으니 더 이상 이 일을 주인께 알리는 것을 미룰 수가 없었다. 어쩌면 책임을 물어 몇몇이 죽임을 당할지도 모르겠다. 그만큼 역린을 다치게 만든 건 무거운 죄였다.

'후우.'

변명의 여지도 없다. 있다 해도 씨알도 안 먹히겠지만. 역린의 숨은 주군의 숨과 이어져 있었고, 역린을 보호하는 것은 주군을 보호하는 것과 다르지 않았다. 아니, 주군을 보호하는 것보다 더 중요한 일이었다. 용의 죽음은 역린의 죽음으로 끝나지만, 역린의 죽음은 용의 죽음으로는 끝나지 않기 때문이다.

역린의 죽음은 용의 감각 반경에 있는 수많은 생명체들을 모조리 끌어들인다. 역린은 그렇게 무서운 기폭제였다. 역린을 잃은 용은 힘이 다할 때까지 광기에 사로잡혀 미쳐 날뛰었고, 결국 죽음에 이를 때까지 그 파괴 행위는 멈춰지지 않았다.

역린을 잃은 용을 처리하는 건 그들의 일족이었다. 그들은 팔다리를 잘라내는 심정으로 자신의 일족을 처리했다. 때문에 역린에 관해선 절대적으로 용족과 말이 통하지 않았다.

변명은 나불대는 혓바닥만큼이나 쓸모없는 것이었다.

'다혜야.'

주요는 잠들어 있는 동생의 머리를 쓰다듬었다. 이렇게 무거운 짐을 아무런 준비 없이 짊어지게 된 아이가 가여웠다. 차라리 신족이었다면 일족의 보호를 받을 수도 있었을 텐데. 주요는 다혜의 뜨거운 이마에 자신의 이마를 맞대었다. 아이의 곁을 지켜 온 지 어느덧 이십일 년째였다.

'안이했어. 하지만…… 어쩌면 잘된 일인지도 모르지.'

이십일 년, 역린을 지키는 마음은 딸을 지키는 마음으로 변해 갔다. 기저귀를 갈아가며 잠투정하는 아이를 업어가며 우는 눈물을 닦아가며 웃는 얼굴에 행복해하며 그렇게 곱게 지켜온 아이였다. 다혜는 자신의 상황에 대해 많은 것을 안다고 생각하지만 사실은 아무것도 모르는 것과 진배없었다.

'역린은 무서운 거다, 다혜야. 그리고 내 주인은 그보다 더하지.'

주요는 다혜의 잠든 얼굴을 직시했다. 보고를 하면 주인께서 내려오실 것이다. 다혜의 삶은 다시 한 번 흔들리게 되겠지.

'버텨내야 해. 내가 지켜줄게. 그러니까 무슨 일이 벌어져도 버텨내.'

동궁으로 돌아갈 수만 있다면. 본체 가까이 있을수록 다혜의 신력은 폭발적으로 깨어날 것이었다. 결국 신체가 재구성되어, 인계가 아닌 신계에 속하게 될 때까지.

다혜가 신계에 속하게만 된다면 중론을 모으는 것도 어려운 일이 아닐 터. 청룡 일족도 역린을 무시하고 마냥 수장을 지지할 수는 없게 될 것이다. 그렇게만 되면 일부 용족도 끌어들일 수 있게 된다.

'……왕후가 되진 못한다 하더라도, 신계에서 살아갈 수는 있어.'

거우 제대로 된 삶을 살아갈 수 있게 되는 것이었다. 족쇄나 다름없는 신력봉쇄물 따위를 온몸에 휘감지 않고서, 이제야말로 제대로.

　'버텨내자, 다혜야.'

　우리의 바다로 돌아가자. 넌 비록 인간으로 태어났지만 더 이상 인간이 아니야. 물문이 차오르기 시작했어. 터지는 건 한순간일 것이다.

　"신경정신과 따위를 걱정할 필요 없어, 꼬맹아. 넌 지극히 정상이니까."

　주요는 아이에게 하듯 다혜의 이마에 입술을 꾹 눌렀다. 이 아이를 비정상이라고 밀어내는 이 볼품없는 인계는 더 이상 이 아이의 세계가 될 수 없었다. 외눈박이 나라를 벗어나, 자유롭게 숨쉴 수 있는 세계로 데려가야만 했다. 그리고 지금이 그 기회였다. 어떻게든 이 기회를 잡아야만 했다.

　주요는 자리를 털고 일어섰다. 민혁의 시선이 따라붙는 것이 느껴졌지만 신경 쓰지 않았다. 덜떨어진 인간 놈 같으니, 쳇. 저 인간 놈에게 다혜를 내주느니 차라리 지하네 혼기 꽉 찼다는 백호 놈이 나았다. 이놈이나 저놈이나 다 싫은 건 마찬가지였지만. 잠시간 투덜거리던 그는 창문을 밀어 올리곤 동쪽으로 말을 실어갈 바람을 모으기 시작했다.

　"……."

　빗물이 미친년 머리카락처럼 날아다니는데, 창문 열고 우두커니 서 있는 다혜의 작은오빠가 민혁의 눈에 정상으로 비칠 리는 없었다.

민혁은 오만상을 찌푸렸다. 다혜가 불쌍해서 도저히 견딜 수가 없었다. 그는 잠에 빠진 다혜의 창백한 얼굴을 보고 굳게 결심했다. 꼭 다혜를 저 미친 집구석에서 구해내고야 말겠다고. 주요의 입술이 닿았던 다혜의 예쁜 이마를 소매로 박박 문질러 닦고 싶었지만, 주요의 눈치가 무서워 움직일 수는 없었다.

＊　＊　＊

그 시각, 동궁으로 돌아온 청윤은 긴 의자에 기대 누워 스스로를 감시하고 있었다. 이렇게 초조해할 이유가 없어. 계집이 부족하면 아무나 불러 자면 그만이었다. 눈길만 주어도 스스로 옷을 벗어 던질 계집이 널려 있지 않나. 청윤은 그 지루한 유혹에 염증을 느끼며 낮게 한숨을 내쉬었다.

아침 해가 뜨기 전까지 얼마 남지 않은 시각이었다. 날이 밝고 나면 역린은 다시 놈을 찾아갈까. 그 생각이 스스로에게 어떤 영향을 미치는지 깨닫기도 전에 몸이 먼저 반응을 일으켰다. 그는 손끝에서 튀어 오르는 전류의 방전을 움켜쥐었다. 이렇게 미친 놈처럼 날뛰는 걸 그만두지 않으면 머지않아 그 인간 놈은 그의 손에 죽을 게 분명했다. 청윤은 만족스러운 미소를 지으며 그것이 주는 달콤한 유혹을 음미했다.

"주군, 신요입니다."

막 유혹에 넘어가기 직전이었는데, 방해꾼이 나타나 문을 두드렸다. 청윤은 성질을 억누르며 중얼거렸다.

"……들어와."

신요는 굳은 얼굴로 망나니 같은 형에게서 온 전언을 듣고 들어왔다. 주군의 마음이야 멀리 있는 주요보다 신요 쪽이 더 세심하게 살피고 있었다. 역린에 대한 것도 그러했다.

역린은 인계에서 제 수명을 다해 살아가는 것만으로 제 역할을 다할 것이었다. 동궁으로 돌아올 일은 없을 것이었고, 주인의 마음 곁이 될 일은 더더군다나 없을 터였다. 왕후의 자리에는 다른 여인이 앉게 될 것이었다. 그건 이미 확정적인 일이었다.

그렇기 때문에 그녀의 보호는 더욱 철저해야 했다. 주인이 역린에게 관심이 없으니, 역린을 보호하는 힘 중 가장 큰 힘이 빠진 셈이 되기 때문이었다. 군사들로만 역린을 보호하자면 경계는 한 치의 틈도 보여선 안 될 것이었다. 그런데 이 망나니 같은 형놈이…….

신요는 짧게 숨을 들이켜고는 빠른 걸음으로 주인 앞에 다가섰다.

"응양군(鷹揚軍) 상장군(上將軍)으로부터의 급전(急傳)입니다."

주군은 의미 없는 손장난으로 공기를 둥글게 말아 압축시키며, 따분한 듯 건조하게 대답했다.

"말해봐."

역린을 숨기고 보호하고 있는 상장군으로부터 급전이 왔다는데도 주인은 별다른 관심을 보이지 않았다. 하지만 그렇다고 안심할 수는 없었다. 역린에게 관심이 없는 것과 역린의 생명에 관심이 없는 것은 완전히 다른 문제였기 때문이다.

"중간 지대까지 잠입한 남방 적색 연골어강 일족에 의해, 역린이 습격을 당했다 합니다."

역시나 주인이 손동작을 멈추더니 시선을 돌려 그를 바라보았다. 신요는 침통한 얼굴로 허리를 굽혔다.

"그래서?"

음조가 없는 건조한 목소리에서 읽어낼 건 아무것도 없었다. 신요는 조심스럽게 답했다.

"지금 인계의 병원에 입원 중이라고 합니다."

악몽처럼 아름다운 주인의 얼굴이 조금씩 일그러지기 시작했다. 신요는 주인의 싸늘한 눈빛에 소름이 끼쳐 왔다.

"다쳤다고?"

신요는 살짝 떨리는 듯한 주인의 목소리를 믿을 수가 없었다. 아니, 무언가 착각한 거겠지. 하지만 주군은 대답을 기다리지도 않았다. 그가 천천히 몸을 일으켜 서자, 신요는 그에게서 흘러나오는 압력에 폭풍의 눈 한가운데 서 있는 듯한 착각에 시달려야 했다. 기탄(氣彈)이 터져 나가며 귀한 가구를 못 쓰게 만들었다. 주인의 손장난에 의해 만들어진 그 파괴적인 힘이 닿는 것을 모조리 해체시키고 있었다.

차고 어두운 살기에 온기가 베여 나가고 주위는 싸늘하게 식어 내렸다. 신요는 이 위험한 공간에서 무사히 벗어날 수 있기만을 바랐다. 주인의 시선이 자신에게 닿자 그는 두려움을 느끼며 더 깊이 몸을 굽혀 부복했다. 신요는 마른침을 삼키며 다급하게 말을 이어 붙였다.

"새, 생명에는 지장이 없다 합니……."

그러나 잔혹스러운 힘이 바로 곁을 스쳐 지나가 닿는 것을 가루로 만들어 버리자, 즉시 입을 다물어야 했다.

"누구를 족쳐야 제대로 된 대답을 들을 수 있을까? 신요, 네가 지금 그 육식종들이 내 영역 안으로 숨어들어 와 내 역린을 다치게 했다는 말을 하는 것이냐?"

신요는 냉큼 아니라고 대답하고 싶었다. 하지만 목에 칼이 들어왔다고 거짓을 고해 일을 더 어렵게 꼬아놓을 수는 없었다. 주인은 한 손으로 그 아름다운 얼굴을 반쯤 가리고 고개를 기울인 채 낮게 웃음을 터뜨렸다.

"다쳤단 말이지?"

신요는 등줄기가 싸늘하게 식는 것을 느끼며 더욱 몸을 사렸다. 폭풍이 몰아칠 땐 피하고 보는 게 상책이었다. 그러나 오래 기다리진 않아도 되었다. 주인의 형이 바람에 뒤섞이며 흐트러지기 시작한 것이다. 직접 인계로 향하시는 것이 분명했다.

"맙소사……."

빌어먹을, 형 놈 같으니! 신요는 주인이 시야에서 완전히 사라진 뒤에야 조심스럽게 몸을 일으켜 세울 수 있었다. 저절로 입이 벌어지며 신음이 흘러나왔다. 어디 한 군데 부러지지 않은 게 천행이었다. 정말, 대체 어쩌자고 형님은 역린을 다치게 내버려 두었단 말인가! 왕께서 역린에 관심이 있든지 없든지 간에, 역린의 생명은 무엇보다 중요한 문제였고 결코 변명이 통하지 않는 문제이기도 했다. 그 경중에 따라 목이 달아날 수도 있는 문제였던 것이다.

신요는 제 친형인 주요가 몹시도 걱정스러워지기 시작했다. 그저 생명엔 지장 없는 팔이나 귀 하나가 잘려 나가는 것으로 일이 마무리되기만을 바랄 뿐이었다.

❊　❊　❊

폭풍이 다가오고 있는 줄 전혀 예상치 못하고 있는 지하는 느긋하게 병원을 나서다 밖에서 머뭇대고 있는 소하와 마주쳤다. 지하는 그냥 지나쳐 가려 했지만, 그녀가 손을 뻗어 옷소매를 붙잡자 마지못해 멈춰 서야 했다.

"뭐냐."

소하는 망설이다가 입술을 꾹 한 번 깨물고는 입을 열었다.

"다혜는?"

"안타깝게도 죽진 않았다."

소하는 지하에게 왈칵 화를 터뜨리려다 관두고 코웃음을 쳐댔다.

"칫. 겨우 그거 다쳤다고 이렇게 정신을 못 차리는 게 말이나 돼? 아무리 인간이래도 그렇게 허약해 빠져선……."

지하는 소하의 코앞으로 얼굴을 쑥 들이밀었다. 소하는 놀라 등줄기가 뻣뻣하게 굳어버렸다.

"좀 솔직해지시지, 공주. 죽어버렸으면 좋겠다고 할 때는 언제고 이제 와 안달복달이라니. 계집 속은 통 알 수가 없단 말이야."

"그, 그걸 어떻게! 드, 들었어?"

놀란 가슴이 벌떡벌떡 뛰었다. 지하는 몸을 세워 가던 길마저 가며 퉁명스럽게 중얼거렸다.

"들으라고 떠든 말 아니었더냐? 귓구멍이 밝아서 말이지."

"저, 저!"

소하는 멀어져 가는 지하의 커다란 등짝을 보며 발을 굴러댔다. 망할! 꼴에 군주 혈통이라고 잘난 척이지! 소하는 한 번 뒤돌아보거나 기다려 주는 기색도 없이 척척 걸어가 버리는 지하 때문에 분통이 터졌다. 자존심이 상해 죽어도 같이 가자고 말은 못하겠다.

그녀는 트집을 잡아 그의 걸음을 멈추게 하려다, 그 모든 것을 멈추고 경악스러운 얼굴로 먼 동쪽 하늘을 바라보았다. 잘못 느낀 거라고 믿고 싶었다. 지하 역시 그것을 느꼈는지 조금씩 걸음이 느려지다 아예 멈춰 서버렸다.

"소하."

소하는 자신을 부르는 지하의 목소리에 퍼뜩 정신을 차렸다.

"어, 어?"

"날아야겠다."

소하는 그의 긴장된 목소리에 아랫입술을 꽉 깨물며 고개를 끄덕였다. 그러나 자신의 마음이 무엇에 떨리고 있는지 확신할 수가 없었다. 아무리 급하다고 해도. 소하는 지하의 품에 안겨 얼굴을 붉혔다. 그녀는 억지로 생각을 돌렸다. 이십여 년 전 천궁에서 열렸던 남궁왕 흑사의 혼례식 이후로 그를 다시 만나는 것은 오늘이 처음이었다.

아름답고 오만한 동궁의 지배자, 그가 지금 이 무른 인계의 땅으로 내려오고 있었다.

✻ ✻ ✻

왕의 기운을 느낀 것은 비단 지하와 소하뿐만은 아니었다. 도끼눈을 뜨고 민혁을 감시하고 있던 주요 역시 그 기운을 뼈저리게 느끼고 있었다. 주인께선 세상을 억누르는 거대한 기운을 한 방울도 숨기지 않고 계셨고, 덕분에 둔해 빠진 인간 놈조차 두려움에 몸을 사리며 이불 속으로 파고들어 갔다.

"가, 갑자기 날이 궂어지네."

쯧쯧, 바보 같은 놈. 주요는 민혁이 중얼대는 소리에 혀를 차댔다. 상종 못할 놈이로고. 저가 무슨 말을 지껄이는지 알지도 못하고 무엇 때문에 두려움에 떠는지 생각도 하지 않으려 든다. 위험이 감지되면 일어나서 창밖이라도 확인해 봐라, 이놈아! 굼벵이처럼 땅속으로 파고든다고 내리치는 벼락이 방향을 바꿔주는 건 아니란 말이지. 에이그, 바보 같은 놈.

저런 놈을 신족 사이에 데려다 놓으면 하루도 버티지 못하고 죽을 게 분명했다. 다시 한 번 저놈에겐 절대 다혜를 내줄 수 없다는 마음을 단단히 하며 주요는 자리에서 몸을 일으켰다. 어쨌거나 생각보다도 엄청나게 빨리 오셨다. 소리말을 듣자마자 내려오신 게 분명했다.

그는 방을 나가기 전 자신의 일거수일투족을 내내 힐끗거리고 있는 민혁을 쏘아보았다. 저놈과 한방에 다혜를 두고 가려니 조금도 내키지 않았지만, 가서 주인을 맞이해야 했다.

잠시 고민하던 그는 손을 들어 방 한가운데를 쭉 갈라놓았다. 돌바닥이 패이는 소리를 내며 방 전체가 한 줄로 갈렸다. 민혁이 멍한 얼굴로 금이 간 바닥을 바라보고 있었다.

지하에 이어 두 번째로, 주요는 민혁을 사납게 을러댔다.

"네놈, 이 선을 넘어오기만 해라. 모가지를 잘라줄 테니!"

민혁이 자라처럼 움츠러들었고, 주요는 다시 혀를 쯧쯧 차댔다. 그리고 망설이다가 약간 얼굴을 붉히며 덧붙였다.

"만약 다혜가 깨어나거나 또 열이 오르거나 하면…… 간호사를 좀 불러라."

넘어가지 말라고 선까지 그어놓은 주제에, 가까이 가지도 못하는데 열이 나는지 안 나는지 어떻게 알까. 민혁은 그 멍한 시선을 돌려 주요를 올려다보았다. 주요는 헛기침을 한 번하고는 그대로 휑하니 방을 빠져나가 버렸다.

민혁은 다혜의 오빠들이 반쯤 미친 초능력자 집단의 일원이라는 가설을 세우기 시작했다. 그는 그 매혹적인 가설과 다친 다혜에 대한 걱정과 사고 경위에 대한 의구심 사이에서 침통한 얼굴로 갈팡질팡해 댔다.

7장

비바람이 몰고 온

검은 폭풍이 땅과 가까운 바다에서 소용돌이치며 하나의 형으로 맺어지기 시작했다. 그리고 그 맺어진 형으로부터 천천히, 그가 걸어 나온다. 매 걸음마다 형이 더해지며 온전해져 갔다. 그리고 마침내 그의 모습이 인계의 세상 밖으로 완전히 드러났을 때, 소하는 아름다운 그의 존재감에 숨이 막혀왔다.

유백색 목덜미를 덮은 검은 머리카락, 몸을 감싸고 바람결에 느리게 흘러 다니는 검은 옷자락, 깊이를 읽어낼 수 없는 우물 같은 검은 눈동자가 금속의 표면처럼 차가운 빛으로 반질거렸다.

그는 사람의 모습으로 맺혀진 검은 폭풍이었고, 아름답고 오만한 동녘의 지배자였다. 세상이 신의 존재감에 짓눌려 숨죽이고 있었다.

주요는 사구(砂丘)에서 왕을 맞이했다. 내려오는 주인의 모습에 주요는 짧게 한숨을 내쉬었다. 그의 아름다움과 유려함은 그의 잔혹함을 가려 씌우고 있는 얇은 막에 불과했지만, 주인을 대하는 자들은 그 아름다움에 속절없이 홀리곤 했다. 저기 저 천궁의 공주처럼.

주인은 수면 위를 걸어 가까이로 다가오고 있었다. 어두운 바람이 걸어오는 동궁왕의 옷자락을 느리게 감싸고 흘렀다.

주요는 언제나처럼 주인의 기분을 짐작해 낼 수가 없었다. 어디까지, 얼마나 화가 나신 건지 저 기려한 얼굴만 보아서는 전혀 기색을 읽어낼 수가 없었다. 주요는 쓴웃음을 지었다. 기색을 읽어내긴커녕 다혜를 신계로 데리고 가겠다는 기색을 되레 읽힐까 봐 걱정이었다.

"하나같이 여기 모여 있는 걸 보니 내 역린이 심하게 다친 건 아닌 모양입니다."

주요는 몸을 숙인 채 주인의 말이 빈정거림인지 아닌지를 구분하려 애썼다. 물론 별 소용은 없는 짓이었다.

"소신의 죄가 큽니다. 저 하나만 벌해주소서."

왕은 한참을 말없이 그를 조용히 내려다보았다. 주요는 입안이 바짝바짝 마르는 기분이었다.

"저도 그러고 싶습니다."

왕의 목소리는 섬뜩했다. 섬뜩한 즐거움이 배어 있었다.

"그래요, 그대의 목이라도 잘라낸다면 내 기분이 조금은 나아지질 않겠습니까? 지금 내겐 그 즐거움이 몹시 필요하기도 하고 말입니다."

왕은 당장에라도 그의 목을 꺾고 싶어 하고 있었다. 역린에 대한 용의 맹렬한 보호 본능은 뒤집어 격렬한 적의이기도 했다. 그것은 혈통에 각인된 본성이다. 주요는 금이 간 틈새로 그 광기 어린 본성이 꿈틀대는 것을 엿볼 수 있었다. 말로 설명할 수 없는 것이고, 말로 설득될 수도 없는 것이었다. 목에 날 선 칼이 닿아 있는 듯 섬뜩했다.

"하지만…… 기분대로만 할 수는 없겠지요."

그 광기를 내리누르는 모습이 오히려 더 소름 끼쳤다.

"당장은 그대가 소용되니 그 작은 즐거움을 뒤로 미루도록 하겠습니다."

"마, 망극하옵니다."

주요는 한기를 느끼며 고개를 떨어뜨렸다.

"군사를 풀어 주변에 남아 있을지 모를 연골어강 일족을 색출하겠사옵니다."

"그 말은 놓친 연골어강족이 있다는 뜻입니까."

지나가는 듯한 주인의 말에 주요는 다시 몸이 굳었고, 적서 대정은 하얗게 질렸다.

"그렇군요."

주인께선 옅게 웃음을 지으셨고, 주요는 땅을 바라보며 유서는 미리 써놓았던가 골몰했다. 적서의 사정 또한 그와 크게 다르지 않은 듯했다.

"응양군 중 얼마간은 전선으로 차출해야겠습니다. 그럼 정신들을 좀 차릴 테지요."

멀찍이 떨어진 곳에서 그들을 지켜보던 소하 공주는 응양군 전체가 숨소리 하나 내질 못하고 있는 것을 보며 기가 질렸다. 응양군은 지난 이십일 년 전 남궁과의 전쟁에서 가장 악랄한 맹위를 떨쳤던 군단 중 하나였기 때문에 더했다.

물론 가장 악랄했던 건 그들의 왕이기는 했다.

"그대에게 한 가지만 묻겠습니다, 상장군."

"하문하소서."

주요는 깊숙이 허리를 굽혔다.

"응양군 하나로는 역린을 지킬 수 없었습니까."

"……송괴하나이다."

그렇다는 말이었다. 청윤은 망설이지도 않고 대답하는 상장군을 물끄러미 바라보았다. 응양군은 날이 잘 벼려진 군단이었다. 겨우 군단 단위 병력으로 빗장을 푼 직계 군주 혈통과 맞붙을 수 있을 만큼.

"힘들더이까."

그러니 선뜻 이해가 가질 않는다. 연골어강 계집들을 상대로 역린을 다치게 만들어놓은 것이.

"힘든 건 밖이 아니었사옵니다."

주요는 뼈를 깎는 심정으로 침통하게 말을 이었다.

"흐름을 멈추기에는 물문이 약하였고, 물문을 더하기에는 강이 약하였습니다. 결단을 내리소서. 위험을 자처하기엔 잃을 것이 너무 크옵니다."

청윤은 그를 바라보며 물었다.

"그대는 내 뜻이 꺾이기를 바라는가."

그 물음에 주요는 주먹을 움켜쥐었다.

오래도록 섬겨온 주인이었다. 오래도록 섬겨온 단 하나뿐인 주인이었다. 그에겐 하늘보다 더 높았고, 사랑하는 나라의 지붕이며 기둥이신 분이었다. 그런 주인의 뜻이 꺾이기를 어찌 바라겠는가. 차라리 죽기를 원하신다면 그리해 드릴 수 있었다. 얼마든지 그리할 수 있었다. 하지만 이건, 살려야 하는 이를 살지 못하게 하신다면 결국 주인과 나라에 모두 해가 될 뿐이었다.

바라는 건 가난한 욕심 하나다. 주인께서 단 한 발자국만 뒤로 물러주시면 되실 일이었다. 주인께선 잃는 것이 없을 것이었고 다혜는…… 아이는 살아갈 숨을 얻게 될 것이었다. 주요는 그것이 어떻게 주인과 나라에 해가 된다는 것인지 이해할 수 없었다.

"모이(물고기의 새끼)를 잡아 새장에 가두면 어찌 되겠습니까. 바다에 살 것은 바다에 두어야, 하늘에 살 것은 하늘에 두어야 숨을 붙이고 살아지지 않겠습니까?"

"그녀는 인간이지 않습니까?"

왕은 바람에 흐르는 옷자락을 갈무리하며 차분히 물어왔다. 조금씩 흥분하고 있는 주요와는 달리 청윤은 여유로운 얼굴이었다.

"족쇄처럼 두르고 있는 수백의 신력봉쇄물 덕분이옵니다. 머리카락을 태우는 맹인부 덕분이옵니다. 눈 가리고 귀 막고 살아

가는 메마른 삶 때문이옵니다. 전하…… 주인님, 다혜는 이대로
는 버티지 못합니다. 벌써부터 눈이 열려 귀와 신을 혼동하는데,
이대로 몇 년 뒤면……."

주인이 그의 말을 잘라내며 물었다.

"그렇다면 신으로서 인계에서 살아가면 될 일이 아니겠습니
까. 일은 더 간단해지겠지요. 다쳤다고 인계의 병원까지 실어 나
를 일도 없고, 시의가 그녀를 보살피면 될 테니까. 차라리 하루
라도 빨리 그녀가 신족이 되도록 돕는 편이 나을지도 모르겠습
니다."

"명하신다면 그리하겠습니다."

주먹이 손바닥 안을 파고들었다. 하지만 주요는 주인께서 원
하시는 대로 하겠다고 덤덤하게 대답했다. 인간으로 태어나 신
족이 되어, 인계에 유폐된 채 죽은 듯 살아가야 하는 것이 그 아
이의 운명이라면 어찌하겠는가, 그리해야겠지.

"사는 데까지 한번 살려보겠습니다."

청윤은 최후통첩처럼 답하는 상장군의 말에 웃음을 삼켰다.
그러다 웃음을 지우며 상장군의 눈을 직시했다. 이대로 순막이
열리면 상장군은 그 자리에서 타 죽을 것이었다. 주요 역시 그것
을 익히 알면서도 담담히 주인의 눈빛을 받아냈다. 이제는 될 대
로 되라는 심정이었다.

"내가 만약 이 자리에서 그대를 죽이고, 역린 곁에 다른 자를
앉혀놓는다면? 그는 일을 조금 더 잘하지 않을까? 이리 날 성가
시게 하지도 않고 말이지."

"소신은 다혜가 한밤중에 왜 밖으로 뛰쳐나갔는지가 더 궁금하옵니다."

그렇잖은가? 잘 자다가 왜 뛰어나간단 말인가. 다혜가 처음으로 그렇게 집 밖으로 뛰어나갔던 때는 얼마 전 주인을 처음 뵀을 때뿐이었다. 그러니 주요는 수상쩍은 것이었다. 십중팔구 주인님 때문일 것이다.

"……"

둘은 서로를 마주 보며 한동안 대치 상태를 이루었다.

동궁왕의 권속들은 머리를 빳빳이 들고 주인께 대드는 상장군의 태도에 모골이 송연할 지경이었다. 곁에 있던 지하까지도 주요의 모습에 놀라고 있었다. 이십여 년간 봐온 주요는 제 주인의 명이라면 팥으로 메주를 쑤어 오라고 해도 힘껏 그럴 놈이었다. 그런 놈이 지금 죽일 테면 죽이라는 식으로 주인께 대들고 있는 것이다.

"물론 나 때문이지."

왕은 고개를 기울이며 뻔뻔하게 인정했다. 주요는 바짝 경계했다. 왜 순순히 인정하시지? 이럴 리가 없는데. 주요는 순순한 주인의 모습에 불안해졌다.

"상장군, 놓친 연골어강족을 잡는다 하였습니까? 그럴 필요 없습니다. 그건 다른 자들을 시키도록 하지요."

청윤은 천천히 발걸음을 옮겼다.

바람이 그의 몸을 휘감았고, 짙은 군주의 힘이 위압감을 풍기며 주위로 흘러나갔다. 동궁왕은 자신의 군병들을 바라보며 입을 열었다.

[전군은 들어라. 그대들은 지금 곧 역린을 호위해 동궁으로 돌아갈 채비를 한다. 또한 전령병(傳令兵)은 인계에 내려온 각군의 상장군(上將軍)과 대장군에게, 지금 곧 이 강역(疆域)을 샅샅이 뒤져 남궁의 계집들을 하나도 남김없이 색출케 하라는 짐의 말을 전하라.]

왕의 목소리가 바람을 붙잡고 말을 들어야 할 모든 자들의 귓속으로 흘러들어 가며 진동했다.

주요는 멍하니 제 주인을 바라보고 서 있었다. 저 말뜻은 그러니까……. 주인이 다시 그를 돌아보았고, 정신을 차린 주요는 침을 꼴깍 삼켰다.

"내 말을 못 들으셨습니까, 상장군. 아니면 짐의 인내심이 언제 바닥이 나나 기다리고 계십니까."

"아, 아니, 그러니까 신은……."

아니, 이게 웬일이란 말인가. 믿을 수가 없었다. 주인께서 정말, 그러니까 정말 주인께선 다혜를 동궁으로 데리고 가신다는……? 주요는 저절로 벌어지는 입을 다물 수가 없었다.

"상장군, 짐은 지금 화를 눌러 참고 있는 중입니다. 어찌 그리 정승처럼 멍하니 서 계신단 말입니까. 그대의 머리를 내게 공진(供進)이라도 하실 마음입니까. 나는 그대의 팔 하나로 만족할 생각이었는데 굳이 머리를……."

"잘못했사옵니다."

청윤은 약삭빠르게 말하는 주요를 노려보았다. 오래된 권속이 꼭 좋은 것만은 아니란 말이지. 주요는 손이라도 비빌 태세로 간살맞게 웃었다. 대들긴 언제 대들었냐는 듯한 얼굴이었다.

"얼마나 다쳤습니까."

"하룻밤 품어주시면 다 나을 정도입니다."

청윤은 주요의 대답에 눈빛이 싸늘해졌다. 방금 전 대적 상황과도 사뭇 달랐다.

"그대는 역린이 내 왕후라도 되길 원함입니까."

주요는 주인의 눈빛을 받으며 천천히 고개를 저었다.

"소신은 그저 다혜가 신계로 돌아가는 것만으로 충분하옵니다."

청윤은 날카롭게 탐색하는 눈으로 주요를 노려보았다. 청윤이 그 말을 진심으로 받아들이기 전까지의 분위기는 살얼음을 베어낼 듯 날카로웠다.

"그 마음을 지키세요. 그것이 변하는 순간, 그대를 향한 내 처우도 변하게 될 것입니다."

"명심하겠사옵니다."

＊　＊　＊

"윽."

다혜는 허벅지 안쪽에서 작렬하는 통증을 느끼며 신음을 삼켰다. 불에 달군 칼로 살을 지져 대는 것만 같았다.

"다, 다혜야! 괜찮아?"

그녀는 숨을 헉헉대며 어째서 민혁의 목소리가 들리는 건지 생각해 보았다. 하지만 떠오르는 거라곤 그 머리 붉은 괴물들뿐이었다. 다혜는 사르르 몸을 떨며 손안에 있는 것을 더 꼭 움켜쥐었다.

울퉁불퉁 못생긴 돌의 모난 부분이 손바닥을 찔러댔다. 덕분에 좀 정신을 다른 곳으로 돌릴 수 있었다. 다혜는 여러모로 자신을 지켜주고 있는 작은 돌에 감사하며 천천히 눈을 떠보았다. 백색 전등이 켜진 천장이 보였다.

"병원이잖아……."

다혜는 한 번에 긴장이 확 풀리는 것을 느끼며 식은땀에 젖은 이마를 손으로 짚었다. 요즘 툭하면 저기서 정신을 잃고 여기서 눈을 뜨는 것 같았다. 필름이 아주 수시로 끊긴다.

"좀 어때? 정신 차렸어? 어?"

다혜는 약간 멀리서 들리는 목소리에 고개를 돌렸다. 그랬더니 민혁이 웬 이상하게 패인 선 앞에서 안절부절못하는 게 보였다.

"너 뭐 해?"

얼굴을 보니 건너오고 싶은 마음이 굴뚝같아 보였다. 그런데 뭐 마려운 강아지처럼 그 밖에서 끙끙거리고만 있다.

다혜는 방 한가운데를 가로질러 뚝 나누고 있는 그 기묘한 흉터 자국을 바라보았다. 철거 기계 같은 것으로 데코타일을 쭉 갈라놓은 것 같았다. 병원에서 발이 걸리면 넘어질 게 분명한 이런 독특한 방식의 신 개념 인테리어를 추구할 리는 없을 텐데.

"이게 다 뭐야?"

"내가 묻고 싶어."

민혁이 우울하게 중얼거렸다. 누구에게 한 대 얻어맞기라도 한 건 아닌지 걱정스러울 정도였다.

"너는 왜 거기 그러고 서 있는데?"

다쳐서 일어났는데 줄곧 질문만 해대야 한다니, 어휴. 다혜는 끙끙거리며 몸을 일으켰다. 도대체 무슨 약인지는 모르겠지만 손등에 링거 주사가 꽂혀 있었다. 수액 같은데, 어쨌거나 멀쩡히 살아 있는 스스로가 그저 대견스러울 뿐이었다. 먹어보니 별로 맛이 없었다던가 뭐 그런 건가? 그런데 어딜 먹힌 거지?

"안 돼! 아직 일어서지 마! 간호사 불러올게. 너 완전 심하게 다쳤단 말이야."

"나도 알아."

다혜는 지끈거리는 어깻죽지를 붙잡으며 숨을 몰아쉬었다. 어깨도 멀쩡히 붙어 있었다. 그럼 다리는……. 다혜는 바지를 들춰보려다가 민혁의 시선을 느끼고 작게 인상을 찌푸렸다. 어쩌다 얘랑 한방에 있게 된 거지? 그녀는 침대 위의 커튼을 당겨 몸을 가렸다. 민혁이 불만스럽게 투덜거리는 소리가 들려왔다. 뭐가 불만인 거야? 웃기지도 않아, 정말.

다혜는 살며시 한숨을 내쉬며 헐렁한 환자복 바지를 무릎 위로 끌어 올렸다. 허벅다리는 온통 하얀 붕대로 칭칭 감겨져 있었다.

'생각보다 많이 다치진 않았네.'

피가 안쪽까지 배어 있는 것으로 보아 꿰매긴 해야 할 것 같았지만, 어쨌거나 다리는 붙어 있었다. 멀쩡히 살아 있는 것만 해도 신기한데, 이만하면 천만다행이지. 다혜는 다시 한숨을 내쉬었다. 이런 것에 안도의 한숨을 내쉬어야 하는 처지가 되었구나.

'하아, 그러고 보니…….'

다혜는 퍼뜩 고개를 치켜들었다. 마지막에 큰오빠 목소리를 들었던 것 같은데! 그녀는 급히 바지를 원래대로 내리고 가렸던 커튼을 젖혔다. 민혁이 고개를 빼고 보다가 눈이 마주치곤 화들짝 놀랐다. 도대체 뭘 보고 싶은 건지 모르겠다. 비위도 약한 녀석이.

"나 여기 누가 데려온 건지 알아?"

혹시 오빠들이 날 찾은 게 아닐까? 그렇지 않다고 해도 최소한 민혁이 사람 같지 않은 정체 모를 군인들이라고 대답하지 않기만을 빌었다. 그렇다면 설명하기가 아주 곤란해질 테니까.

"너네."

"응?"

민혁은 침을 꿀꺽 삼키더니 정말 싫다는 듯 중얼거렸다.

"너네 오빠들."

그 말에 다혜의 얼굴이 반색을 하며 피어났다. 결국엔 오빠들이 자신을 찾은 모양이었다.

"정말? 오빠들 어디 있어?"

"나도 몰라. 자기들끼리 쿵짝쿵짝 하더니 하나씩 나가 버렸어.

있잖아, 다혜야, 이런 말 하고 싶지 않은데……. 너네 오빠들 말이야. 좀 이상한 것 같……."

다혜는 반사적으로 방어적이 되어 얼굴을 찌푸렸다.

"우리 오빠들이 뭘 어쨌다는 거야."

다혜가 좀 날카롭게 되묻자, 민혁이 얼굴이 발갛게 달아올랐다. 자기 걱정 때문에 이렇게 속 끓이고 있었던 사람한테 어떻게 저럴 수가 있지? 하지만 이것으로 그녀는 아무것도 모르고 있다는 게 분명해졌다. 다혜는 물론 좀 속이 상하겠지만, 그래도 오빠라고 부르는 괴물들에 대해 정확히 알고 그 악의 구렁텅이에서 빠져나와야 했다.

그가 막 입을 놀려 다혜의 속을 헤집어놓을 참에, 창문이 소리도 없이 조용히 열리기 시작했다.

다혜는 저절로 창문이 열리자 온몸에 소름이 돋아났지만 그것도 잠깐뿐이었다.

"어……?"

그녀는 어둠을 딛고 안으로 들어오는 청윤을 보고 더 이상은 아무런 생각도 할 수가 없어졌다. 제 눈으로 보면서도 그가 여기에 있다는 것을 확신할 수가 없었다. 그녀의 눈이 그녀를 속인 것이 어디 한두 번이었던가. 하지만 이렇게 일어나자마자 다시 또 환영을 보고 있는 거라면 제정신을 붙들고 살아가겠다는 의지를 아예 포기해 버리는 게 나을지도 몰랐다.

환영인지 아닌지 확인하는 것은 삼 초만 기다리면 충분했다. 다혜는 눈을 꽉 감고 속으로 빠르게 셋을 센 다음, 조급하게 다시 눈을 떴다. 그랬더니 이젠 소름 끼치게 아름다운 그의 얼굴이 바로 코앞에서 그녀를 노려보고 있었다. 그의 숨결이 그대로 느껴지는 것만 같았다. 이대로 심장이 멈출 것 같았다.

"여긴 왜……?"

내가 벌써 수백 년을 살았나? 진짜 그가 바로 코앞에 있었다. 사라지지 않고, 없어지지 않고. 조금씩 뛰던 심정이 점점 커져, 북소리처럼 고막을 쿵쿵 울려대기 시작했다.

"할 말은 그것뿐입니까?"

청윤은 차갑게 물으며 역린을 쏘아보았다. 여긴 왜 왔냐고? 보자마자 한다는 소리가 겨우 왜라니. 처음에는 어떻게, 그다음에는 왜. 모든 것을 육하원칙으로 해체하고 싶다면 못해줄 것도 없었다.

"그대가 스스로는 제명을 관리하지 못하는 것 같아 데리러 왔습니다."

"날…… 네?"

다혜는 멍하니 있다가 놀라 눈을 동그랗게 떴다. 청윤은 화가 났음에도 불구하고 그 모습에 웃음을 터뜨렸다.

"하아."

길게 한숨을 내쉰 청윤은 고개를 내려 역린의 상태를 확인했다. 내내 들끓던 속이 가라앉는 것을 느꼈다. 피를 보고자 하는 마음도 멍하니 앉아 저를 보고 있는 역린을 마주하니 누그러졌다. 두려울 정도로 한순간에 분노가 진정된다. 그만큼 내게 영향을 미친다는 뜻이겠지.

"……."

청윤은 한쪽으로만 체중을 지탱한 채 비스듬히 앉아 있는 역린을 쳐다보았다. 한쪽 다리를 다친 게 분명해 보였다. 그는 말릴 새도 없이 바지를 밀어 올렸다. 놀란 다혜가 급히 숨을 들이마시는 소리가 들렸다.

그는 사나운 눈으로 감아진 붕대를 확인했다. 붉은 피가 길게 번져 있었다. 잠깐 기세가 누그러졌던 진노는 그것을 확인한 순간 더 거세게 불붙기 시작했다. 하마터면 어이없이 역린을 잃을 뻔했다.

"아, 이건."

다혜는 얼굴을 붉히며 급하게 바지를 도로 끌어 내렸다. 상처가 아프기도 했지만, 사실 누군가에게 보여주기 좀 부끄러웠다. 다혜는 그의 손이 다시 다가오자 자기도 모르게 숨을 죽이며 움츠러들었다.

청윤은 멈칫거리더니 이내 다혜의 옷깃을 어깨 너머로 잡아당겨 버렸다. 물론 그의 커다란 몸에 민혁의 시야는 완전히 가려진 뒤였다. 민혁은 그의 등 뒤에서 안절부절못하고 있었다. 다혜는 갑작스런 그의 행동에 얼굴이 달아올랐지만 그가 상처를 살피고 있는 것뿐이라는 사실을 알고 있었기 때문에 꽁꽁 언 자세로 가만히 앉아 있었다.

"생각보다 심하군요."

다혜는 얼굴을 붉히며 시선을 떨어뜨렸다. 어쩐지 잘못이라도 저지른 기분이었다. 아니, 피해자는 난데 왜 내가 미안해지는 거지?

"괜찮아요. 며칠 자고 일어나면 아무렇지도 않아질 텐데."

다혜는 기어들어가는 목소리로 중얼거렸다. 청윤은 또 불안하게 아무 말도 안 하고 가만히 보고만 있더니, 언제 그랬는지도 모르게 손등에 꽂혀 있던 링거 주사 바늘을 빼놓았다.

다혜는 커다란 그의 손에 붙잡혀 있는 자신의 손을 멍하니 바라보았다. 그의 손은 아주…… 따뜻하고 또 놀라울 만큼 우아하게 움직였다. 그가 긴 손가락으로 피가 배어 나오는 손등의 주사 자국을 부드럽게 눌렀다. 다혜는 눈을 껌벅이며 바보처럼 그를 쳐다보고 있었다.

"나를 안아요."

그는 다혜를 품으로 잡아당기며 낮게 말했다. 부드러웠지만 이견을 허락지 않는 강압적인 태도였다. 다혜는 그 기묘한 이중성에 가늘게 몸을 떨었다. 자신을 안아주는 따뜻하고 부드러운 몸짓은 그 서리한 목소리와는 조금도 어울리지 않았다. 다혜는 자신도 모르게 그가 시키는 대로 움직이고 있었다.

청윤은 반강제적으로 역린을 품에 안고 그녀를 조잡한 침대 위에서 빼냈다. 생각했던 것보다 더 가볍고 더 작고 더 부드러웠다. 온몸이 근육 하나 없이 말랑말랑한 것 같았다. 청윤은 자신도 모르게 신음을 삼키고는 다혜의 다친 다리를 건드리지 않으려 조심하며 고쳐 안았다.

"잠깐만요! 지금 이게 무슨 짓……!"

민혁은 갑작스럽게 나타나 다혜를 안아 드는 낯선 사내에게 손을 뻗으며 항의하려 했다. 둘이 하고 있는 대화를 듣고 있자니 더 분이 났다. 기가 질릴 정도로 아름다운 사내라서 더 그랬다. 도대체 여길 어떻게 들어온 건지는 모르겠지만, 여긴 5층인데! 도대체 무슨 권리로 다혜를 데려가겠다는 거야? 데려가다니? 어디로 데려가?

"물러서라!"

주요는 겁도 없이 달려드는 민혁의 앞을 가로막았다.

민혁은 꿈을 꾸는가 싶은 표정으로 눈을 비벼댔다. 다혜네 둘째 오빠는 분명히 이 방 안에 없었는데, 그랬는데 지금은 있잖아? 귀신도 아니고 어디서 갑자기? 아니, 지금 그게 문제가 아니지. 민혁은 정신을 차리고는 다시 항의를 해대기 시작했다.

"지금 뭐 하시는 겁니까! 다친 애를 의사 허락도 없이! 그리고 도대체 저 남자는 누굽니까? 누구기에 다혜를…… 읍!"

주요는 무시무시하게 얼굴이 일그러지더니 급히 민혁의 조동이를 틀어막았다. 이 자식이 죽으려면 자기 혼자 죽지 물귀신처럼 누굴 끌어들이는지 모르겠다. 주요는 한마디만 더 하면 한 짝씩 남은 팔다리도 무사하지 못할 것이란 경고를 눈빛으로 강하게 쏘아 보냈다. 최소한 다혜 앞에서 사람 죽는 꼴을 보여줄 수는 없었다. 이미 늦었는지도 모르겠지만. 주요는 슬쩍 주군의 눈치를 살폈다. 주군은 봄꽃처럼 향염하게 미소 짓고 계셨다. 으윽, 소름 끼쳐.

"다혜의 친구분 되시나 보군요."

주군은 다정하게 말하며 민혁에게로 한 걸음 가까이 다가갔다. 민혁은 자신이 왜 그러는지도 모르는 채 반사적으로 뒤로 두어 걸음 물러섰다. 주요는 그래도 이놈이 생존 본능은 남아 있구나 싶어 대견스러운 듯 고개를 끄덕였다.

"밤늦게 정말 죄송하게 됐습니다. 다음번에 제대로 인사를 드리도록 하지요."

민혁은 예의 바른 그의 나직한 목소리에 작게 입을 벌렸다. 이상했다. 저 눈동자, 아무 감정도 읽을 수 없는 저 무채색 눈동자가 이상하게 낯설지가 않았다. 어디선가 본 듯한. 민혁은 가늘게 떨리는 손으로 목 앞쪽에 든 멍 자국을 더듬었다.

'왜, 왜 이렇게······.'

섬뜩하다. 그는 다혜의 오빠들과는 달리 위협하는 소리도 하지 않았는데, 왜······. 머릿속을 더듬던 그는 소스라치게 놀라며 그를 올려다보았다.

"어, 어젯밤!"

청윤은 입술 한쪽 끝을 말아 올린 채 몸을 돌렸다. 눈앞에 쓸모없는 벽이 그를 가로막고 있었다. 청윤은 단순한 화풀이로 그 벽을 부숴 버리곤 스스로가 약간 한심해졌다. 겨우 저런 것을 상대로 이렇게 화를 낼 이유가 없었다. 게다가 저 인간이 역린과 한방에 있게 된 원인은 그가 제공해 준 것이나 마찬가지였다. 어제 화를 조절만 했어도. 하아, 그러니 더 화가 날 수밖에.

민혁은 벽 부서지는 소리에 겁에 질려 얼어 있다가, 그가 다혜를 안고 횡하니 뚫린 벽 너머로 뛰어내리는 것을 보곤 비명을 질러댔다. 여긴 5층이란 말이다!

"넌 이 자식아, 떨어지면 죽어."

주요는 훤하게 뚫린 벽 쪽으로 달려드는 민혁의 목덜미를 잡아챘다. 그는 한심하다는 듯 혀를 찼다.

"하, 하지만!"

민혁은 다시 소리를 지르려다 다혜를 안고 있는 그가 아무것도 없는 허공 위에 떠 있는 것을 보곤 숨을 삼켰다.

"어, 어떻게?"

결국 현실 감각을 잃어버린 민혁이 힘이 풀린 듯 자리에 털썩 주저앉았다.

주요는 이젠 녀석이 약간 좀 딱해 보이기 시작했다. 어쨌거나 이놈은 자신이 방금 그의 목숨을 몇 번이나 살렸는지 죽었다 깨어나도 알지 못할 것이다. 두말할 것도 없이, 주군은 이놈을 죽이고 싶어 하셨다. 그러니 이놈이 아직까지 살아 있다는 것이 얼마나 놀라운 일인가.

다혜는 그의 품에 안겨 옷깃을 꼭 쥐고 있었다. 코끝에 맡아지는 그의 향기에 머리가 어지러워졌다. 어둠 속에서도 그는 정신을 차리기 힘들 만큼 아름다웠다, 더 이상은 아무것도 생각할 수 없을 만큼. 차라리 꿈이라고 생각하자. 내일 아침이면 다 깨어버릴 꿈이라고……. 그러니까 지금은, 그냥 지금은.

다혜는 그의 품 안으로 파고들었다. 심장이 가파르게 뛰어올랐다. 내일, 그가 또 사라져 버린 다음에, 그다음에 생각하자고 마음먹었다. 지금은 그냥 아무것도 생각하고 싶지 않아.

"무서워하지 말아요."

그는 그녀의 행동을 조금 오해한 듯싶었다.

"금방 도착할 겁니다. 좀 더 빠르게 갈 수도 있지만, 다친 몸으로 이 이상은 내키지 않는군요. 무섭더라도 조금만 참아주겠습니까?"

그가 더 꼭 끌어안아 주었기 때문에 다혜는 굳이 그의 오해를 바로잡아 줘야 할 필요성을 느끼지 못했다. 하지만 미안해졌다. 다혜는 물끄러미 그를 올려다보았다.

선이 고운 턱 선과 부드러운 살굿빛 입술, 미끈한 코와 뺨의 곡선. 유백색 살결과 부딪히는 머리카락은 밤처럼 까맣다. 아름답고 날카로운 모습. 그와 있으면 어떻게 해도 이것이 현실이란 생각은 들지가 않았다. 차라리 다행이지. 덕분에 꿈이라고 생각하기가 훨씬 편했으니까.

다혜는 그의 깊이 파인 옷깃 안쪽의 맨살과 닿지 않도록 조심했다. 때문에 상처가 압박되어 통증이 느껴지기 시작했지만, 그의 기분을 상하게 하고 싶지는 않았다. 분명히 싫어할 테니까.

행복한데 아픈 마음은 뭘까, 행복한데 울고 싶은 마음은 또 뭐지? 에잇! 그는 대체 날 왜 찾아온 거야?

다혜는 대체 날 어디로 데려가는 거냐고 묻고 싶었지만 입이 떨어지지가 않았다. 그는 분명히 경고했었다. 아무것도 궁금해하지 말라고. 그런데 이런 상황에서도 그게 적용이 되는 걸까? 어휴, 모르겠다. 다행인지 불행인지 점점 더 체력이 떨어져 이젠 생각하는 것조차 귀찮아지기 시작했다. 잘됐다. 생각하지 말아야지. 무념무상…… 자자.

청윤은 능숙하게 바람의 밀도를 조절해, 완만한 속도로 동궁의 침전 후원 위에 내려섰다. 용과 역린을 호위하며 따라온 응양군 역시 각각의 자리에 내려섰지만, 다혜는 전혀 눈치도 챌 수 없었다. 그녀의 감각 밖에서 벌어지고 있는 일이었기 때문이다. 그들은 실수를 만회라도 하고 싶은 듯 물 샐 틈 없이 역린의 호위망을 짜고 있었다.

"신요, 내일 아침 침전으로 금화를 불러들여라."

청윤은 기척을 느끼고 나와 있는 신요에게 던지듯 말하고 침전 안으로 들어가 버렸다.

신요는 주군의 뒷모습을 보다가 깊게 한숨을 내쉬었다. 어쨌거나 다행이었다. 역린은 무사한 듯했다.

"형님, 말을 해보실까?"

신요는 화를 꾹꾹 참으며 숨어 있는 주요에게 톡 쏴서 물었다. 주요는 오만상을 찌푸리며 어쩔 수 없이 모습을 드러냈다.

"아우님, 대체 뭘 말하라는 건지."

"나랑 농지거리를 하자는 거야? 그렇다면……."

주요는 얼른 손사래를 치며 대꾸했다.

"그, 그럴 리가 있어? 그냥 사고였단 말이야. 그러니까 뭘 말하라는 건지……."

"좋아하시네. 사고? 그리고 뭐야, 팔다리 사지 육신 다 멀쩡하잖아. 맙소사, 왜?"

주요는 놀라워하는 아우를 보며 오만상을 찌푸렸다. 내가 멀쩡한 게 그렇게 놀랍냐? 멀쩡하긴 내가 왜 멀쩡하겠어? 이번 사고에 주인님도 한몫 거드셨기 때문이지. 하지만 주인님 일이라면 제 간, 쓸개도 모자라서 남의 간, 쓸개까지 다 빼내줄 저놈에게 이런 말은 절대로 할 수 없었다.

"그게…… 주인님의 하늘처럼 넓으신 마음 때문이랄까."

"지랄."

한마디로 요점 정리를 해버린다, 저 씨발 새끼. 신요는 더 들을 것도 없다는 듯 만만해 보이는 군병 몇몇을 차출해선 제 갈 길로 가버렸다. 주요는 분통이 터지는지 한동안 씩씩거리다가, 주인의 침전 쪽을 힐끗 바라보았다.

침전에 노란 등촉 하나가 켜져 있었다. 다혜에겐 여러 가지로 힘든 밤이 될 것이다. 주요는 심란한 얼굴로 무겁게 한숨을 내쉬었다. 다혜가 숨겨진 재능을 발휘해서 하룻밤 만에 주인님을 사로잡는다면 얼마나 좋을까. 하지만 그러기엔,

'너무 노셨어, 크흑! 우리 주인님은 너무 노셨단 말이지.'

다혜 같은 초보자가 감당하기엔 주인님은 너무 레벨이 높아. 바랄 걸 바라야겠지. 주요는 발밑에 채이는 물낮돌을 툭 걸어찼다. 하지만 뭐, 다혜의 신력이 제대로 깨어날 정도만 돼도 충분했다. 이번 고비만 잘 넘어가면 신계에서 정말 사는 것처럼 살아갈 수 있을 테니까. 그것만 해도 어디냐. 주요는 무겁게 한숨을

내쉬었다.

✻　✻　✻

다혜는 말하자면 약간 탈수 증상에 빠져 있었다. 하루 사이에
너무 많은 일을 겪고 또 무리하게 움직인 탓일 것이다. 청윤은
침상 위에 조심스럽게 다혜를 내려놓았다. 다혜의 안색이 마음
에 걸렸지만, 이 정도 상처는 하룻밤이면 충분히 치료할 수 있었
다. 그런데도 마음이 놓이지 않는 이유를 스스로가 생각해도 도
무지 알 수가 없었다. 이것도 아마 역린의 영향일 것이다. 청윤
은 허리에 삐딱하게 손을 걸친 채 그녀를 내려다보았다.

저 손도 대기 싫은 조잡스러운 옷도 그랬지만, 상처를 휘감아
놓은 면 붕대도 전혀 건들고 싶지가 않았다. 마음이 반반이었는
데, 역린의 몸에서 모조리 벗겨내고 싶은 마음 반, 내버려 두고
신경 끄고 싶은 마음이 반이었다. 청윤은 낮게 한숨을 내쉬었다.

인계의 약재가 얼마만큼의 효과를 발휘해 줄진 모르지만, 뭐
가 됐든 역린에겐 본체와의 접촉보다 나은 것이 없었다. 본래 한
몸이었기 때문에 역린과 본체는 촉접을 하면 생체 회복력이 최
대한으로 올라간다. 하지만 그녀는 아직 순진한 몸이었고 그런
방법을 쓰기에는 무리가 있었다. 뭐, 굳이 그러고 싶은 마음도
들지 않았고.

청윤은 심드렁한 얼굴로 환자복의 헐렁한 고무줄을 손가락으
로 잡아당겼다. 다혜가 놀라 바지춤을 움켜쥐며 작게 항의하는

소리를 냈다. 아픈 주제에 잘도 거부한다 싶었다. 하지만 우습지도 않게 갑자기 그게 그의 흥미를 자극시켰다. 청윤은 입꼬리를 말아 올리며 비웃는 소리를 했다.

"무슨 생각을 하는 건지, 내가 그대를 어떻게 할까 두렵기라도 한 겁니까?"

그의 말뜻을 알아들은 다혜가 거칠게 숨을 몰아쉬었다.

"나도 그다지 내키는 일은 아니니 걱정할 것은 없습니다. 이런 식으로 힘겨루기를 할 생각이거든 다 나은 다음에나 하도록 하세요. 그대가 아프면 나도 곤란해지니까."

다혜는 그의 짜증스러운 말투에 저도 모르게 바지를 잡고 있던 손에서 힘을 놓아버렸다. 하지만 열이 얼굴로 다 몰리는 것 같았다. 그녀는 눈을 둘 데가 없어 고개를 돌리고 벽만 쳐다보았다. 그리고 벽의 재질이 무엇인지에 대해 모든 신경을 쏟기 시작했다. 아니, 반만, 어쩌면 또 그 반만……. 으으…… 제발 다시 기절하게 해주세요. 다혜는 냉수라도 떠놓고 빌고 싶은 심정이었다.

청윤은 작게 웃음을 터뜨리며 역린을 내려다보았다. 이렇게 바보같이 순진할 수가 없었다. 이 조잡스러운 바지가 어찌나 헐렁한지, 사실은 벗길 필요도 없었으니까. 발목부터 위쪽으로 밀어 올리는 것만으로도 충분했다. 하지만 이 옷에 계속 손대지 않고 치료를 끝내려면 그냥 빨리 벗겨 버리는 수밖엔 없었다. 완전히 접촉을 하지 않고 몸을 회복시키려면 날이 밝도록 안아줘야 할 테니까. 청윤은 짜증스러운 듯 다시 한숨을 내쉬고는 단숨에 바지를 끌어 내렸다. 그리고 더 건들이기도 싫은 듯 침실 구석으로 던져 버렸다.

'내가 대체 왜 이런 짓까지 해야 하는 거지?'

하지만…… 흠음. 청윤은 침상 한쪽에 무릎을 걸치고 몸을 기울였다. 생각보단 꽤 예쁜 몸이었다. 그의 눈길이 배 속같이 하얀 여인의 살결과 가는 허리에서 조그마한 엉덩이로 이어지는 둥근 곡선을 스쳤다. 예뻐, 하지만 평범했다. 그러니 이런 것이 가지고 싶어지는 스스로의 열기는 짜증을 부채질할 뿐이었다. 청윤은 그녀를 향한 욕정을 받아들이지 않고 밟아 눌렀다. 그의 시선이 허벅지에 감아놓은 조잡스러운 붕대로 향했다.

"아픕니까?"

건조한 그의 물음에 다혜는 대답하는 대신 울 것 같은 얼굴로 몸을 움츠렸다.

"걱정하지 말아요, 금방 낫게 해줄 테니."

감정 없는 위로의 말을 얻어 듣는 것 같았다. 다혜는 얼핏 그가 이 상황을 몹시도 싫어하고 있다는 사실을 느낄 수가 있었다. 하지만 그녀의 생각은 그의 입술이 허벅지 안쪽에 닿는 순간 흔적도 없이 허물어져 버렸다. 그녀는 놀라 몸을 버둥거리기 시작했다. 그러자 청윤은 전혀 도망칠 틈을 주지 않으며, 대신 가만히 달랬다.

"쉬, 진정해요. 그대와 나는 연결이 되어 있어 약보다는 이편이 회복이 빠르답니다."

그의 말뜻을 이해할 수 없었고, 지금 이 상황을 아무렇지도 않게 받아들일 수도 없었다. 다혜는 고개를 저어댔다.

"나, 난……!"

"조용, 내가 치료를 마칠 수 있도록 날 도와주겠어요?"

다혜의 상처를 훑으며 청윤이 낮게 말했다. 마치 그녀에겐 선택의 여지 따윈 없다는 듯이. 하지만 필요한 것 이상으로 닿지 않도록 조심하며 그렇게 그는 말로써 그녀를 억눌렀다.

"어깨를 보도록 하지요."

청윤에게 휘말린 다혜는 대꾸할 힘조차 없었다. 그의 손이 환자복 상의를 벗기고 아무것도 입지 않은 자신의 나신이 그의 시선 앞에 송두리째 드러났다는 사실을 인지하기 전까진.

"아, 안 돼! 하, 하지……."

청윤은 다혜의 다친 어깨에 입술을 가져다 대며 그녀의 항의를 무시했다. 그녀의 순진한 반응은 꽤나 귀여워, 그를 즐겁게 해주고는 있었다. 하지만 그뿐이었다. 청윤은 등을 침상에 대고 누우며 다혜를 자신의 배 위에 올려놓았다. 다혜의 봉긋한 가슴이 그의 단단한 가슴에 부드럽게 눌리자, 청윤은 그 말랑한 감촉에 화가 나 사나운 소릴 냈다.

"가만히 있어, 나라고 좋은 건 아니니까."

"그럼 그냥 내려주면 되잖아요!"

다혜는 남은 힘을 긁어모아 소리를 지르며 그를 밀어냈다. 하지만 그의 팔이 단단하게 그녀의 허리를 붙잡고 내리누르고 있었다. 그는 다시 짜증스러운 듯 한숨을 내쉬었고, 다혜는 이제 그 얄미운 입을 틀어막고 싶어졌다.

"내 말을 하나도 듣지 않은 모양이지요? 그대를 안전하게 회복시키려면 나도 어쩔 수 없어. 그러니 이런 꼴 당하기 싫으면 앞으론 절대 다치지 않도록 조심해요. 나도 밤새도록 그대를 안아 줘야 하는 이 상황이 성가시기 짝이 없으니까!"

다혜는 씩씩대며 그를 노려보았다. 눈물이 핑 돌 정도로 자존심이 상했다. 그녀가 지금껏 가졌던 수많은 악몽을 다 합쳐 놓는다 해도 이보다 지독할 수는 없었다.

맞닿아 있는 곳에서 흐트러진 그의 모습은 숨을 쉴 수 없게 했다. 늘어져 누운 검은 머리카락이 등롱 빛을 쪼개며 흐트러져 있고 손끝엔 그의 벌어진 옷깃이 만져졌다. 다혜는 자신의 가슴이 그의 맨가슴에 닿아 있다는 사실이 도무지 견딜 수가 없었다. 얼마나 심장이 뛰는지 그도 다 느낄 것이 분명했다.

어떡해야 하지? 다혜는 눈물을 꼭 참으며 두 눈을 감았다. 그의 품에 고개라도 기대 자려고 노력해 봐야 할까? 아니면 이대로 그의 가슴을 밀어내며 조금이라도 떨어져 있으려고 노력해 봐야 할까? 대체 어떻게 해야 해?

자신과는 다르게 그는 이런 상황이 아무렇지도 않은 듯했다. 다혜는 그 비슷하게 흉내라도 낼 수 있다면 얼마나 좋을까 하고 바랐다.

"노력해 봐요, 자고 나면 이 상황에서 벗어나 있을 테니까."

퍽이나 위로가 되는 말이었다. 다혜는 결국 그의 가슴에 머리를 기대며 코를 홀짝였다. 코끝에서 느껴지는 그의 체취가 머릿속을 어지럽게 했다. 결국 울음을 터뜨릴 것 같았다.

"머리…… 한 대만 때려서 기절시켜 주세요."

차라리 그게 나을 것 같았다. 다혜는 그의 옷깃을 꽉 움켜쥐고
울먹이며 중얼거렸다. 다신 다치지 말아야지. 다신 절대로 다치
지 않을 거야! 다혜는 그의 손이 올라가는 것을 보고 겁을 먹으며
몸을 움찔거렸다.

청윤은 호되게 뒤통수를 때려주는 대신 작은 머리를 툭툭 쓰
다듬어 주었다. 하지만 다혜는 겁먹은 작은 새처럼 쉬이 긴장을
풀지 못했다. 체력이 바닥으로 떨어진 상태에서 이러다 정말 기
절이라도 하는 게 아닌지 모르겠다.

그는 가벼운 깃이불(새털을 넣어 만든 이불)로 다혜의 몸을 덮어
주었다. 그리곤 조금 지친 얼굴로 한쪽 팔을 이마에 얹은 채, 그
녀의 등허리를 토닥여 주었다. 그녀의 몸이 조금씩 풀어지는 것
이 느껴졌다. 결국 다혜는 다 포기하고 자기로 한 것 같았다. 숨
소리가 점점 낮아지며 규칙적으로 오갔다. 하지만 청윤은 잠이
올 것 같지는 않았다. 머릿속이 약간 어지럽다. 한 대만 때려달
라니…….

'차라리 기절하는 게 나을 정도로 내 품 안이 싫다는 뜻인
가?'

그의 아름다운 미간이 찌푸려졌다. 하지만 이상하게, 정말 이
상할 정도로 그녀와 닿아 있는 것이 기분 좋았다. 정말이지 화가
날 정도로.

다음날, 다혜는 잔뜩 불만에 차 있는 청윤과 만났다. 처음 눈

을 떴을 땐, 습관적으로 또 꿈을 꾸고 있다고 생각했었다. 그러나 손아래에서 만져지는 단단한 그의 몸과 자신을 비스듬히 바라보고 있는 그의 시선에서 그녀는 드디어 이 모든 게 꿈이 아니라는 사실을 인지할 수 있었다. 그의 시선에 가득한 불만은 읽은 다혜는 황급히 중얼거렸다.

"내, 내가 너무 오래 이러고 있······."

다혜는 말끝을 흐리며 그의 위에서 내려오려고 했다. 그가 방해하지만 않았어도 성공했을 것이다. 청윤은 몸을 돌려 다혜를 침상 위에 눕히고 자신과 위치를 바꾸었다. 눈을 동그랗게 뜨는 다혜와 그녀의 순진함이 괘씸하기 짝이 없었다. 어쩜 그리 잘도 자던지, 그는 한숨도 못 자는 사이에 말이다.

"얼마나 회복되었는지 한번 보도록 하죠."

그의 뜨거운 숨이 아래로 내려가며 다쳤던 다리를 들어 올리자 다혜는 작게 비명을 질러댔다. 비명 소리조차 귀엽다는 생각에 청윤은 짜증이 치밀었다. 하얗고 말간 허벅지는 깨끗하게 나아 있었다. 청윤은 좀 세게 다 나은 허벅지를 물어버렸다.

"꺄악!"

청윤은 심술궂게 말하며 입술을 말아 올렸다.

"다 나았군요."

다혜는 울먹거리며 그를 올려다보았다. 그는 몹시도 사납게 굴었고, 대체 왜 문 건지 알 수가 없었다. 신족은 아침이 되면 사나워지는 걸까?

"걱정하지 말아요, 난 육식종이 아니니까."

청윤은 몸을 낮춰 으르렁거리며 말했다. 다혜는 전혀 안심이
되지 않는 그의 말에 가늘게 몸을 떨었다. 청윤은 다혜의 턱을
붙잡아 자신을 보게 만들었다.

그녀는 경계하며 그의 눈빛을 더듬었다. 청윤은 또 충동적으
로 다혜의 발간 입술을 긴 손가락으로 쓸었다. 그러다 그의 손이
다혜의 뒷목을 움켜쥐며 거칠게 끌어 올렸다. 놀란 다혜의 눈이
동그랗게 커진다. 청윤은 위압적으로 다혜의 눈을 내려다보며
그녀의 호흡을 음미했다. 어제 밤새도록 안아주는 게 아니었는
데. 만족스러운 기분은 금세 흩어지고 그녀가 잠결에 뒤척일 때
마다…… 정말이지 미치는 줄 알았다.

"수하들이 기다리고 있기 때문에 난 잠시 밖에 나갔다 와야 합
니다. 그대는 얌전히 방 안에서 날 기다리고 있도록 해요. 그대
의 식구들이 그대를 만나기 위해 올 것입니다. 아침은 그들과 함
께하도록 하지요."

청윤은 그녀를 놓아주며 건조하게 말했다. 다혜는 깃이불을
끌어안은 채 냉큼 그에게서 도망쳤다. 청윤은 팔짱을 끼고 삐딱
하게 그런 그녀를 내려다보다가 충동적으로 툭 던져 말했다.

"계속 내 방에서 함께 지내야 할 텐데, 익숙해지려고 노력은
좀 해보시지요."

"네? 왜요?"

자신이 무서워하고 있었다는 것도 싹 다 잊은 듯 그녀는 눈을
크게 뜨고 소리를 질러댔다. 청윤은 고개를 기울이며 심술 맞게
씨익 웃었다. 예전부터 좀 느꼈던 건데 그녀는 자신과 함께 있는

걸 좋아하는 것 같지가 않았다. 그게 또 왜 이렇게 자신의 성질을 돋우는지를 모르겠다.

"왜냐하면 그대를 해친 괴물이 어디까지 스며들어 왔는지 내가 모르기 때문이지."

무슨 말을 듣던 단박에 항의하려던 다혜는 하얗게 질린 채 입을 달싹거렸다.

"또, 또 있어요?"

청윤은 침상에서 몸을 일으키며 힐긋 다혜를 바라보았다. 다혜는 조마조마한 얼굴로 그의 대답을 기다리고 있었다. 저 여자는 자신이 가진 게 얼마나 중요한 것인지 모르고 있었다. 남궁은 이번 기습의 결과로 동궁의 역린이 인계에 있다는 확신을 얻었을 테고, 나와 북궁의 혼약 여부와는 상관없이 수색을 포기하지 않을 것이었다. 모험을 걸기엔 위험부담이 너무 컸다. 청윤은 간단히 대답했다.

"수천 마리는 될 겁니다."

다혜는 충격을 받았는지 얼굴이 하얗게 질려갔다.

"내겐 적이 많다고 경고했지 않습니까. 그런데 한밤중에 혼자 집 밖으로 뛰쳐나가다니. 도대체 무슨 생각을 한 건지, 원."

그는 뻐근한 뒷목을 주무르며 지나가듯 중얼거렸다. 일부러 그러는 것 같기도 했다.

"그건!"

다혜는 뭐라 항변하려다 입을 꾹 다물고 말았다. 대신 작게 투덜거렸을 뿐이다.

"야간 외출을 해선 안 된다는 조항은 없었잖아요."

청윤은 곁눈질로 다혜를 노려보았다.

"물론 그건 그저 상식일 뿐이지요."

또…… 화가 치민다. 그렇다는 말은 예전에도 그렇게 밤에 나돌아 다녔다는 뜻일 텐데. 누구하고, 대체 왜? 밤에 무슨 일로 집 밖을 돌아다닌 거지? 다혜는 화가 난 그의 기색을 읽지 못하고 자포자기한 얼굴로 한숨을 내쉬었다.

"희한한 상식이네요. 그럼 도대체 언제까지 여기 있어야 한다는 거예요?"

그에게 이런 말을 묻게 될 날이 올 줄이야. 정말 미치겠다. 다혜는 그의 관능적인 자태를 보다가 눈을 꼭 감고 끙끙거렸다. 짜증 나, 정말! 저 아름답고 위험한 생물체를 여자들 사이에 풀어놓는 건 완전히 범죄라구!

"안전해질 때까지."

"그게 대체 언젠데요?"

그는 피식 웃으며 대답했다.

"그거야 나도 모르지."

다혜는 이 가는 소리를 내며 이불을 머리끝까지 뒤집어써 버렸다.

"좋아요, 다른 방 주세요."

다혜는 스스로를 진정시키며 말했다. 하지만 청윤은 이번에도 간단하게 대답했다.

"안 돼."

"왜요!"

다혜는 결국 다시 벌떡 일어나며 버럭 소리를 질렀다.

"여기가 제일 안전하니까."

청윤은 다신 토 달지 말라는 듯 위협적인 눈빛으로 경고했다.

"부탁인데…… 귀찮게 굴지 말아요, 아가씨. 이유는 다녀와서 설명해 줄 테니까 얌전히 있도록 하고. 설마 내가 그대와 한방에서 지내고 싶어 이런다고 생각하는 건 아니겠지? 나도 그대 못지않게 이 상황이……."

"싫으시겠죠."

다혜는 청윤의 말을 뚝 잘라먹으며 베, 하고 혀를 내밀었다. 청윤은 한 대 쥐어박고 싶다는 얼굴로 그녀를 내려다보았다.

"다녀오지요."

청윤이 참고 몸을 돌리는데 다혜가 다급하게 소리를 질렀다.

"내 옷은 주고 가요!"

"옷? 난 거적때기밖에 못 봤는데?"

그는 어젯밤 본인이 집어 던졌던 다혜의 바지를 일부러 발로 밟고 지나가며 여유작작하게 대꾸했다. 다혜는 그런 그를 보며 멍하니 입을 벌렸다. 그가 이런 성격이었을 줄이야, 전혀 생각도 못했었다. 저 좋을 대로 존댓말을 했다가 반말을 했다가 하는 것도 모자라 이런 심술 맞기 짝이 없는 성격이라니?

다혜는 밟힌 바지와 그의 등짝을 번갈아가며 보다가 얼굴이 새빨갛게 달아올랐다.

"이, 이 심술!"

청윤의 입가로 길게 웃음이 번져 갔다. 침방에서 걸어 나가며 그는 금어족 동궁항아들의 시중을 받아 의전을 새롭게 갈아입었다. 신요가 벌써 한 시진(時辰:두 시간)전부터 그를 기다리고 있었다.

※　※　※

"북궁왕(北宮王)께서 이미 비씨(妃氏)를 보내셨다는 전갈입니다."

신요는 퉁명스럽게 중얼거리며 소리말을 주인께 올렸다. 붉은 비단 위에 약 한 치(약 3cm) 길이의 작은 보갑(寶匣)이 올려져 있었는데 반금색(半金色)이 칠해진 속 안은 텅 비어 있었다. 청윤은 그것을 들어 올리며 말했다.

"아침부터 좋은 소식이군, 그래."

또 속모를 소리를 하는 주인 때문에 신요는 머리가 다 지끈거렸다. 그는 어제 군병들과의 따사로운 면담을 통해 인계에서 있었던 일을 대충 다 들은 참이었다. 역린은 신계에서 머물게 될 것이다. 남궁을 교란시키는 데 실패했다면 선택의 여지는 없었다. 하지만 그렇게 되면 비씨와 역린을 이 궁에서 함께 모셔야 된다는 소린데, 대체 어떡하라고?

주인은 머리가 복잡한 그를 무시한 채 보갑의 뚜껑을 열었다. 그러자 빈 보갑 속에서 실타래처럼 말려 있던 한 뭉치의 바람이 풀려 나오며 속에 담긴 말을 동궁왕의 귓가에 속삭였다.

"흠, 꽤나 급했나 본데?"

청윤은 주의 깊게 소리말을 듣고는 보갑의 뚜껑을 닫았다. 신요는 탁 하고 주인이 보갑을 내려놓는 소리에 상념에서 깨어났다.

"얼마 안 있으면 도착하겠군. 준비는 잘되어 가느냐."

"⋯⋯예."

청윤은 그의 불퉁거리는 대답에 웃음을 터뜨렸다.

"얼굴에 불만이 가득하구나. 하고 싶은 말이 뭐지?"

"제가 무슨 할 말이 있겠습니까. 다만 역린과 왕후가 서로 다르니, 역린을 어찌 대해야 할지 혼란스러울 뿐입니다. 게다가 한 지붕 밑에서 말입니다."

주인은 고개를 기울이며 갸름한 턱 선을 긴 손가락으로 쓸어내렸다. 그 문제에 대해서 본인도 생각을 하고 계신 듯했다. 자신의 사소한 불만에 신경을 써주시는 걸 보니 오늘은 기분이 좋으신 모양이었다. 요 근래 들어 주인의 기분은 계속 하한가를 치고 있었기 때문에 신요는 수상쩍게 생각하지 않을 수가 없었다. 갑자기 왜 저리 기분이 좋아지신 거지? 수상해, 수상해. 혹시 어젯밤에⋯⋯.

"오늘은 네가 날 놀리고 싶은 모양이구나."

신요는 주군의 온화한 미소를 보고는 정색하며 손사래를 쳤다.

"제가 감히 그럴 리가 있겠습니까."

속생각까지 읽어내는 듯한 주군의 날카로운 시선이 그에게 닿았다가 무심히 지나갔다. 신요는 몰래 긴장된 숨을 내쉬었다. 주군을 오랫동안 모셔온 자들일수록 더욱 주인을 두려워했으며, 또 그만큼 그를 충애(忠愛)하였다. 덕분에 동궁의 군사들은 광신도 집단이라는 말까지 듣고 있었지만, 그만큼 주군을 향한 믿음이 절대적이라는 뜻이기도 했다. 역린의 일이라면 이렇게 너 나 할 것 없이 안달복달하는 이유는 모두 다 주군 때문이었다. 역린은 그들이 주인을 잃게 만들 가장 큰 가능성을 가진 존재였다.

"다만 신은 주군의 휴복(休福)을 바랄 뿐입니다. 역린과 비씨를 한 궁에 두면 문제가 생길 것입니다. 주군께서도 내궁의 체계가 역린을 중심으로 짜여 있다는 사실을 알고 계시지 않습니까. 한 지붕 밑에서 소란 없이 두 분을 모시지는 못할 것입니다."

벌써부터 누가 본처냐를 두고 항아들끼리 입씨름을 하고 있었다. 그저 순리대로 역린을 왕후의 자리에 앉히면 좋으련만, 이런 말을 꺼냈다간 또 벼락이 칠 테지. 신요는 한숨을 내쉬다가 주인의 물음에 얼어붙고 말았다.

"밖에다 둘까?"

"……비씨를 말입니까?"

신요는 희망을 갖고 물었다. 청윤은 어깨를 으쓱거렸다.

"아니, 역린을."

신요는 가만히 제 주인을 올려다보았다. 가끔은, 정말이지 가끔은 주인을 해부해 보고 싶은 욕망이 불쑥불쑥 솟곤 했다. 정말

용이 맞긴 맞는 걸까? 아무리 한 궁에 둘 수 없다고 해도 그렇지, 어찌 저리 말이 쉽게 나오시는지. 그러다 또 무슨 일이라도 생기면 어쩌시려고!

"차라리 왕후전을 밖으로 옮기시길 청하겠습니다."

"여오가 난리를 칠걸?"

청윤이 곤란한 척하며 말했다.

"그러니 부수장을 불러 청응(靑鷹)의 문을 열 준비를 하라고 일러둬. 나는 그동안 매를 길들여 놓을 테니까."

주인의 눈빛은 차고 날카로웠다. 이견을 허락지 않는 주인의 명은 또 그렇게 분명하였다.

동궁 안에는 역린의 자리가 없다.

그녀를 위한 모든 것들이 동궁에서 떼어져 하늘 위 청응으로 옮겨질 것이다. 인계를 대신해, 이미 백여 년간이나 잊혀져 있던 청룡 일족의 옛 안식처로. 주군께선 그렇게 역린마저 잊고 싶으신 걸까.

"길들여 놓겠다 하심은?"

신요의 조심스러운 질문에 청윤은 지나가는 듯 대답했다.

"눈을 가리고 나는 법을 가르치겠다 하는 것이다. 한방에 두고 가르치는 동안 역린의 보호를 철저히 해라. 하지만 그녀는 이곳에 없는 것이다."

청응으로 올라가려면 어느 정도 신력이 깨어나야 했다. 혼례는 며칠 남지 않았고, 그 안에 역린을 떼어놓으려면 최대한 빨리 신력을 깨워놔야 했다. 하는 수 없이 며칠 동안은 그녀를 한방에 두는 수밖에.

"벌써 발현이 일어나기 시작했으니 오래는 안 걸릴 거다. 그러니 올려 보낼 준비가 늦어지면 내가 좀 짜증이 나겠지."

"당장 시작하겠습니다."

재각 나오는 신요의 대답에 청윤은 미소를 지어 보였다. 그리고 그것으로 이 대화의 종지부를 찍고 다른 사안으로 주제를 바꿨다.

"수색 경과는?"

신요는 눈치 빠르게 주인의 물음에 답했다.

"연골어강족의 잠입을 눈치채지 못한 이유가 있었습니다. 그것들이 동향에서 사냥을 한 흔적이 없습니다."

"금식이라도 했단 말이야? 핏물 밴 고기라면 사족을 못 쓰는 그것들이?"

주인은 재미있다는 듯 물었다.

"그것이 아니라, 인간들을 사냥했던 모양입니다. 인계에서 그 흔적이 계속 발견되고 있습니다."

"인간을?"

신요는 고개를 끄덕이며 계속 말을 이었다.

"예, 그것도 상당수입니다. 흔적이 줄곧 해안을 따라 올라왔기 때문에, 역린께서 그것들과 마주친 것도 충분히 가능성 있는 일이었습니다."

청윤은 신요의 눈을 직시하며 일부러 천천히 끌며 말했다.

"알려줘서 고맙구나."

신요는 한차례 헛기침을 하고는 말꼬리를 돌렸다.

"만약 우리 군이 인계에서 주둔하고 있지 않았다면 한 마리도 잡지 못했을 것입니다. 이미 이런 사태에 대해 주의를 받았는지 낌새를 채자마자 뒤도 돌아보지 않고 도망을 치더군요."

"인계라……."

청윤은 걸터앉은 홍색 양수궤(兩袖机:양쪽에 서랍 등이 달린 책상) 위를 톡톡 두들겼다.

"동해의 인간이 특별히 더 맛있어서, 내 군사들의 눈을 피해 이 먼 곳까지 사냥을 나온 것은 아닐 테고. 흐음, 어디에 두었지?"

"궁전 감옥에 가두어놓았습니다."

신요는 주인의 눈동자에 즐거운 기색이 배는 것을 보고 고개를 절레절레 흔들었다. 솔직히 말하자면, 식습관 유별난 남방의 육식종들보다 주인 쪽이 더 끔찍한 구석이 있었다.

남방 적색 연골어강 일족은 그 유별난 식습관만큼이나 유별난 생태적 습관으로도 유명했는데, 여왕을 중심으로 집단생활을 하는 것은 벌[蜂]을 닮아 있었고, 교접(交接) 상대를 잡아먹어 산란(産卵) 때의 양분으로 삼는 것은 사마귀를 닮아 있었다. 알을 낳을 수 있는 것은 생식기능을 가진 여왕뿐이었는데, 어떤 일족의 사내와 결합을 해 새끼를 낳든 연골어강족의 계집아이밖에는 태어나지 않았다.

한동안 이러한 그들의 섭식과 산식은 베일에 가려져 있었다. 신요는 자신들의 주인이 그것을 밝혀내는 데 적지 않은 일조를 했다고 단언할 수 있었다.

때론 단순한 화풀이가 아닌가 의심스러웠던 주군의 군사적 탐구생활은 남향과의 전쟁 내내 가속화되었다. 육식을 선호하는 그들의 식습관은 그런 주군의 탐구생활에 불을 붙였는데, 전쟁 내내 그것들의 먹잇감으로 동궁의 신민이 죽어 나간 탓이었다.

신요는 몸을 가늘게 떨며 고개를 휘휘 저어댔다. 생각을 말아야지.

"그럼 내 영역엔 무슨 볼일이었는지 가서 들어보기로 할까."

청윤은 부드럽게 미소 지으며, 걸터앉아 있던 양수궤에서 몸을 일으켰다. 신요는 시체 치울 것을 걱정하며 작게 한숨을 내쉬었다. 물론 그것의 마지막 남은 살점 하나까지도 간절히 원하는 주인의 애완용 괴물들이 득실대긴 했지만, 먹이를 주러 가는 일은 정말이지 질색이었다.

❋　❋　❋

같은 시각, 남해용궁의 전(殿).

은은한 연옥빛이 감도는 창백한 피부의 여인이 도톰한 황아(黃芽:금을 두드려 종이처럼 얇게 만든 것) 위에 돋을새김된 글자를 읽어 내려가고 있었다. 핏물이 응혈된 듯한 그녀의 붉은 눈은 몇 번이고 읽어 이젠 아예 외워 버린 글자를 다시 한 번 샅샅이 뒤졌다. 그렇게 하면 그 이면에 숨은 진실이 보이기라도 할 듯.

"흥!"

그녀는 더 이상 화를 참지 못하고 황아를 구겨 구석에다 던져 버렸다.

이제는 여왕이 된 연골어강 일족의 공주, 어린화였다.

식사 감으로 묶여 있던 먹잇감 하나가 그녀의 노기에 놀라 숨을 죽이며 울음을 터뜨렸다.

꼴 같지 않아서 정말. 시끄러워서라도 저놈부터 얼른 먹어 치워야겠다. 먹을 것이 부족해 아껴두고는 있었지만, 저 울음소리 때문에 두통에 시달리느니 차라리 허기에 시달리는 게 나을 것 같았다. 그녀는 미간을 누르며 한숨을 내쉬었다.

'동궁왕의 성격으로 미루어 보아, 역린은 분명 인계에 있을 것이라 생각했는데.'

그녀가 구겨 던져 버린 황아는 혼례 전 연찬(宴饌)에 참석해 달라는 동궁왕의 초대장이었다. 물론 의례적인 것일 뿐이었다. 누구도, 심지어 저것을 보낸 동궁왕조차도 일시적 정전 중인 적국의 왕이 그 연찬에 참석할 것이라곤 기대하지 않았다.

우습지도 않은 그 초대장에는 신부의 이름도 빠져 있었다. 북향의 여식이라는 말만 빼면 말이다. 북향의 여식? 북향의 여식이라니? 북향에 사는 신족 계집을 몽땅 모아놓으면 나라 하나를 세우고도 남겠다. 물론 이건 고의로 남궁을 무시하는 처사에 불과할 뿐이었다.

어린화는 분통을 터뜨렸다.

'신부라고 해봐야, 북궁왕의 동생인 백리(白狸) 공주일 테지.'

그녀는 생각에 골몰하며 미간을 찌푸렸다.

백리 공주는 현재 북궁의 권좌를 차지하고 있는 여오족의 단 둘뿐인 직계 혈통이었다. 그러니 북향에서 혼례를 통해 백리 공주보다 동궁왕에게 더한 것을 가져다 줄 수 있는 존재도 없었다. 물론 그 오만하기 짝이 없는 동궁왕은 원한다면 그를 오매불망 쫓아다니는 천궁의 공주까지도 손에 넣을 수 있을 테지만.

"오판이었던가."

하지만 어린화는 그렇게 오만한 자가 신족 여인을 역린으로 맞이하진 않을 것이라 자신했었다. 그는 필요 이상으로 머리가 좋았고, 그런 자가 흔히 그렇듯 자신을 맹신하는 경향이 있었다.

그는 자신의 치세에 상관할 힘이 조금도 없는 인간 계집을 역린으로 맞이할 가능성이 농후했다. 그만큼 오만방자한 놈이었다. 그런데 이것을 보라, 북향 계집과의 혼례를 알리는 초대장이라니? 그를 너무 과대평가했단 말인가. 이렇게 되면 그간 공들여 세워놓은 계획이 물거품이……

"어머니, 동향으로 보냈던 아이들이 돌아왔습니다."

어린화는 문밖에서 들려오는 소리에 반색하며 일그러졌던 얼굴을 풀었다.

"데리고 들어오라."

"예."

어린화는 자신의 앞으로 걸어 들어오는 아이들의 몰골에 이를 갈았다. 죽다 살아왔는지 성한 곳이 하나 없었다. 이미 예상했던 일이지만 속이 쓰렸다. 전대 여왕이 죽고 그 충격으로 대다수의 성체 계급이 시름시름 앓다 어머니를 따라 죽었다. 이제 막 어머니의 자리를 물려받은 어린화는 더 이상 동궁과의 전쟁을 수행할 여력이 없었다. 전쟁은커녕 일족의 생존까지도 위험한 상황이었다.

남궁왕과 혼인을 했기에 남궁의 신민을 잡아먹을 수도 없었고, 겨우 정전을 한 동궁의 신민을, 또 아니면 지난 전쟁에서 중립을 선언해 준 서궁의 신민을 잡아먹을 수도 없었다. 그 뒷감당을 할 능력이 없었다는 소리였다. 덕분에 그야말로 굶어 죽을 지경이었다. 동맹 일족 몇몇을 몰래 잡아먹었다가 사단이 날 뻔한 뒤론 더욱 그러했다.

그런 상황에서 산란은 꿈도 꿀 수 없었다. 그랬던 그녀를 살린 것은 인계의 인간들이었다. 게다가 놀라운 것은 인간과 교접해 낳은 아이들도 신족과의 사이에 낳은 아이들 못지않다는 점이었다. 그녀가 먹잇감으로 골치 아픈 신족에서 인간들로 눈을 돌린 것은 어찌 보면 당연한 일이었다. 그러다 보니 생각이 들었다.

그녀 말고 인간에게로 눈을 돌린 신족이 또 있지는 않을까?

"갔던 일은 어찌 되었느냐."

어린화는 조급하게 물었다.

"예, 어머니……."

부상으로 체력이 떨어진 아이가 반쯤 풀린 눈으로 일을 보고하기 시작했다. 어린화는 한마디도 놓치지 않으려는 듯 의자 앞으로 몸을 기울인 채 신경을 곤두세웠다.

"동궁왕의 역린을 찾았다고? 인계에서?"

어린화는 믿기지 않는 듯 눈을 커다랗게 떴다. 그녀의 목을 졸라대던 짜증이 순식간에 가시는 기분이었다.

"예, 어머니."

어린화는 그 사실을 곰곰이 생각해 보다가 아차 싶은 생각에 커다랗게 웃음을 터뜨렸다.

"세상에! 그 교활한 놈한테 또 속을 뻔했구나!"

북향의 여식, 북향의 여식! 속임수에 불과할 뿐이었어.

"그래, 신족 여인을 왕후로 받아들인다고 해도 그녀가 역린만 아니라면 두려울 게 없겠지! 신족 여인과의 혼례로 취할 수 있는 이득은 모조리 취하고, 역린은 역린대로 숨겨둔다? 그래, 나쁘지 않아."

어린화는 옷소매로 입가를 가리고 한참을 키득대며 웃었다. 연골어강족의 아이들은 어머니께서 즐거워하시는 모습에 따라 미소를 지었다. 어머니는 그녀들의 혼이나 다름없었다. 명령은 절대적이었고 기쁨은 목숨과 바꾸더라도 아깝지가 않았다.

"좋아, 아주 잘되었다. 그럼, 그건 그렇고."

어린화는 웃음을 뚝 그치며 날카롭게 눈을 빛냈다.

"그것은…… 버렸느냐?"

어린화는 더러운 것을 말하듯 껄끄러워하며 얼굴을 찌푸렸다. 설마 자신의 배에서 그런 것이 태어날 줄이야. 그것을 낳다 죽을 뻔한 생각을 하면 아직도 이가 갈렸다. 남궁왕과의 처음이자 마지막 교접으로 낳은 새끼였는데, 불길하게도 사내아이였다. 사

내아이라니? 세상에, 어찌 그런 게 나올 수가 있단 말인가. 역시
교접 상대를 먹지 못해 생긴 탈임이 분명했다.

"예, 어머니. 명하신 대로 동궁의 영역에 버렸습니다. 한
데…… 동궁왕의 역린이 알을 주워서……."

어린화는 아이의 말에 작게 입을 벌렸다.

"동궁왕의 역린이 그것을 주웠다고?"

하, 어쩌면 손도 쓰기 전에 역린을 해치울 수도 있겠다. 분명
태어나자마자 눈에 보이는 모든 것을 먹으려 들 테니까. 제 어미
를 제외하곤 말이지. 하지만 어린화는 고개를 저었다. 그녀는 그
것이 살아 있을지 모른다는 가능성만으로도 끔찍스러웠다. 그것
은 불길한 징조였다.

"왜 일찌감치 처리하지 못하고 동궁왕의 역린이 그것을 줍게
만들어!"

아이는 어머니의 노기에 목을 움츠렸다. 어린화는 화를 내리
누르려 애썼다. 괜히 화를 내봐야 배만 더 고파질 뿐이었다. 아
이들의 생각이야 뻔해, 그것을 죽이다가 자신들에게 저주가 될
까 두려웠던 게지. 어린화 자신도 똑같은 이유로 그것을 아이들
에게 쥐어주곤 동궁으로 쫓아 보냈던 것이다. 동궁왕의 역린을
찾으라는 이유도 있었지만, 당시에는 그 끔찍스러운 백색 알을
처리하는 것이 더 컸었다.

"됐다. 동궁왕의 병사들이 어련히 알아서 처리했겠지."

어린화는 약간 찝찝한 기분을 무시하며 중얼거렸다. 사실 이
럴 것도 없었다. 동궁왕의 군사들이 미치지 않고서야 연골어강

족의 알을 역린 곁에 놔두었을까. 발견하자마자 처리했을 테니 오히려 고맙다고 해야겠지. 일반적인 연골어강족 알과는 좀 다르게 생기긴 했지만 그게 뭔지 못 알아볼 정도로 동군이 바보 천치는 아니었다. 어린화는 그 생각을 그만 접고 인계에서 발견됐다는 역린에게로 집중했다.

"그만 가서 남궁왕께 전하라, 모든 것을 계획대로 진행하시라고."

"알겠습니다, 어머니."

어린화는 아이들을 물리고 천천히 의자에서 몸을 일으켰다.

"그럼 난 식사나 하도록 할까."

그녀는 몸을 돌려 인계에서 잡아온 인간들을 바라보았다. 그녀의 붉은 입이 귀밑까지 길게 벌어지며 타액에 젖은 육식종의 이가 허옇게 드러났다. 인간들은 비명을 질러대기 시작했고, 그녀는 가장 시끄럽게 비명을 질러대는 놈 하나를 골라냈다.

8장

일상, 누구에게도 익숙하지는 않은

다혜는 이불을 돌돌 두르고 앉아 뜨거운 눈으로 짓밟힌 바지를 노려보았다. 그렇게 하면 자신의 열기에 구겨진 바지가 다려지기라도 할 것처럼.

　"하아."

　한동안 여기 있어야 한다고? 아니, 정정. 이 방에, 한방에, 그와 한방에! 다혜의 얼굴이 점점 더 새빨갛게 달아올랐다.

　"하아."

　바지는 또 왜 밟고 가? 비단만 입다 보니 내 옷이 발걸레로 보이나. 그럼 난 뭐 입으라고? 아, 미치겠다.

　다혜는 침상에 얼굴을 파묻고 한숨을 터뜨렸다.

　"……."

　그녀는 한동안 조용히 주위를 보고 있었다.

조용히 보다가 손을 뻗어 뺨을 꼭 꼬집어보았다. 윽, 소리가 날 정도로 아프다. 다혜는 다시 얼굴을 침상 이불에 파묻어 버렸다. 뛰어나가 모든 걸 두 눈으로 확인하고 싶기도, 그냥 눈을 감고 어딘가에 숨어버리고 싶기도 했다. 심장이 쿵, 쿵, 크게 뛰었다. 당연히 일어나 창밖이라도 확인하는 게 먼저인데 몸이 움직여지질 않았다.

　다혜는 그저 멍하니 눈을 뜨고 엎드려만 있었다.

　'……내 식구들이 날 만나기 위해 여기로 온다고 했지.'

　언니, 오빠들은 정말 이 세계 사람들이었구나. 아니, 사람은 아닌가? 그런데 정말 계속 나오는 다른 세계에서 살고 있었던 걸까?

　오므리고 있던 손을 펴 푸른색 비단 이불에 가만히 얹어보았다.

　손끝에 닿는 선명한 현실감에 문득 소름이 돋았다. 그러다 다혜는 이불 속에서 스윽 닿아오는 차갑고 단단한 감촉에 부르르 떨었다. 그녀는 벌컥 일어나 앉았다. 팔을 이불 속으로 쑥 집어넣어 더듬거리다가 거치적대는 걸 잡아 끄집어냈다.

　"아……."

　단면이 울퉁불퉁한 흰 석영이 손끝에 걸려 나왔다. 어제 계속 손에 쥐고 있다가 여기까지 가지고 왔던 모양이었다.

　그녀는 양반다리를 하고 털썩 주저앉았다. 그리곤 손바닥 위에 놓인 돌을 가만히 들여다보았다. 표면은 울퉁불퉁했지만 흠집은 하나도 없었다.

다혜는 돌을 들어 햇빛에 비춰보았다. 그랬더니 안에 있는 불그스름한 무언가가 얼핏 비쳐 보였다. 인상을 찌푸리며 더 유심히 보기 위해 가까이로 눈이 가져다 댔다. 빛은 조금씩 움직이고 있는 것 같았다.

"으음, 마마?"

조금 바보 같단 생각이 들긴 했지만, 어제 기억을 더듬어 말을 걸어보았다. 어제 그 괴물까지 같이 기억나 등골이 좀 섬뜩하기도 했다. 그런 게 수천 마리라니, 오빠들을 만나는 대로 얘기를 해봐야겠다. 할멈이 걱정이었다. 다른 사람들도.

'조용한데…….'

귀를 기울여 보았지만 소리라곤 아무것도 들려오지 않았다. 그냥 잠잠하다.

"후우."

다혜는 석영을 쥔 손을 무릎 위에 툭 내려놓으며 천장을 올려다보았다.

청옥석으로 장식을 한 천장은 섬세하게 서로 맞물리며 사려한 구조를 드러내고 있었다. 건물이라기보단 마치 그림같이 화려했다. 그것을 떠받치고 있는 기둥은 높고 웅장했고, 사이로 드리워진 푸른빛 휘장은 마치 떼어놓은 물의 수면 같았다.

그저 보고 있는 것만으로도 위압감에 몸이 짓눌려 왔다.

"이게 다…… 무슨 일이람."

다혜는 고개를 떨어뜨리며 혼자 중얼거렸다. 말하는 돌에, 사람 잡아먹는 괴물에, 그의 세계라니.

쿵…… 쿵쿵.

심장이 또 달음박질하고 있었다. 그녀는 손바닥으로 쿵쿵 뛰는 제 가슴을 지그시 눌렀다. 얼굴이 화끈거리며 달아올랐다. 정말 여기가 그의 나라인 걸까? 내가 정말 여기에 있는 게 맞나? 다시 손을 뻗어 뺨을 꼬집으려는데 문 쪽에서 인기척이 들려왔다.

똑똑.

그녀는 화들짝 굳어 눈을 화등잔만 하게 떴다. 놀란 심장이 쿵쾅쿵쾅, 터질 듯이 뛰기 시작했다.

'어, 어떡하지? 어떡하지?'

똑똑똑.

대답을 해야 할지 숨어야 할지 판단할 수도 없는데, 문 두드리는 소리는 멈추지 않고 자꾸만 커져 갔다.

"드, 들어오세요."

다혜는 이불 속을 파고들어 웅크리고 숨은 채 간신히 입을 열었다. 긴장으로 숨이 턱턱 막힌다. 그녀는 말을 뱉어놓고는 다시 조용히 숨을 죽였다.

"저, 아씨?"

왕의 침실로 들어온 항아, 금화는 역린이라고 짐작되는 이불 무덤을 보곤 멈춰서 조심스럽게 말문을 열었다. 무슨 문제라도 있는 것일까?

"나, 나가도 되나요?"

이불 무덤 속에서 말이 울리며 흘러나왔다. 저러고 말하면 숨이 막힐 게 분명한데.

"물론입니다. 어서 나오셔요."

금화는 머리를 갸웃거렸다. 역린은 한숨을 내쉬며 이불 밖으로 고개를 내밀었다. 문제는 고개만 내밀었다는 점이다. 저러고 있으니 꼭 거북이 같았다. 하지만 역린의 기분을 생각해 웃음은 참기로 했다.

'옷 때문이신가?'

금화는 당연히 역린이 지금 홀딱 벗고 있다는 사실을 알고 있었다. 별로 놀랍지도 않은 일이었다. 주인의 침실 안에서 옷을 입고 있는 계집을 보는 것이야말로 희귀한 일이었다. 자의든 타의든 여인들은 옷을 벗었다, 주인의 침실에선. 하지만 부끄러워할 줄은 몰랐는데. 금화는 귀엽다는 듯 작게 미소 지으며 조그마한 역린을 내려다보았다.

"저는 단장(丹粧)을 도와드릴 금화라고 합니다. 앞으로는 제가 계속 아씨의 시중을 들게 될 것 같네요."

금화는 씽긋 웃으며 말했다. 다른 신족 계집이 왕후로 온다는 사실은 이미 오래전부터 알고 있었다. 항아들보다 더 소문에 민감한 존재는 없었다. 금화는 동궁 칠백 항아들의 수장으로 나중에 왕후가 책봉이 되면 그녀의 시중을 들게 되어 있었다. 하지만 그녀는 주인의 역린이 아닌 다른 누구의 시중도 들 생각이 없었다.

만약 그 북향의 계집이 억지로 시중을 들게 만든다면 그에 상응하는 보복을 해줄 생각이었다. 그녀는 여신의 피를 말리는 여러 가지 방법을 알고 있었다.

"시중…… 이오? 절요?"

다혜는 눈을 동그랗게 뜨고 되물었다.

"왜요?"

"제 직업이라서요."

금화는 산뜻하게 대답했다. 다혜는 난해한 대답을 노련하게 헤쳐 나가는 금화를 보며 감탄하다가 고개를 흔들며 정신을 차렸다. 시중이라니!

"저, 전 혼자서도 잘 하는데요."

"네, 하지만 제 밥숟가락 뺏을 생각은 하지 말아주시어요. 집에 노부와 먹여 살릴 동생이 일곱이라서요."

"저, 정말이오?"

"거짓말입니다."

다혜는 입을 벌리고 태연하게 미소 짓는 금화를 바라보았다. 사기당하기 딱 좋은 순진한 역린을 놀려먹다가 남은 시간이 얼마 없다는 사실을 상기한 금화는 조급증을 부렸다.

"그러고 계시지 말고 어서 나오셔요. 전하께서 돌아오시기 전에 준비를 마치려면 지금도 늦었습니다."

금화는 햇살처럼 화사한 송화색(松花色:소나무 꽃가루처럼 옅은 노란색) 능라(綾羅) 욕의(浴衣:목욕옷)를 펼쳐 보이며 재촉을 해댔다. 다혜는 결혼 드레스만큼이나 값비싸 보이는 그 화려한 가운에 질겁을 했다. 내가 저걸 왜 입어야 하지? 다혜는 완강히 고개를 저었다.

"그건 못 입어요, 절대로 안 돼요."

다혜는 마구 고개를 저었다. 저걸 입고 다니다 뭐라도 흘리던가, 아니면 어디 걸려 찢어지기라도 하는 날에는……. 다혜는 아직 벌어지지도 않은 일을 상상하며 끙끙거렸다. 생각만 해도 끔찍했다.

"안 돼요! 전 그냥 제 옷을 입을 거예요!"

다혜는 환자복을 가리키며 강력하게 주장했다. 말하자면 청윤이 사뿐히 지르밟고 지나간 환자복을. 금화는 가만히 그것을 바라보다 고개를 돌리고 싹 무시했다.

"어서 손 이리 내미세요. 다시 한 번 말씀드리지만, 전 노부와 어린 동생 여덟이 있어서 저런 누더기를 역린게 입혀 드리고 해용(解傭)당할 순 없답니다."

"……일곱이었어요."

"사소한 건 잊어버리세요."

다혜는 금화의 재촉에 더 버티지 못하고 세상의 끝을 맞이한 얼굴로 팔을 내밀었다. 금화는 능숙한 손길로 다혜에게 가운을 입히고 옷깃을 여며 금잠초(金簪草) 모양의 장신구로 고정시켰다. 그리고 그녀의 손을 자신의 팔 위에 얹으며 부드럽게 설득하듯 말했다.

"설마 소녀가 이 욕의를 계속 입고 계시라 하겠습니까. 탕목(湯沐)을 마치고 나면 의전을 바로 해드리겠습니다. 침방(針房)에서 새로 지은 고운 옷을 준비해 두었습니다. 나비에 칠보를 올린 노란 단작노리개도 고와 마음에 드실 것입니다."

그녀의 말이 이어질수록 다혜의 표정은 시시각각 어두워져 갔다.

"……그냥 면 티셔츠 같은 거 없나요?"

다혜는 작게 중얼거렸다.

"네?"

금화는 알아듣지 못하고 되물었다. 다혜는 절망스러운 얼굴로 신음했다. 칠보 노리개가 어쩌고 했던 말들은 그냥 싹 못 들은 걸로 하기로 했다.

무슨 일이 벌어져도 절대 놀라지 않겠다고 다짐하고 또 다짐했다. 하지만……. 다혜는 몇 번이고 실패한 짓을 포기하지 않고 다시 시도했다. 덕분에 금화는 무시무시한 표정을 지으며 일곱 번째로 도망치려는 역린의 어깨를 꽉 눌러야 했다.

"제발, 얌전히 좀 앉아 계세요."

금화는 웃는 얼굴을 유지하려 평소 몇 배의 체력을 소모해야 했다.

"하, 하지만!"

"저희를 힘들게 하셔봐야 전혀 도움이 되지 않아요."

다혜는 그녀의 말에 입을 꼭 다물었다. 그리고 항아 하나가 손에 가득 낸 비누 거품에 금분(金粉)을 섞는 꼴을 가만히 지켜봐야만 했다.

이 욕전의 호사스러움은 가히 거익태산(去益泰山)이라 할 수 있었다.

바닥과 기둥과 벽은 황옥과 공작석과 사금석으로 제정신으로는 도무지 눈을 뜨고 볼 수가 없을 지경이었는데, 그것도 모자라

시중을 든답시고 곁에서 떠나질 않는 한 부대의 항아들은 제정
신 유지에 전혀 도움이 되질 않았다.

첫 번째 도망을 치려 시도한 것은 금실을 짜 넣은 노란색 아마
직 휘장을 보자마자였다. 사치스럽기 짝이 없는 이 거대한 욕전
은 그 휘장 밖에서 봐도 충분히 공포스러웠다. 그러나 금화에게
붙들려 안으로 들어와 보니 그건 순전히 착각에 불과하다는 것
을 깨달을 수 있었다.

그녀의 어떤 상상력으로도 이런 괴물 같은 욕실은 생각해 낼
수 없을 터였다. 침전도 물론 괴물 같았고 이곳으로 오는 복도도
괴물 같았지만……. 여기는 진정 괴물의 뱃속이 아닐까 싶었다.

'고작 목욕 한 번에 얼마를 쓰는 거야!'

다혜는 욕전에 질질 끌려 들어오자마자, 어떻게 벗겨지는지도
모르고 옷이 벗겨지고 청색을 띠는 약수에 담가졌다. 그 위로 열
네 개의 바구니에 담겨 있던 붉은 꽃잎을 쏟아부을 때, 다혜는 두
번째 도망을 시도했다. 그리고 손바닥만 한 도자기에서 동시에
여덟 가지 정유가 목욕물 속으로 떨어질 때가 세 번째. 그 위로
항아 다섯이 금분을 뿌려댈 때, 네 번째. 몸을 씻는 장미 향 비누
에 실은 사향도 섞였다는 말을 들었을 때, 다섯 번째. 그 비누를
들고 항아들이 온몸을 씻기려 들었을 때가 여섯 번째였다.

다혜는 마치 지옥에 떨어진 기분이었다.

아마도 적게는 수십에서 수백은 목욕물 속으로 퍼부어졌을 것
이다. 그녀는 이런 액수의 돈을 제게 쏟아붓는 이유를 알 수가
없었다. 불편하고 초조했다. 지극히 정상적인 삶을 영위해 온 건

강한 시민으로서 이건 정말 가만히 앉아 받아들이기 어려운 상황이었다. 물어내라고 하면 어떡해? 게다가…….

"마음을 가라앉히시고 일찌감치 익숙해지시는 게 아씨께도 더 나을 거랍니다. 물론 시중을 드는 저희에게도 그 편이 더 낫고요. 앞으로도 계속 이러시면 저희 급금(給金)을 두 배로 올려주셔야 할 것입니다."

금화의 이런 태도 때문에 더 괴로웠다. 여기 오래 머물 것이 아닌데, 일만 해결되면 바로 원래 있던 곳으로 돌려보내질 텐데 금화는 마치 그녀가 앞으로 평생 이곳에서 살 것처럼 대하고 있었다.

"머리는 되었습니다. 잠시 몸을 담그고 계셔요. 의전(衣纏)을 준비해 올리겠습니다."

다혜는 그녀의 말을 귓가로 흘려들으며, 포기한 듯 작게 한숨을 내쉬었다. 그녀의 작고 동그란 어깨가 아래로 축 처졌다.

그가 자신이 만들어낸 꿈인 줄만 알았던 시간엔 단지 몇 시간만이라도 그와 함께 있어 그가 실체한다는 걸 느낄 수만 있다면 더 바랄 게 없다고 생각했었다. 그날로부터 며칠이나 지났다고 간사한 마음은 이렇게나 변해 있었다.

'어지러워.'

모든 일이 너무 빨리 일어나고 있었다.

다혜는 석재 욕조 난간에 머리를 툭 기댔다. 정말 정신없이 어지럽다.

"진짜, 다 나아버렸네."

그녀는 혼자 중얼거렸다. 어젯밤 그 방파제 밑에서 괴물들 손에 이리저리 끌리며 죽을 뻔했던 것이 아직도 이렇게 머릿속에 생생한데, 몸은 그게 다 거짓이라는 것처럼 깨끗하게 나아버렸다. 고작해야 붉은 자국이 얼마간 남아 있을 뿐이었는데, 붉기는 오늘 아침 그가 이로 물어버린 자국이 더 붉었다.

"으......."

떠오른 생각에 다혜는 욕조 물속으로 머리끝까지 쪼로록 담가 버렸다.

하지만 생각이 꼬리에 꼬리를 물어, 밤새 있었던 일까지 다 떠올라 버렸다. 다혜는 끝까지 참다가 푸 하고 숨을 마시며 올라와 손으로 얼굴을 꽉 가려 버렸다. 발끝부터 귀까지 화르륵 타오르는 것 같았다.

얼른 흘려버려야 했다.

모든 일이 너무 빨리 일어나고 있었고, 그만큼 빨리 지나가 버릴 게 분명했다. 한바탕 꿈을 꾸는 것처럼, 깨어나면 모두 다 흩어져 버리고 또다시 혼자가 되어야 한다는 걸 알고 있었다. 혼자 또 기다려야 한다는 걸. 그가 돌아오기만을......

'하지만 정말 멋지다.'

다혜는 뺨을 탁탁 두드리고는 화려한 목조 천장 위, 놀랍도록 정교한 금제 등롱을 올려다보았다. 곳곳의 크고 작은 섬세한 금제 등롱 안에서 도깨비불이 화려한 빛을 내고 있었다.

환상이라 여겼던 모든 일이 바다 너머에 실체하고 있었다.

정말 실체하고 있었다.

"진짜, 있었어……."

그러니 정신 차리고 기뻐해야 했다. 내일이라도 당장 돌려보내질지도 모르지만, 오늘은 난 여기에 있으니까. 이곳에, 그의 나라에. 감히 바라지도 못했던 선물을 받게 된 것이니 일분일초를 아껴 행복해야만 했다.

'하지만…… 나는 또 무서워.'

다혜는 손 우물로 도깨비불이 비치는 욕조 물을 가만히 담아보았다. 휘황한 빛이 쏟아져 그림자를 만들어냈다. 몸이 가늘게 떨렸다.

이곳을 알고, 이곳을 보고 그런 다음에도 난 돌아가 웃으며 살아갈 수 있을까. 오기 전보다 그리움은 더욱 짙어질 텐데, 나는 그 마음 닫아두고 살아갈 수 있을까. 차라리 눈을 감고 오늘 하루 해가 지나가길 기다릴까. 오늘이 찬 바다 아래로 가라앉고 나면 모든 건 끝이 날 테고, 난 조용히 내 삶으로 돌아갈 수 있을 텐데.

다혜는 질끈 눈을 감은 채 중얼거렸다.

"겁내지 말자."

그래선 안 된다. 그건 돌아간 다음에 견뎌낼 수 있을 것이다. 못 견디면 뭐, 또 실컷 울지. 그러니 지금은 실컷 담자. 그의 얼굴, 그의 목소리, 이곳의 모든 것들……. 돌아가서 몇 번이고 되새길 수 있게.

"실컷 담아놓자……."

이곳에 와보니 더 분명하게 알 수가 있었다. 그가 얼마나 먼 존재인지를. 이 모든 것들의 주인인 그가 얼마나 먼지를. 그러니

이 마음은 절대 들켜선 안 된다. 다혜는 결의에 불타는 눈으로 두 주먹을 불끈 쥐었다.

'서다혜, 파이팅!'

난 할 수 있어!

청윤은 휘장 너머로 희미하게 비치는 역린을 흘겨보았다. 이제는 아예 익숙해져 버린 열기가 다리 사이에서 다시 피어오르기 시작했다. 더불어 짜증도 함께 피어올랐다.

'알 만하군.'

이 약수 냄새, 분명 역린이 그와 첫 밤을 보낸 것이라 여기고 있을 테지. 뿐만 아니라 '그래도 다쳤는데 설마 그랬겠느냐' 와 '그래도 주인께서 밤새 곁에 계셨는데 내버려 두었겠어?' 라는 게 엉켜 약수 냄새는 우스울 정도로 이것저것 뒤섞여 있었다.

원기 회복, 상처 회복 그리고 이 사향 냄새. 항아들은 어쨌거나 만약을 대비하고 있었다. 역린이 어젯밤을 무사히 넘겼다면 부디 오늘 밤에라도 잡아먹히기를. 그녀의 의견은 어떨지 자못 궁금해지는군. 청윤은 코웃음을 치며 원탁(圓卓) 위로 시선을 돌렸다.

새하얀 석영(石英).

그는 긴 손가락 사이에 쥔 괴이한 빛을 내는 것을 내려다보았다. 눈에 거슬리는 빛의 부딪힘. 그는 주의 깊게 그 요사한 빛을 들여다보았다. 대체 어쩌다가 이런 게 여기까지 흘러들어 와 내궁의 욕전 안에 있게 되었단 말인지?

'조금 다르군.'

보통 연골어강족의 알은 이것보다는 훨씬 크고 매끈했다. 게다가 아무리 육식종이라 하더라도 이렇게까지 음사한 기운을 뿜어내지는 않았다. 청윤은 무언가 생각하는 듯한 눈길로 그것을 보다가 돌을 원래 있던 자개 장식이 들어간 원탁 위에 내려놓았다.

"금화."

그의 오랜 비녀(婢女:여종)가 욕전으로 들어오다 멈칫하더니 깊이 허리를 숙였다.

"예, 전하."

역린의 의전을 바로 입혀 드리고 욕전 밖으로 나오던 금화는 입구에 서 계신 주인을 보고 기겁을 했다. 왕께선 부드럽게 미소 짓고 계셨지만 늘 그렇듯 기색을 읽어낼 수는 없었다. 금화는 주인 앞에 깊숙이 몸을 숙였다.

"어째서 그녀가 이곳에 있는 것이지?"

"원기가 상하신 듯하여, 약수를……."

청윤은 공기 중에 떠도는 사향 냄새를 맡으며 우습다는 듯 입꼬리를 말아 올렸다.

"너무 많이 쓴 듯하구나. 향이 독하다."

금화는 급소를 찔린 표정으로 고개를 푹 숙였다.

"그리도 역린을 내 곁에 붙여두고 싶더냐."

"저, 전하, 그것이……."

청윤은 당황스러워하는 금화에게 나직이 일렀다.

"너는 나를 오랫동안 알아왔지 않느냐. 한 번 품었다 하여 평생을 곁에 두고 살 만큼 내 성질이 바르더냐. 그러니 괜한 짓 하지 말거라. 그녀는 내가 지금껏 품어왔던 계집들과는 달라. 아직 사내를 모르는 몸이다. 첫정은 깊이 들어가 단단히 뿌리를 내린다. 틀어져 다치게 하기엔 역린은 몹시도 중하다. 네 본분이 무엇인지 망각치 말라. 불편 없이 역린을 뫼시고 그 마음을 살피는 일이 네 본분임을 잊지 말라는 뜻이다. 섣불리 행동하여 사고가 난다면, 그 책임을 너 혼자선 다 짊어질 수 없을 것이다."

"며, 명심하겠사옵니다."

금화는 얼핏 자애롭게 들리는 주인의 말을 알아들으며 식은땀을 흘렸다. 한 번만 더 허락 없이 섣부른 행동을 하면 금화 자신뿐만 아니라 그녀에게 엮인 자들까지 그 죄를 함께 묻겠다는 뜻이었다. 청윤은 말을 알아들은 금화를 물렸다.

"신요에게 가보거라. 그가 네게 할 말이 있을 것이다."

"물러가겠사옵니다."

금화는 깊이 허리를 숙이며 뒷걸음으로 주인 앞에서 물러났다.

다혜는 가슴 언저리에 곱게 매달려 있는 단작노리개를 보고 한참을 망설였다.

나비 모양 은테두리 위에 청보라색 칠보를 올린, 술이 노란 단작노리개는 금화의 장담대로 몹시도 아름다웠다. 정교하고 섬세한 그것은 노란빛 능라 치마와 하나처럼 잘 어울렸다. 풍성한 치맛자락 위로 자수가 들어간 새하얀 말기는 가슴 전체를 꼭 죄어 주었다. 가슴 위로 쇄골과 어깨를 가리는 것은 없었다. 느슨하게 묶인 머리카락이 몸의 움직임을 따라 흐를 뿐이었다.

생각했던 것보다 불편하지 않아, 아니, 사실은 너무 편해 무서울 정도였다. 다혜는 치맛자락을 슬쩍 들어 홍목당혜를 내려다보았다. 거울 속에 있는 자신이 낯설었다. 머리를 이렇게 풀고 다닌 적도 없었는데……. 등허리에서 반쯤 댕기를 드려 느슨하게 묶어 놓은 머리카락은 자연스럽게 흐르는 대로 흘렀고 편안하고 어여뻐 보였다. 다 금화의 솜씨였다.

"괜찮을까……."

단작노리개를 보고 망설이던 다혜의 눈은 이제 거울을 보며 망설였다. 사실 제 눈에도 조금은 예뻐 보였고 편안하기도 했지만, 이런 차림이 영 어색했다. 어울리는 옷이 아닌 것 같아 불안하기도 했다.

"별로군요."

다혜는 등 뒤에서 들리는 그의 목소리에 기절할 듯 놀랐다.

"모, 목욕탕인데 왜……."

"내 것이니까."

그는 턱을 치켜들며 말했다. 완전 심술에 치사하기 그지없다.

"집에 돌려보내 줘요!"

우리 집에도 목욕탕 있다!

"보내줄 때가 되면 보내줄 겁니다. 아이처럼 보채지 마세요."

다혜는 뒷목을 잡고 싶었다. 여기까지 타의로 끌려온 마당인데 보채는 아이 취급이라니.

청윤은 말문이 막힌 그녀를 천천히 내려다보았다. 새하얀 말기 위로 드러난 하얀 어깨선과 여린 목덜미. 긴 검은 머리채. 동궁의 옷을 입은 역린의 모습. 그가 비뚤어지게 말했다.

"안 어울리는군요."

다혜는 가슴에 생채기가 났다.

"괜찮아요. 공짜라서요."

하지만 그녀는 고개를 들고선 뭐라고 말하든 듣지 않겠다는 태도로 헤실 웃어 보였다.

"누가 그랬습니까, 공짜라고?"

청윤이 문틀에 비스듬히 기대며 또 심술궂게 물었다.

"난 무위도식은 제공하지 않는데."

"그럼 어디, 바닥이라도 닦을까요?"

그는 정색을 하며 대꾸했다.

"불필요한 인원을 늘리는 짓도 안 합니다. 항아들이 칠백이나 되는데 바닥 닦을 손이 없을까 봐?"

다혜는 청윤의 닿지도 않는 심술에 기어이 울화가 치밀었다.

"그럼, 뭐 어쩌라구요! 내 옷을 밟은 건 당신 발이었다구요!"

다혜의 말을 흘려들으며 문틀에서 몸을 떼어낸 청윤이 가까이 다가왔다. 그는 다혜의 체향(體香)을 맡으며 낮게 중얼거렸다.

"좋은 냄새가 나는데……."

다혜는 그의 호흡이 느껴지자 움찔하며 뒤로 물러섰다. 청윤은 허리에 손을 짚고 삐딱하게 그녀를 내려다보았다. 다혜는 그가 하는 말뜻을 더듬으며 결론을 냈다. 킁킁, 좋은 냄새? 욕탕에 뿌려졌던 정유와 생화와 금분과 기타 등등…… 그러니까 돈 냄새였다.

"난 절대 못 줘요. 아세요? 난 일곱 번이나 도망치려고 했단 말이에요. 그러니까 난 절대 저 목욕탕 사용료 못 내요. 애초부터 목욕 한 번 하는 데 그렇게 돈을 쓰는 게 말이나 돼요?"

청윤은 새삼 정색을 하는 다혜를 보며 생각했다.

이 아이가 자라온 환경이 얼마나 보잘것없었는지에 대해서. 보통 역린들은 일족의 강력한 비호와 본체의 지극한 보살핌 속에서 살아간다. 이 아인 역린이 받아야 할 대우나 예우를 전혀 받지 못하고 살아온 것이다. 앞으로도 그럴 테지만 뭐, 그가 알 바는 아니었다.

"하아."

청윤은 보란 듯이 한숨을 내쉬었다.

다혜는 울컥했다. 저놈의 입, 또 한숨을 쉰다. 저건 도대체 무슨 버릇이야? 정말 기분이 나쁘다, 진짜 기분이 나쁘다고! 사람을 앞에 두고 한숨 쉬는 저놈의 버릇은 진짜 비아냥거리는 것보다 더 기분이 나빴다.

다혜는 팔짱을 끼고 그와 똑같이 해주었다.

"하아아."

청윤은 역시 보란 듯이 자신을 흉내 내는 조그마한 여자를 노려보았다. 한숨을 마친 다혜가 요구했다.

"밥 주세요."

"뻔뻔하긴."

다혜는 어깨를 쭉 펴며 당당하게 말했다.

"날 여기 데려온 것도 당신이었다구요. 난 내 발로 온 게 아니에요. 그러니까 숙식은 제공해 주셔야죠."

"네에, 그러지요, 아가씨. 더 필요한 건?"

다혜는 뻔뻔하게 대답했다.

"일단 그거면 된 것 같아요."

청윤은 당당하게 치맛자락을 붙들고 문으로 걸어 나가는 다혜를 붙잡아 빙그르르 돌려세웠다. 그는 눈을 동그랗게 뜨는 그녀를 보며 짓궂게 말했다.

"난 시간 낭비는 질색이라서."

그에게서부터 풀려 나온 바람이 다혜의 몸을 감싸 안았다. 그 바람에 밀려 그의 품 안으로 갇혀들며 공기가 어그러지는 것도 보았다. 그리고 무슨 일이 일어나는지 인식하기도 전에 다혜는 자신이 신이 다니는 길 위에 서 있다는 것을 깨달았다. 바로 그 바람길 위에.

한줄기 바람은 침전을 지나 목향(木香)이 가득한 후원으로 빠르게 몰려 나갔다. 목향 속으로 바람이 감겨들고 구름이 풀어지면서 다혜는 눈 깜짝할 사이에 바깥으로 놓여났다. 그에게서 놓여나자마자 흐트러지는 바람과 구름 속으로 발이 쑥 빠져들었다.

"꺄악!"

비명을 지르며 떨어지는데, 청윤이 도로 팔을 붙잡아주며 또 어린아이 달래듯 말했다.

"조심하셔야지요. 디딜 줄도 모르는 구름에 함부로 발을 내밀어서야 되겠습니까."

이, 이 심술쟁이 대마왕아! 네가 밨잖아! 하고 있는 힘껏 소리를 질러주는 대신에 다혜는 그의 팔을 꽉 붙들었다. 이 심술쟁이 대마왕이 또 심술이 나서 그녀를 떨어뜨리면 그대로 밑으로 떨어질 게 분명…… 쳇.

다혜는 한 2m쯤 아래에 있는 오빠들을 보곤 작게 투덜거렸다. 엄마 아빠를 보니 어쩐지 안심이 되었다. 다혜는 청윤을 밀어내며 곧바로 작은오빠의 품속으로 뛰어들었다. 어렸을 땐 이보다도 더 높은 나무에서도 뛰어내리곤 했었고, 오빠들은 절대 실수하는 법이 없었다.

"다혜야!"

안전하고 정확하게 동생을 받아낸 주요가 반색을 하며 소리쳤다.

"안녕, 오빠."

다혜는 방싯 웃으며 작은오빠의 머리를 톡톡 두들겼다.

"식구들이랑 같이 아침 먹게 해준대서 심술쟁이 대마왕이 거짓말하는 줄 알았는데, 진짜였네?"

"응? 누구?"

주요가 알아듣지 못하고 헤매고 있는 사이, 대마왕은 천천히 강림하고 있었다.

"하룻밤 사이였는데 식구들이 많이 그리웠나 보군요."

청윤은 바람을 부리며 일부러 느리게 내려왔다. 그의 시선은 식구들을 보며 좋다고 서 있는 다혜에게 가 있었다.

한 줌도 안 되는 조그마한 계집이 자꾸만 성질을 긁어놓는데, 기껏 안아서 데려다 놨더니 날 밀쳐 내고 오라비한테 가서 안긴단 말이지? 몸에 맞지도 않는 친절은 베푸는 게 아니었어. 또 저렇게 답삭 안겨 있는 꼴을 보니 짜증이 치밀어 올랐다. 당장 가서 둘을 잡아 떼어놓고 싶을 만큼. 하지만 뭐 하러? 붙어 있든, 뒤엉켜 뒹굴든.

그는 자신을 감시하며 그렇게 일부러 천천히 움직였다.

"주군."

주요는 다혜를 내려놓으며, 조심스럽게 주인을 맞이했다. 청윤은 웃는 얼굴로 예를 받으며 정자 안을 둘러보았다. 아침상이 차려진 후원의 정자 안에는 상장군 주요와 백호 족부 지하, 천궁 공주 소하 등이 모여 있었다.

역린의 가족이랍시고 불러 모은 자들이었다. 우습지도 않아, 청윤은 설핏 입꼬리를 말아 올렸다. 피 한 방울 섞이지 않은 자들을 한 바구니에 모아놨다고 가족이라 부를 수는 없었다. 하지만 역린이 그 안에서 위로를 찾고 있었으니 당분간은 맞춰 드리는 수밖에.

"언제 왔어? 오래 기다렸어?"

별다른 말도 하지 않았는데, 단지 있는 것만으로도 분위기가 팽팽하게 당겨지는 청윤 때문에 다혜는 괜히 긴장하여 큰오빠에게 소곤대며 물었다.

"조금 전에 왔다. 그런데, 흠, 좋은 냄새가 나는구나."

지하는 다혜의 머리에 코를 들이밀며 킁킁거렸다.

"그치? 돈 냄새가 좋긴 좋지?"

"무슨 소리냐?"

지하는 엉뚱한 소리를 하는 다혜를 보며 머리를 갸웃거렸다. 다혜는 가만히 그를 올려다보다가 자기도 잘 모르겠다는 듯 어깨를 으쓱했다. 이렇게 있으니까 다혜는 기분이 아주 이상해졌다.

오빠들과 언니는 이곳에서 아주 편안해 보였다. 조각난 퍼즐의 한 조각처럼 이 세계에 꼭 들어맞았고, 그것이 당연하게 느껴지기도 했다. 다 예상하고 있었던 건데 이렇게 직접 눈으로 보니 기분이 또 달라. 약간 당황스럽기도 하고 불안하기도 했다. 하지만 이런 마음을 들키면 오빠들이 걱정할 게 분명했다. 다혜는 제법 심각한 체하며 말했다.

"나 옷에다가 뭐 흘리면 오빠가 돈 물어줘야 돼? 응?"

"안 흘리고 얌전하게 먹을 생각을 좀 해보는 게 어떠냐."

다혜는 치맛자락을 꼭 붙들고 음식 냄새를 음미했다.

"생각은 하지. 그런데 그게 생각대로 안 된단 말이야. 불안하니까 더 그래. 혹시 큰오빠 가져온 면 티셔츠 같은 거 있으면 좀 빌려주라. 아무래도 한동안은 여기 있게 될 것 같은데……. 그런데 나 언제까지 여기 있어요?"

다혜는 청윤을 돌아보며 기습적으로 물었다.

"나도 모른다고 했지 않습니까?"

청윤은 상당히 퉁명스럽게 대답하며 자리에 앉았다. 기습적으로 물어보면 얼렁뚱땅 대답을 들을 수 있을 줄 알았는데, 만만하지가 않군. 다혜는 한숨을 내쉬며 따라 자리에 털썩 주저앉았다.

"대충이라도 좀 알려주세요. 이러고 있으면 불안하다구요. 일박인지 이박인지 나도 알아야 하잖아요."

청윤은 두 자리 떨어져 앉는 다혜를 노려보았다. 왜 저렇게 멀리 떨어져 앉는 거야? 내가 물기라도 해? 참, 아침에 물었었지. 청윤은 심술궂게 웃으며 말했다.

"일이 해결될 때까지, 라고 말해드렸습니다만."

"그러니까 그게 언젠데요."

다혜의 똑바로 바라보는 눈망울에 청윤은 고개를 휙 돌려 버렸다.

"그거야 나도 모르지."

어우, 밉살맞아. 다혜는 복어처럼 볼을 부풀리고 청윤을 노려보았다. 그러는 사이 그들 가운데 있었던 두 자리에 차례대로 백호 족부와 천궁 공주가 앉았다.

"언제까지면 뭐 어때. 필요한 거 있으면 오빠가 집에서 가져다 줄게. 뭐, 스케치북? 물감?"

주요가 주인의 눈치를 살피며 다혜를 찔러 물었다.

"105g짜리 B5 크로키북이랑, 아르쉬 수채화지 300g 중목으로. 물감하고 붓은 내 거 가져다주고, 연필도 갖다줘. 옷도. 여기 당연히 핸드폰 안 되겠지? 흠, 그럼 민혁이하고 윤지한테 당분간 작업실 못 가게 됐다고 전해주고, 전시회 준비는 착실히 하고 있을 테니 걱정하지 말라고도 잘 얘기해 줘. 또…….”

“잠깐만, 이따가 종이에 적어줘.”

주요는 멀미 나는 얼굴로 작게 손사래를 쳤다. 다혜는 오빠의 엄살에 웃음을 터뜨렸다. 그렇게 맑은 다혜의 웃음소리가 또 청윤의 성질을 긁어놓고 있었다. 좋아죽는다, 아주.

소하는 어쩐지 기분이 별로 좋아 보이질 않는 동궁왕의 눈치를 살피며 그의 바로 옆자리에 앉았다. 어제 역린이 크게 다칠 뻔했으니 당연히 기분이 좋을 리가 없을 것이다. 상황이 어찌 돌아간다 해도 다혜는 어쨌든 그의 역린이었다.

소하는 가만히 눈치를 보며 말문을 열었다. 두근거리는 마음을 진정시키기가 쉽지 않았다.

“오랜만에 뵙사옵니다.”

“이십일 년 만이지요.”

청윤은 힐긋 다혜에게서 눈을 떼어내며 말했다. 다혜는 식탁 위에 놓여져 있는 도깨비불에 또 정신을 빼앗긴 듯한 눈치였다. 아까 욕전에서 보았을 텐데, 그리도 신기한 것인지.

“예, 벌써 그리되었습니다.”

소하는 그의 관심을 끌기 위해 열심이었다.

“어찌 그리 드무신지요. 천제께서도 뵙기 힘들다 불평하셨습니다.”

동궁왕은 다정히 말을 받아주긴 했지만, 그녀에게 관심이 있는 것 같지는 않았다. 그는 예의 바르게 말 걸지 말라는 투로 답했다.

"조만간 뵙게 되겠지요."

지하는 그 대답을 들으며 인상을 찌푸렸다. 신경이 곤두섰다. 그래, 그리될 것이었다, 조만간 천제 앞에서 북궁의 공주와 혼례를 올리게 될 테니까. 그래, 조만간. 소하는 아직 모르고 있었지만 모르고 있는 것이 비단 소하만은 아니었다. 지하는 다혜에게로 시선을 돌렸다.

"몸은 괜찮으냐?"

그는 동궁왕의 기색을 놓지 않으며 낮게 물었다. 창칼이 오가는 것도 아닌데 분위기는 꽤나 살얼음판이었다. 그래서 다혜는 큰오라비의 물음에 차분하게 대꾸했다.

"네, 괜찮사옵니다. 한데 큰오라버니께선 숙취에 좀 시달리시는 듯하옵니다만?"

덕분에 지하는 먹다가 사레들릴 뻔했다.

"쯧, 작작 좀 드셨어야지요. 솔직히 말해보시어요. 얼마나 드셨사옵니까?"

다혜는 콜록대는 큰오라비의 등짝을 두들겨 주며 은근히 캐물었다.

"대체, 콜록. 어디서 배워먹은 말투냐!"

"풍월을 따라 읊는 서당 개도 있다는데, 흉내 내는 것 정도야 나도 하지. 그나저나 말꼬리 돌리지 마시고요. 얼마나 마신 거야, 술?"

지하는 시치미를 떼며 시선을 피했다.

"마시기는, 뭘. 안 마셨다."

다혜는 또랑또랑한 눈으로 바른말 나올 때까지 큰오라비를 올려다보았다.

"조, 조금…… 조금 마셨다."

"쯧."

혀를 찬 다혜는 엿이라도 집어 먹은 것처럼 조용히 있는 작은오라비를 쏘아보았다. 주요는 고개도 들지 않았다.

"오빠가 꾀였지?"

"아니야."

다혜는 항변하는 작은오빠를 알 만하다는 듯 보다가 작게 한숨을 내쉬었다.

"한동안 잠잠하더니 왜 또 갑자기 술이야? 설마 밤새도록 마신 건 아니겠지?"

"아니야. 그냥 오랜만에 좀…… 신계로 돌아온 지도 한참 만이고 해서. 조금 마셨어."

다혜는 주요의 말을 헤아려 들으며 쓸쓸해지지 않으려 일부러 더 밝은 체를 했다.

"것 봐. 오빠가 꾀인 거 맞네."

주요는 헛기침을 하며 한 손으로 입을 막았다. 사실은 어제 돌아와 신요에게서 혼례 얘길 듣고 속상한 마음에 술을 푸게 된 것이었다. 아무것도 모르는 다혜의 처지 때문에 마음이 아팠고, 또 어떻게 해줄 수 없는 자신들의 무능력 때문에 마음이 괴로웠다.

"너 이놈아, 네가 지금 우리 혼낼 입장이라고 생각하니? 너 때문에 어제 얼마나 놀랐는지 알아?"

주요가 속닥이며 힐난했다. 그는 여전히 주인의 눈치를 살피고 있었다.

"오빠도 참, 내가 더 놀랐거든."

다혜는 너스레를 떨며 손을 흔들었다. 이런 분위기에서 밥 먹다간 다 코로 먹을 게 분명해.

"그런 게 수천 마리라며? 오빠도 봤어? 그렇지 않아도 말 꺼내려고 했는데, 할머니 어쩌서? 설마 그게 동네에 막 돌아다니는 건 아니겠지?"

어째 말이 점점 더 심각해지며 다혜의 표정이 어두워져 갔다.

"어? 어……."

주요는 주인의 눈빛을 받으며 말을 삼켰다.

"군사들이 지키고 있으니까 괜찮을 거야."

하는 수 없이 다혜에게 거짓을 말하며, 주요는 억지로 입안에 음식을 구겨 넣었다. 물론 연골어강족의 수가 수천에 달하는 건 사실이었다. 그게 남궁의 바다에 있다는 게 함정이긴 했지만. 어쨌든 그것들 수가 수천인 건 사실이지.

주요는 억지로 납득했다. 비록 동궁의 해역에 숨어들어 온 연골어강족은 몇 마리에 불과했고 그나마도 지금은 샅샅이 걸러낸 뒤였지만, 그렇다고 해도 안전상의 문제가 아예 없는 것은 아니었다. 그 약간의 가능성 때문에 지금 이렇게 다혜가 동궁 안에 있게 된 것이었고. 다혜의 처지가 어떻든지 간에 주요는 그것으로 만족했다. 아니, 만족해야만 했다.

그렇지 않다면 우리에 대한 처우가 바뀌게 될 테니까. 주군께선 혼례를 올리게 되실 것이고, 다혜는 그저 역린을 담고 있는……

"무슨 생각을 그렇게 해?"

다혜는 걱정스런 얼굴을 하고 작은오빠를 가만히 올려다보았다. 주요는 제 손이 떨리고 있다는 것을 퍼뜩 깨닫고는 얼른 들고 있던 술잔을 내려놓았다.

"어? 아, 아니야. 참, 다혜야."

"응?"

주요는 잠시 말을 멈추고 주인을 돌아보았다. 주인께선 권태로운 표정으로 술잔을 기울이고 계셨다. 여유롭고 느긋해 보였으며 또 모든 일에 관심이 없는 듯 무심해 보이기도 했다. 하지만 그에게 머물러 있는 이질적인 공기는 베일 듯 날카로웠으며 사방으로 무거운 존재감을 늘어뜨리고 있었다.

"신이 역린을 뵈셔도 되겠습니까?"

청윤은 그의 물음에 술잔을 매만지며 대답을 미루었다. 그 뜻을 오해한 주요가 말을 이으며 주인을 설득시키려 애썼다. 하지만 이미 한 번 역린을 다치게 한 전과가 있기 때문에 그의 말은 상당히 조심스러웠다.

"내궁 바깥으로는 넘어가지 않을 것입니다. 이 안에만 두는 것이 가히 좋은 것만은 아닐 것이기에……."

"내궁 안에서라면 허락하겠습니다."

청윤은 술잔을 비워내며 낮게 중얼거렸다. 마지못해 허락해

주는 것이 눈에 보였기에 주요는 마음이 무거워졌다.

"신의 목숨을 걸고 역린을 보호하겠습니다."

"그래야 할 겁니다."

청윤은 술잔을 내려놓고 자리에서 일어났다. 그리고 천천히 다가와 가까이 붙어 앉은 주요와 다혜 사이를 팔로 짚으며, 머루같이 까만 다혜의 눈을 들여다보았다.

"노는 것도 좋지만 해 지기 전에는 침전으로 돌아와야 해요. 그렇지 않으면 내가 군사들을 풀어 그대를 잡아오게 할 테니까. 여럿 귀찮게 하지 말란 뜻입니다."

청윤은 조금 더 몸을 숙여 다혜에게로 가까이 다가가며 속삭이듯 낮게 중얼거렸다. 다혜는 주향(酒香)이 섞인 달콤한 그의 숨결에 순간 머리가 아찔해져 왔다.

"윽."

다혜는 얼른 두 손으로 입을 틀어막았다. 하지만 이미 속으로 배어 들어온 주향은 견디기 힘들 만큼 마음을 헤집어놓았다. 다혜는 작게 한숨을 내쉬며 힘겹게 대답했다.

"알았어요. 야간 외출 금지."

청윤은 눈을 가늘게 뜨고 어설프게 얼굴을 가린 두 손을 내리지 않고 답하는 다혜를 노려보았다. 백호 족부와 상장군에게서 맡은 주향에는 걱정된다며 머리를 쓰다듬고 난리를 치더니, 내게는 입을 가려?

청윤은 위압적으로 그녀를 내려다보며 몸을 일으켰다. 머리를 쓰다듬든지, 얼굴을 쓰다듬든지 내 알 바가 아니지. 청윤은 자신

을 보는 시선들에 간단히 목 인사만 하고는 냉기를 풀풀 날리며
그대로 정자 밖으로 나가 버렸다.

'왜 저러지?'

다혜는 신경 쓰이는 얼굴로 그가 사라진 자리를 한참이나 바라보았다.

"어휴, 살 것 같다."

주요는 이제야 제대로 숨이 쉬어진다는 얼굴로 굳은 어깨를
툭툭 두들겼다. 지하 또한 긴장을 덜고 마음 편하게 식사를 하기
시작했다. 서운해하는 건 소하뿐인 듯했다.

"왜 저렇게 기분이 안 좋아진 거야?"

"응? 누구, 나?"

주요는 입에 음식을 물고 젓가락으로 제 얼굴을 가리켰다.

"아니, 오빠 주인님."

"주인님? 주인님 기분이야 요새 계속 안 좋으셨지."

주요는 무슨 말인지 못 알아듣겠다는 표정으로 음식물 섭취에
만 정성을 기울였다.

"아니야, 아까까지만 해도……."

다혜는 말끝을 흐리며 입을 꾹 다물었다. 하긴, 내가 그에 대
해 아는 게 뭐가 있겠어. 다혜는 입맛 뚝 떨어진 표정으로 버섯
요리를 헤집었다. 좀 전까지만 해도 짓궂게 장난치던 남자가 저
리 정색을 하고 가버리니 신경 쓰여 미칠 것 같았다. 하지만 원
래부터 그런 성격일 수도 있는 거고……

"밥 먹고 오빠랑 궁 밖에 나가보자."

지하가 끼어들려 했지만 주요는 틈을 내주지 않았다.

"형님, 너는 다음 기회에."

지하가 오면 소하도 따라올 테고, 그것만은 제발 사양이었다. 천궁 공주 자존심에 혼자 따돌려지는 걸 참아낼 수 있을 거라곤 생각하지 않았다. 주요는 지하에게 눈짓을 하며 속마음을 전했다. 지하는 짜증스러워했지만 토를 달아 다혜의 즐거운 외출을 훼방 놓지는 않았다.

"밖에?"

반색을 하며 좋아하는 다혜를 보니 짜증을 참은 보람도 있었다. 지하는 소하 공주의 연서 쓰는 거나 도와줘야겠다는 생각을 하며 뒤로 빠졌다.

"나가도 돼? 내궁 안에서라고 한 거 아니야? 내궁이면 여기 아냐?"

주요는 순진한 다혜의 질문에 피식 웃음을 터뜨렸다.

"넌 무슨 동궁이 시골 아파트 단진 줄 아니? 여긴 수백 채나 되는 동궁의 전각 중 하나일 뿐이라고."

주군의 침전이라는 사소한 점은 그냥 무시하기로 했다. 주요는 땅이 꺼져라 한숨을 내쉬며 다혜가 헤집어놓은 버섯 요리를 입안에 쑤셔 넣었다. 해가 지기 전에 애를 또 이 안에 데려다 놔야 한다니, 어제 무슨 일이 있었는지 물어보면 화내겠지? 애도 이제 성인인데.

주요는 걱정스러운 눈으로 다혜를 힐끔거렸다. 이 녀석, 진짜 괜찮은 건가. 워낙에 힘든 내색을 하는 아이가 아니라서 찔러 묻기 전에는 알 수가 없었다. 하긴, 찔러 물어도 모를 때도 있었지만. 어휴, 환장하겠네.

※　※　※

청윤은 탁자에 반쯤 걸터앉아 짜증을 참아내고 있었다. 떨어져 가는 해가 창문 너머로 주홍빛을 쏟아내고 있었다. 해는 서녘에 걸린 지 오랜데, 바깥 놀이에 푹 빠진 역린은 감감무소식이었다.

'빌어먹을……'

대체 내가 뭐 하러 그것을 기다리고 있는 거지?

'후우.'

청윤은 괜히 가만히 서 있는 의자를 발로 툭 걷어찼다.

"짜증 나."

해만 넘어가 봐라. 당장에 군사들을 풀어 뒷덜미를 채어오게 만들 테니! 청윤은 점점 짙은 붉은색으로 변해가는 노을빛을 노려보았다.

"다녀왔습니다."

다혜는 무거운 짐을 고쳐 들며 항아들이 열어주는 문을 통과해 들어왔다. 저게 수동문이야, 자동문이야? 으그그, 무거워. 물론 그녀도 '다녀왔습니다'라는 말이 부적절하다는 건 알고 있었다. 하지만 습관은 무서운 거였다. 그녀는 자기도 모르게 하고 인사말을 중얼거리다가 저를 노려보고 서 있는 청윤의 모습에 뚝 하고 걸음을 멈추었다.

"아직 해 안 졌는데."

왠지 분위기가 험악했다. 다혜는 눈치를 보며 중얼거렸다.

"이제 막 지는군요."

"네."

그런데 왜 저래?

"하루 종일 즐거웠나 보군요. 아슬아슬하게 시간을 맞춰 들어온 걸 보니."

자리에서 일어나 뻐딱하게 허리에 손을 걸치며 청윤은 다분히 시비 걸듯 물어왔다. 다혜는 침실 한구석에 무거운 짐을 내려놓고 욱신대는 어깨를 조그마한 주먹으로 두들겼다. 들고 오느라 죽을 뻔했네.

"배짱도 좋아, 지금 날 무시하는 겁니까."

어느새 등 뒤로 다가온 청윤이 뒤에서부터 목을 움켜쥐어 턱을 들어 올리며 낮게 물었다.

"전하, 다년간 노을을 쳐다봐 온 제 경험에 따르면, 저게 너머 가려면 아직 한참은 더 있어야 한다구요."

"전하? 왜 날 갑자기 그렇게 부르는 거지?"

으이구, 대체 왜 이렇게 쓸데없이 예민한 건지, 다혜는 투덜거리듯 대답했다.

"이름 부르기 싫어서요."

"왜?"

호흡이 느껴질 만큼 가까이 다가오며 그가 험악하게 물었다.

다혜는 얼어붙었다. 이런 식의 접촉이 그에겐 아무것도 아닐지도 모르겠지만, 그녀에겐 아니었다. 심장이 쿵쾅거렸고 호흡이 떨렸다. 다혜는 눈을 질끈 감으며 그가 놓아주기만을 기다렸다.

"내, 내가 뭘 잘못했다고 이렇게 취조를 해요."

"왜 내 이름을 부르기 싫다는 거냐고. 예전에 내 이름을 가르쳐 줬잖아?"

그의 숨결이 더 가까이 닿아오는 느낌에 다혜는 다리가 후들거렸다. 기억 속에 남아 있는 그의 입술이 머릿속을 헤집었다. 붉은 기 도는 그의 입술은 해로울 정도로 관능적이었고, 다혜는 그런 쪽으로는 전혀 면역이 없었다.

"하, 하지만!"

다혜는 안절부절못하며 그를 두 손으로 밀어냈다. 손에 닿는 그의 살갗에 입만 열면 뭐라고 횡설수설할 것만 같았다. 하지만 이러고 입 다물고 있을 수도 없어서 다혜는 온갖 의지를 긁어모았다.

"다, 다른 사람들도 다 전하라고 부르잖아요. 참! 사, 사람이 아니지. 사람인가?"

잘하고 있어! 횡설수설하는 걸 아무도 모를 거야. 다혜는 제 머리를 쥐어박고 싶었다.

"어, 어쨌거나 다들 전하 아니면 주인님이라고 부르고 있으니까, 나 혼자서 당신 이름 부르는 것도 이상하잖아요."

"그들은 내 권속이야."

다혜는 숨을 삼켰다. 그 말을 흘려보내려 노력했다. 그에게 속해 있는 사람들, 난 거기에 들어가 있지 않지. 나도 알아.

"난 그냥……."

다혜는 숨을 삼켰다. 마음을 누르며 삼킨 숨을 깊이 내쉬었다.

"주제넘게 굴려는 생각은 아니었어요."

그녀는 애써 웃어 보이며 고개를 돌렸다. 바람이 창 너머에서 불어오고 있었다. 닿아오는 저녁 바람이 차가웠다. 마음까지 식힐 만큼. 하지만 정말 이 마음이 식을지를 모르겠다. 몸을 돌린 다혜는 타박타박 창가로 걸어가 창문을 환히 밀어젖혔다. 옅게 스며들던 바람이 풍성하게 밀려들어 온다.

다혜의 머리카락이, 치맛자락이 바람결에 길게 넘실거렸다.

"하긴 뭘 해도 이상하긴 할 거예요."

그녀는 그를 돌아보며 씩 웃었다.

청윤은 약간 이상한 기분이 들었다. 딱히 설명할 수 없는 기분이 달갑지는 않았다.

"좋아요, 청윤. 대체 뭐 때문에 이렇게 심술이 난 건지 말해줘요. 그게 나 때문이라면요. 난 해 지기 전에 들어오래서 해 지기 전에 들어왔다구요."

"내가……."

청윤은 자신의 목소리가 잠겨 나오는 걸 깨닫고는 미간을 찌푸렸다.

"후우."

그는 긴 손가락으로 관자놀이를 꾹 눌렀다. 왜 이렇게 화가 나는 거지? 다혜는 팔짱을 끼며 턱을 치켜들었다.

"지금 날 무시하는 겁니까? 사람이 물어보는데 또 한숨이나 쉬고 말이지요."

청윤은 이마에 손을 짚은 채 자신의 말투를 따라 하는 다혜를 내려다보았다. 다혜는 씨익 웃어 보였다. 정말이지 어이가 없다.

"짜증이 나는군요."

그의 낮은 중얼거림에 다혜는 웃는 얼굴을 싹 치워 버렸다.

"그래 보여요. 그런데요, 이제 나도 슬슬 짜증이 나기 시작했다구요."

다혜는 쿵쾅대며 자기가 가져온 짐을 뒤적거렸다.

"그거 되게 나쁜 버릇인 거 알아요? 왜 사람을 앞에 두고 한숨을 쉬냐구요. 당신 기분만 기분이에요? 그렇게 한숨을 쉬고 싶으면 그냥 나가라고 하면 되잖아요. 누군 여기 있고 싶어서 있어요? 난 또 다치고 싶어서 다쳤겠냐구요. 진짜, 내가. 아, 뭘 이렇게 잔뜩 쌌대?"

작은오빠와 노는 사이에 큰오빠가 가져다준 짐이었다. 며칠이나 있는다고 이렇게 많이 가져다준 건지는 모르겠지만. 다혜는 가방에서 면 티셔츠와 트레이닝 바지를 꺼내 들었다. 그러고는 희귀동물 보듯 자신을 관찰하고 있는 청윤에게로 휙 고개를 돌렸다.

"나가줘요."

"왜?"

단어 하나도 그냥 안 넘기는 예민한 남자가 옷 꺼내는 거 다 봤으면서 뭘 또 왜냐고 물어?

"옷 갈아입게요!"

그는 제 턱을 매만지며 입꼬리를 씩 밀어 올렸다. 웃을 때는 짜증 난다고 하더니, 성질내니까 좋다고 웃는다. 정말 성격이 왜 저래? 아침에 먹은 술이 뱀술이었나, 배배 꼬여가지곤!

"싫어."

단답형으로 짧게 대답하며 그는 해맑게 웃음 지었다. 다혜는 성질을 가라앉히려 노력하며 길게 숨을 내쉬었다. 심호흡하자, 심호흡. 후우우.

"나가요!"

안 돼, 성질을 가라앉힐 수가 없어!

"갈아입어. 봐줄게."

"뭘 봐줘요!"

그는 강 건너 불구경하듯 여유작작하게 대답했다.

"어차피 다 봤잖아, 어젯밤에. 뭘 걱정하는 거지? 그 몸에 발정할 정도로 형편없이 눈이 낮지는 않아요."

다혜는 숨을 들이켜며 그를 노려보았다.

"네에, 그러시겠죠. 하지만 난 누가 보는 데서 옷 갈아입는 취미는 없어요! 좋아요, 내가 나가서 갈아입고 오죠."

다혜는 입을 꽉 다물고 문으로 걸어갔다. 하지만 아무리 해도 문이 열리지가 않았다. 아까는 반자동으로 열리더니, 이젠 아예 닫혀 버렸다 이거지? 뒤에서 그의 낮은 웃음소리가 들려왔다. 좋아, 이제 진짜로 화가 나기 시작했어.

청윤은 문 여는 걸 포기하고 돌아오는 다혜를 보고 약간은 미안한 마음도 들었다. 너무 놀려먹었나. 그녀는 입을 닫은 채로 다른 방법을 찾아냈다.

치마를 걷어붙여 당혜와 버선을 벗어버리더니, 하얀 단속곳도 마저 벗어버린다. 그리고는 그대로 추리닝 바지를 꿰 입어버렸다. 그리고는 그 위로 면 티셔츠를 뒤집어쓰고 꼼지락거려 치마를 벗어냈다. 보인 건 겨우 한 뼘쯤 드러난 등허리뿐이었다.

안달 나게 만드는군. 청윤은 픽 웃음을 흘렸다. 그녀는 완벽하게 옷을 갈아입고는 비단치마를 깨끗하게 털어 장식장 위에 올려놓았다. 벗어놓은 당혜와 버선도 바르게 정리했고. 그동안 입은 내내 꾹 다문 채였다. 좋아, 어디까지 가나 보지.

청윤은 몸을 돌려, 항아들이 침상 위에 곱게 내려놓은 자신의 침의(寢衣)를 바라보았다. 그녀도 그것을 봤는지 기척 없이 조용했다. 청윤의 입꼬리가 심술궂게 말아 올라간다. 그는 아무렇지도 않은 얼굴로 허리띠에 손을 가져갔다. 풀어내는 데 약간의 망설임도 없었다. 윗옷을 어깨 너머로 흘려 내리며 그는 오만한 태도로 고개를 돌려 다혜를 힐긋 바라보았다. 다혜는 급하게 뒤돌아서며 새빨개진 얼굴을 두 손으로 꽉 눌렀다.

저 심술쟁이 대마왕! 안 돼, 후우우. 화내봤자 나만 손해다. 다혜는 빠르게 깨달으며 다시 심호흡에 집중하기 시작했다. 뒤에서 옷 벗어 내리는 소리가 너무 생생하게 들려! 으아악! 설마 다 벗는 건 아니겠지!

다혜는 아예 귀를 틀어막아 버렸다. 좋아, 여기는 산이고 바다야. 조용하고 고요하고 평안해. 여긴 아무도 없이 나 혼자야. 다혜는 눈을 감고 푸른 산과 바다와 들을 떠올렸다. 색기 어린 웃음소리가 흘러 다니는 산과 바다…… 가 아니야! 왜 또 웃고 난리야, 내가 웃겨? 입을 콱 틀어막았으면 소원이 없겠네! 으아, 짜증나! 다혜는 산과 바다를 포기해 버리며 발을 쾅 굴렀다.

"흥."

그는 쌀쌀맞게 코웃음을 치더니 그대로 바깥으로 나가 버렸다. 그녀가 열려고 했을 때는 꿈쩍도 안 하고 닫혀 있던 문이 또 자동으로 열리고 있었다. 명치 아래까지 훤히 비치는 잠옷을 입고 아무렇지도 않게 나다닌다. 어우, 성질나. 나도 이놈의 티셔츠를 확 잘라가지고 배꼽 티나 만들어 버릴까!

아니, 아니야. 신경을 쓰지 말아야지. 다혜는 한동안 씩씩거리다 마음을 가라앉히고 다시 가방을 뒤졌다. 부탁해 두었던 크로키북과 연필 등 도구가 가지런히 정리되어 있었다.

'으이구……'

다혜는 가방 안을 보며 작게 웃음 지었다. 아깐 화가 나서 씩씩대느라 미처 못 봤는데 하여튼 큰오빠다웠다. 작은오빠였으면 아무렇게나 막 쑤셔 넣어가지고 가져왔을 텐데.

다혜는 탁자 위에 그림 도구를 얹어놓고 작업할 준비를 했다. 청윤이 와서 뭐라고 하면 다른 방 달라고 해야지. 이 방에 같이 있어야 된다고 우긴 것도 그니까. 싫으면 뭐 또 본인이 나가시든가. 잘 나가네, 아주 그냥 뒤도 안 돌아보고.

"흥, 흥, 흥! 흐응!"

다혜는 댕기를 풀어버리고 볼펜으로 머리를 틀어 올렸다. 쳇,

남자가 저렇게 섹시한 것부터가 반칙이야. 작은오빠보다 더 큰 사내의 몸이 저런 식으로 움직인다는 것도 말이 안 돼. 저걸 뭐라고 해야 되지?

다혜는 손가락에 연필을 끼우고 화폭을 노려보며 머릿속으로 그림을 그렸다. 움직임, 몸의 머리카락의 여유로우면서 강한 또 부드러우면서 거침없는. 그의 움직임. 빛 받음, 유백색 피부의 곡선을 따라, 검고 긴 속눈썹의 음영을 따라 그 안의 차가운 동공을 따라……

"헉!"

다혜는 자기도 모르게 그려놓은 청윤의 잔상을 보며 하얗게 질렸다. 내가 못 살아, 진짜. 제 버릇 남 못 준다더니! 또 그를 그리고 있었다, 진짜 언제 다시 들어올지도 모르는데! 다혜는 얼른 크로키북에서 그림을 찢어냈다. 그리고 그것을 가방 가장 깊숙한 곳에다 숨겨놓았다. 들키면 완전 망하는데, 또 왜 이렇게 잘 그려졌대! 버리지도 못하게!

"아…… 화나."

전시회에 올릴 그림이나 그리자.

청윤은 욕전에서 몸을 씻고 침실로 되돌아왔다. 젖은 머리를 털어내며 안으로 들어가니 탁자 위에 흉한 꼴로 웅크리고 앉아 작업에 빠져 있는 다혜가 보였다. 문 여는 소리가 들렸을 텐데도 뒤돌아보지 않는다.

"뭘 그리고 있지?"

매번 먼저 말을 걸게 만든다니까. 청윤은 볼펜으로 틀어 올린 다혜의 뒤통수를 노려보았다.

"냄새나요, 저리 비켜요."

다혜는 화폭에서 눈도 들지 않은 채 중얼거렸다. 청윤은 짜증스러운 눈으로 그녀를 내려다보며 받아쳤다.

"안 씻은 건 내가 아니라 너야."

"그러니까 냄새가 나죠. 정유 냄새, 꽃 냄새, 금 냄새, 돈 냄새."

"내가 쓴 향료는 한 가지뿐인데."

청윤은 다혜의 귓가에 대고 낮게 중얼거렸다. 다혜는 움찔거렸지만 버텨냈다. 아무래도 이렇게 아무 의미도 없이 접촉을 해오는 건 그의 나쁜 버릇 중 하나인 것 같았다.

그의 긴 손가락이 눈도 안 마주치려 하는 다혜의 턱을 슥 들어올렸다.

"바로 사향(麝香)이지."

그의 얼굴이 닿을 듯 다혜에게 가까워진다.

"무겁지만 향이 상당히 따뜻해. 옅게 써서 나쁘지 않을 거야."

"거, 거짓말!"

다혜는 버럭 소리를 지르며 그에게서 벗어났다.

"아까 금화 언니가 사향 뿌렸을 땐 이 냄새가 아니었다구요. 이거보다는 더!"

"독했겠지. 난 거짓말은 하지 않아요, 아가씨. 그대가 쓴 사향이 짙어 아직도 욕전에 배어 있거든. 내 몸에 묻어난 건 바로 그대가 쓴 그 향이지.”

다혜는 얼굴이 달아올라 버럭 소리를 질렀다.

“내가 쓴 게 아니에요! 그걸 뿌린 건 내가 아니라…….”

“그림이나 마저 그리도록 해요. 꽤 예쁘네.”

청윤은 다혜의 말허리를 잘라내며 머리를 툭툭 두들겨 주었
다. 다혜는 청윤이 두들기고 간 머리를 꾹 누르면서 있는 힘껏
그를 노려보았다. 하지만 그가 비스듬히 침대에 누워버리자 그
마저도 할 수가 없어 다시 화폭을 노려보는 수밖에 없었다.

“에효.”

다혜는 어깨를 축 늘어뜨리며 한숨을 푹 내쉬었다.

그에게서 배어나는 색기는 퍼렇게 벼린 칼이 뿜어내는 날카로
움과 닮아 있었다. 눈을 홀리지만 함부로 다가갈 수는 없다. 눈
에 안 보일 때도 머릿속을 어지럽혀 살아가기가 힘들었는데, 옆
에 있으니 진짜 환장하겠다.

‘이놈의 골병.’

포기한 다혜는 크로키북에 얼굴을 묻어버렸다. 뭔가 머릿속을
하얗게 비워줄 게 필요했다. 다행히 오늘은 질료들이 많았다. 신
계에서의 첫날이었으니까.

‘마지막 날이 될 수도 있겠지만.’

난 대체 언제 돌아가게 되는 걸까? 그녀의 손은 머릿속 기억들
을 좇아 바쁘게 움직였다. 도깨비불, 금관처럼 화려했던 등롱과
빛깔 좋은 술들. 거대한 동궁의 정경과 그 속에서 일상을 노닐던
항아님들……. 그녀를 죽이려고 했던 인어를 닮은 괴어들과 순

백색 석영. 그리고 그를 도와주던 동궁의 군사님들.

다혜는 연필을 쥔 손에 턱을 괴고는 천장을 올려다보며 골몰히 기억을 떠올렸다.

'그러고 보니 정말 그저께 날 구해줬던 그 군인들은 어떻게 됐을까?'

괴어들을 떠올리다 보니 자연스럽게 자신을 구해주었던 군인들도 다시 생각이 났다. 다혜는 적서 대정과 그 부대원들을 떠올리다가 자신을 쳐다보는 그의 시선을 느끼곤 황급히 크로키북에 코를 박았다.

"……."

청윤은 팔을 괴고 비스듬히 기대 누운 채 작업에 푹 빠져 있는 다혜를 바라보았다. 자신이 뭘 원하고 있는지를 모르겠다. 일부러 놀리며 그녀를 자극시키고 있는 것은 확실했다. 다혜는 그것에 일일이 반응하며 시시로 어쩔 줄 몰라 했다. 그만큼 면역이 없다는 뜻일 것이다, 사내에게.

그는 등을 대고 늘어져 손을 들어 공기를 말아 압축시키기 시작했다. 예민하게 조종이 필요한 일이어서 복잡한 머리를 가라앉히거나 자기 자신을 묶어두기 위한 방편으로 자주 써먹곤 했다.

'신력을 깨워 최대한 빨리 청응(靑鷹)으로 올려 보내야겠어.'

자신이 점점 더 이상해지고 있었다. 백호 수장 놈이 역린의 머리에 코를 박고 향을 들이마실 때, 하잘것없는 상장군이 수시로 닿으며 결국 눈앞에서 채간다 했을 때, 가슴속에서 이상하게 치밀어 오르던 그 기분을 아직도 되새길 수가 있었다. 만약 그때 스스로가 조금이라도 용납이 되었다면 인계에서처럼 또다시……

"후우."

청윤은 스스로가 위험해지는 것을 느끼며 조정시키던 기탄을 흩뜨려 놓았다. 눈을 돌려보니, 다혜는 아직도 그림에 푹 빠져 있었다. 또 성질이 긁혀 올라왔다. 내버려 둬도 혼자 잘 노는 계집이 얼마나 드물고 귀한지 뻔히 알면서도 자꾸만 짜증이 일었다. 일부러 그를 못 본 체하는 것이 아니라 진짜로 잊어버리고 있다는 게 눈에 보여 더 짜증이 났다. 사내를 모른다는 게 꼭 좋은 것만은 아니라니까.

"하아……."

안을 계집이 필요해. 그는 탁자에서 퀼런이 끼워져 있는 연취(煙嘴)를 꺼내 입에 물었다. 하얀 연기가 길게 흐른다. 청윤의 눈길이 힐긋 다혜에게 가 닿는다. 조잡스러운 목필 따위로 틀어 올린 머리가 가는 목덜미를 드러내고 있었다. 묻어날 듯 희고 부드러워 보이는 곡선이 제법 단아했다. 저걸 드러내 놓고 밖을 돌아다니는 게 싫었던 것이다. 이유는 전혀 모르겠지만. 무슨 광중이 이 모양일까.

화폭에 고정되어 있는 시선, 눈이 먼저 가고 그다음엔 손이 따라간다. 때론 그 반대가 되어 인상을 찌푸리기도 했다. 그러다 손을 멈추더니 고개를 돌려 그를 바라보며 부탁하듯 말했다.

"제발 그렇게 한숨 좀 쉬지 말아요. 듣는 사람은 엄청나게 마음이 불편해진다니까요?"

"피곤한데, 그대 때문에 잠을 못 자고 있잖아."

그는 심드렁하게 대꾸했다. 다혜는 눈을 동그랗게 뜨고 되물었다.

"내가요? 내가 왜요? 시끄럽게 한 것도 아닌데."

"불."

다혜는 방 곳곳에 켜져 있는 등촉을 둘러보며 뒷머리를 긁적였다.

"아! 불. 미, 미안해요. 하나만 남기고 다 끄……."

그녀의 말이 채 끝나기도 전에 방의 불이 차례로 꺼지기 시작했다. 다혜는 깜짝 놀라 탁자 위의 등촉만이라도 지키려 했지만 한발 늦고 말았다.

"하나는 남겨달라고 했잖아요!"

갑자기 어두워진 시야에 제 손발도 보이지가 않았다. 사방이 깜깜한 와중에 들리는 건 그의 심술궂은 목소리뿐이었다.

"하나도 거슬려."

하여튼 더럽게 예민해가지고!

"이렇게 다 꺼버리면 난 어쩌라는 거예요! 잠은요? 잠은 어디서 자요, 난?"

설마 탁자에 엎드려 자라는 건 아니겠지? 바닥에서 자려고 해도 이불은 줘야 할 것 아냐. 무슨 생각을 하는지 그의 대답이 약간 늦게 나왔다.

"어제 잔 데서."

"어제요?"

생각 없이 그의 말을 따라 하던 다혜의 얼굴이 순간 새빨갛게 달아올랐다. 어제 그녀는 그러니까, 그의 배 위에서 잤었다.

"어, 어제는! 후우."

당황해 따지려던 다혜는 심호흡을 하며 그의 농간에 넘어가지 말자고 스스로를 진정시켰다.

"난 다 나았어요. 설령 그렇지 않다고 해도 싫어요. 물론 당신도 달가워하지 않는다는 건 알고 있어요. 그러니 둘 다 싫은데, 비상시국도 아닌 마당에 또 그래야 할 필요는 없잖아요."

다혜는 컴컴한 어둠을 더듬었다. 눈이 어둠에 익숙해졌는데도 앞이 잘 가려지지 않을 만큼 컴컴했다. 청윤은 계속 말이 없었고 다혜는 차츰 불안해져 갔다.

"청윤? 설마 자는 건 아니죠?"

뒤척이는 소리도 들리지가 않았다.

"청윤?"

다혜는 또 한참을 망설이다가 조심스럽게 자리에서 일어섰다. 눈뜬장님처럼 앞을 더듬어 가는데, 침상의 나무 기둥이 발밑에 탁 부딪혔다. 침상이 크다는 사실이 다행스럽게 느껴졌다. 최소한 어디쯤에 서 있는진 알게 되었으니까. 그렇다고 해도 컴컴한데다 아무 소리도 들리지 않고 오로지 촉감에만 의지해서 앞을 짚어 나가니 더럭 겁이 났다. 뭐가 나올 것같이 무섭기도 했고.

"처, 청윤!"

손이 그에게 닿은 것 같았…….

"하아, 왜 남의 허벅지는 더듬고 난리실까."

그의 낮은 목소리가 뱃속을 휘돌려 놓았고, 다혜는 소스라치게 놀라며 손을 떼어냈다.

"청윤!"

다혜는 화를 삼키며 씩씩거렸다.

"왜."

그는 또 심드렁하게 대꾸했다.

"내 이름 부르기 싫다던 사람치고는 꽤나 열심히 불러. 어쨌든 난 자야겠으니 더 그리고 싶으면 가서 그리든지."

헐, 뒤끝. 자기는 나한테 더한 소리도 했으면서 겨우 고거 한마디 가지고 이렇게 되갚아준다 이거지? 진짜 성격이 왜 이 모양이야? 어휴 성질나.

"내가 무슨 한석봉인 줄 알아요? 내 손도 안 보이는데 그림을 어떻게 그려요! 그리고 진짜 치사하게, 나는 왜 이불 안 줘요? 자꾸 이러면 저 비단치마를 덮고 자는 수가 있……."

"시끄러워."

거칠게 품으로 다혜를 잡아당기며 그가 경고하듯 낮게 일렀다.

"그 입은 좀 다물고. 자든지, 아니면 자려고 노력이라도 해보든지. 어찌 되었건 더 이상 성가시게 굴지 마."

다혜는 입을 꾹 다물었다. 그의 손이 그녀의 머리를 꽉 누르고 있었다. 그의 품에 꼭 안겨 있는데 마음은 너무 아파와서, 다혜는 눈을 감고 가늘게 심호흡을 뱉어냈다. 그의 체향 때문에 머릿속만 어지러워질 뿐이었다.

"알았어요."

간신히 아무렇지도 않은 듯 답하며, 다혜는 그를 밀어냈다. 그래, 침대가 커서 정말 다행이었다. 그래 봐야 그와 단둘이 있다는 사실이 바뀌는 건 아니었지만. 다혜는 이불 위를 더듬어 그에게서 떨어져 나왔다. 그리고 적당한 곳에서 이불 안쪽으로 파고들어 몸을 웅크렸다.

'나는 뭘 어떡해도 그의 마음엔 들지 않는 걸까?'

최대한 그를 성가시게 하지 않으려 노력하고 있는데, 되도록 말도 걸지 않으려 노력했고 한 번 더 보고 싶은 마음도 꾹 눌러 참았는데. 그런데도 내가 성가신가 보다. 그냥 눈에 보이는 것도 싫다는 뜻인 걸까. 생각하니 코가 찡 하고 아파왔다. 맙소사 또 이놈의 눈물샘이 울음을 터뜨리려 하고 있었다.

'윽, 안 돼. 울지 마!'

다혜는 이불로 얼굴을 콱 눌러 버렸다. 괜찮아, 진정하자. 견딜 수 있어. 좋아, 자자.

그 밤, 새벽녘.

청윤은 침상에 앉아 잠든 다혜를 내려다보고 있었다. 태평하게 자고 있는 그녀와는 달리 그는 한숨도 제대로 자지 못했다.

'후우, 미치겠군.'

그의 긴 손가락이 흐트러져 있는 다혜의 머리카락을 움켜쥐었다. 희미하게 날이 밝아오고 있었고, 잠을 못 자 머리가 아파왔다. 밤새도록 얼마나 이 여자를 다시 품 안으로 데리고 오고 싶었는지. 잠깐 안았던 감촉이 몸에 남아 또 얼마나 미치는 줄 알았는지.

'성가서.'

그의 엄지손가락이 천천히 다혜의 턱 선을 쓸어내렸다. 예쁘긴 하지만 여신들처럼 사내의 눈을 혹하게 만드는 아름다움은 없다. 동그란 이마, 코, 입술. 선이 단아하고 또 귀엽기도 했지만, 그리 크게 아름답지는 않았다. 그의 손가락이 다혜의 입술을 꾹 눌렀다.

'미치겠어.'

청윤은 한 손으로 얼굴을 가려 덮어버리고 곁눈질로 다혜를 노려보았다. 그런데도 왜 이렇게 자꾸만 이걸 안고 싶어지지? 청윤은 그렇게 다혜를 노려보다가, 그녀의 눈가에 물기가 맺혀 있는 걸 보고 멈칫했다. 울었던 모양이다.

'왜……'

설마 인계가 그리운 걸까. 그의 품에 안겨 자기 싫다고 딱 잘라 말하던 그녀의 단호한 목소리가 생각났다. 왜 그렇게까지 날 거부하는 거지? 설마. 다혜를 노려보는 그의 눈초리가 사나워졌다. 아니, 청윤은 고개를 흔들어 그 생각을 지워냈다. 설마 그 인간 놈을 그리워하며 울었던 건 아닐 거야. 그런데 내가 또 왜 이렇게 화가 나지? 이 조그마한 여자가 뭘 그리워하면서 울든!

청윤은 부글부글 끓어오르는 화를 콱콱 밟아 눌렀다. 자존심, 자존심 때문이야. 내 곁에서 다른 사내 생각을 하는 계집이라니.

그럼 정말 그놈을 생각하면서 울었다는 건가? 당장 깨워서 물어
봐야겠……. 하, 내가 또 왜 이러지?

"빌어먹을."

성질나 죽겠네. 순막이 걷어진 그의 눈에서 날 돋친 푸른빛이
일렁였다.

9장

그
와
그
녀

"넘어오지 마세요."

날이 밝자마자 다혜가 일어나 처음으로 한 짓은 방 한구석에 선을 긋는 일이었다. 실제로 바닥에다 뭘 그어놓은 것은 아니었고 제 화폭을 찢어 어찌어찌 선 비슷한 것을 만들어놓았다. 청윤은 심술궂은 얼굴로 그것을 보다가 일부러 선을 발로 밟고 넘어가 버렸다.

"넘어오지 말라니까요!"

다혜는 당장에라도 폭발할 것 같은 얼굴로 그를 노려보았다. 눈가에 얼핏 또 눈물까지 맺히는 걸 보고 청윤은 순순히 뒤로 물러서주었다. 다혜는 숨을 고르며 그를 미운 듯 보다가 고개를 팩 돌려 버린다. 청윤은 팔짱을 끼고 그녀를 노려보았다. 그녀는 신경도 쓰고 싶지 않다는 듯 가방을 뒤적거려 제 세면도구를 챙겨

들었다. 그리고는 문 앞에 가서 밖에 있는 항아들에게 협박하듯 말한다.

"문 또 안 열어주면 창문 넘어갈 거예요."

조용하던 문이 천천히 열리기 시작했다. 다혜는 전쟁터로 나가는 장수처럼 콧김을 내뿜으며 문밖으로 걸어 나갔다. 청윤의 그 꼴을 보다가 심술궂은 얼굴로 바닥에 깔려 있는 선 하나를 발로 툭 걸어찼다. 그렇지 않아도 화가 나 죽겠는데 별짓을 다한다. 제가 지금 얼마나 위험한 상태인지 모르기 때문이지. 아슬아슬하게 걸쳐 놓은 인내심을 정말 여러 가지 방법으로 긁어대.

'좋아, 이 상태면 얼마 못 버티겠어.'

그의 얼굴에 사나운 웃음이 번져 갔다. 하지만 경고는 해두어야겠지. 이런 식으로 나를 긁어대다간 내가 스스로를 제어하는 데 실패할 거라고.

다혜는 열과 성을 다해 양치질을 하고 얼굴을 씻었다. 금화 언니에게 당장 이불을 달라고 할 거다. 만약 안 주면 그의 침상 위에 있는 이불을 몽땅 다 끌어 내려 버리겠어! 다혜는 공격적으로 칫솔을 휘둘렀다.

"아, 아씨! 그냥 저희들이 시중을 들어드리겠습니다!"

달려온 금화 언니가 발을 동동 구르며 안달을 했다. 다혜는 칫솔을 갈무리하고 마지막으로 한 번 더 얼굴을 헹궜다. 그리고는 세숫물을 욕실 배수구에 따라 버렸다. 여긴 세숫대야도 모자라 배수구까지 최고급이어서 몰래 뜯어 팔아버리고 싶은 심술이 자꾸만 불쑥불쑥 솟았다. 심술도 옮는 모양이었다.

"세수는 저 혼자서도 할 수 있어요. 목욕도요. 그러니까 다 저 혼자 할 수 있어요."

"아씨, 그 얘긴 어제!"

다혜는 젖은 머리를 수건으로 꾹 누르며 대꾸했다.

"알아요, 밥그릇 뺏지 말라구요. 그럼 그냥 언니가 씻겨준 것으로 해요. 네 살 먹은 애기처럼 그냥 눈 꼭 감고 있었다고 하죠, 뭐. 언니, 나는 그냥 인계의 인간이에요. 생각해 보면 이상하잖아요. 어차피 난 여기 속해 있는 것도 아닌데 어째서 언니 밥그릇 하고 내가 연결되어 버린 거예요?"

"그건……."

금화는 대답할 말을 찾지 못하고 입을 다물어 버렸다. 아씨께 선 아직 모르는 모양이었다. 이젠 인계로 돌아갈 수 없다는 것을.

어제 금화는 주인의 명령대로 상상(上相)께 갔다가 청룡 일족의 옛 안식처인 청웅으로 역린을 뫼실 채비를 하라는 지시를 받았었다. 금화는 며칠 내로 청웅으로 함께 올라갈 항아들을 차출해 놓고 필요한 모든 것을 조목조목 챙겨야 했다. 하지만 동궁은 지금 북궁의 공주를 맞을 준비로 정신없이 바쁜 상태였기 때문에 쉬운 일은 아니었다. 금화는 무겁게 한숨을 내쉬었다.

"저, 아씨."

무언가 말을 하려는 듯 입을 달싹거리던 그녀는 그만 말문을 닫고 말았다. 누군가는 역린께 이 사실에 대해 말씀드려야겠지만 그게 자신은 아닐 것이었다. 금화는 말꼬리를 돌려 버렸다.

"다른 건 다 양보하겠는데 그런 차림으로 동궁을 돌아다니는 것만은 제발 좀 참아주시어요."

금화는 엄한 얼굴로 모란색 비단 치마를 펼쳐 보였다. 다혜는 하늘이 무너지는 걸 목격한 얼굴로 꿍꿍거렸다.

"또요? 오늘 작은오빠랑 시내에 나가보기로 했단 말이에요. 분명히 더럽혀질 텐데."

"주인님께서 허락해 주셨습니까?"

금화가 확인이라도 하듯 물어왔다. 다혜는 눈을 껌벅이며 대답했다.

"내궁 안에서라면 괜찮다고 어제 그랬는데요."

"아, 그러셨군요."

금화는 그제야 다시 웃으며 고개를 끄덕여 주었다. 다혜는 그녀도 어쩔 수 없는 그의 권속이라는 사실을 깊이 느껴야 했다.

"그렇다면, 이것하고 이것하고 이걸로 하시어요."

금화는 모란 치마에 어울리는 은홍빛(매우 옅은 분홍빛) 노리개와 댕기를 골라냈다. 댕기에는 노란 산호 구슬까지 물려 있었다. 다혜는 질색을 하며 뒷걸음질쳤다.

하지만 뭐, 결국 금화의 손에 붙들려 입혀주는 대로 입는 수밖에 없었다. 금화는 일도 일이었지만 이런 걸 상당히 즐기는 듯했다.

다혜는 머리카락 한 올까지 제대로 만져진 뒤에야 그녀의 손에서 풀려날 수 있었다. 오늘은 밖에 나간다고 옅게 화장까지 해

주었다. 다혜는 기운이 쏙 빠진 얼굴로 터덜터덜 침실로 돌아왔다. 어제 두고 간 흰 돌을 챙겨오는 걸 잊지 않은 게 유일하게 다행한 일이었다.

"오늘은 또 어떻게 옷을 갈아입으시려고 치마를……."

항아들의 손에 의전을 바로 하고 있던 청윤은 다혜에게 시비를 걸다가 그녀를 보더니 눈을 가늘게 뜨며 입을 다물었다. 그는 못마땅한 눈으로 항아들을 물려 버렸다. 그녀들은 말없이 다혜를 청윤과 단둘이 남겨놓고 나갔다. 다혜는 약간 불안한 생각이 들어 그의 눈치를 보며 그 자리에 가만히 서 있었다. 왜 또 저러지?

하지만 그는 다혜에겐 관심이 없다는 듯 벽에 걸린 체경(體鏡: 몸거울)을 들여다보며 제 입술을 손가락으로 문지를 뿐이었다. 피곤한지 살굿빛 입술 한쪽이 하얗게 터 있었다. 하지만 그것조차도 묘하게 색기가 흐르니 그는 정말이지 태생에 문제가 있었다. 골칫거리가 지나가듯 낮게 물어왔다.

"어디를 돌아다니려고 그 꼴을 하고 왔을까?"

"내 꼴이 왜 뭐가요?"

다혜는 혹시 속바지가 비치나 싶어 꼼꼼히 치맛자락을 살펴보았다. 금화가 만져 준 옷매무새는 완벽했다.

"하루 종일 작업이라도 할 생각인가?"

별 뜻 없는 듯한 그의 물음에 다혜도 꾸밈없이 대답했다.

"네, 작은오빠하고 시내에 나가기로 했거든요. 가서 풍경이나 뭐 이것저것 그려오고 싶어서요. 혹시 그리면 안 되는 건가요?

유출 금지?"

"아니, 상관없습니다."

목소리는 싸늘한데 그의 움직임은 몹시도 우아했다. 몸을 돌린 그는 단걸음에 다혜의 코앞까지 다가왔다. 그 움직임에 그녀가 놀라는 사이, 청윤은 다혜의 입술을 제 긴 손가락으로 꽉 눌러 붉은 기를 뭉개 버렸다. 사태 파악을 못한 그녀가 멍하니 있는데 청윤은 조그마한 턱을 붙잡고 이리저리로 돌려보았다. 그렇게 표정도 없는 얼굴로 그는 남은 연지 자국을 모조리 싹 지워냈다.

"이제 좀 낫군요."

청윤은 다정하게 웃음 지으며 다혜의 뺨을 톡톡 두들겨 주었다. 연지가 묻은 손으로. 여전히 사태 파악을 못하고 있는 다혜에게 청윤이 무언가를 달라는 듯 손을 내밀었다. 한결 기분이 나아진 얼굴이었다.

"……또 뭘요?"

"그 석영. 어디서 난 건지는 모르겠지만 아주 위험한 것입니다."

석영? 다혜는 예상치 못했던 그의 말에 큰 눈을 깜빡거렸다. 그녀는 손에 쥐고 있던 돌을 내려다보았다. 이 조그맣고 못생긴 돌이 위험한 거라고?

"하지만 얘는……."

다혜는 자기가 생각해도 조금 이상한지, 작게 얼굴을 찌푸리며 그날 밤 일을 설명하기 시작했다.

"그저께 밤에요, 다친 날에요."

머리 붉은 괴물들에 둘러싸여 있던 밤, 그것들은 군침을 흘리며 그녀에게 다가오고 있었고, 죽음의 직전에 이 하얀 돌은…….

"죽었을 거예요. 이게 없었다면요."

청윤은 별로 재미없다는 얼굴로 되물어왔다.

"도망을 치더란 말이지요."

연골어강족이 먹이를 앞에 두고?

"좋습니다, 그렇다면 한동안은 더 가지고 있도록 해요. 하지만 무언가 이상한 것이 발견되면 즉시 나에게 말을 해야 합니다."

"네."

다혜는 엄한 청윤의 목소리에 순순히 고개를 끄덕였다. 청윤은 착하다는 듯 다혜의 뺨을 두어 번 더 토닥거려 주었다.

"그럼, 즐거운 하루 보내도록 해요."

다혜는 생긋 웃고 나가 버리는 청윤의 등짝을 멍하니 바라보았다. 왜 저렇게 사람 넋 빼놓게 예쁘게 웃고 가지? 수상해…….다혜는 불안한 마음에 천천히 청윤이 보던 거울로 가 얼굴을 비춰 보았다.

"……."

다혜는 이마를 탁 짚으며 무겁게 한숨을 내쉬었다.

"하아아."

이게 뭐야. 대체 왜 저래, 뭐가 불만인데? 연지 자국을 지워만 놓은 게 아니라 볼에 찍어놓기까지 했다. 세수를 다시 해야 할 판이었다. 금화 언니가 정성껏 해준 화장은 해놓은 지 십 분 만에 물로 되돌아가게 생겼다. 내가 미쳐. 한다고 고생, 지운다고

고생! 도대체 나한테 왜 이러는 거야? 대체 왜! 저 심술쟁이 대마
왕아악!

❋　❋　❋

"너 얼굴이 왜 이렇게 푸석푸석하냐? 어제 잠 못 잤어?"

"몰라. 묻지 마."

주요는 퉁명스럽게 대꾸하는 동생을 걱정스레 내려다보았다.
다혜는 작은오빠의 거처에 와서 아침을 함께 먹고 있었다.

"뭔데, 말해봐. 혹시 주인님이…… 그러니까 주인님이……."

말이 뱉어지진 않고 자꾸만 혀끝에서 맴돌았다. 주요는 결국
차마 묻지 못하고 입을 다물어 버렸다. 용과 역린의 사이에는 그
친족조차도 끼어들 수가 없었다. 하물며 다혜의 친혈육도 아닌
주요에게 그것에 대해 왈가왈부할 자격 따위가 있을 리 없었다.
그저 속만 썩어 들어갈 뿐이었다.

"오빠."

"응?"

주요는 다혜가 사뭇 진지한 얼굴로 자신을 부르자 저도 모르
게 긴장을 했다. 무슨 얘길 꺼내려고 저러는지 불안해 죽겠다.
어, 어디 사춘기 딸의 성적 호기심에 대처하는 부모의 자세 같은
책은 없나. 아, 이건 그냥 호기심이 아니라 그러니까 피임 같은
걸…… 그, 그런 건 나보다 주인님께서 더 잘 아실 것 같기도 하
고, 하, 하지만 피임이라니? 저 어린것한테! 다혜도 뭔가 묻기가

어려운지 쉽게 묻지 못하고 자꾸 망설여 댔다.

"저기, 원래 그래?"

"어, 어? 뭐가?"

주요의 얼굴이 조금씩 달아오르고 있었다.

"오빠 주인님 말이야. 원래 그렇게⋯⋯."

다혜는 점점 벌게지는 주요의 얼굴을 보곤 입을 다물어 버렸다. 왜 저렇게 얼굴이 빨개져? 화났나. 하긴 그래도 오빠가 섬기는 주인인데, 원래 그렇게 성격이 나쁘냐고 물어보면 기분이 나쁘겠지? 에이, 관두자.

"아무것도 아냐. 참, 그건 그렇고 오빠."

"응?"

다혜는 곰곰히 기억을 떠올리려 애쓰며 물었다.

"그날 나 구해줬던 사람들 말이야."

"그날?"

"응, 왜. 나 다쳤던 날. 그때 말소리를 들었거든. 뒷모습도 본 것 같고. 오빠 아는 사람들 아니야?"

"아."

주요는 침통한 얼굴로 알아들었다는 듯 고개를 끄덕거렸다.

"적서 대정이야. 그런데 그놈은 왜?"

"찾아뵙고 인사라도 드리고 싶어서."

주요는 미간을 찌푸렸다.

"내버려 둬. 당연히 놈이 해야 할 일이었어. 네가 직접 인사까지 할 필요는 없어."

"그런 게 어딨어?"

"넌……."

그는 말을 마칠 수가 없었다. 동궁의 역린이며, 주인의 숨인 그녀가 고작해야 대정에게 인사 따윌 해서야 체면이 서질 않는다. 치하를 하는 것도 아니고, 다혜는 분명 문자 그대로 허리를 숙여가며 감사인사를 할 것이 뻔했다. 말도 안 되는 일이다. 하지만 지금 그녀는 일개 항아만큼의 지위도 갖고 있지 못했다.

동궁 최고 무력 단체 중 하나인 응양군이 그녀를 보호하고 있다고는 해도 상징적인 권위를 나타내는 호위대(扈衛隊)는 구성되어 있지도 않았다. 냉정하게 말해 그녀가 중요하긴 해도, 그 지위가 대정보다 높다고 할 수가 없다는 뜻이었다.

"한 번 뵙게는 해줘. 목숨을 구해주셨는데 보답은 못할망정 인사는 해야 맞잖아."

"알겠어. 나중에, 한번 자리를 마련해 볼게."

주요는 우울하게 대답했다. 왕의 역린이 일개 대정에게 허리를 숙이는 천인공노할 일이 곧 벌어지게 생겼다. 주인께서야 관심도 없으시겠지.

"자, 그럼 이만 나가자! 오늘은 진짜 밖에 나가보고 싶어. 어젠 하루 종일 이 안에만 있었잖아."

주요는 씩씩하게 말하는 누이를 보며 웃고 말았다.

"그래, 나가자. 근데 뭐 내가 있자고 했냐? 네가 있자고 했지."

책이라곤 배달 음식점 전화번호부밖에 보지 않는 작은오빠의 거처에 웬 장서가 한가득했다. 한자나 고어로 써진 게 대부분이었지만, 순 한글로 쓰인 책도 많이 있었다. 작은오빠가 인계로 파견 나가 있는 동안 오빠의…… 음, 그러니까 오빠의 친동생이 이곳을 모자란 서재 대용으로 썼다는 설명이 붙어 있었다.

다혜는 말없이 어제 하루 종일 책을 보았다.

"그래, 알았어. 그러니까 오늘은 나가자고요."

밥숟가락을 내려놓기 무섭게 다혜는 크로키북과 연필 등을 챙겼다. 주요는 먼저 휑하니 나가 버리는 동생의 뒤를 따라붙었다.

그녀는 거처 바깥으로 나와 크게 숨을 들이마셨다. 꽃과 나무 냄새가 어우러진 맑은 공기가 한가득 밀려들었다. 그녀는 짙푸르게 반원을 그리며 떨어지는 하늘도 올려다보았다. 닿을 듯 낮게 흐르는 뭉게구름은 가슴을 들뜨게 만들었다.

"걸어가야 돼?"

다혜는 뒤따라 나온 주요를 보며 물었다.

"그게 낫지 싶어. 넌 아직 바람을 못 타니까."

"그거야 그렇지만, 아직이라니?"

다혜는 미간을 찌푸리다 무언가를 깨달으며 큰 눈을 껌벅거렸다.

"그럼 나도 나중에는 탈 수 있다는 뜻이야?"

"그것도 질문이라고 하냐. 예전에 들었잖아, 큰형한테. 너도 신족의 수명을 가졌어. 그게 무슨 뜻이냐 하면, 네가 신(神)이 돼 간다는 소리지."

다혜는 숨을 헐떡였다.

"내가, 내가 뭐가 돼간다고?"

다혜의 반응에 주요는 얼굴을 찌푸렸다.

"얘가 왜 이래. 그럼 구천 년 동안 사는 인간도 있냐?"

"어, 없지! 없긴 한데…… 그러니까 내가 뭐가 된다고?"

주요는 땅이 꺼져라 한숨을 내쉬었다. 이상한 데서 엉뚱하게 둔한 건 알고 있었지만, 그래. 얘가 이럴 줄 알았지. 자기가 아직도 그냥 평범한 인간이라고 믿고 있을 줄 알았다고. 그러니 산뜻산뜻하게 괜찮다고, 인계에서 수천 년쯤 살아갈 수 있다고 웃으며 말할 수 있었던 것이다.

그게 뭔지 아직은 짐작도 하지 못하는 주제에.

'십중팔구 주군께서 쐐기를 박으셨을 테지.'

인간이니 인간으로 살아가라. 뭐, 그 비슷한 말씀을 하시지 않았겠나. 주요는 다혜가 발현을 일으켰던 날 밤, 주군과의 대화를 떠올리며 생각했다.

그때 주군께선 역린은 지금까지와 변함없이 살아갈 것이라고 이 동궁의 영역 안에서 인간으로, 그렇게 살아갈 것이라고 그에게 말씀하셨다. 다혜에게도 그 비슷한 말씀을 하셨을 거라고 왜 생각을 못했을까.

주요는 무겁게 한숨을 쉬고는 다혜를 똑바로 직시했다.

"너는 인간이 아니야. 너를 살게 하는 것은 인간의 피가 아니야."

마찬가지로 살아가야 할 곳 역시 인계가 아니었다.

"네 신력도 조금씩 깨어나고 있어. 알에서 깨어나면 완전한 신족이 되어 바람을 타고 날아오를 수 있게 될 거야. 그러니까 조금만 견디고 버텨. 알았지? 주인님 곁에 있는 게 네 신력이 깨어날 수 있는 가장 빠른 방편이니까. 힘들어도 버텨. 오빠 말, 알아들었지?"

"믿을 수가 없어! 그는 그게 가장 안전하니까, 일이 해결될 때까지 한방에서 지내야 한다고 말했는데. 내가……."

다혜는 말을 멈추고 숨을 크게 들이마셨다. 아니야, 아직은 믿지 않겠어. 이 세계에 속할 수 있다는 말을 어떻게 믿겠어?

"가자."

주요는 혼란스러워하는 다혜의 작은 손을 붙잡고 앞서 걸어나가기 시작했다. 다혜는 오빠의 걸음을 바쁘게 쫓았다. 주요의 얼굴은 여전히 표정 없이 굳어 있었다.

'주군께선 끝까지, 다혜가 신족이 돼가는 걸 받아들이고 싶지 않으신 걸까.'

인계에서 신계로 옮겨오는 건, 단순히 이 동네에서 옆 동네로 이사 가는 걸 의미하는 게 아니었다. 그것은 오직 존재의 변화를 의미했다.

닫아놓았던 물문을 열고 강이 쏟아져 나오는 것이다. 강은 오직 한 곳을 향해 흐를 것이었다, 바로 이 동향의 바다로. 마침내 그 거대한 세계에 속해 완전한 일부가 될 때까지 멈추지 않고 흐를 것이었다.

다혜는 그 경계에 서 있었고, 흐름은 지금도 끊임없이 아이를 밀어내고 있었다. 하지만 다혜는 바다로 나갈 준비가 전혀 되어 있지 않았다. 바다에 대해 모르면서 어찌 그 속에서 살아갈 수 있단 말인가. 바다는 삶이 길고 죽음이 잦은 곳이었다.

그렇다고 되돌아갈 수도 없었다.

다혜는 이제 결코 평범한 인간으론 돌아갈 수가 없었다. 주요는 다혜의 손을 꼭 움켜쥐었다. 꼭 지키겠다고 생각하며.

"밖까지 많이 멀어?"

"글쎄. 바람을 타지는 못하겠지만, 딛고 뛰는 정도는 할 수 있을 것 같은데. 한번 해볼래?"

주요는 깨어난 다혜의 신력을 가늠하며 물었다. 다혜는 눈이 휘둥그레져 아이처럼 고개를 끄덕였다. 주요는 씨익 웃으며 다혜의 머리를 흩뜨려 놓았다.

"좋아, 가보자."

그리고는 바람을 끌어당겨 발밑에 두고 밀기 시작했다. 다혜는 파도를 탄 듯 몸이 앞으로 쑤욱 밀려나는 것을 느끼며 비명을 질렀다.

"꺄아악! 아하하, 꺄아악! 더! 더 빨리이!"

주요는 비명을 질렀다가, 웃음을 터뜨렸다가, 재촉까지 해대는 다혜를 보며 너털웃음을 터뜨렸다. 사실 바람을 조종하는 건 동궁에서 주군을 따를 자가 없었지만, 주요의 솜씨도 나쁜 편은 아니었다. 그도 동궁 팔대 상장군 중 하나였던 것이다.

"헉, 헉. 근데, 이거…… 하아. 쉽지는 않다."

단숨에 동궁문까지 내달려 와서 다혜는 가쁘게 숨을 몰아쉬며 허리를 구부렸다. 황소의 등 위에 탔다가 내려온 기분이었다. 땅이 뱅글뱅글 도는 것 같기도 하고 다리가 저릿저릿 하기도 했다.

또 갑자기 뛰었을 때처럼 옆구리가 당기며 아파왔다. 어이구, 다혜는 노인네처럼 허리를 두드리며 천천히 심호흡을 했다. 쉬운 게 아니네.

"조금만, 조금만 쉬었다 타자."

다혜가 호흡을 고르는 사이, 주요는 동궁문을 지키는 문지기와 눈인사를 주고받았다. 이미 연락을 받아두었던 문지기는 별다른 제지 없이 상장군께 예를 표하며 길을 열어주었다.

"뭘 또 조금만 쉬었다 타? 이게 무슨 놀이기군 줄 아냐?"

주요는 동궁문 바깥으로 다혜를 데리고 나가며 타박을 했다.

"고거 탔다고 이 난리니, 너는 신력이 문제가 아니라 체력이 문제야. 허구한 날 앉아서 그림만 그리니까 근육이 붙을 새가 있어야지. 이래 가지고 바람 타고 날 수나 있겠냐? 안 되겠어. 너, 내일부터 오빠랑, 읍!"

다혜는 뭔가 무시무시한 말이 튀어나올 것 같은 주요의 입을 틀어막아 버렸다. 키는 쓸데없이 커가지고 까치발을 들어야 했다.

"거기까지 합시다, 작은오라버니. 운동하자는 말은 제발 넣어 둬. 가끔은 걷는 것도 정말이지 싫단 말이야, 으웩."

다혜는 질색이라는 듯 고개를 부르르 털어냈다.

"청윤은 아무렇지도 않게 날 데리고 날기도 하던데, 오빠도 그냥 좀 그렇게 해주면 안 될까?"

"이놈이!"

주요는 다혜의 머리를 꾹 밀어냈다.

"그게 말이 쉽지, 잘되는 줄 아냐? 그러다 떨어뜨리면 한 달은 침대 위에 누워 있어야 될걸? 그리고 너, 누가 그렇게 주인님의 휘(諱)를 함부로 부르래! 그 정도 눈치는 있어야 하지 않겠니? 스물한 살이나 먹어선!"

주요는 마구 다혜의 볼을 잡아 늘어뜨려 주었다.

"윽! 어제 이름 부르기 싫다고 전하라고 불렀다고 얼마나 앙갚음을 당했는지나 알아! 왜 자꾸 때려!"

다혜의 말에 주요의 얼굴이 벌겋게 달아올랐다. 주요는 저도 모르게 소리쳤다.

"침실 안과 밖은 좀 구분하자, 어?"

"이씨! 그런 게 아니라구!"

그의 말에 이번엔 다혜의 얼굴이 달아올랐지만, 다혜는 차분하게 설명하려 애썼다. 하긴 오빠의 입장에서는 오해의 여지가 다분하긴 할 것이다. 한데 침실 안과 밖이라니? 그렇게 말하니까 우리가 무슨 대단히 친밀한 사이라도 되는 것처럼 들리잖아.

"오빠. 그런 게 아니라, 내가 여기에 속해 있는 게 아니니까, 그러니까 그렇게 부를 필요가 없다는 뭐, 그런 거였어."

"너 뭐라는 거니?"

주요가 황당한 듯 눈을 가늘게 뜨고 동생을 내려다보았다. 그는 설명을 듣고 싶은 듯했지만, 다혜는 그 주제에 대해선 더 이상 말을 나누고 싶지가 않았다.

"됐고, 빨리 내려가…… 헉!"

다혜는 몸을 홱 돌려 아래로 떨어져 있는 계단에 발을 얹고는 놀란 숨을 들이마셨다. 계단은 허공을 딛고 까마득히 먼 아래까지 뚝뚝 떨어져 있었다. 눈꽃처럼 하얀 돌에 음각으로 패인 정교한 문양 안쪽으로 물이 흐르고 있었다.

"오, 오빠, 나 좀 잡아줘!"

"으이구!"

주요는 다리가 떨려 꼼짝없이 얼어붙어 있는 다혜를 덥석 안았다.

"주, 죽는 줄 알았네. 뭐야, 이거 왜 이래?"

다혜는 질린 얼굴 그대로 눈앞의 장관에 입을 벌렸다. 쏟아질 듯 창창한 하늘 아래로 시가지는 아득한 곳까지 뻗어 나가 있었다. 그 먼 곳에서 산처럼 우뚝 서 있는 성벽이 길게 능선을 그리고 있었다. 세상은 녹림처럼 생생하고 알 수 없는 기운으로 가득했다. 공기 한 모금, 바람 한 자락 인간의 땅과 같은 것이 없었다.

"저, 저건 또 뭐야."

어디선가 높은 새가 우는 소리가 들렸다. 시선이 따라간 그곳에서 다혜는 농 짙은 안개가 새의 형상을 하고 시가지 위를 날고 있는 것을 보았다. 날개는 아침이슬 같았고 움직임은 매처럼 우아했다. 그것은 신족 하나를 몸 위에 태우고 빠른 속도로 창공 위를 질러갔다.

"안개새야. 저 아래 구사(廐舍:마구간)에서도 길들인 안개새를 팔걸? 근데 좀 비싸지."

"나도…… 나도 타보고 싶어."

다혜의 간절한 눈빛에 주요는 고개를 저어댔다.

"다 장단점이 있어. 바람이 타기 거칠고 힘든 건 사실이지만 일단 몸에 익혀두면 움직이는 데 제약이 없어져. 소리말을 끌어 모을 수도 있고. 참, 알아둬라. 소리말도 못 모으면 신계에서 살아가기가 엄청나게 불편하다는 거. 인계랑은 달리 도시와 도시, 마을과 마을 사이의 거리가 먼데다가 전화기 같은 것도 없으니까 소리말을 쓸 줄 모르면 그냥 벙어리로 살아야 한다는 뜻이지. 아, 그리고 저 안개새는, 그러니까 뭐, 솔직히 말하자면 바람보다는 타기도 쉽고 다루기도 쉬워. 풍(風)을 다루는 기술은 배우기도 힘들고 무엇보다 가르쳐 줄 자를 찾기도 힘들거든. 하지만 말이지, 다혜야. 너에겐 이 작은오라비가 있지 않니. 응? 스포츠카를 탈 수 있는데 왜 리어카로 만족하려는 거니? 동궁 팔대 상장군 중 하나인 이 내가 너의 오라비인데."

"와아…… 우리오빠, 잘난 척 진짜 잘한다."

다혜는 감탄스러워했다.

"이게 안 믿네? 자, 보여주마!"

당당하게 소리친 주요는 마치 보란 듯이 손을 뻗어 바람을 몰았다. 그의 손바닥 위에서 조금씩 움직이기 시작한 바람이 공기를 휘감아 응축시키고 있었다. 하지만 다혜는 이미 어제 청윤이 하는 것을 봐버린 뒤였다. 그는 손장난하듯이 그러던데, 작은오빠는 내버려 두면 깨달음을 얻고 하늘로 승천할 분위기였다. 어휴, 저 땀 봐.

"엄청 힘들어 보이니까 그만해도 될 것 같아."

"이게!"

주요는 저릿저릿한 손목을 탁탁 흔들며 다혜를 노려보았다. 주요는 혀를 날름 내미는 다혜의 뒤통수를 툭 치고는 등을 돌려 보였다.

"업혀. 네 다리로 이 계단 걸어서 내려가려면 내일 아침에나 도착할 테니까."

다혜는 주요의 등에 업혀 목을 꽉 조였다.

"야!"

"무섭단 말이야."

다혜는 힐끔 오빠의 발밑으로 비치는 까마득히 먼바다를 훔쳐보았다. 시퍼런 게 사람 한둘 삼킨 걸로는 트림도 하지 않을 것 같았다. 뒷골이 주뼛주뼛 서며 멀미 나듯 머리가 어지러워졌다.

"무섭긴 이게 뭐가 무섭냐."

타박을 했지만 주요는 조심스럽게 동생을 고쳐 업고 계단을 내려가기 시작했다. 다혜는 주요가 움직일 때마다 자꾸만 숨을 멈췄다. 계단이 출렁거리며 흔들리는 것 같았다. 기분 탓이겠지. 설마 계단을 그렇게 허술하게 만들어놓지는 않았을 거야, 설마. 하지만 또 슬쩍슬쩍 아래를 훔쳐보는 것을 멈출 수가 없었다.

무섭긴 무서운데 아찔할 정도로 매혹적이다. 오오, 방금 수면 밑으로 뭐가 지나간 것 같아. 그러다 보니 마지막 계단을 내려올 땐 살짝 아쉽기까지 했다. 다혜는 뒤를 돌아보았다.

바깥으로 빠져나오니 동궁 전체의 뼈대를 이루고 있는 푸른빛이 더 확연히 눈에 들어온다. 심연을 떠다 깎아놓은 듯 차가운

빛이었다. 날카로운 빛이었지만 싫지는 않았다. 어쩐지 보고 있으면 이상하게 안심이 되는 묘한 기분도 들어, 다혜는 고개를 갸웃거렸다.

"물낮돌이야."

다혜의 눈이 무엇을 보고 있는지 눈치챈 주요가 설명해 주었다.

"군주의 돌이라고도 하지. 군주 혈통하고 이어져 있는 광물인데, 직계의 피에 가장 강하게 반응해. 동궁은 바로 저 물낮돌에 기초와 뼈대를 두고 있어. 적은 배제시키고 주인의 권속은 보호하지."

때문에 동궁은 그 자체로 하나의 요새나 다름없었다. 물론 저것이 제대로 돌아가려면 궁성 내에 주인께서 계셔야 한다는 조건이 붙어 있었지만.

"무슨 뜻인지 알아먹었니? 저 섬뜩한 것이 널 배제시키지 않는다는 뜻은 네가 주인께 속해 있다는 뜻이야."

다혜는 못 들은 척하고 동궁과 토대 사이의 허공 속에서 느리게 회전을 이어가고 있는 거대한 푸른 빛을 가리켰다.

"저건?"

"대결계 방어진. 역시 주인의 권속은 보호하고 허락 없이 발을 디딘 적은 배제시키지. 저것이 널 가만 내버려 둔다는 것은 역시 네가 이곳에 속해 있기 때문……."

"그만해."

다혜는 자꾸 똑같은 소릴 되풀이하는 작은오빠를 노려보았다.

무슨 세뇌 교육시키는 것도 아니고.

"그걸 정하는 건 오빠가 아닐 거야."

다혜는 심호흡을 했다.

"계속 날 설득시키려고 하는 걸 보면 오빠도 그걸 알고 있는 거야, 분명히. 그렇지? 그러니까 그 얘긴 그만 넣어둬. 그리고 난 지금부터 뛸 거니까, 나 혼자 막 돌아다니기 전에 오빠가 말리는 게 좋을걸."

그녀는 맑게 웃으며 내성 쪽으로 한 걸음 내디뎠다. 주요는 어쨌거나 결코 포기하지 않을 것이라 다짐하며 뒤를 따라붙었다. 다혜는 나비처럼 내성 안을 사뿐사뿐 뛰어다녔다. 즐거워하는 척하는 건 아닌 듯해 주요는 적잖이 안심이 되었다.

"저것 봐."

바닥재는 모두 바다 위에 깔려 있었다. 수면 위에 반듯한 돌길이 놓여 있고 그 틈새로 얼핏얼핏 물이 비쳤다. 건물들 역시 모두 물을 딛고 있었다. 땅은 저 깊은 수면 아래에나 있는 듯했다.

다혜는 잠시 이 돌길이 물 아래로 푹 꺼지진 않을까 걱정했지만, 작은오빠를 믿기로 했다. 빠지면 건져 주겠지.

"저거, 저것 좀 봐봐!"

물 위에 이끼가 덮여 있었고 그 위로 관목이 무성했다. 뿌리는 바다에서 양분을 얻는 듯했다. 그리고 물 아래로 떨어져 바닷속으로 들어가는 계단들도 수가 많았다.

"왜 계단이 물 아래로 들어가는 거야?"

"수면 아래에서 살아가는 일족도 많기 때문이지. 공기보다 물

속에 있는 게 편한 족속들 말이야. 나처럼."

다혜는 주요의 대답에 입을 크게 벌렸다.

"오빠처럼?"

"나 사실 거북이거든."

주요는 농담처럼 말했지만, 다혜는 진담으로 받아들였다.

"와우! 잘 어울린다!"

주요는 입을 딱 다물고 다혜를 노려보았다. 진담을 진담으로 받아들여 주는데 왜 기분이 나쁘지? 어쨌거나 다혜는 아이처럼 흥분해 있었다.

"가게 봐! 가게도 많아!"

주요는 정신 못 차리는 다혜를 보며 못 말리겠다는 듯 고개를 흔들어댔다.

"그래도 내성은 조용한 편이야. 외성은 정말이지 엄청나지."

"진짜? 보고 싶다아."

주요의 말대로 궁에서 멀어지면 멀어질수록 상점들이 조금씩 늘어나고 있었다. 혈맥처럼 이어진 길과 활기의 고동은 외성과 가까운 곳에서 거대 규모의 시장으로 뭉쳐져 있었다. 각양각색의 신족들과 거대 상단의 모습에 다혜는 또 반쯤 넋을 놓았다.

"사향 중 가장 큰 시장이야. 동궁의 상점이 독점력이 좋거든."

"멋지다."

다혜는 복잡한 시장 속으로 뛰어 들어갔다. 내성은 철저하게 검문을 통과한 자들만 들이고 있었고, 하늘과 수면에서 그리고 그 아래에서 지속적인 감시가 이루어지고 있었다. 게다가 역린의 뒤를 호위해 쫓아 나온 건 주요뿐만이 아니었다. 이군 중 하나인 궁성 친위군 삼할 이상이 역린과 함께 움직이고 있었다. 물론 다혜는 까마득히 모르고 있었지만. 그래도 걱정이 되는지라 주요는 얼른 다혜의 뒤를 따라붙었다.

"이게 뭐야?"

다혜는 화려한 장식품이 진열되어 있는 상점에 가서 물었다. 달을 괴고 앉아 있는 월궁항아 발밑으로 하얀 가루가 소복했다.

"눈이야! 안 녹아, 이것 봐!"

제가 묻고 제가 답을 하고는 다람쥐처럼 옆 가게로 쪼르르 달려간다.

"먹을 거!"

주요는 다혜에게 설탕을 입혀 바삭하게 굳힌 무화과 한 봉지를 사주었다. 주요는 무화과 값으로 동전 네 닢을 주었다.

"나도!"

동전을 본 다혜가 눈을 반짝이며 손을 내밀었다. 주요는 다혜가 네 살 때로 돌아가 버린 것 같다는 생각을 하며 진땀을 흘렸다.

"너 손에 있는 거나 다 먹고. 알았다, 알았어."

빈 손바닥에 동전 한 닢을 올려주자 환해진 얼굴로 쥐고 옆 가게로 쪼르르 달려간다.

"야……."

주요는 지끈거리는 이마를 짚었다.

정점은 구사(廐舍)였다. 그는 크로키북과 연필을 꺼내 들고 구사로 돌진하는 다혜를 뜯어 말리느라 다시 진땀을 빼야 했다.

"비설마(飛雪馬)야. 그 옆에 있는 건 아까 봤잖아, 안개새. 야, 너 좀 그만 진정해라. 정신이 없어 죽겠어!"

"아이, 참! 나도 그러고 싶은데, 방금 저 발에 눈 덮인 말 콧구멍이 벌렁 했어!"

"야!"

주요는 결국 참지 못하고 버럭 소리를 질렀다. 그는 비설마의 콧구멍엔 조금도 관심이 없었던 것이다. 하지만 얼른 귀를 틀어막은 다혜는 작은오라비가 소리를 지르거나 말거나 신경도 쓰지 않겠다는 태도로 그녀는 비단 가게와 책점(冊店) 사이에 자리를 잡고 앉아버렸다.

"너, 너, 뭐 하게?"

주요는 불안한 얼굴로 말을 더듬었다.

"거참, 저리 비켜봐. 안 보여."

다혜는 작은오빠의 다리를 밀어내고 크로키북을 펼쳐 들었다. 그녀의 눈이 정신없이 장터를 오갔다. 주요는 세상이 무너지는 듯한 얼굴로 상점 벽에 턱 기대섰다. 한나절 동안 또 이러고 있게 생겼다. 애초에 저걸 못 챙기게 했어야 하는 건데!

주요가 뭐라고 불평하든지 간에 다혜는 정신없이 작업에 빠져들었다.

신족들의 모습은 각양각색이었다. 더러는 칼을 차고 있었고 더러는 전대를 매고 있었다. 신장과 상인들인 서로 어울려 있었고 그들의 짐승 또한 이런 번잡한 거리가 익숙한 듯 순순했다.

다혜는 관찰하며 또 감탄하며 그림을 그려 나가다 신족들 사이에도 빈부 격차가 있다는 것을 깨닫고는 적잖이 놀랐다. 그들이 입은 옷의 질감이 달랐고 치장한 장신구가 달랐다. 어떤 검사는 칼집도 없이 가죽 헝겊으로 날을 감싸고 있기도 했다.

"가난한 신족도 있나 봐."

"어디에나 있지."

다혜는 주요의 말을 흘려들으며 화폭과 거리를 번갈아 비교했다. 보다 보니, 이상할 정도로 비단과 장신구, 또 먹을 것을 파는 전시(廛市)가 많았다.

"이러고 보니까 꼭 잔칫집 같다."

"어, 엉?"

다혜는 이상하게 당황하는 주요를 올려다보았다. 왜 저러나 싶어 머리를 갸웃거리는데, 배가 두둑한 점주(店主) 하나가 다혜 앞에 작은 의자를 놓고 앉는 것이 아닌가. 점주는 두꺼비 같은 손으로 꿩 깃이 달린 부채를 슬슬 흔들어댔다.

"그림쟁이 같은데, 어디 한 장 그려봐라."

옆에 있는 비단 가게의 주인 같은데, 장사가 잘 안 됐는지 영 따분한 얼굴이었다. 무료함을 달래기 위해 자리를 잡고 앉은 듯했다. 주요가 화가 난 기색으로 뭐라 쏘아붙이려 했지만, 다혜가 얼른 선수를 쳤다.

"초상화가 필요하신가요?"

밖으로 나와 처음으로 신족과 말을 나누는 것이기에 심장이 두근두근 뛰었다. 그는 대답 대신 팔랑팔랑 부채질하며 고개를 끄덕였다. 다혜는 얼른 새 종이로 넘기며 넉살 좋게 말을 붙였다.

"장사가 잘 안 되셨나 봐요."

"……거 워낙에 큰 상단에서 시전(市廛)을 열어버려 다들 그리로 가버렸지 뭐냐."

점주는 말 붙여주는 게 싫지 않은지 뭉그적대면서도 대답을 해주었다.

"이런, 속상하시겠어요."

다혜는 놀리던 손을 놓고 안쓰러운 얼굴로 덩치 큰 점주를 바라보았다.

"그, 그렇지, 뭐. 자네도 이렇게 한가한 곳 말고 저쪽 골목으로 돌아가면 장사가 더 잘될 거야. 잘난 호가(豪家:재산이 많고 권세가 당당한 가문)들은 이쪽으론 잘 오지 않거든."

주요는 찔리는 구석이 있어 헛기침을 하며 고개를 돌려 버렸다. 그를 알아볼 자가 있을까 봐 일부러 피한 것이었다. 눈치를 못 챈 다혜는 그냥 알아들은 척하며 고개를 끄덕였다.

"그래도 이쪽도 번잡한걸요. 오늘 하루 해가 많이 남았으니 너무 걱정하지 마세요."

꽃처럼 환하게 웃고는 다시 손을 움직이기 시작했다.

"그야 동궁왕의 혼례 연찬이 며칠 안 남았으니까 그렇지. 그런데도 이 모양이니 평소에는 어떨지 자네도 알 만하지? 응? 왜 그러나?"

점주는 하얗게 굳은 다혜의 얼굴을 보고 머리를 갸우뚱거렸다.

"다, 다혜야."

주요는 저 몹쓸 것의 머리를 댕강 잘라 버리고 싶은 충동이 치밀었다. 비단 가게 주인이면서 다혜가 입은 옷감이 어떤 건지도 못 알아보고 말을 척척 놓더니, 결국엔 헛소리까지!

"어? 어, 아니. 어…… 죄, 죄송합니다. 제가 잠깐 다른 생각을, 했나, 그래서……."

다혜는 덜덜 떨리는 연필을 꼭 부여잡고 깊게 숨을 내쉬었다.

"나 참, 이 얘기 듣는 계집들은 다 이런 반응이구만. 거 못 올라갈 나무는 뭐 하러 쳐다보는 게야? 모가지 아프게."

다혜는 어설프게 한 번 웃고는 더 이상 화폭에서 머리를 들지 않았다. 점주는 불만스러운 얼굴로 부채질이나 하며 그림이 완성되길 기다렸다.

"다, 다됐습니다."

점주는 다혜의 손에서 그림을 낚아챘다.

"초상화는 얼굴을 보고 그려야지, 화폭에서 눈도 떼지 않고 대체 뭘 그렸다는……."

불평을 쏟아내던 두꺼비의 입이 떡 벌어졌다.

"쓰, 쓸 만하구만."

다혜는 설핏 웃음 지으며 시선을 떨어뜨렸다. 하지만 머릿속에는 온통 점주의 말들로 가득 차 있었다.

"그는…… 누구하고 혼례를 올린다고 하던가요?"

"그으? 허이고, 동궁 내성 안에서 감히 왕을 그따위로 부르다 간 경을 치고 말 거네. 정신 차려! 새파랗게 젊은 아가씨가, 쯧

쫏. 뭐, 그리 궁금하면 알려는 주겠네. 북궁의 하나뿐인 공주와 결혼을 한다더군. 그분도 여오족 직계혈통이라니, 끼리끼리 잘 만나는 게지."

"그렇군요."

다혜는 작게 중얼거리며 고개를 떨어뜨렸다.

"그럼, 난 이만."

그림을 챙겨가지고 일어서는 점주를 보며 다혜는 작게 웃음 지었다.

"값은 치르고 가셔야지요."

점주는 눈을 치켜뜨며 헛기침을 해댔다.

"여기 비단 가게 주인이시지요? 어디, 제가 골라갈까요?"

"……그냥 내가 주겠네."

✳   ✳   ✳

날이 저물어갈 때 즈음, 동궁으로 돌아온 다혜는 비어 있는 그의 침실 안에서 혼자 부산을 떨었다. 작은오빠에게서 벌써 무슨 말을 들었는지, 금화는 이불을 달라는 그녀의 말에 토를 달지 않고 순순히 내주었다.

다혜는 받아온 이불을 탁자 위에 올려놓고 걸레로 박박 방을 닦아냈다. 그리고 누가 걷어찼는지 삐뚤어진 선을 바로 하고 그 안쪽에 이불을 폈다. 청윤의 침상과 최대한 멀리 떨어진 것을 보니 만족스러웠다.

그녀는 의자를 끌어다 탁자에 등을 기대고 앉았다. 오늘 낮 두 꺼비 점주에게서 받아온 삼베 한 필이 발아래 고이 놓여 있었다. 다혜는 제 팔에 뺨을 괴고 물끄러미 그것을 바라보았다.

"하아."

눈물이 떨어지는 것은 손가락으로 닦아내며 천장을 뚫어져라 쳐다보았다. 눈을 깜빡일 때마다 고인 눈물이 옆으로 번졌다. 무언가가 탁 깨지는 기분이었다.

"어차피 계속 그의 곁에 있길 바랐던 건 아니었잖아."

어떻게 바라겠어, 나는 이 세상 사람도 아닌데. 또 신족도 아니고. 이곳에 대해선 아무것도 몰라. 직계혈통이 정확히 뭘 말하는 건지도 잘 모르겠고.

"그런데 뭐가 문제야? 그는 어차피 네 사람도 아닌데. 그가 누구와 혼인을 하든……."

다혜는 꼭 웅크리며 두 눈을 감았다. 왜 이렇게 자꾸 눈물이 나, 바보같이. 어차피 그는 내 사람도 아닌데, 내가 뭐라고 그런 말에 울어. 이번에도 견딜 수 있을까.

그녀는 몸을 일으켜 탁자 위의 등불을 하나 가지고 방을 돌아다니며 차례차례 불을 껐다. 그가 하던 것처럼 한 번에 불을 끌 수 있으면 좋을 텐데. 어설프게 웃으며 선 안쪽으로 되돌아왔다. 하지만 마지막 남은 등불마저 끄려니 그가 왔을 때 어두워서 아무것도 안 보이면 어쩌나 하고 또 쓸데없는 걱정이 되었다.

'그 귀신같이 예민한 남자가 어둡다고 어디에 부딪힐 리는 없어.'

생각하면서도 결국 그 불을 끄지 못하고 그의 침상 옆에 내려놓았다. 그런 뒤에야 당혜를 벗어두고 선 안쪽 이불로 돌아올 수 있었다. 다혜는 불빛을 등지며 이불 속으로 파고들었다. 닿는 감촉이 푹신했다.

"그의 말이 맞아, 정말 하나도 거슬려."

작게 중얼거리며 다혜는 머리끝까지 이불을 뒤집어썼다. 갑자기 온몸이 축 처진다. 얻어맞은 것처럼 아팠고 조금씩 열이 오르는 것도 같았다. 다혜는 이마에 손바닥을 얹어보았다. 감기가 오는 걸까. 차라리 몸이 아팠으면 좋겠다. 아무런 생각도 할 수 없을 만큼.

청윤은 오늘 또 역린이 상장군과 어울려 지내다 해 질 녘에나 들어왔다는 사실을 들었다. 그게 왜 성질을 돋우는지는 알 수 없었지만, 일거수일투족을 샅샅이 긁어내고 싶은 걸 참았다. 그럴 이유가 없었다.

"……"

그는 등촉이 다 꺼진 방을 보고 살며시 미간을 찌푸렸다.

항아들을 물리고 침소로 들어가니, 컴컴한 방 안 그의 침상 옆에만 하나 작은 등촉이 불을 밝히고 있었다. 그리고 방 한구석 바닥에 두꺼운 이불을 뒤집어쓴 검은 머리채 약간이 흩어져 있었다.

청윤은 차가운 눈으로 턱을 치켜들었다.

'정말 가지가지하는군.'

선을 넘어 이불로 다가간 그는 흐트러진 머리채로 손을 뻗쳤다. 곁에 몸을 낮추고 앉아 얽어매듯 머리채를 그러쥐었다.

잠든 줄 알았더니 그게 아니었던 모양이다.

그의 손길을 느끼곤 그녀가 이불 속에서 몸을 더 웅크려 버렸다. 마치 그의 손길을 피하듯이. 당혹스러워진 청윤은 뭐라 말을 하려다 말고 입을 다물었다.

'날 피해?'

멋대로 하라는 듯 그는 몸을 일으켰다. 그대로 몸을 돌리다가 다혜의 발치에 놓여 있는 돌돌 말린 삼베 한 필을 보게 되었다. 궁 안에서 쓰이는 물건은 아니다. 상장군은 저런 조잡스런 물건들로 역린을 키우길 즐겨하는 모양이었다.

"흥."

청윤은 코웃음을 치고는 침상으로 올라가 늘어졌다.

하나 남았던 등촉의 불이 꺼졌다. 다혜는 숨을 죽였다. 선잠이 들었다 깨기를 반복하다가 결국 그냥 이불 속에서 멍하니 눈을 뜨고 있었다.

조용했다.

다혜는 살며시 이불을 들춰보았다. 심장이 쿵쾅거렸다. 그녀는 떨리는 가슴을 꾹 누른 채 침상 쪽을 훔쳐보았다.

그는 잠들어 있었다.

머리카락은 베갯잇 위에 흐트러져 있고 눈은 감겨 있었다. 창백한 달빛이 잠든 그의 살갗 위로 드리워진다. 다혜는 이불 속에 숨어 멍하니 그를 바라보았다.

꿈……. 그는 항상 그랬다.

잡고 싶은 듯 그를 향하려는 손으로 이불만 꼭 부여잡았다. 하염없이 잠이 든 청윤을 바라보다가 다혜는 시선을 돌리며 멍하니 어두운 천장을 올려다보았다.

돌이켜보면, 그가 다른 누군가를 사랑하고 있을 거라는 생각은 한 번도 해본 적이 없는 것 같다. 몸이 어두운 바닥에 들러붙는 것 같았다. 밑으로 한없이 떨어지고 있는 것만 같았다.

다혜는 얼른 팔을 들어 얼굴을 가려 버렸다.

'이러면 안 돼…….'

그에게는 사랑하는 사람이 있었다.

사랑하는 여자가 있었다.

그녀와 이제 곧 혼례를 올릴 테고, 곧 다른 여자의 남자가 된다.

다혜는 두 손에 얼굴을 파묻고 꽉 눌렀다.

밉다…….

얼굴도 모르는 그녀가.

그가 사랑하는 그녀가 견딜 수 없이 미웠다.

'내가 뭐라고…….'

다혜는 두 손을 떨어뜨리고 천장을 쳐다보며 한숨을 내쉬었다. 나도 참, 내가 뭐라고 그녀를 미워해.

다혜는 벌떡 몸을 일으켰다.

일어나 주섬주섬 이불을 안아 들었다. 그리곤 낑낑대며 이불을 창밖으로 떠밀었다. 여기서도 이 짓을 하게 될 줄은 정말 몰랐는데, 다혜는 투덜대며 엉덩이로 창문을 타 넘었다.

하얗게 입김이 언다.

공기가 생각보다 선득했다.

다혜는 열린 창문을 꼭 닫았다. 손으로 팔을 쓱쓱 문지르고, 창문 아래에 이불을 똑바로 편 다음 그 속으로 파고들었다. 그러고도 추워 돌돌 감고 두 손으로 꼭 여몄다.

기울어가는 달이 몹시도 아름다웠다. 다혜는 한참이고 그것을 바라보았다. 몸이 덜덜 떨렸지만 그래서 참 다행이었다. 추우니까 슬퍼하기도 힘들다.

다혜는 내일 금화 언니에게 이불을 빨아서 줘야겠다는 생각을 하며 잠에 빠져들었다. 눈가에 밴 눈물은 이불에 꽉 눌러 지워버렸다. 몸이 으슬으슬 떨린다.

'정말이지, 여러 가지로 귀찮게 하는군.'

청윤은 체중을 팔로 지탱한 채 창가 아래를 내려다보았다.

그의 검은 머리카락이 쇄골을 스치며 떨어져 내린다. 침의는 느슨하게 풀려 명치까지 드러나 있었다.

싸늘한 새벽 공기 속에 다혜가 이불에 파묻혀 머리카락만 내놓고 잠들어 있는 게 보였다. 나와 한방에 있는 것조차 싫어 차라리 바깥에서 자기로 한 걸까. 이상했다. 고작해야 머릿속에 든 생각이 뱃속을 죄고 있었다.

그는 팔짱을 끼고 창가에 걸터앉았다.

문제는 없다. 문제될 것도 별로 없었다. 그럼 이건 뭐야? 그는 창틀에 머리를 괴었다. 왜 속이 뒤틀리는 거지? 역린은 역시 역린이라는 건가. 그의 얼굴에 비틀린 미소가 걸린다. 정말이지 신경 쓰지 않아도 된다면 좋았을 텐데.

역린에의 집착, 그리고 그만큼의 혐오가 청윤의 눈동자에 잠시간 스쳐 지나갔다.

그는 몸을 일으켜 제 이불 하나를 끌어다 그녀의 이불 더미 위에 던지듯 툭 떨어뜨렸다. 저 속에서 대체 숨은 제대로 쉬고 있는지 모르겠어.

10장

신열

금화는 침소 안에서 없어진 다혜를 찾다가, 눈을 가늘게 뜨고 밖으로 환히 열린 창문을 미심쩍게 쳐다보았다.

"하아."

그녀는 창문 아래 또 한 덩이의 이불 무덤이 된 다혜를 보며 한숨을 내쉬었다. 정말이지 취미 한번 특이하시지.

"아씨, 아씨!"

금화는 우아하게 문으로 돌아 나가 무덤을 두들겼다.

"으음……."

다혜는 어쩐지 두 배로 무거워진 이불 속에서 정신 못 차리고 허우적거렸다. 금화는 아이 같은 모습에 혀를 차면서도 다정하게 다혜를 이불 속에서 꺼내주었다.

"아…… 언니?"

"이런, 열이 좀 있으시네."

금화는 다혜의 이마를 짚어보고선 심각한 표정을 지었다. 다혜는 두 손으로 제 볼을 꾸욱 눌렀다.

"전…… 좀 추운데."

"노숙을 하셨으니 당연하지요. 대체 왜 밖에서 주무신 거예요? 자, 얼른 방으로 들어가세요. 약차(藥茶)를 좀 달여올 터이니."

다혜는 다시 하품을 하며 길게 기지개를 켰다.

'어?'

그녀는 기지개를 켜다가 멈칫했다. 어쩐지 뭔가 조금 달랐다. 느낌이 평소와는 조금……. 손을 뻗어 휘적휘적 앞을 저어보았다. 크게는 아니었지만 그래도 피부에 와 닿는 공기의 느낌이 평소와는 조금 다르게 느껴졌다.

다혜는 눈을 껌뻑이며 꽃잎의 이슬을 쪼아 먹고 있는 안개 뭉치를 바라보았다. 손바닥만 했고 새의 형상을 하고 있었다.

"안개새!"

"네, 아직 어린것이지요. 궁내에서 워낙 키우는 것이 많아 저리 돌아다니게 내버려 둔답니다. 어차피 이슬을 쫓아다니니 성가실 것도 없고요."

금화는 묘한 눈으로 다혜를 바라보았다.

"고뿔이 든 게 아니었던 모양이네요. 약차는 필요 없겠습니다."

금화는 씽긋 웃음 지었다.

"네?"

"신열입니다."

어린 안개새는 겁이 많아 숨으려는 성질이 많았다. 때문에 눈이 밝지 않으면 옆에서 푸드덕대고 날아다녀도 잘 보이지 않았다. 저리 얌전히 이슬을 쪼고 있는 안개새가 보인다는 건 눈이 밝다는 뜻이었다.

"신열이오?"

"예, 신열입니다. 겪어보신 적 없으십니까?"

금화는 이불을 정리하며 물었다.

"왜, 갑자기 안 보이던 게 보이게 됐다던가. 앓고 나니 몸이 더 가벼워졌다던가. 이상하게 모르던 것들이 느껴지기 시작한다던가."

"아! 몇 번."

다혜는 기억을 더듬다가 고개를 끄덕거렸다. 청윤을 처음 만났던 열여섯 살 때랑 여기 오기 전 청윤을 만났을 때랑, 또 그와 함께 지내게 된 지금이랑. 생각하다 보니 얼굴이 벌겋게 달아오르기 시작했다.

"신력이 깨어나느라 열이 오르는 것이랍니다. 아픈 것이 아니니 걱정하지 마셔요. 그런데 혹시 어젯밤에……."

무슨 엄한 상상을 하는지 눈빛이 게슴츠레해지는 금화를 보며 다혜는 대뜸 말을 돌렸다.

"왜 안개새를 많이 키워요? 어제 궁 밖에서도 구사를 봤는데, 거기도 안개새가 있더라구요."

"아, 타고 다니기에 저만한 것도 없거든요."

다혜는 금화의 대답에 머리를 갸웃거렸다.

"하지만 작은오빠 말로는 바람을 타는 쪽이 훨씬 낫다고 하던걸요?"

금화는 혀를 한 번 딱 차고는 친절하게 설명해 주었다.

"상장군께선 그러시겠지요. 하지만 바람을 다루는 기술은 특별한 것이고, 보통은 소리말을 끌어모으는 것 외에는 잘 쓰지 못해요. 황소 같은 바람에 고삐를 매느니 차라리 안개새를 타는 게 훨씬 낫죠, 좀 느리긴 하지만. 사실 상장군님도 어지간한 거리는 그냥 안개새를 타고 다니실걸요? 바람 길에서 발 한 번 잘못 헛디디면 바로 아래로 곤두박질치는데, 그걸 아무렇지도 않게 다룰 정도로 기민하신 건 솔직히 주군뿐이시거든요."

다혜는 고개를 끄덕이고 그냥 살풋 웃어 보였다. 지금은 정말이지, 그에 대한 말이라곤 한마디도 듣고 싶지가 않았다. 벌떡 자리를 털고 일어나 창문에 엉덩이를 걸치니 금화가 이상한 눈으로 쳐다보았다.

"또 넘어가시게요?"

"한 번이 어렵지, 두 번은 쉬워요."

넉살 좋게 말하고는 창문을 넘어가 금화에게로 손을 뻗었다.

"이불 좀 넘겨주세요."

"그런 일은 저희가……."

다혜는 말을 듣지 않고 재촉했다.

"얼른요."

금화는 작게 한숨을 내쉬고는 순순히 이불을 넘겨주었다. 다혜는 이불을 끌어안고 욕전으로 타박타박 걸어갔다. 그리고 바닥 아래로 푹 꺼진 화려한 욕조 속에 이불을 던져 넣고 물을 받아 발로 밟기 시작했다. 분명히 하나만 덮고 잤는데, 일어나니 두 개가 되어 있었다.

다혜는 그의 이불을 발로 밟아 빨며 작게 얼굴을 붉혔다.

'히, 힘들어서 그래.'

괜히 또 두근거리는 자신을 변명하며 속으로 중얼거렸다. 어쩌면 금화 언니가 덮어준 걸 수도 있고……. 뭐, 이불이 새끼를 친 걸 수도 있고. 에이, 그냥 세탁에나 열중하자.

야심 차게 시작했던 이불 빨기는 아침 먹은 다음에도 한참 동안 계속되었다. 오전이 절반쯤 지난 뒤에야 그녀는 방 안에 깔린 제 이불 위로 털썩 드러누울 수 있었다.

"아이고, 두 번 다시 밖에서 자나 봐라."

다혜는 제 허리를 툭툭 두들기며 끙끙 앓아댔다. 이불 빨다가 진짜 허리 끊어지는 줄 알았다. 다혜는 천장을 보고 똑바로 누웠다.

'오늘도 여기에서 자야 하는 걸까?'

다혜는 고개를 돌려 흐트러져 있는 그의 침상을 바라보았다. 잠이 든 그의 모습이 눈앞에 보이는 듯했다.

"실하고 바늘."

다혜는 갑자기 다시 벌떡 일어나 금화를 부르며 달려 나갔다.

"언니! 실하고 바늘 좀 빌려주세요!"

"네? 뭐 꿰매실 것 있으세요?"

금화는 고개를 끄덕이는 다혜를 보고 난감해했다.

"좀 기다리셔야 하는데. 제가 반짇고리를 잘 안 들고 다녀서요. 금방 가지고 오겠습니다."

다혜는 냉큼 금화의 뒤를 따라붙었다. 혼자 멍하니 침실에 있고 싶지 않았다.

"같이 가요!"

금화는 그 방에 있고 싶지 않은 마음을 눈치챘는지 안쓰러운 얼굴로 고개를 끄덕여 주었다. 다혜는 금화의 뒤를 따라 항아들이 다니는 길로 접어들었다. 후문과 후문이 어찌나 조밀조밀 연결되어 있는지 이 길을 통해서라면 어디로든 다 갈 수 있을 것만 같았다.

다혜는 청윤의 침전보다야 화려하고 아름답진 않지만 훨씬 사람 사는 냄새가 나는 영항(永巷:궁녀가 거처하는 곳) 앞에서, 금화가 반짇고리를 가지고 나오길 기다렸다.

'음.'

다혜는 어색하게 벽에 기대섰다. 아직 일을 배우고 있는 어린 항아들이 그녀를 보곤 슬금슬금 피했다. 나이 든 항아들이 그녀를 보며 허리를 숙이긴 했지만 몇몇은 묘한 눈빛이었다. 있어선 안 될 곳에 있는 듯한 느낌에 마음이 무거워졌다.

"아씨께서 가지고 다니시는 돌 때문이에요."

"예?"

다혜는 금세 나온 금화를 보며 되물었다. 금화는 다시 친절히 설명했다.

"아씨께서 항상 몸에 지니고 다니시는 그 하얀 석영 말이에요."

"석영, 아!"

다혜는 노리개에 매단 복주머니에서 흰 돌을 꺼냈다. 부적처럼 가지고만 다니고 또 그새 잊어버리고 있었다.

"이게 왜요?"

"저도 모르죠. 하여튼 이상스러운 건 확실해요. 주인님께서 내버려 두시니 저희들도 모른 척하고 있을 뿐이죠."

금화는 반짇고리를 건네며 말했다. 그러면서 머릿속으로 항아들을 몇 명 잡아다 주리를 틀어야겠단 생각을 했다. 물론 그 이상한 석영도 영향이 없진 않았지만, 그게 전부는 아니었다. 북향 공주와의 혼례 날짜가 확정되면서 항아들 사이에서 의견이 갈린 탓이었다.

동궁의 안주인이 누구냐에 대해서.

"고마워요, 언니."

역린은 반짇고리를 받아 들며 말갛게 웃었다. 계산 속이 없는 마음이 참 어여쁘게도 맑았다. 뭘 숨길 줄도 모르면서 씩씩하게 웃는 모습이 안쓰럽기만 하다.

"별말씀을 다하시네요. 한데 그것으로 뭘 하시려구요?"

"집 만들려구요."

다혜는 영문을 몰라 하는 금화를 보며 씩 웃었다. 보지 않으려 해도 어쩔 수가 없었다. 그녀를 외면하는 항아들은 무슨 일인가로 정신없이 분주했고, 다혜는 그것이 무엇 때문인지 이미 알고 있었다.

혼례, 항아들의 영향은 그 일로 정신없이 분주했다.

침전으로 되돌아온 다혜는 그날 하루 종일 어제 벌어온 삼베 한 필로 커튼을 만들었다.

벽을 기둥 삼고 장식물을 못 삼아서 이리저리 꿰고 고정시킨 결과, 꽤 근사한 결과물이 탄생했다. 다혜는 한 걸음 떨어져서 만족스럽게 자신의 작품을 감상했다. 방 한구석에 그녀만을 위한 삼베 텐트가 완성된 것이었다.

큰오빠가 가져다준 가방과 금화 언니가 새로 가져다준 이불과, 작업 도구들 그리고 마지막으로 등불 하나를 가져다 놓으니 생각보다 훨씬 아늑했다. 삼베가 좀 비치고 허술하긴 했지만 없는 것보다는 나았다.

"좋아, 역시 난 능력자야. 음하하!"

인계로 돌려보내 주거나 다른 방을 주기 전까진 여기서 지내야겠다. 다혜는 혼자 좋아하며 삼베 천막 안으로 쏘옥 들어가 버렸다.

✳ ✳ ✳

그날 저녁, 방으로 돌아온 청윤은 한구석을 떠억 하니 차지하고 있는 문장(門帳)을 보고 황당해졌다. 역린은 그 안에 숨어서 아예 얼굴도 비출 생각이 없는 듯했다. 저가 무슨 달팽이야, 거

북이야? 게다가 그가 돌아온 줄도 모르고 그 속에서 옷을 갈아입
고 있었다. 삼베 너머로 그 음영이 다 비치고 있었다.

'미치겠군.'

청윤은 홧김에 문장을 홱 열어젖혔다.

다혜가 옷을 갈아입다가 그대로 얼어붙어서 멍하니 그를 올려
다보았다. 동그스름한 어깨와 등허리가 노란 등불 속으로 드러
나 있다. 하여튼 몸은 꽤나 예뻐.

청윤은 입꼬리를 말아 올리며 슬쩍 혀로 입안을 핥았다.

"어, 왜, 지금, 왜, 나, 나……."

하얗게 질려서 당황한 그녀가 정신없이 말을 더듬었다. 청윤
은 코웃음을 쳤다. 정말이지 귀엽지도 않다.

"이런, 여기 있었습니까? 보이질 않아서."

다혜는 입을 벌리고 있다가 겨우 정신을 차리며 소리를 질렀
다.

"다, 당장 나가요!"

"싫어. 이게 뭐지? 누구 마음대로 내 침실에다 이따위 것을 쳐
놓은 거야?"

청윤은 문장을 한 손으로 고정시킨 채 심술궂게 물었다. 반쯤
벗은 그녀의 등허리를 구경이라도 하듯 훑어보면서.

"꼴 보기 싫으면 얼른 다른 방을 주면 될 거 아니에요!"

입을 수도 없고, 벗을 수도 없고! 말기를 두 손으로 꽉 여민 채
다혜는 눈물이 그렁그렁한 얼굴로 꽥 소리를 질렀다. 진짜! 나
가, 이 심술쟁이 대마왕아악!

"흥, 이러면 이럴수록 나와 한방에서 지내야 하는 시간이 길어진다는 걸 알아야지."

청윤은 코웃음을 치면서도 문장을 원래대로 해놓고 뒤로 물러서 주었다. 안쪽에서 그녀가 씩씩대는 소리가 들렸다. 설마 진짜 우는 건 아니겠지?

"옷 다 입었으면 그만 나와봐."

어제도 참고, 그제도 참아주었다. 오늘 하루 종일 어찌나 기분이 안 좋던지. 오늘은 저걸 안고 자야 했다. 그럼 기분도 좀 누그러지겠지. 화가 치밀어 오른다. 내가 왜 저걸 안고 싶어 하는 거야? 그런 그의 속에 기름이라도 붓듯 문장 안에서 다혜가 대답했다.

"싫어요!"

단답형이다.

청윤은 황당하단 눈으로 문장 안의 등불이 혹 꺼지는 것을 바라보았다. 이런 식으로 나온다 이거지. 청윤의 눈이 가늘어졌다. 도대체 저 거지같이 조잡스런 삼베는 어디서 난 거지?

❋　❋　❋

다혜는 시전 구석에 자리를 잡고 앉았다. 내성은 여전히 분주했다, 동궁왕의 혼례 연찬을 준비하는 일들로. 다혜는 무릎에 고개를 기대고 주위를 한동안 멍하니 바라보았다.

"……목련이 좋겠다."

혼자 멍하니 중얼거려 보았다.

신족에게 선물을 드리는 건 이번이 처음인지라, 뭘 좋아할까 계속 고민을 해봤지만 딱히 짚이질 않았다. 그래서 그냥 목련을 그리기로 했다. 시전 좌판에 늘어져 있는 물건들을 보아하니 신들도 꽃을 싫어하지 않는 것 같아서였다. 작은 보합이나 뭐에 쓰는지 용도를 알기 힘든 작은 호리병 같은 것에 종종 꽃문양이 들어가 있는 걸 보니 틀림이 없다.

족자는 그저께 지전(紙廛) 아저씨를 그려주고 얻어두었다. 아저씨는 그녀의 그림 도구에, 특히 종이에 큰 관심을 보였지만 이런 건 오래 못 쓴다며 혀를 차시곤 본인의 가게에서 파는 종이 몇 장을 나눠주기도 했다.

다혜는 큼직큼직하게 풍성한 목련을 그려 나갔다.

"들었어요? 이번 혼례 연찬 때 서궁에서도 신들이 온다는 소문."

"지들이라고 별수 있어요? 이제 사향의 으뜸은 누가 뭐라 해도 동궁이 아니겠어요? 북궁 공주님과 혼례가 맺어지면 그쪽도 앞날이 걱정되겠죠."

잘 차려입은 부인들이 삼삼오오 시전을 구경했다.

"연등 재료는 아직이냐? 연찬이 멀지 않았는데, 아직도 당도를 안 하면 어찌하겠다는 게야?"

다혜의 시선이 또 멍하니 비워지고 말았다.

"아!"

그러다가 퍼뜩 정신을 차렸다.

"어서 오세요!"

오늘 첫 손님이 좌판 앞 작은 목제 의자에 앉았다. 다혜는 그리고 있던 목련은 잠시 미뤄두고 미리 종이를 고정시켜 둔 이젤을 무릎 앞으로 끌어당겼다.

"어떤 그림이 필요하십니까?"

그녀는 손님을 맞이하며 환하게 웃었다.

✳　✳　✳

평소보다 조금 일찍 좌판을 접은 다혜는 타박타박 걸어 동궁으로 돌아왔다. 그리곤 곧바로 작은오빠의 처소를 습격했다.

"오빠야."

처소 문을 열고 고개를 삐쭉 들이미니 책 냄새와 노총각 냄새가 뒤섞여 퀴퀴하게 맡아졌다.

"으이구."

주요는 엉망진창으로 어질러진 처소 안에서 반 시체처럼 늘어져 자고 있었다.

다혜는 여기저기 널려 있는 옷가지를 주섬주섬 주우며 혀를 찼다. 집에선 좀 덜하더니, 또 옛날 버릇이 나오는 모양이다. 예전에 거실에다 이러고 늘어놓다가 큰오빠가 한 번 싹 모아서 불 싸지른 적이 있었지. 그 뒤론 좀 덜하는가 싶더니, 큰오빠 없다고 또 옛날 버릇 나온다.

"그나저나……."

어딘가 있을 텐데? 다혜는 옷장으로 보이는 서랍 안을 뒤적뒤적 뒤졌다. 다섯 번째 서랍에서 원하는 것을 찾아낸 그녀는 쾌재를 불렀다.

'말보로 레드 한정판!'

세 보루 중에서 벌써 두 보루 반이나 없어지고 남은 건 고작해야 몇 갑뿐이었다. 다혜는 양심적으로 그중 딱 두 갑만 챙겼다. 화근이라면 작은오빠가 이걸 태울 때마다 주위 다른 군병들이 되게 부러운 눈으로 군침을 삼키던 것을 목격한 것이랄까. 어쨌든 그녀는 조용히 가방에 말보로 레드 한정판을 챙겨 넣었다. 다 오빠를 위해서다. 담배는 몸에 안 좋은 것이다.

"얼씨구? 또 술 마셨어."

다혜는 서책 뒤에 숨겨져 있는 술병을 보곤 으르렁거렸다.

"일어나!"

다혜는 작은오빠의 등짝을 두드렸다. 물론 주요는 파리나 쫓으며 꿈쩍도 안 했다. 다혜는 한 가지 실험을 해보기로 했다.

그녀는 감각을 되새기며 발현을 일으켰다.

눈가로 푸른빛이 스미고 처소를 받치고 있는 기둥과 토대로 물결이 몰려들었다. 주요는 순식간에 주인의 기운을 감지했다.

"허어억! 주, 주군!"

벌떡 일어난다. 벌떡 일어나다 못해 침상에 거의 굴러떨어질 지경이었다. 다혜는 예상외의 격한 반응에 화들짝 놀라 얼른 술병을 치우는 시늉을 했다.

주요는 두 눈을 부릅뜨고 바짝 얼어 있다가 사태를 알아채고는 버럭 소리를 질렀다.

"야!"

다혜는 으헤헤, 웃었다.

"아니, 그만 일어나라고."

"이게 무슨 행패야? 자다가 간 떨어지는 줄 알았잖아!"

다혜는 주요의 타박을 귓등으로 흘렸다.

"그러게 누가 이 시각까지 퍼자래? 지금이 대체 몇 시야?"

"야, 요즘 오라버니께서 밤 근무라…… 아, 진짜 잘못 걸려가
지고."

덕분에 요즘엔 다혜가 낮에 내성에 나갈 때 같이 가주지도 못
하고 있었다. 주요는 눈곱을 떼고 일어나 목제 의자에 걸터앉으
며 길게 하품을 했다.

"그나저나 어떻게 한 거야?"

"뭘?"

다혜는 눈을 끔벅거리다가 이내 알아들었다는 표정을 지었다.

"아, 이거."

"하지 마! 소름 끼쳐!"

주요는 다혜의 눈동자에 다시 파란 물이 스미는 모습에 꽥 소
리를 질렀다.

"아, 시끄러. 왜 소리는 질러!"

주요는 다혜가 휘두르는 주먹을 광속으로 피하며 투덜거렸다.

"너 그거, 꼭. 주인님이 화나시면 그 순막을 걷고 막. 어휴, 하
여튼 됐다. 말을 말아야지."

그는 섬뜩하다는 듯 뒷목을 문질렀다.

어설프긴 했지만 순막이 걷어진 주인의 눈 색깔과 아주 똑같았다. 일전에 인계에서 그걸 두 번을 보았는데, 두 번 다 결과가 아주 별로였었다. 한 번은 오빠 미워였고, 다른 한 번은 뱃창자가 타들어가서 끊어질 뻔했었지.

그나저나 확실히 주인의 곁에 있으니 신력이 깨어나는 속도가 어마어마하다. 주요는 눈을 게슴츠레 뜨고 제 동생이 알고 보니 천재라는 둥의 설득력 없는 망상을 시작했다.

"뭐 해?"

다혜는 게슴츠레한 주요의 시선에 슬그머니 몸을 뒤로 뺐다.

"아니, 내가 딸 하나는 잘 키웠다 싶어서."

"이상한 소리 말고, 가자!"

"응? 어딜?"

그녀가 들이미는 족자 뭉치를 보며 이번엔 주요가 슬그머니 몸을 뒤로 뺐다.

주요는 다혜와 함께 신병 훈련소로 가는 길 내내 투덜투덜 거렸다. 다혜는 일전에 자신을 구해준 적서에게 인사를 해야 한다는 고집을 꺾지 않았다. 그놈은 이미 역린을 구한 공으로 넘치도록 포상금을 지급받았는데. 하여튼 고집불통! 난 대체 왜 딸을 이렇게 경우 있고 예의 바르게 키워놓은 거야?

'나 참.'

물론 지금도 적서의 주요 업무는 여전히 역린을 호위하는 것

이었지만, 표면적으론 동궁에 돌아오자마자 본래 그가 인계에
내려가기 전 맡고 있었던 신병을 훈련하는 업무로 복귀했다.

꿀보직이 따로 없었다. 최근에 신병들이 각 부대로 배속되어
다음 신병들을 새로 뽑을 때까진 녹이나 꼬박꼬박 받아먹는 자
리였으니까. 제대로 하는 일도 없이 놀고먹는 놈에게 역린이 직
접 인사를 하러 가는 참이라니, 이건 개가 웃을 일이었다.

신병 훈련소는 내궁의 가장 외곽, 성벽 가까이에 위치해 있었
다.

야트막한 언덕 위에 바깥으로 향하는 수로를 끼고 있었는데,
꽤나 한적한 모습이었다. 안으로 들어가니 세 채의 크고 작은 전
각과 마구가 연무장(演武場)을 가운데 두고 늘어서 있었다.

적서는 연무장을 돌아다니는 중닭 크기의 안개새들을 마구에
집어넣으려 쫓아다니고 있었다. 안개새들은 적서의 손을 요리조
리 피하며 연무장과 병장기 위를 휘젓고 다녔다.

"상장군! 어쩐 일로 여기까지 오셨습니까."

마침내 한 놈을 붙잡은 적서는 연무장 안으로 들어오는 상장
군을 반갑게 맞이했다. 물론 그 상장군이 오는 길 내내 자기 욕
을 했다는 건 꿈에도 모르고 반색을 하다가, 그만 멈칫 굳고 말았
다. 겨우 한 마리 잡은 안개새가 그 틈을 타 파드닥 빠져나가 버
렸다.

"여, 역린을 뵈옵니다."

잔뜩 얼어 공대하는 모습에 다혜는 어쩔 줄 몰라 했다.

"아, 안녕하세요."

적서 역시 깊이 허리를 숙이며 인사를 해오는 역린을 뵈며 어쩔 줄을 몰라 했다.

"예, 예에. 무, 무탈하셨습니까."

주요는 서로 허리를 숙이며 맞절을 하고 있는 둘을 보며 입속으로 험악한 소릴 질겅거렸다.

"늦게 찾아봬서 죄송해요. 이제야 겨우 완성이 되어서요."

"예? 아, 아니."

역린은 또 깊이 허리를 숙여왔다. 적서의 얼굴은 새하얗게 질렸고, 도와달라고 쳐다본 상장군은 가만 놔두지 않겠다는 듯 그를 노려보고 있을 따름이었다.

'대, 대체 내가 뭘 어쨌다고!'

적서는 억울했다.

"이게, 제가 드릴 게 이것뿐이라. 답례라 하긴 뭐하지만, 정성껏 만든 것이니 성의만 보아주셔요."

다혜는 쑥스러워하며 오늘 내 완성한 족자를 내밀었다.

"아······."

"수가 맞을지 모르겠습니다. 작은오라버니께 물어물어 부대원님들 숫자를 알긴 했는데. 워낙에 오빠가 대충대충이라."

"그건 그렇죠."

적서는 맞장구를 치다가 상장군의 도끼눈에 흠칫했다. 어쨌거나 적서는 받아 든 족자를 보곤 웃음을 삼켰다. 어쩐지 주군께 치하를 받은 것마냥 가슴이 벅차오르는 것이었다.

"그리고 이건 별건 아니지만······."

다혜는 슬그머니 소맷단에서 주요의 방에서 발굴한 담배 한 갑을 꺼내 내밀었다. 어쩐지 옆에서 작은오빠가 컥! 하고 단말마를 삼키는 것 같았지만 못 들은 걸로 하기로 했다.

"인계 기호품 중 하나인데, 인기가 있더라구요."

특히 작은오빠한테.

"아이쿠, 이런 건 감사합니다!"

적서는 넙죽 받았다.

그는 칼이라도 빼들 듯 넘치는 상장군의 살기를 감지했다. 적서는 슬그머니 담뱃갑을 소맷단에 밀어 넣고는 삐질 식은땀을 흘렸다. 언젠가 상장군께서 맛있게 피우는 걸 보고 침만 흘리던 물건이었다. 단말마를 지르는 것이 상장군의 물건임이 확실했지만, 맞아 죽을 때 죽더라도 챙기고 보고 싶었다.

"하, 하하……."

간이 떨려 죽겠는데 눈치 없는 이놈의 안개새가 자꾸 발치를 쪼아댔다. 적서는 저리 가라는 듯 슬그머니 뒷발질을 해댔다. 정신없는 어린놈은 그의 발치에 떨어진 이슬을 쪼아대느라 여념이 없었다.

"얘는 안개새, 맞지요?"

"예? 예에, 맞습니다."

적서는 눈을 반짝이는 역린의 물음에 얼떨떨하게 대답을 하고야 말았다. 그게 큰 실수라는 건 금세 알 수 있었다.

"여기 구사가 있네요?"

"네? 네에."

역린은 어린 안개새를 뒷발로 밀어대는 그를 보며 다시 물었다.

"귀찮으세요?"

"그, 그거야 그렇죠……."

아주 큰 실수였다.

✻ ✻ ✻

신병 훈련소 구사의 안개새와 비설마를 돌보는 것은 가장 어린 신병이었다. 어설프기로는 다혜와 호각을 다투는 신족이었다.

"이 복숭아를 먹이면 됩니다."

"구유를 먼저 치워야지 않을까요?"

"아, 아차."

둘은 허둥지둥 더러운 구유에 쏟았던 복숭아를 광주리에 다시 담아 넣었다.

비설마는 북향에서 공수해 온 만년설원의 깨끗한 눈을 먹였고, 나중에야 비설마는 만년설원에서만 나고 자란다는 설명을 들었다. 안개새는 선도(仙桃)를 먹였다. 어린 안개새야 이슬만으로도 충분했지만, 사람을 태울 만큼 큰 녀석들은 그렇지가 않은 모양이었다.

녀석들은 배불리 먹고 많이 쌌는데, 배설물은 질펵한 구름 모양 같았다. 굳이 비슷한 걸 찾자면 기체 같은 비둘기 똥…….

"……."

다혜는 조용히 갈퀴로 질퍽한 구름을 긁어냈다. 비둘기 똥보다야 구름이라고 생각하는 편이 아름답다. 긁어낸 배설물들은 일정한 비율로 배합되어 농가에서 가져갔다.

　그녀는 요즘 동이 트기 전 이곳 구사에 와서 아침을 맞이하고 있었다.

　적서도 처음에는 마구를 청소하는 역린을 매우 부담스럽게 여겼지만 점차 익숙해진 것인지 편안해했다. 하지만 다혜는 일단 혹시나 하는 마음에 동트기 전 일찌감치 일을 해치우고 자리를 뜨곤 했다. 같이 청소하는 신족이나, 오다가다 마주치는 다른 신병들은 그녀가 역린인 것을 모르고 상장군의 취향 이상한 친척 아가씨쯤으로 여기고 있었다.

　다혜는 아침 일찍 나갈 채비를 마쳤다. 머리를 단정히 빗고 가방에 크로키북과 연필 등을 챙겼다. 꽃잎같이 부드러운 비단에 빅백은 어울리지 않았지만, 편하긴 했다. 그녀는 문장 안에서 빠져나오다가 움찔 놀랐다.

　"깨, 깼어요?"

　다혜는 물끄러미 저를 지켜보고 있는 그와 눈이 마주쳤다.

　잠에 취해 조금 흐트러져 있는 청윤의 검은 머리칼이 새벽빛에 싸늘히 젖어 있었다.

　"오늘도 나갑니까?"

　청윤은 긴 손가락에 머리를 괴며 그녀를 물끄러미 쳐다보았다.

요즘 들어 잠을 제대로 이루지 못하고 있었다. 역린은 새벽 동이 트기 무섭게 그에게서 도망치고 있었다. 침실에서 그를 상대로 계집이 이렇게 군 적은 없었다. 전장에서 그를 상대했던 적이나 보일 법한 행동이었다.

"네? 네."

그녀는 우물쭈물 망설였다. 그녀가 그에 대해 한 가지 확실하게 알게 된 사실은, 그가 기분이 안 좋을수록 더 예의 바르게 군다는 것뿐이었다. 그것 역시 좋은 버릇은 아닌 듯했다. 어쩐지 그가 살아온 날이 선 삶을 은연중에 되비치는 듯해서.

"다, 다녀오겠습니다."

어쩐지 무섭게 쳐다보는 그를 뒤로하고 다혜는 습관처럼 말하며 얼른 몸을 돌려 버렸다.

'하아.'

그는 도망치듯 빠져나가는 역린을 보며 깊이 숨을 내쉬었다. 청윤은 눈가를 쓸었다. 날 돋친 푸른빛이 배였다 어둡게 내려앉았다.

'……피곤해.'

요즘 들어 계속 잠을 이루질 못하고 있었다.

✻　　✻　　✻

새벽 공기는 아직 선득했다.

시위는 안개로 푸르스름했고, 문을 지키는 몇몇의 군병 외에는 오가는 항아도 얼마 보이지 않았다. 새벽 네 시쯤 된 것 같았다.

다혜는 고요한 전각과 전각 사이를 타박타박 걸었다.

심장이 쿵쾅쿵쾅 뛰었다. 다혜는 잠시 멈춰서 손으로 눈가를 꽉 누르고 숨을 크게 내쉬었다.

"후우우."

요즘 들어선 그와 마주치기만 해도 이 모양이었다. 몰리는 울음으로 코와 눈가가 찡하다.

"후우."

다혜는 스스로를 다독이고는 다시 걷기 시작했다.

다행히 하는 일이 많았다.

같이 일을 하는 신병인 호고가 오기도 전, 마구 청소를 반쯤 끝내놓은 다혜는 잠시 울타리에 기대 숨을 돌렸다.

어느덧 친해진 안개새 한 마리가 다가와 어깨에 부리를 부볐다. 다혜는 손을 뻗혀 녀석을 토닥여 주었다.

손 아래 힘찬 고동이 느껴졌다. 안개가 뭉친 듯한 생김새와는 달리 살결은 단단했고 고동도 놀랄 만큼 컸다. 다혜는 조금 녀석을 쓰다듬어 보았다. 사나운 비설마보단 온순한 안개새가 조금 더 정이 갔다.

"느, 늦었습니다!"

호고는 헐레벌떡 뛰어왔다.

"제가 일찍 온걸요."

다혜는 웃으며 인사를 나누었다.

남은 일들은 서로 나누어 해치우니 금세 끝이 났다. 다혜는 항아 언니들을 도와 만든 도시락을 꺼냈다. 호고는 먹을 것을 보며 아이처럼 좋아했다. 단순하기로도 그녀와 비슷하다.

"그래서 말입니다, 북궁왕 전하께서 앞을 막는 순간 우리 동궁왕 전하께서 딱 나타나시며 남궁 병사들을 일거에 쓸어버리시는데! 아주 장관이었지 말입니다!"

둘은 아침을 나누어 먹으며 담소를 나누었다.

호고는 알고 보니 동궁왕 전하의 덕후였다. 다혜는 짧게 한숨을 내쉬었다.

"호고는 못 봤잖아요. 이십일 년 전이면 아직 입대 전이잖아요?"

"그, 그렇죠. 하, 하지만 책으로 보았습니다!"

그 책엔 동궁왕 전하가 더럽게 예민하고 뒤끝 작렬인 건 하나도 안 나와 있는 것임이 확실했다.

"인계는 어떻습니까?"

"우선 반바지가 있죠."

"예?"

호고에게 아주 좋은 것을 가르치려던 다혜는 퍼뜩 정신을 차렸다.

"앗차!"

너무 놀았다. 시전이 열리기 전에 얼른 가서 자리를 잡아야 하는데.

"어? 가십니까?"

다혜는 다 먹은 찬합을 착착 정리해 가방에 넣으며 호고에게 고개를 끄덕여 주었다.

"네, 내일 뵈어요!"

"너무 무리하지 마십시오. 그러다 몸살 나십니다!"

하루는 길었지만, 다행히 그녀는 하는 일이 정말 많았다. 언제 어디서든 녹초가 되어 아무 생각 없이 푹 곯아떨어질 정도로.

역린은 온갖 허드렛일로 바빴다.

구사 치우기, 항아들이 하는 일 돕기, 길거리 환쟁이 노릇까지. 어찌나 바쁜지 낮에는 거의 코빼기도 보지 못할 지경이었다. 그렇다고 밤이 되면 다른가 하면, 그것도 아니었다.

"……."

그는 의자에 걸터앉아 팔짱을 끼고 주섬주섬 삼베를 한 아름 안고 들어오는 역린을 노려보았다.

"다녀왔습니다."

버릇처럼 말하고 그녀는 안고 있던 삼베를 한쪽 구석에 쌓아 두었다. 거긴 이미 삼베가 한 무더기는 쌓여 있었다. 그런데도 뭐가 모자란 것인지 먹이 모으는 개미마냥 차곡차곡 양을 늘리고 있는 것이다.

청윤은 삼베를 정리하기 무섭게 문장 안으로 쏙 들어가 버리는 것을 눈으로 좇았다. 또 얼굴 한 번 제대로 쳐다보지 않고 도망이라도 치듯 문장 안으로 들어가 버린다.

요즘 들어선 매일 이런 식이었다.

거의 저 문장 바깥으로 한 발자국도 나오질 않았다. 잠깐 씻으러 나올 때나 뭘 가지러 나올 때가 전부였는데, 오늘은 아예 씻는 것도 가지고 와야 할 것도 문밖에서 한꺼번에 다 해치우고 들어온 듯싶었다. 내일 아침까지는 아예 삼베 문장 밖으로 나설 일이 없게.

그녀는 이렇듯 한방 안에서 코빼기도 비치질 않고 지내고 있었다. 어떻게 보면 참 대단한 능력이었다.

"응양군 46대(隊) 대정의 구사를 치우고 있다던데."

지나가는 듯한 그의 말에 그녀가 문장 안에서 대답했다.

"아, 네에. 저…… 보답할 것이 별로 없어서."

"보답?"

청윤은 저 망할 삼베 문장을 불싸지르는 상상을 하며 되물었다.

"인계에서 그댈 구한 일을 말하는 겁니까?"

"어? 어떻게 알았어요?"

주섬주섬 가지고 나갔던 가방을 정리하며 다혜는 문장 너머를 돌아보았다. 두꺼운 문장 너머로 겨우 그의 음영이나 그려졌다. 그것만으로도 가슴이 쿵쿵거리니 정말 이놈의 골병.

"보고가 들어왔으니까 알지."

"아……."

다혜는 민망함에 뒷머리를 쓸었다.

"어쨌든 그대가 신경 쓸 일이 아닐 텐데?"

그가 조용히 말했다.

"네?"

다혜는 멈칫했다.

"대정이 널 구한 건 그게 그의 직무였기 때문이야. 거기에 무슨 의미를 두는 이유가 뭐지요? 그는 이미 역린을 구한 공으로 충분한 양의 포상금을 받기도 했고."

"알아요."

다혜는 대답하며 고개를 떨어뜨렸다. 하여튼 그는 가끔 꼭 저렇게 베어낼 듯 냉정하게 말을 하곤 한다니까.

"하지만 그래도 구해준 건 구해준 거니까. 혹시 제가 곤란한 일을 하고 있는 건가요?"

"……별로."

그는 끌듯이 대답했다.

구사를 치우는 일은 일개 항아조차도 안 하는 일이었다. 그들도 급료를 주어 다른 이를 부리거나 잘못을 해서 벌을 받을 때나 하는 일이었다. 아니면 이제 막 궁전에 들어와 일을 배우는 생짜들 길들일 때나 시키는 일이었다.

"잠이나 자도록 해요."

그는 심드렁하게 말했다.

일개 항아도 하지 않는 일을 자청해서 하다니, 알아서 제 위치를 찾아가 주니 고맙다고 해야 할 지경이다.

"네, 자요."

다혜는 작게 한숨을 내쉬고는 문장 안에 있는 등촉을 입으로 불었다.

'……어라?'

불이 안 꺼진다. 그녀는 당황한 얼굴로 허둥대며 세차게 입으로 바람을 불어댔다.

"피곤해."

"아, 알았어요."

역시나 드럽게 예민한 남자가 초 하나도 거슬린다며 등불을 끄라고 굶듯이 말했다. 다혜는 서둘러 훅훅 바람을 불어댔다.

"피곤하다고."

"아, 저기……."

다혜는 문장 밖으로 고개를 내밀었다.

"부, 불이 잘 안 꺼져요."

그는 침상에 늘어져 있었다.

정말 피곤한지 옷깃은 흐트러져 있고 검은 눈동자는 어둡게 잠겨 있었다. 눈이 마주치자 어쩐지 등줄기가 섬뜩했다.

"잠을 못 자게 하는군."

그의 낮은 목소리에 다혜는 다시 허둥거렸다.

"미, 미안해요. 금방 끌게요."

"됐으니까, 나와봐."

"네?"

그가 연초를 입에 물고 불을 붙이며 눈을 흘겼다.

"잠을 못 자게 하고 있으니 나와서 그 거지 같은 삼베 얘기나 해보라고."

"거지라뇨!"
다혜는 버럭거렸지만 곧 툴툴대며 문장 밖으로 빠져나왔다.
그와 마주하는 일은 며칠 만에 처음이었기 때문에 어쩐지 좀 긴장이 되었다. 연초의 연기가 길게 피어올랐다. 다혜는 의자를 질질 끌고 와 그의 곁에 앉았다.
"저잣거리는 어때? 마음에 듭니까?"
그가 긴 손가락에 고개를 괴며 물었다. 미끈한 턱이 기울어지고 섬세한 검은 머리카락이 따라 흘렀다. 다혜는 어쩐지 움찔 굳어 몸을 세웠다.
"이젠 많이 익숙해졌어요. 주위 분들도 다들 친절하시구요."
"그래요?"
그의 검은 눈과 다시 마주치고 다혜는 파르르 몸을 떨고 말았다.
길게 흐르는 연기, 기울어진 검은 머리카락, 흘리듯 보는 시선, 유백색 피부, 매끈한 콧날, 목덜미, 쇄골, 옷깃…….
공기가 미묘했다.
"그리고?"
다정하게 들려오는 그의 목소리에 다혜는 다시 움찔 몸이 굳었다.
아아, 오늘은 정말 안 되겠다. 다혜는 기도하듯 두 손을 꽉 마주 잡고는 눈을 질끈 감았다.
"자, 잠깐만요!"
"뭘 하는 거죠?"

너무너무 부끄러웠지만, 눈을 질끈 감고 솔직하게 말했다.

"애국가 불러요!"

음란마귀, 휘이!

"그게 뭐야?"

"이게, 그러니까, 악귀를 쫓을 때 쓰는……."

횡설수설한다.

"……."

더없이 진지한 다혜의 모습에 청윤은 멍하니 있다가 기려한 팔에 고개를 묻었다.

"……큭."

"우, 웃지 말아요!"

"큭큭큭……."

다혜는 삿대질을 했다.

"그러고 있는 게 문제라구요! 아니, 왜 그러고 누워서 사람을 부르고 그래요?"

"그럼 입 맞춰볼래요?"

그가 갑자기 화제를 바꿔 물었다.

"네? 아니요!"

다혜는 화들짝 놀라 몸을 뒤로 뺐다.

"해봐요. 지금 욕정했다는 거잖아."

"으, 자, 잠깐만요!"

그는 도망치려는 다혜의 머리카락을 그러쥐어 올렸다. 손가락 사이에 엉긴 머리카락이 여리다. 그것을 움켜쥔다.

필요 없는 부분.

하지만 그가 입꼬리를 말아 올렸다.

'귀엽다니까.'

청윤은 고개를 기울여 물듯이 여린 입술을 헤집었다. 사내를 모르는 순진한 입술을 벌려 호흡을 밀어 넣었다. 감각을 깨우며 작은 혀를 핥았다. 그의 속에 있는 푸른 짐승이 으르렁 낮게 목 울음 소리를 낸다.

다혜는 눈을 감고 덜덜 떨고만 있다.

어찌해야 할지를 모르는 것이다.

그는 할짝이던 혀끝을 깊이 밀어 넣으며 입속을 질척하게 문질렀다. 바르작대는 떨림이 점점 심해졌다. 사납게 눈을 반짝이며 그러쥔 역린의 머리를 한계까지 뒤로 젖혔다. 완전히 열린 목 뒤로 그의 호흡과 타액이 넘어간다. 강제로 그것을 삼키게 했다. 기어이 질끈 감긴 눈에 눈물이 맺히게 만들었다.

"……."

그는 입술을 떼어내며 울고 있는 역린의 입술에 두어 번 살며시 입을 맞췄다. 역린이 힘겹게 숨을 내쉬었다. 그 달뜬 숨이 그의 입술에 닿았다. 청윤은 혀로 제 입속을 핥았다. 아래로 내려뜬 그의 눈에 다혜의 작은 혀가 보인다.

청윤은 고개를 기울여 그것을 빨아 당겼다.

하여튼 귀여웠다, 쓸모없는 부분이긴 했지만.

"……가, 갑자기 왜…… 내, 내가 아무리……."

음란마귀에 씌었다지만, 다혜는 반쯤 울음에 잠긴 목소리로 웅얼거렸다. 청윤은 다시 웃음을 터뜨렸다. 그리고 고개를 기울여 왔다.

아무래도 상관없었다. 오늘은 이걸 안고 자야만 했다.

반쯤은 기절했던 것 같다. 또 반쯤은 정신이 나갔던 것 같고. 입맞춤이 그렇게 무서운 것이란 사실을 다혜는 어젯밤 처음으로 깨닫게 되었다.

'……제, 제발 꿈이어라…….'

다혜는 손끝에 느껴지는 단단하고 기려한 사내의 몸체가 제발 꿈이기를 기도했다. 내가 덮친 것인가! 그의 몸 위에 엎어져 있는 자세가 좀 그렇긴 했지만 곰곰이 생각해 봐도 기억이 나질 않았다. 두 번째 입맞춤에서 기절을 했던 것이다.

다혜는 벌떡 몸을 일으켰다.

얼른 도망가자!

그녀는 몸을 일으키기 무섭게 무릎걸음으로 크게 다리를 움직였다. 하지만 이내 멈칫 굳고 말았다.

"왜 도망가?"

그의 목소리가 등 뒤에서 꽂히듯 들려왔다. 다혜는 어거지로 고개를 돌리며 어색하게 웃었다. 그가 고개를 비스듬히 기울이며 물어왔다.

"그, 그게, 도망이 아니라……."

당황하는 그녀를 보며 그의 입술이 길게 말아 올라간다. 덜컥 심장이 떨어졌다. 다혜는 다급히 마저 몸을 틀었다. 어쩐지 뭔가 무서웠다. 그에게서 묻어나는 향기가 몹시도 가슴을 떨리게 했다. 밤을 빚어다 놓은 듯 그는 숨 막히게 유혹적이었다.

그에게로 손을 뻗고 싶었다. 어젯밤 닿았던 기억이 순식간에 되살아났다. 몸이 죄어들며 소름이 끼칠 만큼 살갗이 예민하게 곤두섰다. 뭐가 문젠지 모르겠다. 내가 문제가 아니면, 저렇게 생긴 그가 문제였다.

"바, 밖에…… 마구를 치워야 해서……!"

이러다간 또 음란마귀가 씌게 될지도 모른다. 아니, 벌써 씌었다, 씌었어. 그는 더럽게 예민하니 분명 그걸 또 알아채고 말 것이었다. 다혜는 변명을 늘어놓으며 더듬더듬 침상 밖으로 도망치기 시작했다. 하지만 얼마 못 가 청윤에게 등허리가 눌리고 말았다.

"악!"

"정말이지."

청윤은 다혜의 팔을 틀어쥔 채 낮게 중얼거렸다. 다혜의 옷자락을 허리까지 잡아당겨 내리며 그는 그녀의 목덜미를 물었다. 그의 서늘한 숨이 살갗에 닿아왔다. 등허리로 오싹하게 소름이 타고 흐르며 몸이 덜덜 떨려왔다.

"자존심 상하게 해, 그대는. 유혹에 실패해 본 적은 없었는데."

"네? 무슨……!"

"흥."

청윤은 코웃음을 치며 다혜를 놔주었다.

다혜는 옷자락을 움켜쥐고 허둥지둥 뒤로 물러섰다. 목덜미가 욱신거렸다. 지금 또 물은 건가? 또 물린 건가? 지난번엔 다리를 물더니 이번엔 또 목을 물어놓았다. 하지만 한마디도 할 수가 없었다.

그가 삐딱하게 고개를 기울인 채 그녀를 조용히 응시하고 있었다. 그 검은 눈동자가 위험한 빛으로 반짝였다. 다혜는 항의하려던 걸 포기하고 옷을 꽉 움켜쥔 채 뒤로 주춤주춤 물러섰다.

문장으로 돌아가는 내내 그의 시선이 계속 따라붙는 것이 느껴졌다. 다혜는 문장 속으로 들어가기 전, 조심스럽게 그를 돌아보았다. 목으로 꿀꺽 마른침이 넘어간다.

그는 무섭게 자신을 노려보고 있었다. 그건 마치 사람이 아닌 짐승처럼 보였다. 미치도록 아름다운, 그러나 그만큼 흉포한. 얄팍한 경계 너머에서 짐승은 목울음 소리를 내며 허기를 참고 있었다.

다혜는 얼른 휘장 속으로 들어가 숨어버렸다.

아마 또 뭔가 나 혼자 착각을 하고 있는 것이 분명했다. 자주 무는 것으로 보건대 그는 고기가 필요한 것이다.

✳   ✳   ✳

"후우."

청윤은 집무실 의자에 기대앉아 낮은 숨을 뱉어냈다. 그에게 좀 이상한 일이 생겼다. 도저히 받아들일 수가 없는데, 무시할 수도 없는 그런 일!

그는 지끈거리는 머리를 꾹꾹 눌렀다.

"주군, 무슨 안 좋은 일이라도……."

신요는 슬금슬금 주인의 눈치를 살폈다. 요새 들어 계속 주인의 기분은 밑바닥을 치고 있었기 때문에 직속들은 눈치를 살피느라 여념이 없었다.

"……삼베가 점점 두꺼워져."

신요는 눈살을 찌푸렸다.

"예?"

무슨 말씀이시지? 이해를 못하고 있는데 주군은 짜증스럽다는 듯 한숨을 뱉어내고는 그를 힐끔 바라보았다. 신요는 그 눈빛에 괜히 지은 죄도 없이 움찔했다.

청윤은 그 모습에 다시 한숨을 내쉬었다.

"무슨 일이야?"

"북궁에서 소리말이 왔습니다."

청윤은 신요가 내미는 보갑을 내려다보았다. 그의 손이 보갑의 뚜껑을 톡톡 두들긴다. 신요는 잠깐 기다리다가 슬그머니 말을 건넸다.

"내일 중으로 비씨(妃氏)께서 동궁에 도달한다는 내용입니다."

"열어봤어?"

괜히 시비 거는 그의 말투에 신요는 냉큼 고개를 저었다.

"소리말을 가져온 사자(使者)가 전해준 말입니다."

청윤은 보갑을 그대로 양수궤 위에 내버려 둔 채 몸을 일으켰다. 신요는 폭풍 전야 같은 주인의 모습에 어디로 가시냐고 묻지도 못하고 조용히 입을 다물었다. 그저 무슨 일이 있는지 걱정스럽기만 할 뿐이었다.

청윤은 집무실을 나와 그대로 침소로 돌아갔다. 기대도 하지 않았지만, 역시나 비어 있었다.

"후, 변복을 준비해라. 밖에 다녀오겠다."

청윤은 상의를 풀어내며 항아들을 부렸다. 항아들은 말없이 흑의를 준비했다.

그는 평범한 무명 흑의로 옷을 갈아입고 면구를 잡아당겨 입과 코를 가렸다. 그렇게 해도 노두(路頭)에서 지나다니는 평범한 무사로 보이지는 않아, 청윤은 짜증스러운 듯 체경을 보며 얼굴을 찌푸리다 포기하고 몸을 돌렸다.

순식간에 그의 몸이 몰려든 바람에 휩싸인다. 청윤은 빠르게 바람 길을 질러갔다.

'……오랜만이군.'

그는 내성으로 내려가 응양군의 마흔여섯 대가 짜고 있는 중심으로 발을 디뎠다. 왕의 기운을 느낀 응양군이 반보씩 물러섰고, 청윤은 아래로 내려섰다.

그는 미간을 찌푸리고 잠시간 역린이 있는 곳을 쳐다보았다.

"……"

역린은 비천한 신분으로 오가는 이들의 비위를 맞춰가며 그림을 그리고 있었다. 그런 그녀의 모습에 속이 이상하게 지끈거렸다.

'이젠 별게 다……. 하아.'

정말이지 이런 스스로를 이해할 수가 없었다.

『동궁왕후』 2권에 계속……